JASON PARGIN

# 未来城市与花哨西装

# Futuristic Violence and Fancy Suits

[美] 贾森·帕金 著
营政 译

北京时代华文书局

**图书在版编目（CIP）数据**

未来城市与花哨西装 / (美) 贾森·帕金著 ; 营政译. -- 北京 : 北京时代华文书局, 2021.11
书名原文: Futuristic Violence and Fancy Suits
ISBN 978-7-5699-4103-6

Ⅰ. ①未… Ⅱ. ①贾… ②营… Ⅲ. ①幻想小说－美国－现代 Ⅳ. ①I712.45

中国版本图书馆CIP数据核字(2021)第244898号



北京市版权著作权合同登记号　图字：01-2019-5198

**未 来 城 市 与 花 哨 西 装**

WEILAI CHENGSHI YU HUASHAO XIZHUANG

著　　者 | [美] 贾森·帕金
译　　者 | 营　政

出 版 人 | 陈　涛
策划编辑 | 王雅观
责任编辑 | 黄思远
营销编辑 | 俞嘉慧
封面设计 | 王柿原
版式设计 | 孙丽莉
责任印制 | 訾　敬

出版发行 | 北京时代华文书局 http://www.bjsdsj.com.cn
北京市东城区安定门外大街 138 号皇城国际大厦 A 座 8 楼
邮编：100011　电话：010 - 64267955　64267677
印　　刷 | 三河市兴博印务有限公司　电话：0316 - 5166530
（如发现印装质量问题，请与印刷厂联系调换）
开　　本 | 880mm×1230mm　1/32　　印　张 | 17　字　数 | 338 千字
版　　次 | 2022 年 4 月第 1 版　　印　次 | 2022 年 4 月第 1 次印刷
书　　号 | ISBN 978-7-5699-4103-6
定　　价 | 59.00 元

谨以此书纪念兔子里科，愿他安息

**故事发生在不久的将来，科罗拉多州的一个小乡村……**

如果佐伊·阿什知道她当时正在被一个想要杀死她，然后慢慢品尝她骨头的人跟踪的话，她可能会更加担心这件事情，而不是担心如何将她的猫咪从屋顶上弄下来。

这只猫咪之所以在屋顶上，是因为它被院子里圣诞老人的全息图吓坏了。这个劣质、蹩脚的圣诞装饰是佐伊的母亲两周前从沃尔玛买回来的。这个拖车房小区里的每个人都有这种圣诞装饰，佐伊的母亲显然感受到了巨大的压力，以至于她不得不通过这个看起来瞎了一般的“幽灵”来展现自己的圣诞精神。每当有人靠近它时，这个“幽灵”就会用毫无激情的机器声送上祝福：“嚯-嚯-嚯，圣诞快乐，嚯-嚯-嚯，圣诞快乐。”佐伊觉得这个装饰只是有点让人紧张，但每次猫咪看到这个东西眨眼时，就会吓得发出嘶嘶声，然后飞速地爬到高处，一个它觉得这个半透明的长了胡子的魔鬼不能碰到它的地方。这就是为什么十二月十六号的晚上，佐伊站在雪地里尝试哄着猫咪从屋顶下来。与此同时，就在不远处，一个男人正准备绑架她，然后慢慢地折磨她，让她一点一点残废，并将这一过程通过互联网传播给五十万名观众。

# 一

整整八个小时，佐伊的追捕者一直“守着”这个二十二岁的年轻人及其母亲居住的拖车房，等待着一个最戏剧的时刻到来。在佐伊上床或洗澡的时候逮到她是最棒的，但他觉得这个极其年轻的女人并没有一个固定的时刻表来进行上述活动。整天他都通过这个脏兮兮的三面小凸窗来观察她，这个凸窗就像展览馆的玻璃窗，将拖车房里悲惨的生活完整地展现了出来。佐伊在下午一点准时开始她新的一天。从沙发上醒来，然后进行一系列“早间”活动，包括去厕所，回到沙发，放空自己，盯着天花板一小时。之后她会读一小会儿书，吃一小碗麦片，然后拨弄一会儿自己的头发，比如说将一部分头发用锡纸包裹起来。这时，她身后的电视正播放着关于集体狩猎动物的自然纪录片。现在太阳下山了，佐伊仍然穿着她的睡衣，站在院子里，朝屋顶上的猫咪喊叫。她的追捕者本来打算将整个追捕过程都拍下来发送给新闻媒体，但他知道这一部分肯定会被剪掉。

他慢慢失去了耐心，决定要闯进这个拖车房来进行他的杀戮活动，他甚至打开了别在夹克前的微型摄像机，以便他的粉丝能观看到现场直播。但突然，就在最后一刻，他改变了主意。这主要是因为给自己取称号的问题。

这个男人在他短暂但丰富的职业生涯中一直称呼自己为“豺”，但他在看了佐伊身后电视机播放的自然纪录片后，打算改称自己为“鬣狗”。纪录片当时放的是一群鬣狗将一只驼鹿撕得粉碎。他觉得“鬣狗”这个称号更适合他——它们是狂野、无法预测的捕猎者，而且有着动物王国里最强壮的下颌（这一点最让他对鬣狗这个称号感兴趣）。但之后，这部纪录片好像说鬣狗只会集体狩猎（显然他是个独来独往的人），并且，除非是他理解错了，雌性鬣狗也有雄性生殖器，甚至可以用它生孩子。这就有一个问题——等他出名了，媒体开始推测他为什么选了这么一个称号，他不想那些专家给出一系列疯狂的理论来讨论他的生殖器。但是，如果他用修改称号来解决这个问题，或者给出图片证据来证明他有一个正常的生殖器，这都会让他看起来像个怪人。所以可能“狼人”是个更好的名字，或者“鲨鱼”也不错。

当他坐在租来的车里纠结改称号这个决定时，佐伊走进拖车房，然后拖着一把椅子走了出来。她想站在椅子上去抓那只猫，但一站上去，她就失去平衡，重重地摔在了雪地上。她爬起来，拍了拍屁股上的雪，又爬上了那把椅子，开始徒劳地寻找猫咪，因为她不知道猫已经从屋顶上跳到拖车房的另一边了。这个找猫的活动进行了很久，直到佐伊终于发现猫咪并不在屋顶上，而是就躺在她正站着的椅子底下的雪地里。佐伊有点生气，她一手抱起猫咪，一手拖着椅子，费力地走回了拖车房。大鲨鱼（“食人鱼”？）决定等她缓下来，然后再行动。

很快，佐伊又出现在了门口，并且朝着车道上那辆老旧生锈的丰田汽车径直走了过去。她的跟踪者并不担心佐伊离开而找不到她——对于一个从事“食人鱼”这样工作的男人来说，这种自动驾驶的小车的好处就是，它的导航系统非常容易附着和跟踪——他完全可以一边跟踪这个女生，一边放松地打游戏。他看着佐伊用一个看起来像铲子的东西刮掉挡风玻璃上结的霜，然后驶离停车道，在雪地上留下了一个深色的长方形，就像是这辆车忘记带走的影子。“食人鱼”给了她十秒的时间先出发，然后命令他租借的车尾随。他在想象下一周新闻头条的标题，“‘食人鱼’宣称他的第六次胜利”。嗯，可能“猎豹”听起来更好些。最好是一种喜欢撕咬的动物，要不然他之前特意为此做的手术就浪费了。

他摩擦着发痒的缝线，这条缝线从他一边的太阳穴绕过下颌骨，一直延伸到另一边的太阳穴。如果把下巴比作表盘，那这条缝线就像表带一样。这是因为他用从黑市里买来的机动引擎植入物，增强了他的整个下颌和上齿，包括石墨烯金属架和纯钛咀嚼器。做完手术一到家，他就迫不及待地打开摄像机，通过撕咬生肉和铜质水管来向世界宣布自己新获得的力量。他觉得这次的展示不太成功，因为他的舌头被严重地割破了，他立刻关闭了摄像机。但没关系——因为这证明增强的下颌很有用。他的下一个实验对象就是佐伊·阿什的手指了，他会从她的手指开始，一直咀嚼到她的全身。

他想，这是他一直遗漏的地方：一个噱头。

佐伊突然左转，然后又左转，绕着街区打转。她发现自己一直被跟踪了吗？猎豹要小心了——猎物虽然弱小，但十分警觉。这个女孩无疑可以感觉到一个凶恶的捕食者正潜伏在她身后的黑暗之中。

# 二

佐伊·阿什忘了告诉这辆丰田汽车的导航系统在卖食物的地方停下，因此她已经错过了那个路口，在那之前她还能够通过一直对着挡风玻璃尖叫来“说服”这辆车改变行驶的道路。后来这辆车不情愿地绕了这片街区一圈，然后才停在一个食物分发中心。未来的人们叫它“温迪的车上餐厅”。佐伊这辆丰田的暖风装置几周前就坏了，这在科罗拉多的冬天里可是个坏消息，所以她需要吃点热乎的东西来补充能量。佐伊停在餐厅的窗边，点了一小份半固态的、富含蛋白质的食物，人们叫它“小辣椒”，她希望“小辣椒”能让她暖和一会儿（至少能坚持到热量通过几个热屁离开自己的身体之前）。然后，她驱动这辆老旧的小汽车回到空无一人的街道，车上的自动驾驶系统再一次接手。丰田汽车嘎吱作响地在黑夜中行驶，目的地是“僵尸隔离地带”，这是家女招待不穿上衣的酒吧，佐伊的妈妈就在这里工作。

车上的无线电广播几年前就坏了，所以佐伊打开她在车里自己装上的圣诞彩灯，唱起了她那时候风靡一时的歌曲《屁股秀》（或者叫《坦白从宽》）。她揭开“小辣椒”的盖子，看着热气飘进冰冷的空气，突然觉得事情真的可以变得更糟糕。

佐伊一直都尝试着去理解生活中的小事，就像在一代人以前，你不能用两只手吃“小辣椒”并且让车子自动行驶（那人们以前是怎么在车上吃“小辣椒”的，用吸管吗？）。她最近还升级了手机，换成了一个能显示对方全息图像的新玩意儿，但是到目前为止，她发现这个功能只能吓唬到她那只有“全息图像恐惧症”的猫咪，这完全不能证明这次升级的花费是正确的。然而，一会儿这个新功能就会让她看到这个救了她一命的电话来自一位喜欢穿花哨西装的男人。

当电话响起时，佐伊离这家无聊的僵尸主题酒吧只有几个街区的距离了。她本该在她妈妈轮班结束时去接她（就是在晚上年轻女孩被安排去服务有钱的夜场人群的时候）。当电话的全息图闪出的时候，佐伊被吓得半死，她忘记之前把电话放在腿上了，有那么一个可怕的瞬间，她以为是一个小的鬼魂从她的裤裆钻了出来。佐伊吓得一缩，骂了句脏话，把“小辣椒”洒得到处都是，然后她才意识到自己并不需要去经历一个极度尴尬的驱魔仪式。她嘟囔着并尝试用手指把洒在睡裤上的“小辣椒”抹下来。发现新手机也被洒满了‘小辣椒’时，她非常惊慌，以至于在用舌头把“小辣椒”从手机屏幕上舔下来时，不小心滑动了接听键。

一个全息小人浮现在手机上方，看起来十分疑惑，他说道：“你好，你是佐伊·阿什吗？”

“等一下。我把‘小辣椒’洒得满车都是。”

“我——你还在吗？那是什么声音？”

“我在舔手机上的‘小辣椒’。你是谁？”

“佐伊，我叫威尔·布莱克沃特。你是——抱歉，你还在吗？”

“在，我在听。你的确穿着那件西装，还是你设置手机让它显示你这么穿的？”

“请认真听我说。你是阿瑟·利文斯顿的女儿，对吗？”

“不是。我的意思是，他是我生父，除此之外我们没什么关系。他又进监狱了？你是他的律师吗？这就是穿这么正式的原因吗？”

“不。听我说，佐伊。有个男人正准备绑架你，就是现在。他的车现在就距离你一个街区。”

“等等，什么？谁？”

“我现在要控制你的车，不要碰方向盘和油门，或者其他解除自动驾驶的按键。你明白吗？”

“不，我不明白。你怎么能——”

“请系上安全带。”

一辆车的前灯赫然出现在她的后视镜里。佐伊的手在发抖，她试着去系上安全带时，丰田汽车突然猛地向左偏，飞出路缘，摧毁了一排灌木，猛冲过一片草地。

“我的天啊！”

佐伊死命地抓着方向盘。她的车好像失去了控制，在冲破两道围栏和一架儿童秋千之后，撞上了另一个路缘并飞了起来，重重地落在了另一条街道上。

手机上的全息影像男人威尔说：“我很抱歉，不是我在开车。我的同事安德烈在控制这辆车，恐怕他喝了些酒。”

她听到电话那边远点的地方传来另一个声音：“你好，我喝点酒能开得更好些。”

当丰田汽车漂移过弯的时候，佐伊被重重摔在车门上。她在车座上扭成一团，但她还是看见了追捕者的前车灯从刚离开的院子飞驰而过，漂移到同一条路上，紧紧地跟在后面。佐伊的丰田汽车突然转进一个无比狭窄的巷子，避开了一面砖墙和一个大型垃圾桶，车子两侧离它们只有半英寸的距离。其中一个后视镜在车子转出巷子时碰撞到墙角，完全损坏了。

电话里的男人说：“我非常抱歉告诉你这件事，你父亲上周被杀害了。”

“那又怎样？我几乎不认识他！我以为他很多年前就死了。这些人是谁？”

“抓稳了。”

丰田汽车又一次从路上飞了出去，俯冲进一片松树林，树枝扫过车门，就像发狂的捕食者在用爪子抓挠着车门，企图要闯进来一样。

在电话那头，佐伊隐约听见威尔说：“关掉车灯。”

车灯熄灭了，同时熄灭的还有仪表盘上所有的灯和挡风玻璃上覆盖的导航系统。车在漆黑的树林里猛冲，佐伊如同瞎了一般，什么都看不见。

她尖叫起来。

手机上的全息影像男人这时好像坐在汽车后座上，告诉她要冷静下来。丰田汽车冲出树林，甩尾滑行进入一片覆盖着积雪的草地，车上的太阳能电池板随着一声爆炸，火花四射，碎了一地。一个艰难的左转弯之后，他们又一次进入了平坦的街道。

威尔说："不要被这个问题吓到，你的车上有什么武器吗？"

"当然没有！为什么我——等等，我有一把铲子……"

"好吧，没有任何消息表明你的追捕者是一块烤饼，所以我们暂时放弃这个想法。现在我需要你保持冷静。这辆车是跑不赢他的，我要把你从车里弄出来。"

"这怎么可能？"

"我们得找个地方让他不得不从车里出来。否则，很显然他可以撞倒你。"

"是的。不过他到底是谁？"

"一个被雇用的暴徒，你不认识。"

"谁雇的？他想要什么？"

"我之后再解释。我可以向你保证，知道这些细节不会增强你的生存能力，也不会减轻你的恐慌。我只想说，这个平庸的恶棍签合同是有原因的。他喜欢猎物是女人，他喜欢慢慢来。根据资料，他称呼自己为鬣狗。"

"他用自己的生殖器来让自己繁殖吗？"

"什么？佐伊，你听我说——我们的地图显示前方两百码处有一个池塘，但并没有显示是否被冻住了。这是一个安全的赌注吗？你在哪儿？"

"它……我不知道！我不滑冰！我只知道邻居院子里的儿童游泳池被冻住了，但是——"

佐伊再次被摔到门上。另一个急转弯又一次把她带离了公路，这次是穿过一片牧场。这辆车突然转向，差点撞上一头懒洋洋地吃着草的母牛。它朝她哞哞叫了两声，好像是在告诉佐伊她应该打开前灯。

威尔说："这是我们唯一的选择。等等。"

"我们唯一的选择是什么？你要做什——"

佐伊被扔向前方，被安全带死死勒住。丰田汽车猛地刹车，在粗糙的冻草地毯上打滑。

威尔说："快！出来到冰上去！它能支撑你，但不能支撑他的车，如果他想跟上来，就得下来步行。"

"但是然后——"

"快！现在！"

佐伊抓起电话，推开门，朝结冰的池塘跑去。她面前是一片月光下的雪，佐伊觉得这雪就像是用脏水和死鱼做成的蛋糕上薄薄的糖霜。刺骨的寒风冻结了她思考隐喻的那部分大脑，她甚至不知道自己已经到了冰面上，直到运动鞋打滑，她跪倒在冰面上，冰面发出破裂的声响，像是对她的一个警告。当佐伊爬起来的时候，她的影子突然出现在冰面上——车灯在她身后倏然出现。她试图迅速但小心翼翼地移动，但走了三步后，她又滑倒了，这一次她的屁股重重地摔在冰面上。

她听到身后车门关上的声音。她冒险回头看了一眼，只看见一个被两条蓝色灯柱照亮的人形轮廓。佐伊艰难地爬起来，手划过新鲜的雪，露出下面的黑色冰面。她蹒跚地走过池塘，留下了一排像中国书法一样杂乱的条纹。再往前走两步——现在她每走一步，冰面就发出喘息的抱怨声，就像吱吱作响的门铰链。她觉得自己好像听到了前面有水晃动的声音——她不知道脚下的冰有多厚，但她知道在不远处，冰的厚度会变成“零”。

她之前塞进上衣口袋的手机里传出威尔的声音：“你还在吗？”

佐伊用冻僵的手指掏出电话，低声说：“他来了，他来了，我不能再往前走了。我该怎么办？”

“让我来和他说。把电话拿出来。”

在狂风中，佐伊几乎听不到她的追杀者说“我到了池塘边”。他戏剧性地停顿了一下，说：“她已经无处可逃了。”

佐伊问威尔：“他在和谁说话？”

“他在现场直播，他的夹克上别着一个开眼摄像机，你不会想知道有多少人正在看。让我和他谈谈。”

佐伊把手机拿出来，对着前灯里可怕的阴影。一英尺高的威尔·布莱克沃特的全息影像说：“待在岸边，劳伦斯！冰不够厚，无法支撑你们两个人的重量。你是个大块头的家伙，你会注意到这里的佐伊并不是人们认为的‘身材苗条的美人’。”

影子在池塘上走了几步，说：“从冰面上回来，亲爱的。要么来我这儿，要么就……你不会喜欢另一个选择的。”

"和我说话，不要和她说。"威尔的全息影像说道，"我们都想要佐伊，出于同样的原因，只是有一点不同，那就是我不想在视频直播中吃掉她。你现在的优势是她对我们比对于你来说更有价值，而我们的优势是拥有足够的资金。这样看来就很容易达成妥协——我们非常乐意通过放弃与佐伊的合同来补偿你的损失。当局不会知道。你懂我的提议很不错，劳伦斯。"

"叫我的真名。"他停顿了一下，好像在思考着什么，"叫我撕咬……大师。你漏掉了几个要点。第一，我亲自来到了这个地方，你似乎还在六百英里外的城市。第二，事实上，你和我都知道这女孩比那份合同值钱得多。第三，正如你提到的，之后她对我有私人用处，这对我来说比任何金钱奖励都重要。"

"事实上，你说的这些我都知道。不过，我仍然有信心我们能够达成一项协议。利文斯顿先生有大量的资源，你也知道，我们非常愿意弥补你把佐伊交给我们可能造成的损失。至于你的……个人偏好，当然也会有一些钱来补偿你，补偿你失去愉悦的损失。也许，甚至，我们可以在这儿找个阿什女士的替代品。我们敢说可以给出一个让你更满意的提议。"

这个男人笑了起来。这是假笑，佐伊想，这是笑给摄像机看的。

"威尔，你真了不起。但我问你，如果你要从狮子的嘴里拿走一只瞪羚，你能用一百五十磅的猫粮来满足它吗？不！因为作为一个顶级捕食者，狮子不只是想吃东西，它想要的是在狩猎中获得的奖品和愉悦。所以从现在起你要叫我狮子。”

威尔的全息影像在听了一个连环杀手的这番话后表现出了异常的平静，他说：“我完全理解，我也不觉得我们有任何理由永久剥夺你的奖品。我们只需要阿什女士四十八小时的服务。毕竟，没有比延迟满足更令人愉悦的吧？”

佐伊试着在脑子中处理威尔刚向那个男人给出的提议，但是呼啸、冰冷的寒风和她脚下嘎吱作响的冰面使她很难想到什么，除了溅起的水花声，接着就是无尽的黑暗和令人麻痹的寒冷。

车灯前的人形轮廓说道：“如果我能接受这样的提议，我当然需要保证，保证我的财产会在约定的时间归还给我。而且我需要立即得到补偿，以弥补耽误了我的满足。”

威尔说：“完全合理。一辆二手丰田菲里亚怎么样？”

佐伊的无人驾驶汽车飞驰到了冰面上，直接撞向那个人，把他掀到引擎盖上。转眼间，男人和汽车冲进冰面，沉入了离佐伊如此近的冰冷池塘中，飞溅的水花将冰冷的水滴溅到她惊愕的脸上。

威尔叫道：“快跑！”

佐伊不需要这些指示。她匆忙地朝着冰面上那个汽车大小的洞相反的方向走去，祈祷着在她和岸边的积雪枯草之间能有一条坚实的道路。她走了一步，跌倒了，爬了一会儿，然后跌跌撞撞地站起来，差点又摔倒了，然后又一步一步地向前滑去。她走得很缓慢，令人沮丧，就像噩梦一样——跑啊跑啊，但道路尽头的光却越来越远。在离岸边大约十英尺远的时候，她突然听到脚下的冰面碎了，全部碎了。

她好像开始了自由落体，世界在她脚下消失了。这一切就像慢动作一样，她先是感觉到刺骨寒冷的冰水吞没了她的脚，接着是她的小腿，然后是膝盖。之后，这冰冷刺骨的深渊吞没了她的膝盖，接着又吞没了她的……膝盖。就在那时，佐伊意识到离岸这么近的水只有膝盖的深浅。她跌跌撞撞地穿过碎冰，爬上干燥的土地，然后转过身去，看到她可怜的丰田车，就像把鼻子淹没在水下一样，发出咕嘟咕嘟的声响，带着这个精神病患者，越沉越深。

手里的电话传来威尔的声音："你没事吧？"佐伊隐约听到电话里的另一个声音，远程控制这辆车的人说："我不敢相信这一套真的管用。"

佐伊说："我要挂电话了，你竟然想让那个家伙把我给吃了。"

威尔说："那不是真的，只是一种拖延战术。有一半的谈判都是这样，要按他们的想法来。说到这里，我们需要好好谈谈。"

"我不想和你谈判，你快消失吧。"

"没错，剩下的一半谈判就是要解决拒绝谈判的难题。你能找个地方，我们好好谈谈吗？"

"我冻僵了，被困在了这儿。我都不知道我在哪里。"

"绕着池塘走一圈，去开蠢狗的车吧，他再也用不着了。"

# 三

佐伊坐在连环杀手的长丰轿车里瑟瑟发抖。这是一辆便宜的出租汽车，尽管如此，车里有个运行良好的暖风装置，在她湿透的睡衣的衬托下，这完全可以称得上是一种幸福了。她开车离开池塘，把车停在市中心一幢大楼的背阴面，大楼的标志显示这里是房地产办公室，但从形状上看，显然它曾经是家必胜客。佐伊把她的头埋在手中，试图振作起来。她手机上的全息影像男人正在啜饮一杯苏格兰威士忌，而在这个影像的下面滚动着一条通知，提醒她母亲之前来过电话。

佐伊对这个男人说道："好吧。你到底是谁？"

"威尔·布莱克沃特，我为你父亲工作。"

"对，他死了？我听到你是这么说的吧？"

"是的，在一次事故中，是一场……爆炸。"

"什么？是冰毒实验室还是什么？"

"不，不是这样的。或者可能是吧，没人非常确定。我对你的遭遇深表歉意。他是……一个伟大的人。"

"布莱克沃特先生，我一生中只见过他两次。第一次见到他是在我八岁的时候。那天是我的生日，他给了我一个足球，因为有人告诉他我是个假小子。上次见到他是在我十六岁的时候，所以……至少六年我没有再见过他。他对我来说完全是个陌生人。为什么他被炸死会导致人们来追杀我？”

“这只是个误会。但有一份关于你的合同，在我们解决这件事之前你会有危险。“

“一份合同？比如说，杀了我的人会得到一大笔钱？”

“其实，他们需要你活着。”

“哦，挺好，至少有这条规定。”

“但合同规定，在你完成了你的使命后，他们可以按照他们的方式处置你。这很难解释，也很难讨论，只要我们都同意，我们不希望你落入他们的手中。佐伊，我们希望你到城里来。你有没有去过塔布拉拉萨[1]？”

这座城市名字的实际拼法是Tabula Ra$a，用美元符号取代了“S”，因为当一堆有钱的浑蛋在沙漠中建造一座崭新的城市，并获得给它命名的权力时，就会发生这种事情。

“我从来没去过，现在也不会去。我要去报警，然后再去睡觉。”

“这是个错误的决定。我们已经计划好在这里住宿，而且我们已经有一辆车在路上了，几小时后就能到。我们会给你一个地点，一辆豪华轿车会——”

---

1 原文为Tabula Rasa，拉丁语。——本书如无特殊说明，均为译注

“等等，豪华轿车？阿瑟·利文斯顿卖了多少药才能买得起这样的车？”她永远不会把这个男人称为她的“父亲”，因为这种关系只是遗传的，即使她可以，她也会否认。

“听着佐伊，为了大家，这件事必须这么做。可能还有其他坏蛋正在赶来的路上。”

“我……我会考虑的，我得和妈妈谈谈。”

“把她牵扯进来很危险，你甚至不应该回家。”

“我需要收拾一些东西。我得告诉她一些事情。”

“告诉她你父亲意外去世了，他在遗嘱里要求你去见他的同事；告诉她你被这个消息惊呆了，不小心把车开进了池塘里；告诉她为了补偿给你带来的不便，遗嘱里给你准备了五万美元。顺便说一句，最后那部分是真的。”他停顿了一下，好让佐伊意识到最后这句话，然后补充说，“那应该可以补偿你的损失，加上你一年的薪水。”

佐伊的脑海中有一系列的理由来清楚地说明她为什么要拒绝这个提议，但这些理由很快就被一排跳舞的美元符号掩盖了。五万美元实际上比她一年的薪水还多——毕竟，她在一家咖啡馆工作。这些钱可以让她和妈妈都离开拖车停车场，或者去一个更好的拖车停车场；可以让她回到学校，可以在一些能挣钱的领域获得学位，比如纳米技术；她可以在德雷顿堡的鱼饵店旁边开一家新奇有趣的纳米技术精品店。尽管如此，阿瑟·利文斯顿还是个罪犯，这意味着这个为他“工作”的人也是罪犯，不管他在全息影像里穿着什么样的华丽小西装。这意味着刚才发生追捕的双方可能都是坏人，毕竟，他刚刚告诉她不要去警察局。

她问："如果我走了，我怎么知道我走了以后不会有更多的坏人来追踪我妈妈呢？"

"如果你离开，他们就没有理由了。合同的目标是你，不是她。但如果你留下来，我向你保证，会有更多的人来追踪你们，这么拖延下去，你会把你和你母亲都置于危险之中。这次旅行绝对是唯一安全的选择。"

佐伊想起那个神经病的温柔呼唤——从冰面上回来，亲爱的——她打了个冷战。

她说："好吧，但是我怎么知道你们不是也想靠这份合同来赚钱的人？"

"你是认真的吗？我们不需要钱。如果我们真的是你想的这样，我们不能早点儿把你的车开来交接的地方吗？"

这听起来有道理，她想。不过，她没有打算和他们中的任何人一起上车。即使她决定去一趟塔布拉拉萨——在某种程度上，她知道这个决定十分愚蠢和鲁莽——她会自己去那儿。

威尔说："你还在吗？"

"证明你说的钱是真的。"

"等等。好了，查一下你的账户。我刚给你汇了五百美元。"

佐伊登录她的银行账户，发现他没有撒谎——她现在总共有五百一十七美元的存款。佐伊深吸了一口气，想，我们可以把冰箱修好。

威尔说："剩下的钱我可以存到托管账户里，给我二十分钟，我会安排好的……如果你同意这趟旅途的话。"

"我会考虑的。但别为车操心，如果我去的话，我会坐火车的。"

"阿什女士，我强烈地，强烈地建议你不要——"

她挂了电话。

现在是晚上七点。如果她乘火车离开丹佛，她可能在午夜前到达塔布拉拉萨。她把车开进主道，没有意识到鬣狗在他的车里放的一个微型摄像机记录了她的全部谈话，也没有意识到有一百五十多万人此时此刻正在观看着这一切。

# 四

佐伊不想变得多疑，但那个穿着烧焦玩偶头制成的内裤的男人让她有点紧张。他在火车车厢的另一端，站在过道上自言自语，他身上唯一的另一件“衣物”是一副涂黑了的电焊工护目镜，这使他看起来像是长了一对昆虫的眼睛。当他从盐湖城站（去往塔布拉拉萨之前的最后一站）上来时，佐伊立刻以为他是另一个为她而来的疯子，但后来他只是默默地站在车厢的另一端，所以她觉得不应该对他产生偏见。尽管如此，佐伊还是刻意避免看向他所在的方向；正如任何公共交通通勤者都能告诉你的那样，对抗精神病这样的黑暗力量，唯一的方法就是避免目光接触。她注视着窗外的灌木丛以每小时二百五十英里的速度模糊地掠过。她不知道如果把头伸出窗外，她的头会不会飞走。她的猫在她腿上的塑料箱子里喵了一声，好像在抱怨什么。

佐伊快被自己的紧张生吞活剥了。这是她第十次掏出手机登录托管账户，主要是因为她喜欢看到屏幕上显示的四万九千五百美元。她把手机放回钱包里，紧张地用下牙从指甲上刮下黑色的指甲油。这是她第一次坐高铁，大约有五分钟的时间她对速度感到敬畏，然而很快就厌倦了，开始注意到这列车有多臭。她在门口买的票，唯一的空位是在车的最后面，洗手间的旁边。不管是谁设计的火车，都把这个座位和洗手间安排得过于接近了，以至于每次有人进出都会撞到她的座位。到目前为止已经发生十九次了，更糟糕的是，每个人都会停下来，低头看看她，似乎在说：*是谁的主意，让这个奇怪的女孩坐在这儿？*

有人问："你的猫叫什么名字？"

佐伊哆嗦了一下，因为有一瞬间，她觉得这名男性的声音来自那个在裤裆上戴着玩偶头的无家可归的疯子。但事实并非如此，是坐在她旁边座位上的那个陌生人，一位穿着老式西装的精致年轻人，在整个旅程中，他一直通过一副有线眼镜查看自己的电子邮件。她看了他一眼，发现这个孩子度假的费用可能比她一年挣得还多。

佐伊挤出了一个她希望是友好的微笑，说："对不起？"

"你的猫，它叫什么名字？"

"恶臭机器。"

"真的吗？这有点过分。"他咧嘴一笑，露出完美的牙齿。

"你闻到它的臭味了吗？"

"没有，好像有一点儿。"

佐伊把手指伸进塑料猫箱的缝隙里去，摸了摸恶臭机器。它是一只波斯猫，除了脸和胸部是黑色渐变到棕色以外，其他地方都是白色的，看起来像是有人把一杯咖啡泼在了它的脸上。它的嘴角和周边的毛发都向下垂着，这让它看起来一点也不高兴。它戴着一个黑色的皮革项圈，周围镶着银钉。这让它看起来像一只朋克摇滚猫，佐伊想。

雅各布问道："你叫它的名字时它会回应吗？"

"猫咪不会回应任何事情。"

"对了，我叫雅各布。"

"很高兴见到你。"佐伊意识到此时她应该说出自己的名字，但即使她不是绑架的目标对象，她也没那么容易信任火车上的陌生人。

雅各布问："这是你第一次去塔布拉拉萨吗？"

"是的，我有点害怕。我在科罗拉多州长大，一个叫德雷顿堡的小地方，非常偏僻。怎么说呢，就在一个拖——"她差点说出"拖车公园"，但及时住了口。"——呃，我们住的地方有一尊很大的麋鹿雕像，由混凝土制成。雕像上有很多弹孔，都是这些年醉酒的猎人打出来的。"

雅各布笑着，露出完美的牙齿。佐伊有点嫉妒，她嫉妒那些父母从小就带他们去看牙医的人。十一岁时，她因为玩滑板，不小心失去了一颗小虎牙，之后与醉汉继父的邂逅又给她的门牙带来了一个缺口。她突然希望自己有一件关于德雷顿堡的趣闻逸事可以和雅各布分享。她可以告诉他那次高中篮球队进入国家总决赛，其中一名队员在比赛的时候突然腹泻……

另一个人拖着脚沿着过道走向洗手间，他也低头看了她一眼，这似乎是故意的——佐伊发誓每个经过的人都这么做。她脸上还粘着小辣椒吗？这次是一位黑人女孩，她戴着和雅各布一样的有线眼镜，这意味着很可能这个女孩有一个内置摄像头，正在直播一档网络节目，也许这个节目叫作《每日公共交通上最差的染发》（今天的主题：后排有着青色刘海的猫女孩）。

雅各布说："你将进入一个全新的世界，你对它了解多少？"

"我知道二十年前它并不存在，那里只是犹他州一片空旷的沙漠。一群有钱人开始建造摩天大楼，突然之间那里变成了一座城市。没有政府，对吧？我只知道这些。哦，我看到的每一张塔布拉拉萨的照片都像是在《银翼杀手》的世界里举行同性恋狂欢节游行。"

雅各布又笑了。"是的，我得说你可能会经历一次文化冲击，这是世界上独一无二的地方。你的手机永远不会没电，因为无线电源线圈无处不在。汽车行驶时也能充电。"

"太好了，也许我在那儿的时候会得癌症。"

佐伊又瞥了一眼玩偶头男人，她已经发现他在盯着她看了——他戴着昆虫眼睛一样的护目镜，很难分辨。她看着那个男人把一根没有过滤嘴的香烟插在咧开的嘴唇间。然后他漫不经心地举起手，用手指碰了碰烟头，点着了。*用手指。*

雅各布说："到处都是这样的工程。天黑以后，那些还没完工的楼房里就像飞满了萤火虫，所有的工人都在那里通宵工作，焊接金属制品——”

“你看到了吗？那个人刚刚做了什么？”

雅各布瞥了一眼玩偶头男人。“是的，火车上禁止吸烟。你想告诉他还是我应该告诉他？”

“不，他……没事。”佐伊断定那家伙一定是藏了根火柴。

雅各布饶有兴趣地盯着他，问道：“那些小脑袋是粘在他裤裆上的吗？”

“你知道像他这样的人最可怕的是什么吗？他做的每一件事在他自己看来都很有意义。”

“哈哈！不过我想我们都是这样。”

没人注意到那个玩偶头家伙在耍香烟把戏。然而，就在佐伊朝那个方向看的时候，另外两名乘客也转过头来看向她。她知道她现在不只是多疑了——他们会一次一个地看看自己座位的周围，或者抬起头来看看前方，然后再回头看看后方，当他们发现她与他们的目光相遇时，便很快地移开视线。洗手间的门撞到了佐伊的座位。黑人女孩慢慢走了过去，她又看了看佐伊。佐伊觉得她是在看自己的头发，就好像有什么东西在她的头发里一样，但后来她想起她还戴着那顶被拉下来盖住耳朵的针织帽，那是她在坐丹佛的公共汽车时戴上的。他们是在取笑她的帽子吗？或者他们在看雅各布？他是名人吗？

“总而言之，”雅各布说，“他们造房子的速度真是太惊人了。你去度假，当你一周后回来的时候，天空就少了一个缝隙，你必须盯着它一分钟才能弄清楚他们建了什么。他们的工作方式令人惊叹。他们从不停止。”

“‘他们’？就像机器人吗？”

“不，墨西哥人。所有工人都是持有工作签证的移民。伟大的工人。”

“哦……这有点种族歧视，不是吗？”

“是吗？我的意思是，我猜他们中的一些人可能不是好工人。无论如何，看着他们工作令人着迷，他们在工地上有这些巨大的制造机器，就像巨型3D打印机，它们只是放在建筑的一侧，就能造出整面墙，准备组装。”

佐伊试图弄清楚雅各布是在和她调情，还只是因为坐火车无聊了。她想象着那个可怕的玩偶头男人走过来，拿着武器，然后雅各布把他揍一顿，就像过去的那些拳击手一样。

雅各布继续说道：“一个星期五，在下班回家的路上，我漫不经心地对朋友说了一句，我多么希望我们家附近有一个沙拉三明治店。星期一晚上我下班回家，发现它就出现在那儿！他们是周末建的，就像他们听到了我说的一样。不到七十二小时，它就从一片空地变成营业场所。简单地说，这就是塔布拉拉萨，你眨一次眼，周围的景色就改变了。这就像是美国的迪拜，在迪拜还是迪拜的时候。”

佐伊喃喃地说：“是啊，这太奇怪了。”她发现雅各布注意到了她刚刚没有认真听。他陷入了沉默。

佐伊拼命想找点什么东西来填补谈话的空白，她说：“你喜欢你的眼镜吗？我前男友没有它可活不下去，但是当他让我戴上的时候总会让我头疼。”

有时雅各布的眼睛会向上或向右扫视，她知道他在刷新收件箱，这个收件箱只有他能看到，否则她不知道他在从眼镜外面看些什么。他们制作了一个游戏，你可以在你看到的人的脸上玩橡胶弹球（当然，只有你能看到这个球），或者一个会用幻想世界模糊现实里的一切的游戏，如果你是在公共汽车上，这是一个让你的钱包被偷的好方法。但无论如何，当你与戴眼镜的人交谈时，你永远不知道他们是否真的看到了你。

雅各布说：“你要习惯。当你取下它时，它们会在你的眼前留下一个影像，像后遗症，你会发现自己不停地在眼前寻找你的通知。”

“我男朋友下载了一款应用程序，可以在和他说话的人脸上添上卡通胡子。他会笑个不停。有一次他的眼镜被打碎了，他的脸被一个足球击中，我其实有点高兴。”她意识到自己谈论前男友有点太多了，事实上她当时还忘记在男朋友前面加上“前”了。她很快补充道：“他很愚蠢。我们两个月前分手了。”这很微妙，对吧？

雅各布说：“如果你周末有空，我可以带你在城里转转。有很多事情可以做。”

嗯，所以他可能是另一名连环杀手。尽管如此，这是星期四的晚上，她想知道自己能否在星期六之前减掉二十五磅或者身高增加四英寸。她意识到，在考虑这件事的时候，她忘记回答他的邀请，把他晾在那里，制造了一个尴尬的时刻。

雅各布试图打破尴尬，说："佐伊，为什么你会来这儿呢？"

"我的父亲——我的生父——他死了。"等等——她什么时候告诉了雅各布自己的名字？

"哦，我很抱歉。葬礼是什么时候？"

"我，呃，不确定。他们说需要我做一些其他的事情，法律文书之类的。这很奇怪。"

"发生了什么事？他不可能很老，你看起来只有——"

"二十二岁。这是个意外，我什么都还不知道。他们说有东西爆炸了。"

"哦，是仓库爆炸吗？"

"嗯，我想是的。除非有一个以上。你听说了这件事？"

"每个人都知道，这可是个大新闻。你是阿瑟·利文斯顿的女儿？请节哀顺变。"

"他很出名吗？"

"在这个城市里，是的。如果这个城市有市长的话，他可能会竞选市长。"

"嗯，那他真不错。"

雅各布注意到她冷淡的语气，所以没再说什么，这创造了佐伊和他相处的五分钟里第二次尴尬的沉默。她想象着带他回到她在德雷顿堡的拖车里，这个孩子穿着三件套的粗花呢西装，打着丝绸领带，背心上挂着精致的金怀表链。她想象着他坐在一辆修复过的老爷车里，车子靠电池驱动，没有声音地开进来，然后他从车里下来，拿着一根拐杖，大步走向门口。然后佐伊邀请他坐在一张沙发上，沙发上满是香烟烫出的窟窿和猫爪造成的磨损。这时，她想象着他要么逃命，要么留下来，主动提出把她从肮脏的环境中解救出来。她不知道哪个更糟糕。

佐伊注意到他的眼镜边角靠近铰链的地方有一小缕蓝光，她说："那是开着的吗？我们一直都在现场直播？"

戴着有线眼镜的人都有前置摄像头，可以二十四小时开机，记录下你的一举一动。如果你不想戴眼镜但仍然想向世界转播自己的生活，你是幸运的，因为你可以把这些微型摄像机装置在任何能想象到的东西里——怀表、项链、耳环、领带夹、帽子、铜制蜻蜓少女发夹，等等。你不需要取景器，摄像机就能拍下你面前所有东西的全景，并通过软件自动放大和聚焦面部以及其他有趣的画面——你只需打开它，就能记录你的生活。在今天，孩子们只要走出家门，就都要进行现场直播（自从佐伊高中毕业后，她就一直把二十岁以下的人叫作"孩子"）。

那么有谁在观看他们的节目呢？没有人，或者所有人——如果他们公开这个直播，任何人都可以进入观看。这几百万个连接在一起的摄像机信号的累积云被称为"开眼网络"，或者简称为"开眼"。比如，"你看到艾登和麦迪逊在艾萨克的派对上打架了吗？""没有，但是我看到了开眼。"你偶尔会听到有些人用过去时态，说他们“开眼了”他们的整个假期，你一定要去看一看。如果你屏蔽了他们的直播，他们会说你“蒙住”了他们，他们会把开眼的追随者称为“开眼者”。而现在的重点是，雅各布眼镜上亮着的小蓝灯意味着在这段时间里可能有一千人在收听他们的谈话。她努力回忆自己是否说了什么令人尴尬的话。

雅各布扶了扶眼镜，说：“哦，是的，我很抱歉。天啊，我应该告诉你我开了直播。我都忘了有这回事了。别担心，我没有任何追随者，最近只有我妈妈和几个想看看美国是什么样子的巴基斯坦人。现在唯一在看的人是一对老夫妇，他们是在我上车时进入观看的，他们正在计划一次旅行，想看看火车干不干净。”

“哦，你告诉了他们火车闻起来像小便的味道吗？”

“我没有，但我想他们刚才听到你说的了。”

他轻轻敲了敲眼镜，蓝色小灯熄灭了。灯光是法律要求强制打开的，这样变态就不能在别人不知道的情况下偷偷把它带进更衣室偷拍了。但是佐伊认为灯光还不够亮，因为她直到刚刚才注意到。她的目光又转向了窗外。低矮的灌木丛和偶尔出现的山峦已被一片“长着”一排排木架子的场地取代，这些木架最终会变成高楼，这片地方也会变成住宅开发区。新铺好的道路像黑色丝带一样在一排排木架之间蜿蜒起伏，形成柔和的曲线，有时会在到达另一片空地时戛然而止，而这些空地可能是一年后的另一个开发点。佐伊注意到，当他们离市区越来越近的时候，房屋变得越来越完整，窗外的景色没之前那么模糊了——因为火车正在减速。她的目光四处寻找那个玩偶头男人。他又向前移了几排；他抽完了那支烟，现在正光着脚踩烟蒂，好像想要把它碾进地毯里。

佐伊想和雅各布重新开始对话，她说：“那么，住在塔布拉拉萨是什么感觉？”

他想了一会儿，说：“超负荷。”

“那是什么意思？”

“你会看到的，人口过载的标志。哦，如果你愿意，你还可以和熊打架。”

“你可以什么？”

“你可以付二十美元，一个人会让你和熊打架。在公园里，有一个用绳子围起来的区域，你有五分钟的时间来和灰熊搏斗。”

“这怎么会合法？”

他耸了耸肩。“当没有人执法时，一切都是合法的。三个月前，一半的警察因为一个巨大的贿赂丑闻而入狱，其余的大部分人都离开了工作岗位。工资支票都不能兑现，真是一团糟。他们积压了太多案件，所以没有什么会再被起诉的。”

“等等，真的？如果一个变态闯进了你的……你要给谁打电话？”

“看。”

他朝她那边的窗外点了点头。佐伊看向窗外。

地平线上是一座圆柱形的摩天大楼，一条巨大的蛇盘绕着它。大蛇扭来扭去，血红的眼睛恶狠狠地盯着火车。它张开嘴，发出嘶嘶声。下面写着“十二月二十三日即将到来”。佐伊意识到，整栋建筑从屋顶到地基都被水晶般透明的视频屏幕包裹着，每扇窗户都闪烁着一段连续的动画——一个电影广告。巨大的、电脑制作的动画蛇扭动着它极其庞大的翠绿色躯体，盘绕在有五层楼高的字母旁，字母显示“杰登·史密斯与……”。大蛇在大楼上滑行，佐伊意识到塔布拉拉萨的每一栋建筑表面都安装了一个显示器，它会一直播放一条连续的视频，大蛇从一栋建筑滑行到另一栋建筑，这些都呈现给了火车上即将抵达的人。然后，这条蛇爬上了他们即将进入的火车站的圆形屋顶，用红色的大字将它的身体包裹起来，上面写着“杰登·史密斯与一条巨蛇搏斗”。

雅各布说：“我喜欢这么直截了当的标题，从字面上你就知道能看到什么。”

动画蛇冲出车站的天花板，爬到夜空——佐伊深吸一口气，吓了一跳。好一会儿她才回过神来，意识到这仅仅是一个安装在建筑屋顶上的全息图，想要通过这个幻象让大家觉得这条蛇和广告没关系。火车上的一些人也是先被吓了一跳，然后笑着拍照。佐伊注意到雅各布笑得合不拢嘴，他看见她刚被吓了一跳。她用胳膊肘推了他一下，叫他闭嘴，但她知道自己也在笑。她提醒自己还是闭上嘴，以免露出“不标准”的牙齿。火车从摩天大楼之间穿过，突然，塔布拉拉萨的艳俗色彩倾泻在她的车窗上。

在他们的头顶上，是一个水晶峡谷般的塔楼，在不同的建设阶段——他们经过一家把索尼的广告映射在天空的酒店，然后是一座建筑，它只是一个黑暗的大梁框架，顶部是起重机，像刺猬头突出的尖刺。佐伊低头一看，火车轨道旁边是一条闪闪发光的汽车银河。在缓慢流动的出租车和车队中缓慢行驶的是一些炫耀的、精心设计的驾驶者。这些人要么富有到可以在城市里开车和停车，要么没有足够长的时间来提升自己的品位。有一辆鲜红色的摩托车，车身被塑造成龙的形状，骑摩托车的是一个亚洲人，穿着绿色西装，戴着六英寸高的蓬头假发。隔壁车道的一辆大卡车，轮胎有一个人那么高，蓝色的火焰从完全不必要的镀铬管道里喷出来。车后是一辆二十一世纪二十年代的法拉利，车身涂了一层发光二极管涂料，颜色呈波浪状，在车身上荡漾着美丽的迷幻图案。然后是一辆二十世纪六十年代的凯迪拉克敞篷车，车身经过大规模翻新，内饰是白色皮革的，里面坐着一个戴着白色牛仔帽的高大黑人。

在街道一侧人行道的旁边是一条深沟，穿着橙色背心的工作人员正在铺设某种地下电缆。其他人在给一座建筑挖地基，砖块和水泥袋的托盘到处都是，像是一个个尘埃中的小岛，轮胎的痕迹在叉车和山猫挖掘机来来回回的地方交叉盘旋。

然而蜂拥在这一切周围的是人。由于人行道没有完工，行人就在拥堵的车流中穿梭。有穿着小礼服、戴着假发的醉酒女孩，她们咯咯地笑着，互相依偎在一起；有一群壮实的小伙子，赶着去建筑工地干活；有戴着太阳镜、留着胶状鬓角的日本小孩；差不多每五个人中就有一个人穿着令人讨厌的闪烁衬衫，衣服上要么是闪光的商标、下流话语，要么是卡通人物一遍又一遍做着同样表演的循环动画。闪烁着、跳动着的身体在汽车尾灯周围飘浮，每个人都在一片灯光和噪音中尖叫着寻求关注。佐伊不得不提醒自己，这就是这座城市在周四晚上十一点的样子。

佐伊问雅各布："你喜欢这里吗？"

他笑了。"这是一个复杂的问题。我只知道现在我不能忍受住在其他地方。"

火车正在慢慢地进站，刹车装置摩擦着铁轨发出刺耳的声音。他们经过一个停车场，这里像是一家汽车租赁店，挂着一些闪闪发光的招牌，推销所有规格的汽车。入口两边站着穿着黑色风衣、打着领带的男人，佐伊认为他们给停车场带来了一丝优雅的格调，直到她注意到他们手里拿着机关枪。

佐伊问："那些人是警察吗？"

雅各布俯身向窗外望去，若无其事地把身体靠在她身上，说："私人保镖。那些家伙可能是雇佣兵，你可以从他们穿的风衣看出来。当人们发现该市的警察毫无价值时，一些较大的公司开始集资来保障自身的安全。这是一件好事，因为你给这里的警察打电话，他们的语音信箱会告诉你请留言。"

"哇哦。所以遇到麻烦的时候，我们可以给雇佣兵打电话吗？"

“你可能支付不起那些特别的家伙的费用，雇佣兵更多的是面向企业客户。但是，的确，你可以打电话给私人保安。网上有一个大公告板，你可以在上面发布工作信息，他们会在上面竞标。这有点疯狂，一半的人是自由职业者，他们要么通过参加五天的枪支安全课程获得私人保安许可，要么花四十美元买一个假的。这里有点像蛮荒的西部。我的意思是，像你这样的人不应该独自走来走去。”

雅各布仍然靠在她身上，她闻到了剃须水和发胶的味道。他呼了一口气，佐伊感受到了脖子那里传来他的气息。然后雅各布又坐回自己的座位上。他把手伸进口袋，掏出一个纯银的小酒壶，喝了一小口。他把它递给佐伊，说：“外面很冷，它会让你暖和起来的。”

据她所知，她这辈子从来没有从陌生人手里拿过没有标记的容器来喝酒。她不喜欢细菌，也不喜欢被下药，但你能有多少次在火车上遇到一个有钱又英俊的陌生人呢？她喝了一口，感觉像岩浆在喉咙里滑过。是威士忌。她咳嗽着，他们俩都笑了，她觉得自己好像在拍一部愚蠢的电影。他们现在就在车站里，这是一座尚未完工的圆顶屋，佐伊认为，一旦完工，它将会是无比惊艳的，或者是美国最丑陋的建筑——现在下结论还为时过早。完成的部分都是艺术装饰风的玻璃拱门，交替着未来主义和老式风格。剩下的是一堆乱七八糟的暴露在外的钢架和一捆捆像内脏一样悬在空中的电线，仿佛这座建筑刚经历了一场激烈的刀战。

就在站台下，在数百名等候的旅客后面，是一排佐伊从未见过的快餐和饮料专营店。她因为这些店让自己这么兴奋而有些不好意思——德雷顿堡只有五个吃饭的地方，其中一个还是在加油站，而塔布拉拉萨的火车站就有十多家饭馆。就在座位上，佐伊发现了一家很棒的连锁店，在这里——根据广告上说的——你可以得到任何东西，只要它能被裹在厚厚的玉米饼里，被炸成脆饼；旁边是一家华夫饼汉堡店，就像店名听起来的一样，这里是卖华夫饼汉堡的；然后是一间果汁吧，那里排着长队的疲惫乘客等着花九美元购买一种含有四百毫克咖啡因和百分之十二酒精的混合饮料；旁边是一个刚拿出烤炉的饼干架，柜台下面有一个透明的玻璃烤炉，你可以看到他们在你面前烤巧克力曲奇饼，然后他们会把它们拿出来，塞到你手里时仍然是热的，巧克力融化在了蜡纸上——佐伊决定下车后去那里闻上半个小时；最后是一家名为“刺冰”的饮料连锁店，出售含糖水果冰沙，根据他们的标识，这些饮料中添加了听起来绝对非法的“燃料”——可卡因、锂、大麻油、右美沙芬、莫达非尼。她想知道这样的地方怎么能露天营业，不管有没有警察。但大部分时候她只是想知道这饮料要多少钱，她会买哪种。这家店门前排的队是所有队伍中最长的。

恶臭机器喵喵地叫着，把一只爪子从笼子的缝隙中伸了出来，显得有些焦躁不安。它从来没有被关在一个封闭的空间这么长时间，或者它可能想知道臭味是从哪儿来的。火车终于颠簸着停了下来，佐伊看见乘客开始从行李架上拽出随身行李……

六七名乘客一边这样做，一边不时回头看她。

是的，他们在看她，而不是雅各布。她很想站起来问问他们在看什么，但这样似乎显得自己有点傻。她需要找到旅馆，她想让雅各布载她过去。但就在她张开嘴的时候，出现了一个新的声音："你知道你和我有什么不同吗？"

是那个玩偶头男人，他用肩膀挤开即将离开的乘客，看着她。"你，"他对佐伊说，"头发上有蓝色条纹的女孩，你知道你和我有什么不同吗？"

他慢慢靠近，直到他出现在佐伊坐的过道上方。其余的乘客都绕着他走开了，他们很感激没被这个疯子注意到。

雅各布说："我们走。"

他准备带着佐伊一起站起来，但玩偶头男人把一只手放在雅各布的肩上，把他牢牢地按回到座位上。这个人个子不高，身体却像皮革绷在一捆捆钢索上，结实无比。

雅各布说："伙计，我们不想惹麻烦，快让开，否则我们就得叫——"

"闭嘴，我在跟她说话。"他把双手放在椅背上，手臂和躯干在过道上形成了一座桥。他捏了捏坐垫，肱二头肌下面的血管在颤动。佐伊看见自己苍白的脸映在那个人漆黑的护目镜里。"我问了她一个问题。你知道你和我有什么不同吗？"

佐伊恼怒地说："我不知道。什么不同？"

玩偶头男人笑了。"不同的是，"他低声说，"我绝不会因为一个陌生人的恐吓而回答这样的问题。”

雅各布说：“现在你听着——”

玩偶头男人并没有看他，他把右手举到雅各布面前，打了个响指，发出一声清脆的爆裂声和一缕刺眼的蓝白光，就像从指尖射出了一道细小的闪电。恶臭机器在猫箱里发出嘶嘶声并激动地跳来跳去。

雅各布畏缩地说道：“这是什么——”

那个人嘘了他一声。“我在跟她说话。这里有长长的队伍等着去喂这只胖乎乎的小猪。请排队等候。”

是的，她的第一反应是对的。这个精神变态者来完成上一个精神变态者留下的未完成的工作，而这两个人可能都是由某个有钱人派来的。想到这里，她认为自己之前没有对他评头论足，真是胸襟太开阔了。佐伊突然意识到，她刚刚用一场可怕的死亡换来了五万美元——即使利文斯顿的人兑现了他们几乎肯定不会兑现的诺言，这笔钱也不足以让她妈妈以后买一辆好车。

佐伊环视周围，想看看是否有警卫、列车员、魁梧的乘客，或者其他什么人在注意车厢后面发生的事情。但是没有一个穿制服的人出现，也没有一个走过的乘客想知道这个疯狂的裸体流浪汉和他正在折磨的那对年轻男女到底发生了什么。这个人，佐伊意识到，现在在这个世界的小角落里拥有绝对的权力。

她觉得自己可能要死在这列火车上了。

“你知道这些是什么吗？”他指着玩偶头问。佐伊没有回答。

他说：“不回答直接的问题是不礼貌的。”

“它们看起来就像你用打火机或喷灯熔化的玩偶头。因为你觉得它们会让你看起来很吓人。”

那人咧嘴一笑。“它们是灵魂，每一个都代表着我取走的灵魂。我是灵魂收集者。它们将永远为我服务。”

佐伊还没来得及准备回答，一个无聊但又权威的声音说道：“你们得把车给腾出来，伙计……”

终于。他们三个抬头一看，原来是一个穿灰色制服的秃顶男人靠在滑动门上。当他的视线和玩偶头男人那副不像人的黑色护目镜相遇时，他的脸一下失去了血色。“现……现在我们不想惹任何麻烦。你跟那些人有什么事，换个地方去处理，好吗？没有必要耽误火车。”

佐伊瞪着他。“你在开玩笑吧？快去叫警察！”

玩偶头男人转回身来，再次面对他的人质。

他笑着说：“我完全同意那只蓝头发小猪崽的意见。去叫警察，叫狱警，叫穿着黑马甲的雇佣兵。告诉他们所有人，阿瑟·利文斯顿的女儿现在在灵魂猎人的手里。如果有人想上这列火车，或者她没有给出我想要的东西，我就把她也加入我的收藏。”

# 五

现在，站台上挤满了旁观者，他们用几十个微型摄像机记录下了这一场景，人们可能看到自己的观众数量飙升，因为有消息传遍了开眼，说有人即将被一个逃跑的精神病患者用闪电劈死。没有人出面干预，他们只是带着冷漠的好奇心看着，就像在观看动物园玻璃后的动物一样。玩偶头男人在火车车厢的过道里昂首阔步地走来走去，从车窗里向人群怒目而视。佐伊意识到，他并不是想把围观的人吓跑，而是想确保所有人的摄像机都有机会清楚地拍摄到凶恶画面。他一度站在敞开的门口，抬起手来，发出噼啪声响，把人群吓了一跳。他用手指又要了次闪电的把戏，这给观众留下了深刻的印象。佐伊不知道自己是不是快疯了。

还有一件很奇怪的事，但由于她之前遇到的那些更奇怪的事，佐伊当时几乎没有注意到，那就是人群中有很多带武器的人。佐伊看见，在身穿灰色连体衣的铁路工作人员、身穿白色衬衫的保安和成百上千的看客中间，有六七名雇佣兵成员，他们穿着黑色外套，打着领带，拿着小机关枪对着天空，看上去就像特勤局特工。然后，她又数了数，至少有五个人穿着满是口袋的黑色背心，戴着琥珀色的面罩和黑色的反向棒球帽，戴着无指手套，手握突击步枪。然后是一些单独的武装者——似乎不属于任何团队的奇怪的男人或女人。有一个人穿着背心，肩上别着两支手枪；旁边是一个穿着皮夹克的日本秃头男人，背上背着武士刀；然后是一个有着粉红色头发的女人，大腿上各绑着一支短的双筒猎枪。他们没有对人质事件的发展做出反应——他们没有时间。他们一直在那儿等着，为什么呢？

“我不得不说，”玩偶头男人怒气冲冲地走向过道，“他们把你藏在火车上是明智的。但我找到了你，这是我的命运。现在你已经见识过我的力量了，你知道我能对你做什么。”

佐伊回答说：“好吧，别……呃，别像精神病患者一样做什么暴力的事情，我很乐意合作。但现在我不知道你在说什么，好吗？我知道有什么合同。但问题是，我不知道是什么人想要我，或者他们为什么想要我。我也不想知道。”

玩偶头男人咧嘴一笑。“你真是阿瑟·利文斯顿的女儿？哎，我应该这么期待的。”

“他欠你们钱吗？这就是问题所在吗？他是不是在毒品交易上骗了你？不管怎样，我不在乎——如果你想让我打电话给之前跟我谈过话的人，让他付钱，我会照做。但我不认识阿瑟·利文斯顿。他想送我一辆车作为十六岁生日礼物，我把车还给了他。他的钱很脏，我一分都不想要。”

“很好。你会为我打开他的保险库。”

“如果我知道它在哪儿，是什么东西，怎么进去，我绝对会那么做的。但我发誓，这是我第一次听说。”

“我想让你知道，我既不惊讶，也不失望。事实上，如果不是这样，我对任何事都会很失望。毕竟，你没有理由尊重我。就像所有人一样，你只尊重那些拥有权力的人。你需要我向你展示我的力量。这样你才能尊重我，平等地对待我。”

“不，不，你真的不——”

玩偶头男人伸出左手，掐住雅各布的喉咙。雅各布扭动着，使劲地捶打着，想挣脱开。他完美的头发散落在眼前，几乎哽咽道：“嘿！不！你在干什么——放开我！”玩偶头男人没有想掐死他，只是让他待在原地。“佐伊！”雅各布发出嘶嘶声，脖子上的筋像要爆裂一般，脸因为惊慌和用力而涨得通红。“照……照他说的做……”

玩偶头男人说：“嘘……”然后他继续用左手把雅各布按在座位上，伸出另一只手，轻轻地放在雅各布的额头上。他用手掌按住雅各布的额头，拇指抵住太阳穴，中指抵住另一个太阳穴，像抓保龄球一样抓着雅各布的脑袋。

“佐伊……告诉他……”

“嘘——”

“求你了。”

“嘘——人类唯一的命运就是屈服于强者！”

砰的一声，紧接着是嘶嘶声和飘起来的烟雾。雅各布的身体变得僵硬，他的双手紧握，飞到胸前，双脚抖动着，踢着前面的座位，一只鞋掉了下来，散发出一股像蒸西蓝花一样的臭味。佐伊的猫号叫着，发出嘶嘶声，想从箱子里爬出来。玩偶头男人拿开了他的手，雅各布瘫倒在地，眼睛睁着却毫无表情，嘴巴耷拉着。低低的汩汩声从他的喉咙发出，一串口水从他嘴里流出，一摊尿液从他的胯间流到膝盖。雅各布的太阳穴有一个洞，冒着烟，那是电流烧了他的大脑后留下的。

佐伊尖叫道："你做了什么？你做了什么？！"

玩偶头男人用夸张的声音说："我已经把他从他脆弱的躯壳里解放出来了。他加入了我，成为更强大力量的一部分，成为我收藏的一部分。"

火车外的站台上一片混乱。一个电视摄制组正在对现场情况进行报道，佐伊听到了直升机螺旋桨的声音。后墙上的一个大屏幕已经从当地的天气预报转到现场报道。底部的标题并非佐伊想的那样，不是"疯子劫持了火车"，也不是"流浪汉掌握了闪电的力量"，而是"利文斯顿的女儿被扣为人质"。

佐伊咬紧了牙，不知道自己要为妈妈选了一个卑鄙无耻的精子贡献者而付出多少代价。雅各布半闭着的眼睛没有目的地转动着，但什么也没看见。他突然倒在佐伊的身上，佐伊把他推开，对着窗外站台上的人尖叫。

"帮帮我！他会杀了我的！"

又一次，他们就这么看着，无动于衷。在那之前，佐伊每时每刻都生活在一种不言而喻的假设中：如果事情变得很糟，她总能找到一个可以求助的人——她的妈妈、老师、警察、上帝。但现在她被困在这个巨大的铁皮里——只有她，这个男人，还有死亡。也许每个人最后都会有这种感觉。脚下的冰破碎了，你发现脚下除了寒冷和黑暗，什么也没有。现在应该是最糟糕的时候。

人群中有一阵骚动。人们开始回头看车站的主入口。人群慢慢地分开了，就像一只野兽走了进来，没有人想惊扰到它。人群中首先出现了一个身材高大的黑人，他是个光头，脑袋被剃得锃亮。佐伊觉得他看上去像个“麦丽素”，一种巧克力糖果。她不知道这是不是种族歧视，但世界上所有进步的态度都不能改变他的头看起来就像一颗巧克力糖果这个事实。他身后站着一位漂亮又严肃的中国女士，她的步伐让她看起来像穿了条太紧的裙子。她身后站着一个男人，戴着一顶牛仔帽，长着浓密的眉毛、红红的鼻子，看上去就像是从动画片里蹦出来的一样。在他们身后，隐隐约约又出现了一个她看不清的人。但是站台上的人群知道他是谁，知道他们都是谁，并且十分不想和他们有什么接触。这群人中没有一个看起来像带了武器，但即便如此，那些拿着机关枪的人也不敢和他们有眼神交流。所有人都在往后退。玩偶头男人——也就是灵魂收集者——伸出一只手，按在佐伊的额头上，用中指和拇指戳着她的太阳穴。

他低声说：“我可以带走你的财产，也可以带走你的灵魂，对我来说都可以。所以你来选择。你有三秒钟的时间，一……”

“不！听我说！”

“二……”

“求你了！我带你去保险库或者别的地方，我们会找到的，我会做任何你想做的事——”

“住手！我来了。”

门口站着一个耀眼的、肤色白皙的男人，他身穿大衣，戴着一顶软呢帽。他有一双冰冷的蓝眼睛和分明的颧骨。他的西装外套、背心、衬衫和领带都是深浅不一的灰色和银色——佐伊觉得这让他看起来像个机器人。他的衣服上没有褶皱，就好像那身衣服是他皮肤的一部分。佐伊那一瞬间的想法是，她无法想象这个男人穿别的衣服的模样。

她见过他，通过手机投出的全息图。

灵魂收集者转过身来面对着这个男人，双臂放松下来，放在身体两侧，用身体挡住了过道，把自己挡在银色套装和他的猎物之间。

威尔·布莱克沃特环视车厢，好像在评估形势，然后他平静地说：“最重要的事先说——你没事吧？”

佐伊正要回答，这时她意识到威尔问的是灵魂收集者，而不是她。

他笑着说：“威尔，我之前还在想你什么时候能到呢。”

威尔停了下来，摘下帽子。他的头发看起来像是黑色头盔，随时可以抵御飓风。

“布兰登，你还好吗？还在服药吗？你没有，是不是？”

“我现在不用吃那些了。多亏了摩洛克，我才能掌握自己的命运。我成了灵魂收集者。”

“是的，我看到了。后面那个男孩，他死了吗？”

“他的灵魂与我同在。”

威尔若有所思地点了点头，仿佛在脑子里做着什么小的算术题。“好吧。这样会把事情变得复杂。我可以带你离开这里。但我们现在得走了。这女孩看起来没有受伤。对吗？”

“是的。”

“很好。我相信你已经注意到我们这里吸引了不少人。”

灵魂收集者轻蔑地朝站台那儿瞥了一眼。“我的力量可以把他们化为灰烬。”

“好吧，我不想我的西装上全是灰，所以让我们开始吧，尽可能干净利落地完成这件事。外面有一辆车，如果我们快点行动，就能让你穿过人群，不会出事。”

他看向佐伊，对她说：“你也和我们一起去。我们要去你父亲的庄园，他的保险库就在那里。我应该不需要再告诉你，你最好——也是唯一可以做的事，就是服从。”

佐伊瞥了一眼瘫在她身边脑死亡的男人，像小便一样臭气熏天。薄薄的卷须状的青烟正在从他的太阳穴里冒出来。

她说：“求你们，让我走……就行。不管阿瑟·利文斯顿做的是什么见不得人的勾当，不管他有多少钱，不管他有多少金库，这些我都不在乎。”

“没关系。你被牵扯进来是因为你父亲把你牵扯进来了，而现在你就是案板上的肉。如果你不按我说的去做，事情就会以你无法理解的方式变得糟糕。”

威尔站直身子，把帽子戴回他那顶黑发头盔上，捋了捋袖子，对他们两人说：

“现在的情况是这样。你可以看到外面站台上发生了什么。由于这座城市没有一个真正的或有组织的警察部门，我们所看到的是一群非常不合格而且精神上经常不稳定的受雇枪手。他们每一个人都知道利文斯顿的女儿在这里，而且每个人都认为他们可以从中获得回报。这是一群非常愚蠢的人，他们的肾上腺素激增，他们知道自己的一举一动都在被直播。我们必须向他们、向在这里和我们目的地之间出现的每一个人表明，现在我们才是控制局势的人。现在，我要先走出那扇门。佐伊，你是下一个。灵魂收集者就在你身后。我们一出门，就会被蜂拥而至的人群包围。佐伊要对着最近的摄像机说下面的话，仔细听着。你在听吗？”

佐伊点点头。在她旁边，雅各布发出一声喉音，他那无神的一直睁着的眼睛在车周围转来转去。突然间，一个完全不同的未来出现在她的脑海里，在这个未来中，佐伊和雅各布平安无事地到达车站，两人一起走下了火车……

他替她拿着包。在站台上，她给了他自己的电话号码。他们同意星期六晚上见面。第二天，雅各布来她住的酒店接她。这位英俊的陌生人有一辆敞篷车，尽管现在是十二月，他们还是把顶篷放下，在寒冷的空气中飞驰。五十层的视频屏幕在头顶上闪烁着广告和品牌标识。他们去了一家高档餐厅，可能是在一家能俯瞰新城市的高层酒店顶层，那里的队伍很长，但雅各布可以直接进去，因为他认识很多人。他们吃喝玩乐。她看到了他看她的眼神。雅各布知道他可以找一个更苗条、更漂亮的女生，但他看到了她真正的样子，看到了她的内在，他想要得到它。之后，他们等着男服务员把车开来，夜晚的天气很冷，她有点醉了，雅各布把外套披在她的肩上……

佐伊说："我在听。"

"你要说，'我叫佐伊·阿什。我是阿瑟·利文斯顿的女儿，我被扣为人质。我已经——'"

"被灵魂收集者劫持了。"灵魂收集者说。

"对。'我被灵魂收集者扣为人质。他们说，如果有人试图干涉，他就会杀了我。请不要干涉我们。其他所有的赏金都被取消了。'明白了吗？不一定非得完全一样，但一定要表达出这个意思。一切都在控制之中，如果他们干预，就没有钱。"

佐伊点点头。她把一根手指伸进猫箱，摸了摸恶臭机器的头。"我们离开这里吧。"

她站了起来，意识到雅各布的银色酒壶落在了她的腿上。拿上它是错误的，因为她几乎不认识这个人。但她还是拿了，把酒壶塞进了包里。如果她后来活了下来，这就是用来纪念他的东西。佐伊刚一站起来，外面的人群就发出一阵嗡嗡声，每个人都试图挤到合适的位置，拍下人质和劫持者从火车里出来的情景。威尔从行李架上拿起她的手提包，站在门口。佐伊遵照指示，拎着猫箱站在一边。

佐伊感到有一只手放在她的背上，她吓了一跳。甚至透过夹克，她都能感觉到灵魂收集者的手指发出的嗡嗡声，一种像蚂蚁在她的肩胛骨间爬行的颤动。门滑开了，噪音就像一堵墙一样砸在她身上——记者们围着她尖叫着提问，穿灰色制服的记者们试图推开那些看热闹的人。后面那面墙上所有的屏幕现在都调到了本地新闻，而本地新闻正在播放这三个人的画面，营造出一种不和谐的镜面效果。佐伊看着显示屏幕上的他们三人，大概要比真实情况慢一秒——穿着大衣、戴着软呢帽的高个子男人后面跟着身高五英尺两英寸的佐伊，从羊毛帽里露出的蓝色刘海让她看起来很苍白。她身后是高大的、裹着缠腰布的野蛮人。群众一看见他就开始往后退。

不，不对。他们是想远离威尔。

三人慢慢走上站台，进入了佐伊只在车厢里瞥见过的那座巨大的未完工建筑。她看到旁边的站台也有一列火车，是从拉斯维加斯开来的。条条大路通向塔布拉拉萨，一个她出生时甚至都不存在的地方。这时一个电视新闻摄制组冲了过来，接着又来了一个。她出名了。这太糟糕了。

在他们身后，那些穿着黑色背心、戴着墨镜的家伙已经潜行到了指定的位置。穿着大衣的雇佣士兵带着他们的小机关枪慢慢地走向门口，挡住了路。威尔回头瞥了佐伊一眼，点点头。现在到处都是摄像机——见鬼，甚至随便一个旁观者都是行走的摄像机——所以佐伊没有看向特定的一个。

“大家能安静点吗？我想说点什么。”

骚动平息了一会儿。她回头看了一眼火车车厢，看到医护人员冲了进去抢救雅各布。她想知道他的家人是否就在人群中，或者他们是否住在城里。

“好吧，嗯，听着。我被劫持了，被——”她说不出他那个愚蠢的名字，“我身后那个长相凶恶的男人。他告诉我，如果有人试图干涉这件事，他会杀了我。”

人群中传来一阵骚动和喘息声。他们到底知不知道发生了什么？佐伊再次回头看了看电视屏幕，发现摄像机已经对准了灵魂收集者的脸。他露出黄色的牙齿，护目镜后面是一双难以捉摸的眼睛，后墙的电视监视器纯黑色屏幕上反射出他的脸。他完全沉浸在这瞩目的关注之中。佐伊意识到她正在观看这个男人一生中最伟大的时刻。她用力地咬着嘴唇，咬出了血。

佐伊清了清嗓子，继续说道：“他的名字叫灵魂收集者。他有一种魔力。”

佐伊转身对灵魂收集者说：“让他们看看吧。”她竖起大拇指和食指，“给他们表演一下闪电吧。这样他们才知道你是认真的。”

灵魂收集者认为这是一个非常棒的想法。他再次露出牙齿，举起手，让所有的镜头都聚焦在他身上。佐伊觉得现在正是喝点酒壮胆的最佳时机，便拧开雅各布的酒壶盖，把剩下的酒都倒进了她的嘴里。灵魂收集者斜视着她，把他的手举到她的面前，打了个响指，让弧形的蓝色电流从拇指和食指间迸发出来。

就在这时，佐伊朝他吐了半瓶威士忌，酒的雾气和闪电相遇，变成了一个大火球。她瞄准的是他的脸，但火球落下来，吞没了他的胯部。灵魂收集者像一个睾丸着了火的人一样尖叫着，重重地摔在地上。佐伊抓起猫箱，冲出人群。

# 六

佐伊在人群中被戴着护具的手肘击中，从一扇旋转门中滚了过去。她发现自己出现在嘈杂的人行道上，这里挤满了等车的人，路上的车像是黏稠的淤泥，半天不见移动。她本想自己拦一辆出租车，但在这种交通状况下，追赶她的人可以慢悠悠地走过来，然后把她从后座上拽下来。

所以，佐伊跑到马路上，穿过拥堵的六条车道。她紧紧地抓着猫箱，但恶臭机器似乎因为颠簸而非常恼怒。她躲开一辆车上覆盖着铜管、木板和发条装置的蒸汽朋克面包车，又差点儿被一辆可口可乐的送货卡车碾了过去。卡车一侧的屏幕上循环播放着一段动画视频，视频中北极熊在雪地里嬉戏，让每个人在圣诞节喝可乐。她经过一辆定制的皮卡车，车上是一个全息影像的裸体女人在床上跳舞；然后是一辆伟士牌摩托车，车上坐着三位年轻的中东男性。终于，她来到街道的另一边。她越过一个臭气熏天的坑，坑里有几个男人，他们正试图修复一条渗水的下水道。结果她的左脚踩在一块湿水泥地上，毁了一段还没完工的人行道。她绊了一下，摔了一跤，猫箱飞了出去，弹了好几下，恶臭机器在箱子里跳来跳去，发出嘶嘶的声音。毫无疑问，佐伊意识到，如果让它自己走的话，情况会好得多。佐伊没有理会愤怒的工人们的叫喊，她爬了起来，推开看到的第一扇门。

她闻到了油脂和咖喱的味道。她发现自己走进了一家挤满了人的麦当劳，店面挂着一个印着英文和印地语的招牌，门上贴着醒目的广告，宣称他们的汉堡都是用油炸蔬菜和印度香料做成的，绝对没有牛肉。她用肩膀挤过厨房的员工专用门，穿过在一排油炸机旁忙碌的印度少年，然后又推开另一扇门，出现在一个巷子里。巷子里有摊贩在兜售冒牌钱包、预付电话和AK-47冲锋枪。她穿梭于喋喋不休的顾客和小贩之间，他们用语速飞快的外来语讨价还价。

她拐过一个弯，看见前面有一群人，密密麻麻，她觉得自己可以消失在这群人中。这些人在一个城市公园里转来转去，簇拥在一堆冒着热气的快餐车上。附近有一个音乐台，有人在收拾设备，公园里的音乐会刚刚结束。佐伊紧张地回头看了一眼，向人群密集得足以把她吞没的地方走去。她跑着，汗水在脸上快要结冰了。她感觉自己的肺里长出了刀片。她不应该状态这么糟糕，她十五岁就戒烟了。

佐伊一边走着，一边不停地说着“让一让”，她穿过一群正在大笑的围在野餐桌子旁的黑人，这似乎是一个生日派对，佐伊想要消失在这群人中。她扫视着周围的人。十几名大学生戴着联网眼镜跑来跑去，玩着一些开放世界的电子游戏，互相投掷只有戴了联网眼镜的孩子才能看到的虚拟魔法火球，同时躲避着无家可归者的临时帐篷；她看到穿着皮大衣的日本女孩咯咯地笑着，她们看起来像是游客；一群印度孩子围着公园的长椅吃着从隔热的麦当劳盒子里拿出来的油炸咖喱球；两个无家可归的老男人在争论着什么；其他大部分人都站在卖烤肉串、比萨纸杯蛋糕和冰激凌油条的食品车前面。附近有另一辆推车在出售成袋的大麻，以帮助延续垃圾食品的贸易循环。

佐伊决定继续往前走，让更多的人挡在她和街道之间。她从一群喝醉了的人身边走过，绕过一个用绳子围起来的区域，一个胖乎乎的兄弟会男孩正在威胁一头神志不清、服了大量镇静剂的熊。她终于找到一个空的公园长椅，长椅的后面放着一段视频广告，广告中有一名头戴面具的男人拿着一把大刀，宣传他可以被雇用作为治安维持者、人质谈判员和保释担保人。她一屁股坐在长凳上，把猫箱放在脚边。她试着去思考。

她没有能力离开这座城市，除了步行——很明显，她不能坐火车回去（这辈子都不会），她也没有办法用她的信用卡租一辆车。她也没有地方过夜——她的信用卡真的没有足够的额度来支付房费，即使加上威尔·布莱克沃特为了引诱她到这儿来的那笔钱也不够（他们可能因为这事笑了很久——区区五百美元就可以让他们的人质直接送上门来）。她可以试试搭便车沿着高速公路出城，希望有陌生人会带她出城，并且没有谋杀她的意图或者不会要求她以身相许来答谢，但这个概率真的比平时低太多了——新闻上到处是她的照片，而且她还正在被悬赏捉拿。她很想打电话给妈妈，但她会怎么做呢？开着一辆牌照被吊销了的破旧丰田车，从科罗拉多开十到十二个小时？

哦，等等，那辆车现在已经变成冰冻池塘下鱼类的栖息地了。

佐伊把恶臭机器从猫箱里放了出来。它在长椅周围徘徊，希望能找到一只鸟来吃。但它不是个好猎手，当它看到离长凳不到五英尺的地方没有自然死亡的鸟后就放弃了，在地上躺了下来。佐伊抱起那只猫，紧紧地抱住它，想着该怎么办。她环视四周。耸立在公园旁不远处的美国银行大楼被一个三十层楼高的卡通版天气预报包裹着，预报显示下周会有雨。旁边的希尔顿酒店正在播放一段广告，宣传他们屋顶上的恒温游泳池。旁边的办公楼上在播报当地的新闻，先是在放某个小爆炸后的画面（玻璃碎片、残骸和一些震惊的观众），然后画面切换成佐伊那张又大又呆的脸。佐伊嘟囔了一下，傻乎乎地把那顶针织帽往下拉了一点，仿佛遮住眉毛别人就认不出她似的。她扫视着周围的人，想看看有没有人在注意她。

这座大楼还在播放她几分钟前下火车的视频。接着镜头切换到她拿着威士忌做的把戏，之后镜头切换到车厢里的视频，是一个经过他们去洗手间的乘客的开眼直播画面。这时公园里响起了欢呼声，她转过身，看到兄弟会的男孩成功地给那头熊装上了头锁。熊似乎有点恼火——

佐伊僵住了。屏幕上的图像显示她正坐在公园的长椅上。然后图像转到一个后面的视角，紧接着是另一个更近的视角。她突然意识到，在这个世界上有一半的人都戴着直播摄像头，而她却试图消失在人群中。

现在每个陌生人都在盯着她看。她抓起猫，飞速跑开。

穿过人群和街道，走进一条小巷，里面全是踩着高跟鞋、戴着假发、穿着仿毛皮大衣的裸女。她绕过街角的一家典当行，那里挂着一个牌子，上面写着他们愿意出七万五千美元购买一个人的肾脏。她朝这片地方中唯一没有被灯光覆盖的地方走去：一座低矮、形状怪异、周围用绳子围起来的建筑区。她爬过橙色的栅栏，躲到一个巨大的金属垃圾箱后面，里面堆满了建筑残骸。她回头看了看她刚走过来的路……

灯光在十英尺高的空中盘旋，慢慢地向她靠近。这是一个嗡嗡作响的装置，大小和形状就像一个飞行的烧烤架，有两道蓝色光束穿透黑暗，扫视地面，寻找目标。

灯光照射到佐伊藏身的地方，她迅速跑开，无人机尾随着她，可能此时无人机已经把拍摄到的画面传给了她父亲的暴徒、治安官、那个流浪汉巫师，或者其他那些也想抓住她做一些不可告人的事情的帮派暴徒。她一头扎进了漆黑的建筑工地，撕破黄色的警示胶带，鞋子时而陷进泥里，时而嘎吱嘎吱地穿过铺满玻璃碎片的地面。在她面前隐约可见的是一座砖块结构的建筑，看上去就像一座倾斜的公寓楼。事实上，正是这样，公寓华丽的主入口离地面有五十英尺高，入口处破碎的遮阳篷在微风中飘动。

佐伊看到一扇没有玻璃的窗户里射出微弱的光线，窗户低得足以让她爬进去。她成功地爬了进去，进入了她认为注定是建筑史上最不方便的建筑。恶臭机器终于受够了，从她的双手里挣脱开来，向走廊尽头的灯光飞跑过去。由于公寓倾斜，佐伊是站在一堵粉刷过的墙上，左边是铺着瓷砖的地板，右边是灯具和隔音板。她小心翼翼地穿过大厅，绕着脚边敞开的门走着。在她的上方是一排相同的编号门，只有体操运动员才能进得去。

从她身后传来耀眼的灯光和四扇旋翼发出的愤怒嗡嗡声——无人机跟着她进来了。佐伊慢跑进这座荒谬建筑的深处，踢开落在地板和墙上的碎片——大块的家具、破碎的台灯、损坏的马桶。她被一个灭火箱绊了一下，差点跌进地板上（准确地说应该是墙上）的一扇门。无人机现在正对着她，佐伊爬回灭火箱那里，猛地拉出灭火器。她朝嗡嗡作响的无人机走去，发出一声空手道式的叫声，然后扔出灭火器。这个空中小浑蛋被击中了，发出一阵火花，破碎的塑料散落一地。

当无人机掉落到地面的时候，有一捆包裹在锡箔纸里的东西从机器内炸了出来。出于好奇，她拿起这个锡纸卷。这个东西还是热乎的，有墨西哥卷饼那么大。

她打开了它。

真的是个墨西哥卷。她踢踢坏了的无人机，一扇旋翼还在塑料外壳里徒劳地旋转着。旁边用明黄色的字体写着：

直升机！

无论你站在哪里

都能吃到美味的墨西哥食物

下面是一个电话号码和下订单的网址。无人机本身被涂成了墨西哥国旗的红、绿、白三色，顶部还粘着一顶节日帽子。

她听到楼下大厅里有声音。

佐伊转过身去，没看见有人。微弱的声音从大厅尽头灯光的方向传来。佐伊小心翼翼地沿着墙走着，墙在她走的时候越来越向左边倾斜，好像整个建筑物都有轻微的扭曲。她低声呼唤恶臭机器，她知道这样做对恶臭机器来说是没用的。她找到了光源，光从下面地板上一扇开着的门里倾泻而出。一架梯子的顶端清晰可见，显然是有人把它支在那里，好让人从旁边的公寓里下去，而不至于掉下去摔断脖子。恶臭机器停在门框边上，朝里面窥视。

突然有什么东西抓住了它。在一片模糊中，它消失了。

佐伊向它跑去，同时回头看了一眼，看看是否有什么东西或什么人跟着她进了大楼。她走到敞开的门口，蹲下身子，看到一间灯火通明的房间，里面满是阴影和瓦砾。她又呼唤了一遍恶臭机器，这是愚蠢的，因为即使它回应了，它也不会爬梯子上来（即使猫通常会爬梯子，但她很有信心她的猫不会）。于是，她只能爬下去，发现自己来到一间破旧的餐厅里。地板上的窗户都被震碎了，展现在眼前的只有淤塞的泥土和枯死的杂草。家具被扔在墙上。在她的上方，就在她刚刚穿过的门的右边，有一个带吧台的小厨房。两名身材高大、脏兮兮的拉丁裔男人把吧台当成了长凳，他们泥泞的工作靴挂在黑色大理石工作台上晃来晃去。佐伊转过身来，看见后面站着另外四个人。一个拿着大锤，一个拿着鹤嘴锄，还有一个拿着普通的斧头。第四个人是一个前臂文着西班牙语的粗壮男人，他一手抱着恶臭机器，一手拿着没有点燃的喷灯。他们都默默地站在那儿，昏暗的灯光让这里看起来像是中世纪的酷刑地牢。

抱着她的猫的男人说："你迷路了吗，小女孩？"

她实在是太累、太累了。她看了看梯子，但肯定没爬两阶就会被他们抓住。好像她可以不带恶臭机器离开似的。

佐伊疲惫地叹了口气，说："有人在追我，我只想找个地方躲起来。你们这里……这个地方，很好。这是幢很大的楼，我可以重新找个房间。但那是我的猫，请你们把它还给我。"

那个矮壮的男人说："我们不能让你这样做。"

另外一个人用西班牙语对他说了些什么，他也同样用西班牙语回答。

佐伊说："把猫给我吧，求你们了。"

"然后你要去哪里？"

"去别的地方。求你了——"

她的电话响了。她想可能是有人来救她，就拿出了电话。威尔·布莱克沃特的全息影像又一次出现了，在房间昏暗的灯光下飘浮在手机上方。她周围的每个人都做出了反应，开始用西班牙语互相开玩笑。那个抱着佐伊的猫的矮胖男人发出一声刺耳的笑声。

佐伊挂断了电话。那个矮胖男人上下打量着她。

"你不是本地人，对吗？"

“对。”

“你没有地方住了？没有朋友，没有家人？所以你才打算待在这个几乎水平的房子里？”佐伊没有回答。相反，她擦去了脸上的泪水，想着自己是多么想找个地方躺下。她太累了。

他说：“我们和你做个交易。你想去哪儿我们就送你去哪儿，甚至可以给你点吃的。但你得先为我们做点什么。”

其中两个人开始用西班牙语和他说话，一遍又一遍地说个不停。那个壮实的男人提着喷灯做了个手势，对他们说：“闭嘴。”

他转身对佐伊说：“你得为我们所有人做这件事。”

# 七

在这栋楼的后面，一排活动房屋杂乱地安置在塔布拉拉萨市中心跳动的灯光所投射的阴影中。在其中的一辆拖车里，五名男子站在拥挤的客厅里。佐伊和里科——那个有文身的敦实男人——在卧室里。

里科笔直地坐在床上，佐伊说："现在轮到头部了。别动。"

她将手机设定为扫描模式，并将它放在男子的右耳旁，慢慢地沿着他的脸绕了一圈。她检查了扫描结果，轻敲屏幕，保存。

"完成。"

里科问道："这样就可以了？电话里有我的全息影像了？如果我打电话给某人，我就会出现在他们面前，对吧？"

"是的，但是你会看起来只有一英尺高，出现在他们的手机上方。它不像《星球大战》，不能把你投射到房间中间。如果你想让别人一模一样地出现在你面前，你得在地板上放个投影仪，或者戴上联网眼镜。但那会让你看起来像个呆子。"

这件事他们已经进行半个小时了。经过长时间令人尴尬的讨论后，里科和他的同伙并不像佐伊想象的那样，是一群四处游荡的强盗。他们是第一批被雇来的拆迁人员，负责从这栋楼里回收任何有价值的东西——铜线、水管、未损坏的浴缸、马桶之类的。之前，这座曾经的公园景公寓因为没有任何租户而被下令拆除。

“罗恩！进来。我们接着给罗恩做扫描，他是最后一个。谢谢你为我们做了这些。一个月前给我们买的这种手机，但是全息影像这个功能从来没好用过。它让每个人看起来都变形了，就像在照游乐园里的哈哈镜。”

里科用手机拨通了罗恩的电话。里科矮胖身体的全息图从罗恩的手机里跳了出来，罗恩说：“耶，成功了！你瞧，现在你只需要雇用佐伊，让她每天二十四小时陪在你身边，这样就不用担心一周内又摔坏电话了。”接着他对佐伊说：“喂，你的猫怎么这么臭？”

她还没来得及回答，里科就问道：“如果我坐着，那为什么在全息影像里我是站着的？”

“它会实时播放你脸上的神情，但你的身体只是一个标准的固定动画。当你打电话给别人的时候，只有你的嘴和脸在你说话时会动，但是你会一直穿着你现在穿的衣服。”

“哦，为什么？”

佐伊刚要回答，罗恩就插嘴了。“所以，如果我在你拉屎的时候打电话给你，我是不是看不到你？”

佐伊让罗恩站在房间中央，就像她对里科做的那样。她往后退了几英尺，开始扫描罗恩的身体。里科说：“收起你的肚子。你看到我的全息影像有多肥了吧？这东西至少给我加了二十磅。”

“那和电话没关系。”罗恩说。

佐伊说：“所以，我不太明白。那栋大楼是刚倒了吗？完全无损？”

“本来会更糟的。如果它倒向另一边，就会像多米诺骨牌一样，把兰德酒店给毁了。”

罗恩说：“这个城市的检查员简直是个笑话。每个人都很脏，没有人会花时间去做正确的事。”

“嘿，公园景公寓是为了编码而建的，这注定了它的命运。他们在旁边挖地下室，但是他们离地基太近了，他们挖啊挖，直到这二十层楼被挖倒了。公寓楼就像喝醉了，一脚踩进沟里。混凝土桩像牙签一样断裂，像加农炮发射的声音。”

佐伊完成了对罗恩的扫描。罗恩拨通里科的电话，他的全息影像出现了，罗恩说：“哟，看起来它确实让你变胖了。”

佐伊说：“你可以下载任何你想要的身体或服装。你可以让自己成为一个肌肉男，或者穿上一件小燕尾服来提升格调。”

一个留着八字胡的瘦骨嶙峋的家伙，他们中年纪最大的那个人，把头伸进卧室，说：“为什么墨西哥卷饼这么久还没送到呢？”

一阵尴尬的沉默后，佐伊终于开口道：“哦，那是给你的……我可能已经……把它弄坏了。我以为它是他们用来找我的。”

“你觉得会有人派一架墨西哥卷饼直升机来追踪你吗？”

“我还以为是无人机。”

“你做了什么？”

“什么也没做！我帮忙淹死了一个人，放火烧了另一个人，还破坏了那家餐厅的玩具直升机。我的生父去世了，我在这儿处理他的事情，但现在他们试图找到他的保险箱或其他东西，这一切都太混乱了。他是个……”房间里每个人脸上的表情都僵住了，佐伊的声音越来越小，“怎么了？”

里科说：“去找塞萨尔。”

佐伊迷惑不解地问：“这个城市有一位恺撒？”

“不，那只是他的名字。你知道全世界都在找你吧？”

# 八

开眼网络仅在美国就拥有一亿两千万个摄像头。包括数以百万计进行现场直播的眼镜和别在衣服上的微型摄像机，成千上万个室内和室外的安全摄像头，大多数汽车仪表板上的摄像机（这是2020年后每一个新车型的标准配置），警察部门拥有的无人机群，电视新闻频道专用摄影机，以及无数没有记录的偷窥者。在任何时候，百分之九十八的直播都没什么意思。

但是开眼网络不仅仅是一堆摄像机。这个庞大的电子眼睛群的神经中枢是一个软件算法，它能确保观众总是有东西可看。因此，如果你从手机或电脑上登录开眼，它会向你展示三个基本频道：人物、地点和事件。一旦你选择人物频道，你就可以进入你最好朋友的摄像机里，看他在做什么，或者登录进去看看流行歌手拉特雷尔·拉兰吉星期四晚上在做什么。如果你戴着联网眼镜，你可以用他们的视野覆盖你的视野——从他们的眼睛看世界，完全遮住你自己的现实世界。如果你选择“地点”，你只需要告诉开眼你要去的地方，它就会给你带来这个地方最受欢迎的视野——如果你想看看珠穆朗玛峰，你会看见一个登山者此时直播的最有趣的景象——或者一次最戏剧性的接近死亡的经历。

然而，“事件”才是开眼里真正的亮点。例如，如果上面提到的这位流行歌手在夜总会刺伤了一名脱衣舞娘，就像去年发生了四次的那样，那么“拉特雷尔·拉兰吉刺伤了另一名脱衣舞娘”就会在几秒钟内出现在开眼的事件频道。开眼就会把你带入现场最佳视角的直播中，并且随着事情的发展，从一部摄像机切换到另一部摄像机，跟随直播中有着巨大的橙色爆炸发型的裸体男人一起，逃离俱乐部，偷一辆车，引发警察追逐，并试图登上私人飞机飞回墨西哥。只要周围有在工作的摄像头，你就可以实时观看剧情的展开，从一个画面跳到下一个画面。如果东西移动得很快，周围又有很多摄像头，那么画面每隔几秒钟就会不和谐地切换一次，这让新观众很迷惑（这就是为什么大家几年前就开始叫它“开眼”了）。其结果是，开眼已经成了自发的真人秀节目的巨大孕育地，系统且不间断地生产节目。“事件”列表得以实时更新，从你社交圈里的小事（“女人们在罗布和吉娜的婚礼招待会上大打出手”）到全球新闻（“京都汉堡王的人质对峙事件”）。

这些对佐伊来说都是全新的，当她坐在施工人员活动房的沙发上时，她需要有人为她解释这一切。她没有一个开眼设备，因为她想没有人会想看她给那些乡巴佬倒拿铁咖啡和茶的画面。她也没有太关注开眼直播，因为她觉得开眼还是那个让无耻之徒在公交车上直播女性裙底风光的东西，就像刚开始一样。这就是为什么佐伊没有意识到，在过去的十八个小时里，她一直是“开眼事件”的明星，而这个事件目前已经吸引了两千多万人关注。

然而，因为塞萨尔，活动房里的工人们知道这一切。据里科说，他是他们中最年轻的一个，从一开始就对佐伊的事件有着宗教般的热诚。里科叫塞萨尔放一放他手上的任务，暂缓把铜线从大楼的另一个部分扯出来的工作。当走进门看到佐伊时，他有几秒钟的迷惑，然后是纯粹的、对明星般的敬畏。

塞萨尔说了一句西班牙语脏话，然后拍了拍手，说："那谁会得到这五百万呢？"

佐伊说："等等，什么？这就是我身上的赏金吗？"

塞萨尔说："姑娘，你根本不知道发生了什么，对吗？"

"我从七岁就开始流浪了，显然我什么都不知道。"

塞萨尔拿过屏幕墙上的遥控器，滚动到一个名为"寻找利文斯顿的钥匙"的事件列表。这场秀的图标是佐伊的脸。

她叹了口气，说："这实在太荒谬了。"

"好吧，"塞萨尔说，"一切都是从上周仓库爆炸开始的。在那之后，有传言说阿瑟·利文斯顿有个保险库。但是没有人能找到钥匙，因为他把钥匙藏在什么地方了。还有传言说，所有这些线索都隐藏在周围，每个人都对这个神秘事件十分着迷。现在，甚至没有人知道地下室里有什么。好吧，有人说是被他杀害之人的尸体，有人说是金子，有人说他把一个女人困在里面，而里面的空气只够她存活二十四个小时。这些都是疯狂的谣言——你知道开眼就是这样。哦，或许你没有开眼。不管怎样，然后这个巨大的赏金就出现在了皮囊墙上——"

“什么墙？”

“呃，那个地下的……人们给自由职业者发非法赏金的地方。所以就有了一笔钱，好吧，是一百万，来买保险库的钥匙。这笔巨款来自利文斯顿自己的人，这就表明整个故事是真实的，他们也没有钥匙。这件事在开眼上传疯了——几天来，疯狂的故事四处传播，所有这些寻宝者都在直播上声称他们知道钥匙在哪儿，说钥匙在某个废弃的大教堂或沙漠的洞穴里。但这些只是华丽的表演，没有人拿到那把钥匙。与此同时，对这件事的大肆宣传还在不断增加，数百万人在观看，每个人都在谈论它。最后，今天早上，砰！情节大转折，好吗？钥匙不在城里。钥匙在科罗拉多。在阿瑟不为人知的女儿身上。”

“这么说这整件事都只是个谣言？我能对着摄像机告诉大家我没有钥匙吗？”

“你有。”塞萨尔指了指他的太阳穴。

“什么，是个什么组合吗？我也没有其中任何一样东西。”

“不是。有钱人现在的保险库不是用钥匙打开的，是用人打开的，明白吗？指纹扫描，眼球扫描，诸如此类。利文斯顿的保险库是其中一种——它的扫描可以直接进入你的头骨，读取你的大脑神经元和突触。利文斯顿设置了他的保险库，只有一个人可以打开，那就是你。”

“他这么做是因为他知道这会让我成为这个国家所有贪婪的精神病患者的目标吗？”佐伊想到火车上所有时不时看向她

的陌生人，想到她被护送到可怕的死亡现场时蜂拥的记者。她摇了摇头，说："那个男人真是行走的毒瘤。所以你也一直在看这个？"

"每个人都在看。所有的眼睛都盯着你，所有寻宝者和疯子都朝你这边走来，全世界都在看着他们，看谁先找到你。人们在开眼上组成了不同的粉丝团体，为自己支持的'追捕者'加油。然后发生的事是，出现了另一份合同，价格超过了利文斯顿那边的人的报价，你知道吗？三百万。其他一些犯罪家族，他们同样想要得到钥匙。所以现在你也成为帮派斗争直接的焦点，每个人都前往科罗拉多，这激励了所有白骑士类型的人来拯救你。所有人都向你所在的地方集合。"

佐伊想，*那时候我一直坐在沙发上看野生动物纪录片，然后染发失败。*

"但问题是，"他继续说，"他们找错了地方。他们以为你在博尔德附近的郊区。"

"哦，没人知道我搬走了。"

"所以每个人都在试图确定你现在的地址，但是那个长着机械下巴的家伙比任何人都知道得早一些。所以当其他人都在错误的地方翻来覆去地寻找时，那个人已经在你的拖车房外监视你了。等着，看着。他打开他的直播，然后就出现疯狂的汽车追逐和冰上事件……嗯，你知道的，你在那里。再后来你上火车的时候，你在开眼上出现了。于是，所有的猎人和疯子都涌进了火车站，等着你出现。但是有几个人变聪明了，去了盐湖城，他们想要和你一起上火车，其中有两个人成功了。”

“两个？”啊，是的。灵魂收集者，他是其中之一；另一个当然是雅各布。他并没有想和她搭讪，他是来领取赏金的，并为此即兴拍摄了一档真人秀节目。

她说：“所以现在能不能解释一下为什么那个人手里可以放出闪电？”

房间里三个人同时说：“什么？”

“就是火车上的那个坏人。他能用手指发射电流。这是这里的人都会做的吗？”

里科说：“我知道的人都不会。看上去尿尿会很危险。”

佐伊说：“没关系，当我没问。那么，谁把我交给利文斯顿那边的暴徒，就能得到一百万，而把我交给另一群更坏的家伙，就能得到三百万？”

“是五百万，”塞萨尔说，“看。”

他拿出一张单子，就在利文斯顿企业开出的一百万美元的报价之上，是最新的五百万美元。旁边的名字是……

“摩洛克是谁？”佐伊问道。

她得到的回应是大家紧张的眼神。

“这么说吧，”里科说，“即使这个城市的人不需要那笔钱，他们也会把你交给他，只是为了讨他的欢心。你不会想知道他对那些妨碍他的人做了什么。如果你想知道，我可以给你看视频，他喜欢为观众表演。他在开眼上有一个令人毛骨悚然的粉丝群，当鬣狗开始在你的拖车房外直播时，摩洛克的这些粉丝正在大声欢呼，提出了很多关于他应该怎么折磨你的建议。”

“我想知道，摩洛克的粉丝有多少人？”

塞萨尔说：“很多。但你知道，不是所有的人都是疯子，也许，有些人只是为了让人震惊才这么做的。不过，如果他们在公共场合看到你，他们会毫不犹豫地告密。然后他们会吃着爆米花，看着摩洛克的人在镜头前把你撕成碎片——”

里科打断了他：“可以了。塞萨尔，你得学会什么时候停止说话。”

佐伊感到心灰意冷，但她记起，不论谁先找到她，其实都是她的父亲杀死了她。

里科看了看佐伊，说：“还有你，别这副表情。我有妻子和四个孩子，我会带一个装满血腥钱的手提箱回家吗？我怎么告诉他们这笔钱的来头？”

罗恩说：“我可以要了你的那份钱。”

“伙计，你妈妈会把你捆起来。她会知道你从哪儿弄来的钱，因为我会告诉她的。”

塞萨尔说：“我不想这么和你说，但要么是我们，要么是那些家伙。”

他指着屏幕，画面已经切换了。他们现在正看着六七个穿着华丽的男人挤进一辆面包车。一个人留着红色的莫霍克发型，全身都是文身，正在磨弯刀。另一个人拿着侧面画着战争口号的火箭筒。坐在他旁边的那个人看上去就像用胶水把自己的身体粘了起来，然后跑过一家卖刀的店。视频底部的标志写着“浑蛋联盟”。

塞萨尔说：“他们在货车里，正在去公园景公寓的路上。”

屏幕上的画面切换到汽车仪表板上的摄像机的视角，显示他们正在绕过公园，那栋倒塌的公寓楼在前面一览无余。然后，画面突然变成了黑色。

塞萨尔说：“他们在干扰我们，所以我们无法看到他们如何接近。很聪明。”

佐伊从沙发上抱起恶臭机器，说：“我能躲到哪儿去呢？在旁边的大楼里有他们去不了的地方吗？”

里科说：“我们告诉过你，你不能回去。那里不安全，整个地方都要倒塌了。我们甚至不让自己的人在无人监督的情况下进去。如果你待在这儿，我们可以——等等，佐伊——”

她已经朝门口走去。这些人看起来很好，但她认为他们不可能从五百万美元的赏金中脱身，因为他们要对付一群全副武装的高中辍学生，这些高中生似乎想要为他们的开眼秀制造一场枪战。她猛地拉开了活动房的门——

站在那里，挡住了外面一切视线的是一位身材高大的秃头黑人，穿着一件白色衬衫，打着一条亮紫色的领带，外套是深色细条纹西装。她以前见过他——他是和威尔·布莱克沃特一起出现在火车站、身穿时髦西装的一位随从，是她父亲的手下。

# 九

“我叫安德烈·诺克斯，一个人来的，没有带任何武器。”他看起来很有礼貌，但是也有点着急，“如果你想搜身的话，我可以让你搜，但你得快点，我们没有多少时间了。还有，如果我被激怒了，不要惊慌。”

佐伊没有做出任何回应，所以这个男人敞开了他的夹克，显示枪套里没有枪，又抬起西装后摆，转了一圈，表明他的裤腰上也没有别着任何武器。他的西装外套内饰和领带一样是艳丽的紫色丝绸。然后他面对佐伊，目光看向站在她身后的那些紧张不安的人，点了点头，摊开双手，似乎要证实大家都认为他没有武器。

他整了整衣领，说：“现在，我明白陌生人的保证毫无意义，即使他的脸看起来和我一样诚实，但我还是有理由的。你知道我们为什么需要你，对吧？”

“保险库的事。它必须扫描我的头部才能解锁。”

“没错。而且它只有在你活着的时候才会起作用，按照设计，它不会对一个死亡的大脑做出回应。这意味着我的同事和我比地球上任何人都更关心你的存活，当然除了你自己和你的妈妈。所以我的保证绝对是你在这个镇上能得到的最好的了。”

佐伊看了看那人棕色的大眼睛，然后回头看了一眼里科和他的伙伴。

她说：“我可以跟你走，但有一个条件。我想让这件事很正式，那就是我身后的人抓住我并把我带给了你。他的名字是里科·耶拉。我想要他得到赏金。”

“成交。”

“五百万，我的意思是。”

“成交。来吧。”

里科在她身后紧张且强烈地表示反对，但佐伊已经离开了，安德烈领着她朝一辆雅致的黑色轿车走去。他为她打开副驾驶座的门，她扑通一声坐到皮制座椅上，座椅马上与她的下背和臀部相匹配，就像坐在一个装满果冻的大酒杯里。她没有碰任何东西，座位把她抬高了两英寸。仪表盘上的灯闪烁着，挡风玻璃上的导航系统使她前面的路看起来是亮黄色的，显示出他们要走的路线。佐伊紧张地回头看了看——她从车后窗看到那辆面包车的车前灯在建筑工地上来回跳动，径直朝他们开了过来。那些自称“浑蛋联盟”的全副武装的自由职业者正开着面包车赶来领取奖金，以成就他们的事业。安德烈回头看了他们一眼，说：“你介意我们先甩掉他们吗？”

“我想……不介意吧？”

“坐稳了。”安德烈从控制台拿起一个咖啡杯，抿了一口，然后对这辆车说：“宾利，甩掉这些家伙。”

这辆宾利比佐伊那辆半死不活的丰田更擅长汽车追逐活动。轿车在满是泥土的路上行驶，绕过那座倒塌的建筑物尾部。他们滚过深陷的车辙、碎石和瓦砾，但车内没有一点颠簸，甚至没有噪音进入。车子就像在飘浮一般，仿佛他们身处于一个奢华的泡泡里，与世隔绝。身后的一个疯子从面包车里探出头来，开始用机关枪扫射，闪闪发光的子弹壳在夜空中旋转。佐伊发出尖叫，但安德烈只是叹了口气，又抿了一口咖啡。一束子弹在后窗上留下了一排小蜘蛛网般的弹痕。佐伊看到玻璃上的伤痕开始自行愈合，圆形的裂缝缩小成白色的小点，最后完全消失。宾利找到公园附近的街道，开进车流中，在出租车、摩托车和花哨的客货两用车之间进进出出。

安德烈闻了闻说："那是什么味道？是你的猫吗？"

"它有某种皮肤问题。"

"虽然你看起来没事，但我还是应该问一声，你受伤了吗？"她摇了摇头。安德烈接着说："现在，这完全可以理解，但我认为你误解了火车上发生的事情。威尔是我知道的最好的谈判者，你要明白，有些时候，他必须和那个人渣站在一边。"

"对，就像你现在想站在我这边一样。"

宾利平稳地以最高速度过了一个弯，后轮滑动后恢复牵引力，再次向前推进。安德烈不得不暂时停止喝咖啡。

他们身后的面包车试图以同样的方式转弯，结果翻车撞穿了一家店面。佐伊对货车没有像老动作片里那样爆炸成火球感到失望，但这是电动汽车技术的缺点之一。安德烈满意地回头看了一眼，然后坐回座位，揉了揉他的巧克力般的大脑袋。

他说："我想说的是，火车上的那些事情本不应该发生。我们派了一辆车，就像我们在电话里告诉你的那样。我们没有豪华轿车，但我们送了一辆很好的轿车。虽然不如这辆好，但还是比坐火车好。车来了，你却不在。"

她耸耸肩："我不知道能否相信你，现在还是不知道。我想自己过来。"

"我想，现在不用告诉你为什么我们想那么做了吧？现在看起来很明显了，对吧？"

"因为你给美国每一个暴力的疯子一大笔钱来找我？"

"好吧，事情是这样的，保险库的事一传开，城里那些不可靠的人就签了一份合同让别人把你找来。我们的合同只是试图出价高于他们，这样你就不会落入坏人手中。不过，我们说的是实话。这个城市对你来说真的是最安全的地方。你自己也看到了，坏人有自己的车和地图，你爸爸房子的锁比你拖车房的锁要好太多了。"

"为什么不让我远离这件事呢？为什么那个男人就不能让我一个人好好待着？"

"唯一能回答这个问题的人已经不在了。他的去世让事情陷入了混乱，很多很多事情。如果在上帝审判的那一天，你想找到你爸爸，给他的肚子来上一拳，我会在你这么做的时候帮你拉住他的手臂。"

“那么，这个保险库里有什么？他所有的钱吗？”

“富有的人实际上并没有大量的现金，尤其是像你爸爸这样的人。他有股票、债券、很多货物，一望无际的土地，还有离岸账户、空壳公司，天知道还有什么。我的意思是，只有上帝知道。放在保险库里的是……其他资产。这大概就是全部我应该说的了。”

“所以就是一些犯罪的东西。”

“你真的一点都不关注你爸爸的消息吗？他是个很有名的家伙。”

“嗯，我避免提到他，就像我躲避瘟疫一样。”

“其实他并没有你想得那么坏。大多数时候，他只是拥有土地。在塔布拉拉萨的地界上，他拥有市中心的很多高楼、一半的赌场，所有这些都是东部的房地产开发项目——我们说的是价值每六个月翻一番的土地。这些都是合法的。他有点像塔布拉拉萨的本杰明·西格尔[1]。”

“我不知道那是谁，但别费心去粉饰阿瑟·利文斯顿的为人了。我知道他做妓女的生意，他就是这样认识我妈妈的。我知道他一次又一次从起诉中逃脱，因为证人都不见了。”

“这些是真的，我不否认。但这些都是他年轻时做的事，

1 本杰明·西格尔（Benjamin Siegel，1906—1947），美国著名的黑帮头目。

他想摆脱这一切。他是个重要的政治捐助者，而且经营着许多慈善机构。我们现在主要是做房地产。”一阵沉默后，安德烈呷了一口咖啡，“主要。”

“这么说，有了足够的赃款，就可以把自己洗得干干净净？”

“嗯……是的。这套西装是雨果博斯的。这不仅是一个品牌的名字，也是一位德国人的名字——他是靠为纳粹制作制服起家的。费迪南德·保时捷——豪华跑车工程师——也是差不多的发家经历。我可以带你回到南卡罗来纳州，去看看那些富人的豪宅，他们在六代人以前是靠奴隶劳动致富的。你猜怎么着，他们现在还是很有钱。”

“你觉得这些例子能让我好受点，这真的很奇怪。”

“这个社会、这个体系不关心你的感受，它就是这样。宾利，带我们回家。”

汽车自信地沿着挡风玻璃上的发光道路行驶，很快便出了市区，来到郊区，来到属于富人的飞地——比弗高地。这里有一座高尔夫球场，以及带有大片草坪和壮观围栏的富丽堂皇的豪宅。他们沿着一条弯弯曲曲的路往前走，这条路的设计是为了防止任何人以超过每小时十五英里的速度驾车。

就在他们停下来的那一刻，一位穿着脱衣舞服装的全息影像女人出现在车门外。华丽的发光字母出现在大门上，写着“臀部之家”。

安德烈摇下车窗，脱衣舞娘全息影像说：“欢迎你，客人！我是甜心坎迪！对不起，我穿得不太得体。我不小心把自己锁在了外面，除了这条丁字裤什么都没穿。利文斯顿先生说，他想知道谁在这里，你穿多大的和服。”

安德烈对佐伊说：“这是录像。”他对脱衣舞娘说：“安德烈·诺克斯和佐伊·利文斯顿。”

“阿什。”

“抱歉。佐伊·阿什。”

片刻的停顿。脱衣舞娘看着空中，好像在听取什么指示，然后说：“阿瑟说他现在可以见你们了。他想见你们所有人，如果你们明白我的意思。请不要拘束。”

脱衣舞娘消失了，大门慢慢地打开了。佐伊说：“这看起来是个奇怪的问题，但是阿瑟·利文斯顿只有十三岁吗？”

安德烈咧嘴笑着说：“看看这个世界，姑娘。男人们永远不会长大。一群男人聚在一起，也没有女人，只能讲讲荤段子。你爸爸有足够的钱，所以他不必像我们一样把钱藏起来。”

那辆宾利汽车驶过大门，一刹那间无数的彩灯被点亮。这条鹅卵石车道蜿蜒穿过一处处修剪整齐的景观，装点着一系列的圣诞彩灯。在这条小路上，每隔二十英尺左右就有一个拿着剑的骑士雕像，每位骑士都戴着一顶红色的圣诞老人帽。小路围着一个巨大的围栏，里面养着两只白色的西伯利亚虎，其中一只正在啃一块巨大的肉，佐伊希望这不是人肉。当他们接近终点的时候，他们经过了一个真人大小的耶稣降生的场景，场景中传统的人物被《虎胆龙威》里的角色取代。最后，宾利停在一座巨大而庄严的豪宅前。这座豪宅显然不是佐伊的父亲设计和建造的，这是一座巍峨的哥特式建筑，在老电影中英国贵族的这种建筑被称为庄园。

“这房子已经有一百年的历史了，但在这片土地上只待了五年。它最初位于长岛的北岸，黄金海岸。阿瑟横穿整个国家，把它运到这里，一砖一瓦地把它重新组装了起来。”

安德烈领着佐伊走到一对巨大的木炭灰色金属门前，门上装饰着一群裸体女人的蚀刻画。

“这些门是纯铜的，每扇门有七吨重。”

当他们走近时，巨大的门吱吱作响地打开了，佐伊抱着恶臭机器，紧跟着安德烈。站在门口的是一位瘦得吓人的秃头男人，他穿着管家的衣服，看上去像是有两百岁了。

“欢迎回来，安德烈。很高兴认识你，阿什女士。”

安德烈向那人点了点头，说：“佐伊，这是卡尔顿。”

他们进入一个洞穴般的门厅，门厅中央的一棵圣诞树有佐伊的四倍那么高。卡尔顿带领他们沿着这棵大树走着，鞋子在大理石瓷砖上发出咔嗒咔嗒的声响，他们走到一个巨大的双重楼梯前，楼梯分别向大厦的两翼延伸开来。他们登上楼梯，在去往顶部的途中，一个幽灵突然出现在他们面前，发出诡异的蓝光。佐伊差点从楼梯上滚下去，恶臭机器也被吓得不轻，在佐伊怀里挣扎了好一会儿。鬼魂是《圣诞颂歌》中雅各布·马利[1]的全息影像，他把锁链弄的叮当作响，说着："斯克鲁奇！我戴着我在生活中锻造的锁链……这每一个都是我自己铸造的……"

安德烈说："我现在就道歉，你爸爸喜欢全息影像。他知道虽然俗气，但这让他觉得自己生活在未来。"

管家卡尔顿领着他们上楼，走到左边。房子里散发着松树、清漆和地板蜡膏的气味。他们走到一扇敞开的门前，进入一间屋子，里面摆满了奢华的棕色皮革家具，前方的壁炉大得足以烤一匹马。在壁炉架上，有一个巨大的野牛头标本，戴着圣诞老人的帽子，蓄着白色的假胡子。

卡尔顿在门口停了下来，说道："阿什小姐已经到了。"

直到那天晚上，佐伊都还没有出名或者不出名的经历，所以，她并不熟悉遇到一群不认识她却又恨她的人的感觉。在这个陌生的城市里，似乎完全是用昂贵的木材和皮革手工建造的地方，迎接她的是不屑一顾的眼神，居高临下的假笑，以及鄙夷的目光，他们似乎在说：这个女孩应该看起来更好些。很明显，不管她做了什么，说了什么，这个房间里的每个人都打算

1 《圣诞颂歌》是查尔斯·狄更斯1843年出版的一部中篇小说。斯克鲁奇是一名吝啬鬼，在一个圣诞节，他的前商业伙伴雅各布·马利的鬼魂拜访了他。马利身缠一条由无数账簿、房地契、钱袋所组成的沉重锁链。

嘲笑她。佐伊突然意识到她的鼻涕在流。她抽了抽鼻子。声音震耳欲聋。

房间里除了佐伊和安德烈之外，还有三个人，她进来时他们就已经站在那儿了。她立刻认出威尔·布莱克沃特的银色西装和漆黑的头发，他手里拿着一杯苏格兰威士忌，因为——当然，他就是那种人。在他旁边的是早些时候佐伊在火车站台上见过的一个漂亮但看起来有点生气的中国女人，她穿着一套黑色套装，风格看起来像是介于时髦的商务套装和商务主题的性癖好装束之间。她的头发往后梳着，露出脖子；戴着珍珠饰品，穿着过分短的裙子，露出腿部肌肉和高跟鞋。

靠在远处角落的是拿着一个空苏格兰威士忌酒杯的家伙，她之前认为他是从卡通节目中走出来的——一张有着双下巴的脸，咧嘴笑着，戴着一顶白色牛仔帽，穿着一套裁剪得不太合适的西装。他的肢体语言似乎在说，那个角落是他的地盘，他在那里开了很长时间的会议或做了很久头脑风暴。他手里总是拿着一只玻璃杯。在那里，他可以看到整个房间，同时可以听着壁炉在他左边噼啪作响。

而佐伊穿着一双泥泞的网球鞋来到这里，左边的那只鞋被潮湿的水泥弄得破烂不堪，水泥干了后成了一个硬壳。她穿的牛仔裤太长，裤脚都磨破了，臀部也太紧，虽然她去年夏天买的时候还没这么紧。她还穿着一件牛仔夹克和从母亲那里继承来的黑色开襟羊毛衫，里面是一件印有“胆小鼠乐队”标志的橙色T恤。一顶灰色的羊毛绒线帽遮住像鼠窝一般的黑色和蓝色头发。她抱着一只生气的臭气熏天的猫，猫身上只剩下了一半的猫毛。幸运的是，房间里没有人知道她还穿着一条粉色内裤，上面写着“屁股的衬衣”。

安德烈一进门，柔和的音乐就慢慢响了起来——一把沃卡沃卡吉他，佐伊不知怎么就认出这是《杀戮战警》的主题曲。好像这是安德烈的个人主题曲一样。

威尔看上去有点生气，等音乐渐弱后，他才说：“佐伊，很高兴你能来。这是埃科·凌，在后面角落里的是巴德·比林斯利。你见过安德烈。我们都和你父亲有着密切的合作——很抱歉，请坐。”

佐伊放下恶臭机器，慢慢走了过去，坐在一把巨大的皮制扶手椅上。但是没有其他人坐着，所以她现在像一个紧张的小女孩一样，双手紧紧地抱着膝盖。这时，四个人耸立在她的前方。她看见安德烈从岩石上拿了一杯苏格兰威士忌。她在想，在走进来的那一刻，是不是有个滑槽会把酒送到手上。她低头凝视着那双破损的网球鞋。这是她唯一带来的鞋子，事实上，这是她唯一拥有的网球鞋。她又开始流鼻涕了，她抽了抽鼻子，希望每个人都转过身去，这样她就可以把鼻子擦干净了。

管家卡尔顿说：“我能帮你拿点什么吗，阿什女士？”

“你能给我拿双新鞋来吗？”她想笑，但每个人都只是闭上嘴，相互快速地瞥了一眼。远处传来一阵大笑声。

最后，卡尔顿问道：“还需要点别的吗？”

"不，我很好。或者，我需要点水。"她觉得自己需要说点什么，但这是她唯一想到的东西。

"好的。"

卡尔顿退下了。佐伊试图提醒自己呼吸。

安德烈说："我们给你留下了可怕的第一印象。更具体地说，是威尔给你留下了可怕的第一印象。我们都应该向你道歉，包括你去世的爸爸。所以我想说的是，对在场的各位来说——你能过来帮我们解决这个问题实在是太好了，我们将确保会就你之前发生的每一件可怕事情得到补偿。不仅是补偿，对吧，威尔？"

"当然。"

"没有人应该经历你在德雷顿堡以及火车上所经历的一切——"

"那到底是什么？那个家伙是谁？我的意思是，我知道他在找我，因为这一切，但是他是什么人？他可以……召唤电流什么的。"

更多的眼神交流。一个沉默的决定让威尔来解释这个问题。或者更确切地说，决定不解释什么。

"我们也不知道，这确实是眼前的问题。你介意我们问你一些问题吗？"

"我怀疑自己是否知道什么有用的信息。"

"你看到他身上藏着什么装置吗？即使很小，比如能装在他腰带上的东西？"

“没有，我不这么认为。”

“你说他这么做了多少次？从手指间发出电流？”

“我不知道。他喜欢这样做，为了炫耀。至少有五次。”

他瞥了一眼那个叫埃科的中国女人。这显然很重要。

“所以呢？”佐伊问，“他是谁？他是什么人？”

“只是一个人，带着某种小玩意儿、一件武器，我们认为他把这种武器装置在他的手上。”他耸耸肩，仿佛这是一件无关紧要的怪事，不值得进一步考虑。“别担心这些——他肯定不会再打扰你了，现在这个房间对你来说是这个城市最安全的地方，也许是世界上最安全的地方。就像你知道的一样，你父亲有敌人，但他会不遗余力地保护他的家。当一只脚踏上这里的任何地方，压弯一片草地上的叶子时，十几名武装警卫就会蜂拥而上。你不会被打扰的。”

卡尔顿在她身后出现了，他把一个纯银托盘放在桌上，托盘上放着一罐冰水、一个玻璃杯、一碟柠檬块、几根薄荷枝、一块甘蔗糖和一盒面巾纸。他给她倒了一杯水。这些冰块是完美的球形。

威尔接着说：“那么，你知道你到这儿要做什么吗？”

“有个保险库，只有我能打开。它要扫描我的大脑什么的。”

“没错。其他人都不可以，必须是你。”

“一旦我打开保险库，一切就都结束了，对吧？所有的合同、赏金和其他事情都会消失，我又会重新变成一个普通人，对吧？”

在他说出“当然”之前，有一个微小的停顿。

他在撒谎。佐伊知道她不可能就这么问出真相，所以她说：“我们不知道为什么他把我的大脑当作钥匙，而不是你的、她的或……任何其他人的，是吗？”

威尔摇摇头，说：“相信我，没有人比我们更吃惊了。事实上，据我们所知，这是你第一次来这里，所以我们甚至不清楚，如果他从来没有带你进来让它扫描，保险库怎么能以你的大脑印记来设定呢。”

佐伊说：“我不知道……”但说到一半，她的脑海中突然出现一段记忆。“今年秋天，我妈妈给我预约了医生，她说这是为了人身保险必须做的事情。但很奇怪，他们把我放进像核磁共振的设备里，让我在里面待了整整一个小时。他们告诉我这是在检查早期阿尔茨海默病之类的病症，但是……我不知道，这看起来很可疑。他们好像不会直接回答我的问题。这可能是阿瑟做的吗？”

埃科瞥了一眼威尔，说：“嗯，已经解开一个谜团了。”

威尔问道：“那是多久以前的事？”

“九月，十月初，差不多是那个时候。”

这几个人相互看了看，表现出了一丝困惑和警觉。显然，这是一件令人震惊的事情。佐伊想知道这是为什么，然后她突然想到，这意味着她那时候没有来这里不是因为喝醉后的胡乱决定，或者是和保险库的程序搞混了。这是她的父亲提前几个月计划好的——换句话说，*他知道自己会死*。至少，他是在为最终的结局做准备。这个房间里没有人知道这些。

埃科摇摇头，轻声嘀咕着对威尔说：“我一直想象当我们在全国四处奔波，试图弄明白他到底把自己的DNA撒进了哪个拖车房停车场时，他在天上的某个地方嘲笑我们。”

巴德调整了一下他的牛仔帽，说：“‘在天上的某个地方’？埃科，我不知道你到底信仰什么宗教，会觉得阿瑟·利文斯顿进了天堂，但我挺想加入的。”

安德烈说：“嗯，可能是他贿赂进去的。”

威尔提高嗓门，打断了大家的玩笑，说：“没关系。他的女儿来了，让我们结束这一切吧。”

*女儿*。佐伊意识到他已经忘了她的名字。她抽抽鼻子，用袖子擦了擦，喝了口杯子里的水。她环顾四周——每面墙上都挂着一个花环，还有戴着愚蠢的圣诞老人帽和假胡子的野牛标本。角落里也有一棵圣诞树。佐伊和她妈妈每年都要组装一棵塑料人造树，它有一处光秃秃的，那里原先的两根树枝断了，所以她们不得不把那边朝向墙角。她观察到，她疏远的父亲显然在每个房间里都摆上了一棵真正的树。佐伊突然意识到，她的年薪甚至不够用来装饰这个地方过圣诞节，她的拖车房也不足以作为淡季的储藏室来存放装饰、彩灯和这个地方墙壁上的节日装饰品。

有一次，在十几岁的时候，整个感恩节和圣诞节期间，佐伊都长着一颗破裂的牙齿。由于只能看得起接受医疗补助的牙医，她必须排队，因此她忍受了六个星期之久的牙齿阵痛。每天在工作的时候，只要当她咬下比布丁硬的东西，她就会感受到像被玻璃碎片刺入一样的疼痛。这些人喝的一瓶苏格兰威士忌的价格就足以支付她的治疗费用。现在，阿瑟·利文斯顿的人穿着昂贵到可以供她上完大学的西装，看着她就像看着一条满身泥土的狗在他们的婚礼上跑过。她的耳朵越来越热了。她摘下帽子，拨弄下刘海来遮住自己发红的眼睛。

佐伊喘了口气，说："然后呢？"

威尔回答说："然后我们就开始了一项漫长而乏味的任务——把保险库里的东西分类，不管它们是什么。但那是我们的问题，不是你的。我们会把托管中的五万美元拿出来给你，让你搭乘任何你喜欢的交通工具回家。管他呢，我们会给你租一架私人飞机，或者让你乘坐公司的直升机回去，如果你愿意的话。在那之后，我们再也不会打扰你了。"

"如果我在那个保险库里看到了我不应该看到的东西怎么办？"

他们相互看了看。威尔收紧了下巴。埃科把她的嘴唇紧紧地抿在一起。角落里那个油腻男人——巴德——从附近拿出一个瓶子，又倒了一杯单一麦芽威士忌或波旁威士忌，或者别的什么酒。他似乎在努力抑制住笑声。

威尔竭力想掩饰此刻想掐死佐伊的冲动，他说："看到什么？比如？"

"阿瑟·利文斯顿是个暴徒头目，你们也是暴徒。也许谣言是对的。也许里面有尸体、偷来的东西，或者毒品。也许仅仅知道保险库在这里就是危险的信息。”

“不要让你的想象力——”

“闭嘴，别在这里给我打‘歇斯底里的女人’这张牌。在过去的五个小时里，我经历了三次绑架未遂。我是说，我是保险库的钥匙，对吧？那你们和那些一直追着我的疯子有什么不同？因为你穿着阿玛尼？也许你不希望你的保险库钥匙走出这里吧。”

安德烈说：“别这样，这不是你想的……”

“尽管你们这些人都应该和我父亲一起工作过，但我还是无法理解他没有让你们中的任何一个成为钥匙的事实。既然你们这么值得信任，为什么不这样做呢？嘿，这么看来，你们可能是他特别想要远离自己保险库的人。说不定，你们就是他被杀害的原因。”

她想看看威尔此时会有什么反应。他几乎快要抑制不住愤怒了。

“也许，”威尔说，“这一切都和你父亲尽管极其富有并且拥有巨大的权力，却做出过一些非常糟糕的决定有关。”

埃科笑了出来，因为她觉得威尔实际上正在看着阿瑟其中的一个糟糕决定。佐伊咬住舌头，花了一些时间让自己冷静下来。

“那么，”她平静地说，“我的问题是，我怎么知道当我做完这件事后，我爬上的那辆轿车不会把我带到树林去，那里会有人拿出一把小枪，朝我的后脑勺开上一枪？你看，我知道你现在不会这么做，因为我还没打开你们要的保险库，就像你说的，它不会为尸体打开。只要它还是关闭的，你想要的东西还在里面，我就是安全的。但当它被打开的那一刻，我生命的价值就降到了零。和你不同的是，我一点也不在乎里面有什么。所以，布莱克沃特先生，我需要你坐下来，解释阿瑟·利文斯顿错误的决定，你打算如何让我觉得为你打开保险库是值得的，以及你如何保证我之后的安全。”

沉默。有什么东西在壁炉里发出了爆炸声。

在角落里，巴德边喝边笑着说：“我喜欢她！”

另一边，埃科·凌的表情像是可以吸走所有孩子在生日聚会上的笑声。她转过身来，说：“嗯，她肯定是阿瑟的女儿。”

佐伊盯着埃科的后背，说：“如果我再听到有人这么说，我就再也不会打开那个保险库了。”

佐伊从盘子里抓起一张纸巾，大声擤着鼻涕。

威尔平静了一会儿，说：“我完全理解你的担忧——”

“我说了，我要你坐下解释给我听。不要这么站在我面前，这很粗鲁。”

威尔深吸了一口气，脑子里好像在数到十，然后在她面前的皮制沙发上坐了下来。制作这张沙发大概杀了一百头牛。

“让我们从逻辑上解决这个问题。你的要求不太可能——你想让我和你谈判，而你却坚持认为我怀着恶意。毕竟，如果我们是你刚才说的那种人，那么我的角色就是给你所有你要的、想听的去安抚你，因为我们知道自己永远都不需要兑现这些承诺。但我们不是那样的人。所以，你能不能先告诉我你想要什么样的保证，我看看我们能为你做些什么？但是记住，时间非常紧迫。”

“为什么时间紧迫？我星期一以前不必回去工作。”

“你不明白——”

“不，听着。你说的每件事都是对的——但问题不在于你给我什么或没有给我什么。问题在于你，我不信任你。所以在我开始思考这个问题之前，我需要让自己相信你是值得信任的。”

“好吧。那……我们要怎么做呢，具体点？”

“我不知道。已经太晚了，我累了。在这所房子的一千间屋子里，有一张空着的床吗？”

“我们真的希望这件事能在今晚解决。”

“可能你要失望了，不过你只需要安慰自己，你已经拥有了生活中你想要的一切。”

威尔又想开口，但是安德烈把手放在他的肩膀上，说：“你别惹她生气，好吗？明天太阳升起时，世界依然存在。”他转向门口，说：“你能给佐伊准备一个房间吗？”

“已经安排好了，先生。她的手提箱也在那儿。”

“当然有空着的房间。看到了吗？一切都很好。佐伊，我们甚至找回了你的包——当你放火去烧那个家伙的生殖器的时候，你把它落在了火车站台上。所以，好好休息一晚上，让卡尔顿早上给你做些华夫饼，我们明天再来解决这个问题。而我要去解决我即将宿醉的这个问题。”

安德烈把翻领弄平，走了出去，而佐伊则默默地计划着如何逃离这个可怕的地方。

# 十

他们给佐伊安排的客房带有浴室、多媒体室和迷你酒吧，还有一张特大号的双人床，除非把它像玉米卷一样折起来，否则肯定放不进她老家拖车房的卧室。桌子上摆着一块触摸屏，摆弄一会儿后，佐伊意识到这可以控制床垫的硬度、质地和温度。她的手提箱整整齐齐地放在床上，旁边是一叠白色浴巾，最上面的叠成了天鹅的形状。卡尔顿在什么地方找到了一张猫床，放在房间的角落里。恶臭机器蜷缩在旁边的地板上睡着了。

佐伊坐在床上，眼睛盯着门。她站起来，锁上了门，但那是愚蠢的，因为他们肯定有钥匙——这是他们的房子。她拖动一个床头柜，用它挡住门，上面有一盏看起来很贵的台灯。这个床头柜在有人破门而入的时候不会坚持太久，但可能会给她几秒钟的时间，让她试着从窗户逃出去。另外，她非常想看他们打碎自己那个昂贵的台灯，所以去他们的吧。她在房间里四处寻找武器，能找到的最接近武器的东西只有放在角落中的一袋高尔夫球杆。她把看起来最重的球杆拉出来，然后坐在床上，把球杆放在腿上。但这并没有让她感到更安全。

她让安德烈把她带到这里来，是为了远离面包车里的疯子和一群更多的疯子，也就是塔布拉拉萨所有的公民。但是她对打开利文斯顿愚蠢的保险库，然后拿上托管的钱，骑着马消失在夕阳中没有任何幻想。她不是从郊区来的小公主，不是刚从大学拿到人文学科学位的毕业生，她知道人们真正的样子。他们杀了她可能只是为了省下一张机票的钱。所以她的计划是等其他人离开或睡觉的时候（他们都住在这里吗？）溜出这座房子。

她坐在那里，握着球杆，倾听。这个地方发出的声音有些奇怪，佐伊终于发现，这种奇怪的声音就是别人所说的“平和的寂静”。佐伊一直住在她妈妈的拖车房里，因为她分手后不得不搬出凯莱布住的地方（凯莱布曾经是她以为自己要结婚生子的对象）。因此，两个月来，她一直睡在铝墙边的折叠床垫上，旁边是一扇早就被砸破的窗户，用透明胶带补了起来。拖车房停车场里的噪音非常容易进入房间，这让她感觉自己睡在院子里——总是有人在启动汽油发动机，夫妇在争吵或大声做爱，一条狗在吠叫，或者更有可能是二十条狗在吠叫。而这所房子却是死一般的寂静，她能听到自己的呼吸声。所以，这就是当一座房子有坚实的墙壁时听起来的声音。在这些墙壁的外面，是穷人不允许进入的几英亩的土地。

佐伊讨厌它。

除了逃出这座房子，她没有什么别的计划。也许她会出去找个洞躲起来，也许会找到贫民窟，结交一些朋友。“低调”，就像电影里说的那样。也许这群人最终会认为，去追她比让别人来打开愚蠢的保险箱麻烦多了。她并没有看到他们做任何违法的事情——他们没有什么可害怕的，不怕她会跑到联邦调查局或者这里还剩下的其他执法者那里去。

佐伊抱起恶臭机器，和它一起蜷在床上，当它喵喵叫或者漫不经心地伸懒腰时，佐伊感觉到了它身上流露出来的温暖和烦恼。她闭上眼睛，看到了雅各布，他的脑子在脑壳里燃烧了，两眼无神，口水直流。她觉得自己很蠢。英俊的富家子弟与矮胖的拖车房垃圾调情，为了赢得赏金和当一天的开眼名人。成千上万的人都在听她痴痴地傻笑，想要给他留下深刻印象。一大群她从没见过的陌生人在嘲笑她。

这驱使佐伊打开卧室墙上的节目（这里有富人才拥有的投影设备，一个拳头大小的玩意儿安装在天花板上，可以在任何一面你想要的墙上投影节目），调到“追踪利文斯顿的钥匙”事件，看看试图捕捉、杀死或折磨她的各种各样的人现在过着什么样的精彩生活。目前最受欢迎的是“浑蛋联盟”——一群之前开着面包车追赶他们的无组织傻瓜。他们回到了他们的总部，看起来像是某个人的车库——坐在他们那辆报废的面包车前面的一张桌子上，好像在讨论战略。他们的首领——一个留着红色莫西干头、手臂上有部落文身的肌肉男——对着镜头解释说，佐伊现在安全地待在她父亲的庄园里，据他们所知，在他们说话的时候，佐伊可能正在打开利文斯顿的保险库。但接着，他解释了为什么这绝不是狩猎的结束。

果然，威尔·布莱克沃特在撒谎。

事实证明，摩洛克这个家伙在她身上开出的五百万美元赏金，不仅仅是为了绑架她，然后把她塞进阿瑟·利文斯顿保险库的钥匙孔里。不，这也是为了给玩偶头男人报仇。他曾经是摩洛克的手下，但现在他已经死了。佐伊听到这个消息时很吃惊（一个人真的会死于威士忌引起的裤裆小火吗？他也可能是死于之前得的什么病吧），但更重要的是，这意味着逃离这所房子并不会改变她仍然被悬赏数百万美元的事实——事实上，这只会使寻找她的人数增加一倍。她的整个计划在十秒钟内就失败了。

佐伊闭上眼睛，揉了揉额头。她想如果是一些更有经验的人，他们应该能更好地应付这件事——毕竟，如果摩洛克的人希望她死，但她父亲的人需要她活着打开保险库，这样她父亲的人就有动机来保护她不受摩洛克那群人的伤害。在他们觉得她不值得这么麻烦之前，她能坚持多久呢？因为就算她还活着，但若拒绝打开保险库，那么她对他们来说也不比一具尸体更有用。

佐伊浏览了一下“狩猎”频道，发现有人已经收集了相关“玩家”的集锦。她选择了一个标题为“阿瑟·利文斯顿：西装员工”的视频。在这段视频中，他们四人以慢动作从一辆黑色轿车里出来，同时播放着不祥的音乐。

一个沙哑的声音说：“阿瑟·利文斯顿的死留下了一个权力空缺，冷酷无情的核心集团的四名成员在争夺控制权。在黑社会，他们被称为西装员工。安德烈·诺克斯，又名“黑山”——利文斯顿手下的致命杀手；中国电脑专家、性感尤物米歇尔·埃科·凌；“监管者”巴德·比林斯利；最后，“魔术师”威尔·布莱克沃特——阿瑟·利文斯顿的冷血副手。

“七年前，一个贩毒集团的杀手企图杀害安德烈·诺克斯，十二小时后，在阿瑟·利文斯顿家门口发现了这名杀手被肢解的尸体……还有一封来自贩毒集团首领的道歉信。一年后，当一名乌克兰暴徒试图闯入利文斯顿的领地时，利文斯顿和他面对面谈了谈，避免了全面战争。目击者说，西装员工在紧锁的门后与十几名暴徒头目会面。仅仅四分钟后，两组人分别走出房间。夜幕降临时，乌克兰人已经离开了这座城市，再也没有回来。没有一声枪响。

“但最奇怪的是，当一份联邦起诉书指控利文斯顿核心圈子里的第五名成员洛根·奈特时，阿瑟·利文斯顿召开了一场新闻发布会，他在会上奇怪地断言，从来没有这样的人存在过。由于没有进一步的解释，所有的指控很快就被撤销了。”

嗯。这很可怕，而且一点帮助都没有。佐伊注意到他们也为她做了一个预告片，她没能控制住自己，点开了。

“二十二岁的佐伊·阿什，一位狡猾而丰满的——”

她迅速把它从屏幕上关掉。

佐伊倒在床上，捂着眼睛。她不知道现在该怎么办，脑子也不清楚。长途旅行，过山车一般的肾上腺素激增，寒冷的夜晚，温暖的床。她侧身躺着，感到自己在床垫里融化了。恶臭机器正在房间里转来转去，后来佐伊终于意识到它是在找吃的，她没有喂它，因为她经历的这一切都太糟糕了。她从行李箱里掏出两罐猫食——没错，她旅行时行李箱里也装着猫食，就像她注定要成为的疯狂猫奴一样——然后四处寻找叉子。恶臭机器吃的是两种不同牌子的混合食品，她必须把它们混合在一起。她很确定是这两种猫粮混合后产生的某种化学反应使它闻起来有股臭味，但这是它唯一愿意吃的东西。不然它不满的表情可能会让现在的佐伊崩溃。

房间里没有叉子。逻辑上而言，她可以用手指或者她可以在房间里找到的任何东西来混合猫粮，但她不想把她的手指放在猫粮里，说实话，有别的诱惑——好奇心吸引着她走出这间卧室。于是，她告诉自己这是为她的猫而做出的举动。她把桌子和灯从门口挪开，小心翼翼地走到走廊上，试着想象一个人在这样一座错综复杂的宫殿里怎么能找到一件普通的餐具。她有考虑回去拿高尔夫球杆，但想到如果事情恶化到需要使用球杆作战，她可能早就已经完蛋了。她试着看清漆黑的大厅里有什么，便朝前迈了一步。地板吱嘎作响，像是想要出卖她一样，吓得她缩了缩身子。她尽可能悄没声儿地向左拐，然后走到楼梯那儿去，但刚一转身就踢翻了一堆低矮的箱子。鞋子落得到处都是。她在黑暗中眯起眼睛，看到了九个盒子，里面有九双鞋——三种不同的风格，与她之前毁掉的那双很相似，每一种都有三种不同的尺寸，从六码半到七码半不等。她发现一张管家卡尔顿为之前没有问她鞋子的尺码而道歉的便条，他说试着多给她一些选择，如果没有满意的，请一定告诉他。佐伊脑海中出现了这样一个场景：一对暴徒在半夜用枪指着某个鞋店经理，强迫他打开商店，因为他们要为老板的女儿买一双新的运动鞋。

佐伊再次抱起猫，蹑手蹑脚地下了楼，当她走到楼梯口时，雅各布·马利的鬼魂又一次从地板上冒出来，她几乎尖叫起来。

“斯克鲁奇！！！”

恶臭机器从她怀里跳出来，飞快地跑下楼梯，穿过门厅，快速穿过一楼的一扇拱形门。佐伊跟着它穿过拱门，发现自己出现在一间长长的餐厅里，那里有一张桌子，可以坐大约五十位客人。那只猫飞快地穿过椅子腿，小心翼翼地从另一头的一个门口溜了出去。佐伊跟着它来到走廊。

大厅的一端是一扇用木板封起来的门，门上纵横交错地贴着红色的胶带，上面写着“警告：模型门——请勿入内”。她朝另一个方向走去，恶臭机器却不跟过来。相反，它在模型门周围徘徊，嗅着，用爪子抓着，好像有一只老鼠或什么东西在它后面。佐伊去接它时，恶臭机器向前迈了一步，穿过门，一部分穿过了门——它的屁股和尾巴都露了出来。佐伊走到模型门的门口，把手伸进去——原来那扇门又是一幅全息影像。她看到了天花板上的小投影仪，在投影仪前挥手可以挡住投影仪的光束，从而让一部分门消失。但幻象中隐藏着一扇真正的门，一扇沉重的青铜门，比那扇假门高出一英尺。她试了试把手，门是锁着的，因为……它当然是锁着的。这是保险库吗？

她不想知道。她抱起恶臭机器，朝大厅走去，然后听见大门咔嗒一声在她身后作响。

一个严厉的声音说："你是谁？你是怎么进来的？

一个她从未见过的人从全息影像中探出身子，看上去仿佛一个没有身体的脑袋被钉在了门上，就像猎人的战利品一样。那个男人向她走了过来——一个秃顶的男人，穿着一件紧身的黑色高领毛衣，肩上带着枪套。他有一双警察般的眼睛。

一个声音从他身后的房间里传来："就是那个女孩，阿瑟的女儿。"这是威尔的声音。佐伊以为大家都走了，但显然威尔在他们的密室里有事。秃头的家伙退到房间里，威尔从全息影像旁探出身子，他的姿势表明他把全息影像后面的门给关上了。他们可能在后面狂欢呢。再一次，佐伊不打算知道任何事情。

他问："你在这里做什么？"

"没什么，我只是想找一个……没什么。那是……保险库吗？"

"是的，这就是保险库，所以我们都站在里面，而且保险库的门是开着的。"

"我不——"

"保险库在地下室，这是一间私人会议室。完成你现在要做的事，然后回到床上。我们明天早上来接你——嘿！"

恶臭机器已经从佐伊的手中挣脱出来，穿过全息影像，钻进外面那扇门的缝隙。佐伊跟着它跑了过来，推开威尔，穿过了那扇铁门。

威尔大声喊道："站住！"然后他抓住她的手腕扭了一下。佐伊单膝跪下。房间里陷入混乱，因为那只猫跳上了一张桌子，试图叼走一大块灰色的肉。那个在门口遇见佐伊的秃头家伙一把抓住猫的颈背，好像要徒手把它撕成两半。佐伊尖叫着要威尔放开她，但威尔把她往后拖，拖出了那扇门。她的手腕好像要断了。

跪在地上，佐伊扭过身子，咬了威尔身上她能够着的第一样东西——他的大腿。他咒骂了一句，放开了她。佐伊站起身来，正要把她的猫叫回来，这时她看见桌子上有什么东西，大家都看见了，她也看见了，似乎一切都静止了。桌子上放着一只断了的人手。

# 十一

房间里的每个人都静静地站在原地，盯着佐伊，仿佛宇宙终于创造了一个如此尴尬的时刻，尴尬得让它自己停止了时间。埃科·凌戴着眼镜，手里拿着一根长长的金属探针，似乎戳那只断手的过程被打断了。她身后的墙上布满了X光投影和电路图。佐伊紧张地四处张望，那些犯罪的画面不由自主地进入了她的大脑，因为她看到了这些他们不允许与世界分享的东西。恶臭机器发出喵喵的叫声，那声音让佐伊回过神来，跑过去把它从那个光头家伙手里夺了过来。她慢慢地侧身向门口退去，好像如果她走得足够慢，小屋里就没有人会注意到她的离开。

她听见自己问道："那是谁的手？"但其实她并不想知道，知道得越多只会给她带来厄运——好像她还没有被厄运眷顾一样。这又能带来什么改变呢？

威尔在她身后回答说："你看不出来吗？"

就这样，在盲目的、痉挛的恐慌中，佐伊转过身，再次推开威尔，穿过全息影像门，穿过大厅，穿过餐厅，进入有摩天大楼那么高的圣诞树的门厅。她径直跑向巨大的前门，伸手去拉冰冷的铜把手——

锁上了。

脱衣舞娘坎迪的全息影像突然出现在她旁边，夸张地噘着嘴，用婴儿般的声音说：“噢，真对不起呢，为了你的安全，保安不允许从前门出去哦。为了弥补这些不便，利文斯顿先生会为你提供一瓶免费的香槟或者一次免费的性服务！”

坎迪咯咯地笑着，然后消失了。佐伊身后的大理石地板上传来连续的脚步声。威尔不慌不忙地出现在门厅，脸上平静得出奇。他在用他的镇静来吓唬她，佐伊想，这是他工作的一部分。

佐伊说：“打开它，让我离开。”

那位穿着黑色高领毛衣的秃头男人大步走到威尔身后。又有两名身穿黑色大衣、头戴黑色帽子的男子出现在他们身后，手里拿着枪，对于佐伊这种程度的威胁来说，看上去威力大得可笑。原来威尔·布莱克沃特有他的亲信。

威尔说：“不行，你不能离开。”

“我——我不会告诉任何人。我不关心这个地方，不在乎你们，也不关心这里发生了什么或者你们杀了谁。让我走，让我回家，我不会告诉任何人，我不会告诉警察，我妈妈，任何人。我甚至不想要那五万美元了，让我走吧。”

“我们会这么做的，只要你打开保险库。”

突然，佐伊确信她再也见不到天空了。

“佐伊，”威尔说，“你想想，你还有什么选择吗？”就在他说话的时候，又出现了两个披着大衣的人——有人悄悄地通知了警卫。“这不是你的世界。现在我同意你父亲可能是一个真正的浑蛋，把你拖进这件事是不理智的。但是除了让你打开那该死的保险库，停止浪费我们的时间外，实在没有别的办法了。”

可是，佐伊想，对你来说浪费的时间，是我在地球上最后的珍贵时刻。

佐伊没有回答，威尔认为她默许了。

他对秃顶男人点点头，说：“科瓦尔斯基，送她去保险库。”

那人抓住佐伊的手臂，像拖个孩子似的拖着她往前走。他把她拖向另一扇拱门，这扇门通往与这座庄园相反的侧楼。她没有反抗。佐伊、她的光头护送者、威尔和披着风衣的武装随行人员通过走廊，把她带到一个在其他情况下绝对是她进去过的最放松的房间——这里看起来像是图书馆或阅览室，放满了皮革封面的书，还有被书围着的古老皮制扶手椅。地板中心有一个水晶般透明的锦鲤池。有着橙色和白色鳞片的鱼群在水里游来游去，房间里充满了潺潺小溪的流水声。

威尔从佐伊身后说：“抓住金色的那个。”佐伊试着把这四个字转换成某种有意义的指令，最后注意到一条金色的鱼在其他鱼中间快速地游来游去。“金色的鱼，佐伊。伸手抓住它。它不是真的。”

她试探性地把手伸进水里，再一次发现那只是个三维的投影。她试着按指示抓住金色的全息影像鱼，结果发现这和抓一条真鱼一样困难。几次失败之后，她开始以为自己是一场精心策划的恶作剧的受害者，但最后她还是用手抓住了那条鱼，在那一瞬间，它连同池塘的其他部分一起消失了。然后这空空的盆地慢慢打开了，露出了一个向下的螺旋楼梯。

佐伊说："好吧，我做到了。让我——"

"那不是保险库，只是保险库的入口。"威尔指着楼梯，说，"你先请。"

佐伊走下楼梯，一只手抓着弯曲的扶手，另一只手把恶臭机器抱在胸前。一堆金币映入眼帘，仿佛下面的房间就是一堆堆的金银财宝，就像守财奴斯克鲁奇的金库一样。然后她走到底层，发现那只是地板，是用真正的硬币铺成的。忘了保险库吧，你可以带着凿子到这里来，刮下足够的钱退休。在阿瑟·利文斯顿的世界里，这是你装饰房间入口的方式，真正的财富就藏在这里。保险库就在她面前的墙上，从地板到天花板，一个由华丽的黄铜构成的完美圆形，门的重量可能有二十辆车那么重。没有把手，也没有铰链，只有中间一个巨大的卡通钥匙孔，大约三英尺高，一英尺宽。

螺旋形的楼梯把所有人都带进了房间。光头男人科瓦尔斯基再次抓住佐伊，把她推到保险库门口，在她的手臂上留下一圈瘀伤。她想象着某个验尸官在她的尸检中会不会记录下这一点。

威尔说："看见钥匙孔了吗？你就是钥匙，去打开它。"

"但是……如何打开？我不——"

“把你的头伸进钥匙孔里，保持不动，它必须扫描你的大脑，和程序里的印记匹配。”

佐伊试探地走到门口，吸了一口气，把头伸进锁里，里面的一个机械装置嗡嗡作响。她身后传来了令人厌烦的低语声。没有成功。

佐伊把头探了出来。门旁边的监视器不知什么时候亮了，上面的红色字体写着“撤销：强制”。

佐伊身后响起一个女声：“告诉你了。”那是埃科。佐伊甚至没有意识到她跟着他们一起下来了。“你不能强迫保险库的主人打开它。如果主人表现出情绪上的痛苦，软件会自动锁定，这样别人就无法在枪口的威胁下打开它。你看，威尔，因为不那样做的话，花八位数的钱买保险库就毫无意义了。”

威尔揉揉眼睛，咬紧了牙，说道：“佐伊，我们不是强迫你这么做的。你想离开这里，想结束这一切。你是心甘情愿把头伸进那个大钥匙孔里的。就……在你的脑海中思考这个想法。”

埃科说：“它不是那样工作的。”

佐伊说：“我知道你不会让我活着离开这座城市。”

威尔咆哮道：“我保证，如果你打开保险库，我就会让你离开！事实上，我会把你扛在我的肩膀上，把你扔过那该死的边界——”

埃科说：“威尔……”

威尔对埃科说：“我们能给她点什么让她平静下来吗？”

“像大麻？一些镇静剂？如果检测到她不清醒，保险库也不会打开。我们说的是阿瑟·利文斯顿的保险库，他给承包商的第一条指令就是确保他喝醉了或者嗑药了，保险库不会为他打开。否则一些应召女郎几年前就会拥有里面的东西了。”

佐伊说：“在我有理由相信我可以离开这里之前，门不会开的。我需要一些保证。如果这个东西能读懂我的想法和情绪状态，或者其他感受，它就会知道我觉得自己会死。”

“那么，我们要怎样才能让你放心呢？”

佐伊转向光头科瓦尔斯基，盯着他的枪套，说：“给我一把枪。”

威尔听清楚了，但还是问：“什么？”

“给我一把枪。我用枪指着你，打开它，然后我走出去的时候一直用枪指着你。”

威尔说：“这个房间里还有六把枪，如果发生枪战，你还是没有机会打败他们。”

“我不会试图赢一场枪战，我只想杀了你。”

威尔的下颚咬得更紧了。佐伊放开恶臭机器，伸出一只手。

她说：“请把这看作善意的表示。”

“我们显然不会这么做。”

佐伊双臂交叉。“很好，我们拖得越久，我就活得越久。我们都会站在这个房间里，一起老死。”

佐伊觉得她真的能听到那个男人咬牙切齿的声音。她说：

“我能从你的眼睛里看出来。你希望折磨我，直到我去打开门。扇我耳光，威胁我，拿枪指着我的头。但是你不能。你越逼迫我，门就锁得越紧，阿瑟知道这一点。他知道你会这么做，他知道保险库会阻止你这么做。看着你和一个死人斗智斗勇却输了，真是太有趣了。你要我用我的生命来信任你，你就用你的生命来信任我。”

威尔与她的目光相遇，恼怒地叹了口气，然后瞥了科瓦尔斯基一眼，点了点头。科瓦尔斯基扬起眉毛，好像在说：“真的吗？”但随后他从枪套里抽出手枪，上了膛或做了别的事，然后在手指上转动手枪，使枪柄对准了佐伊。他看起来挺喜欢这么做。

佐伊拿起枪时，科瓦尔斯基说：“手枪没有保险，只要你扣动扳机，子弹就会飞出去。”

“我怎么知道它有子弹？”

他耸耸肩：“你可以对着天花板开一枪。希望没有人站在那里。”

佐伊把枪指向上方，缩起身子，扣动了扳机，声音出乎意料的大，吓了她一跳。石膏雨点般地落在她的头上。一个小铜壳叮叮当当地从硬币地板上滚走了。她的耳朵嗡嗡作响。房间里的每个人看起来都像是一副刚刚把裤子弄脏了的模样。

她深吸了一口气，转过身，用枪指着威尔的脸。她在威尔的眼中看到了一些奇怪的东西。不是害怕——他看上去以前有过被枪指着脑袋的经历，也不是愤怒——早些时候爆发的沮丧已经消失了。透过那个颤抖的枪口，她在他的眼睛里看到他正在重新考虑她的想法，或者只是第一次考虑到她。

所有穿风衣的警卫立即举起小机关枪对准她，这些人显然得到了有关佐伊战斗技能严重夸大的报告。科瓦尔斯基从裤子后面抽出另一把手枪，拿了过来。她不知道他在任何时候身上会带多少把枪。威尔没有拔枪，他只是调整了一下袖扣，朝保险库做了个手势。

佐伊用手枪指着威尔那平静到显得诡异的眼睛，深深地吸了一口气，俯下身，再次把头探进保险库。片刻的寂静。她又深吸了一口气，然后呼了出来。

终于，发出批准的响声，然后是咔嗒一声和铰链的吱吱声。

除了佐伊，房间里的每个人都松了一口气。佐伊把头拉了出来，避开旋转的保险库库门。她离开门口，告诉自己不要回头，因为看到里面的东西只会缩短她的寿命。

那把枪仍然对准威尔，她跪下来，抱起她的猫，对着它的耳朵说："如果他们杀了我，你就跑。"

但没人再看她了。威尔已经忘记了佐伊，甚至忘记了那把枪，他张着嘴望着保险库（对他来说，这意味着他的嘴唇之间有一个大约四分之一英寸的开口）。他冲过去，从佐伊身边擦身而过。就在这时，她犯了一个错误：她举着枪跟着他转过身去，看到了里面。

是空的。

至少，房间里没有财宝——这个金属房间空空荡荡，只有一枚银币躺在水泥地上，一副嘲弄的样子。硬币后面站着一个男人。他五十多岁，穿着细条纹西装，留着精致的小胡子，静静地站在一个密封了好几天的保险库里。过了一会儿，佐伊才意识到那实际上是她的亲生父亲，阿瑟·利文斯顿。

# 十二

佐伊完全没听到科瓦尔斯基过来的声音。

他花了两秒钟靠近，又花了一秒钟从她手中夺过枪，在这个过程中，她食指的皮肤被撕裂了。在一串连续且熟练的动作之后，他把她的胳膊扭到了背后，并把她按到了地板上，一只靴子踩在她的背上。佐伊的脸被痛苦地挤成一团，埋在金币堆成的地毯里。她注意到紧挨着她眼球的那枚硬币是在1918年铸造的。

“你们好。”保险库里传来佐伊生父的声音。她艰难地把头转过去，正好看见威尔从那人身上穿过。当阿瑟·利文斯顿还活着的时候，他肯定很喜欢自己的全息影像。威尔环视保险库，似乎希望某个明显空无一人的角落里藏着一些别的东西。他不小心踢到了地板上那枚孤独的硬币，然后捡了起来，盯着它看，似乎希望它能以一厢情愿的力量开始成倍增长。

“如果这段影像正在播放，那么我要么是在和我可爱的梅琳达·阿什的女儿佐伊·阿什说话，要么是在和一个人或一群人说话，他们找到了一个破坏这个世界上最好的保险库的方法。如果是后者，你应该知道，我钦佩你的技能，这样的结果能使我从菲斯克保险箱公司获得全额退款。当然，你会对你辛辛苦苦得到的东西感到失望——正如你所看到的，这个保险库只有一枚硬币，一枚甚至不能作为法定货币来兑换的硬币，它的意义只有与我关系最密切的人才能看出来。至于录制这段影像的目的，嗯，我想现在大家对我没有留下遗嘱这一事实一定感到有些焦虑。但我的确留下了遗嘱，也就是你们即将看到的。从现在开始，我要把这个信息传达给我的女儿，我所知道的我唯一的后代，佐伊·阿什。佐伊，我要用一句我一直想说的话来做开场白：如果你正在看这个，那意味着我已经死了。

“我希望我是在睡梦中死去的，在与一位可爱的女士度过了一个美好的夜晚之后，我也希望在死去的那一刻我没有弄脏我的床。但是，如果我对当时情况的评估正确，那么我并不是那样去世的。相反，在我最后的时刻，我是以某种暴力的方式死于野蛮贪婪的人手上。如果是这样的话，那么你应该知道，这件事并不完全出乎意料，事实上，这也是我现在录制这段影像的原因，尽管我只有五十八岁，并且被告知身体十分健康。因此，我的第一个愿望是找到杀害我的凶手，并在晚上把这台全息投影仪放在他们卧室的窗外，这样他们就会认为自己家里闹鬼了。不好意思，我跑题了。

“佐伊，大约六年前的一个晚上，我喝醉了，开始做一些像我这样的男人在喝醉和孤独的时候会做的事情，那就是在社交网站上寻找以前的女朋友。在那里，我找到了你妈妈和她所有的你的照片。小佐伊·阿什，我的女儿，变成了一个女人。我看到你对着镜头微笑，摆出各种姿势，你有着你妈妈的臀部和我的眼睛。我看到在狭小的公寓和破旧的拖车房里的生日派对，看到你微笑着在商店里买蛋糕和普通的苏打水，看到你妈妈站在后面，每次都有不同的男朋友。你有三个不同的继父，如果我没算错的话。所以，我打了几个醉醺醺的电话，像往常一样自以为是，我决定要成为小佐伊的英雄。我一时心血来潮，给你买了一辆价值十万美元的豪华轿车，付了车行的钱，把它送到你在德雷顿堡的家。我飞快地走了进来，想象自己带着闪亮的礼物出现在拖车房外，你走出来，给我一个大大的微笑和一个更大的拥抱。我把钥匙给你，我们一起去兜风，你或许会觉得我并不完全是一个坏家伙。

“但你知道，事情不是这样的。相反，你站在车道上，双臂交叉放在胸前，就像你妈妈过去常做的那样，你狠狠地骂了我一顿。你告诉我你宁愿每天走路上学，也不愿做被我施舍的流浪狗。你说这件昂贵的礼物已经迟了十六年，而且它并不能让我有权利来你们这儿到处走动，让我以为对你和你妈妈做的一切都是对的。你给我竖了个中指，并朝我大骂，弄得周围一片混乱，你的邻居都跑出来看是怎么回事。你一定还记得，我气坏了。我说了一些可怕的话，然后夹着尾巴离开了那个地方。

“但我生气只是因为在内心深处，我知道你是对的。在你的愤怒中，我看到了真正的自己，那个当我没有被马屁精和唯唯诺诺的人包围时候的自己。你必须明白，在我的世界里，我用闪闪发光的玩具和奢华的假期来买卖别人。贿赂和漂亮女人，这些就会让人对恶行视而不见，让他们在暗地里帮助我，或对我说我想听的话以及所需要的一切，放弃他们认为正确的一切。这些人过得很舒服，他们既不饿也不绝望，但仍然会在一秒钟内因为一个合适的筹码而出卖自己。可是你却站在杂草、狗屎和生锈的汽车中间，把我的礼物扔到我脸上，因为你不肯出卖自己的灵魂。我看到了那些年以前让我为你母亲疯狂的原因，从那以后我无法再忘记她。你有着我一直假装拥有的骨气。当然，许多年过去了，我再也没有见过你，但我发现自己越来越多地回想起那一天。

“所以，在这动荡的最后几天，我看到了不祥之兆，我想：我能相信谁呢？我周围都是有能力的人，有些人甚至很忠诚，但他们也雄心勃勃。他们喜欢玩游戏，争夺权力，就像我一样。那么，我的财产和秘密能托付给他们吗？如果我让大家知道，我的核心圈子里的任何一个人都将有可能控制我的资产，那么，一切就会开始——为了地位的钩心斗角、嫉妒心、私下交易。不，必须是外面的人。一个配得上连我的集团核心都还没有完全认识到的财富和力量的人。必须是一个他们永远也不会怀疑的人，一个不会被权力腐蚀的人。所以，佐伊·阿什，我从来没有真正拥有过的女儿，我要对你，对这个世界说：

“我，阿瑟·利文斯顿。神志清醒，没有受到被迫或不正当的影响，而且完全清楚我所有的财产和对它们的处置情况，在此，公开地宣布这个文件。接下来我所说的话，就是我的遗嘱，并在此撤销任何所有其他由我迄今为止立的遗嘱和附属条款，全部无效。在我死亡时，我的所有财产，包括动产和不动产，将遗赠给我唯一的女儿，佐伊·马塞利娜·阿什——减去任何的地产税和超棒的纪念庆祝典礼的开支，这个我在遗嘱里已经详细说明了。以上全文此时已经通过电子版本的形式传送给我的律师了。现在，阿什女士还获得了所有离岸账户、持有土地、股票、公司持股以及与我在利文斯顿企业集团旗下所有相关资产的全部控制权，这些同样在文本中有详细说明。所有现有的员工将继续他们目前的角色，直到得到佐伊直接的通告。

“如果你检查保险库的地板，你只会发现一样东西——我的幸运硬币。一枚罕见的、单面的1911年中国银龙。一面是咆哮的龙，另一面由于铸造错误而留下了空白。这枚硬币是我十六岁时在一次扑克牌游戏中赢得的，有个人告诉我这枚硬币值十万美元，结果是一件毫无价值的赝品。我一直保存着它，作为一个纪念。从那天起，这枚硬币就一直在我的身上，直到我写下这份遗嘱。几年前，威尔·布莱克沃特来这里面试，他什么也没做，就从我这儿把那枚硬币借去变了个魔术。我立刻雇用了他。佐伊，这份遗嘱的最后一项条款是，你要让他告诉你如何变这个硬币魔术。哦，告诉加里，他可以留着那副高尔夫球杆，我不认为佐伊喜欢打球。

“还有……就是这样。如果有人自作聪明，想要伤害阿什女士，从而获得我的部分或全部遗产，他们应该知道以下几点。如果她去世，所有的资产将被清算，并捐赠给摩门教会，同时减去三千万美元，这笔钱将立即作为悬赏金，追捕那些对阿什造成伤害的人。

“祝你好运，佐伊。对不起，我没有陪在你身边。这是我能做得最好的了。你如何处理这笔遗产取决于你自己。我只是奉劝，在决定怎么处置它之前，一定要弄清楚你想要留下什么——钱和土地在真正的财富面前是微不足道的。除此之外，我唯一的建议就是我十岁离家出走前父亲给我的——找出你可以信任的人，让他们为你工作。阿瑟·利文斯顿，再见。”

全息影像的利文斯顿尴尬地站了几秒钟，然后说：“还开着吗？哦不，是那个黑色的按钮，黑色的那个。来，让我——”然后他走出全息影像摄像机，全息影像消失了。

一片寂静。佐伊挣扎着呼吸，她的胸部被冰冷的硬币和科瓦尔斯基沉重的靴子压着。然后威尔笑了起来。

埃科几乎是惊慌失措地问：“刚才发生了什么？”

威尔揉了揉眼睛，整了整领带，走出了保险库。经过佐伊时，他对科瓦尔斯基说：“在老板解雇我们之前，你最好把脚挪开。”

科瓦尔斯基抬起脚，佐伊坐了起来，抓着那只流血的手。她头晕目眩。她所能想到是：“谁给我拿条毛巾来，告诉我发生了什么。他……他刚把一切都留给我了吗？房子和……一切？”

威尔说：“是的。你看过《威利·旺卡和巧克力工厂》

吧？你就像是查理。”

埃科解释道：“只是阿瑟·利文斯顿讨厌避孕套，而不是金奖券。”

“等等，这是真的吗？”

“换句话说，”威尔说，“你父亲刚刚把我们都杀了，包括你。”

他掏出一块丝绸方巾扔给她。她把它包在手指上。她感到头晕目眩，环顾房间，发现每个人都在看着她，等待着。好像在等他们的新老板说些什么。

佐伊说：“你们有枪吗？你是阿瑟的心腹还是什么？”

其中一个人说：“我们是雇佣兵，是二十四小时的卫兵。”

“这么说你们听见他的鬼魂说你们现在为我工作了吧？”

“嗯……我们已被告知，在得到其他方面的通知之前，合同应保持有效，并尽可能——”

“好。”她看着科瓦尔斯基说，“你被解雇了。”

“我从来没有为你工作过，宝贝。”

她对卫兵说：“把这个人从这里遣送出去。叫他把那只断了的手也一起带走。”

科瓦尔斯基把枪塞回肩带，朝螺旋形楼梯走去。“我自己知道怎么走。”

佐伊转身去找威尔，对雇佣兵说：“他也是，他也被解雇了。每个人都被解雇了，在场的所有人。”她对埃科说：“你也是。”然后对卫兵说：“你的合同在你完成最后一项任务的那一刻就会到期。把这些人带出去，然后你们都出去，关上门。”

威尔和埃科相互看了一眼。威尔说：“佐伊，我要你仔细想想——”

“滚出去！你这是非法侵入。你们都是。”

“听我说。如果你在没有保护的情况下离开这所房子，你活不过这个周末。消息会传出去，到时候，这个城市的捕食者就会像食人鱼一样成群结队地涌进来。”

“卫兵，如果这个人在十秒钟内还不离开这座房子，就开枪。”

卫兵们显然不想这么做。但其中一个——年纪最大的——清了清嗓子，说：“你，呃，布莱克沃特先生，请您离开。”

威尔久久地盯着佐伊，好像要从她脸上看出什么。不管那是什么，它说服了他转身跟随着科瓦尔斯基走上旋梯。埃科跟在他后面，四名追随者走在最后。七双鞋发出哐当哐当爬上螺旋形楼梯的声音，然后在头顶的地板上轻轻地碰了一下，声音消失了。接着是一片寂静，只有佐伊一个人。她坐在金色的地板上，和她的猫一起，在死去的父亲洞穴般的宫殿里流着血，现在这是她的宫殿。

# 十三

深夜两点，佐伊坐在大厅巨大的楼梯的底层台阶上，抚摸着正在一片瓷器上吃猫食的恶臭机器。据她所知，这件瓷器是一件古董，比她所有的东西加在一起都值钱。佐伊饿极了，屋子里大概摆满了各种富人的食物——鱼子酱之类的——但她太累了，不想去找，也不想弄明白怎么去做。所以，她拿出手机，找到了一家深夜送货的比萨店。这样的比萨店在塔布拉拉萨至少有几十家，就算没有几百家的话（在德雷顿堡可是一家都没有）。佐伊做了她在购物时经常做的事情，就是根据顾客评分来分类。她给排名第一的那家餐厅打了电话，点了他们的特色菜：末日盛宴。她点了最大的那种。

然后她就坐在那里，等着送餐的人，尽管她还不知道当他送到的时候怎么让他通过前门。她抚摸着恶臭机器，掉了皮的手指传来一阵阵疼痛。她试图想出一个计划，这个计划目前为止是这样的：

第一步：吃一个巨大的比萨。

第二步：上床睡觉。

第三步：早上起床，打电话回家问妈妈该怎么办。

佐伊的母亲有一个律师，她所有的离婚案件都是由他处理的，也许她们可以给他打个电话，弄清楚佐伊到底需要做些什么，才能把自己从她现在经营的庞大的犯罪帝国中解救出来。在这种情况下，政府不是应该出现，然后把所有的东西都没收了吗？比如说还没有付清的税款什么的？如果是这样的话，她想知道自己能否从这笔交易中得到一辆车，这样她就可以自己开车回德雷顿堡了。她还想留着那些鞋子……

坎迪，这座庄园安全系统的人工智能脱衣舞娘的全息影像闪现在门边。恶臭机器被吓得跑上楼梯。

坎迪说："有人来到了前面的大门，我的传感器显示他非常兴奋。"

全息影像似乎在等待某种指示，但佐伊不确定她应该做什么。她能和它说话吗？

"嗯，你能告诉我是谁吗？"

停顿了一会儿后，传来一个男人的声音："波塞利比萨，佐伊·阿什的外卖。"

坎迪说："扫描结果显示，这辆车里只有一个比萨饼，没有武器。需要我打开大门吗？"

"当然。"

一分钟后，有人敲门。门框旁边的监视器闪现出画面，的确显示是送比萨的人。他秃顶，但有一副浓密又乌黑的胡子，穿着一件老式的海军蓝风衣，翻领上别着一朵红色的胸花。这附近即使是深夜送比萨的人也似乎都是中上层阶级。

佐伊打开门，那人说："晚上好，女士。一共是三十八美元五十美分。顺便说一句，你的家很漂亮。”

“哦，谢谢，我刚得到这房子。稍等，让我上去拿一下钱包。”

“没问题，亲爱的。”

她爬上楼梯，朝自己的卧室走去。视频还在墙上播放着，“寻找利文斯顿的钥匙”事件还在从一个画面跳到另一个画面，继续着激动人心的比赛，看谁能第一个杀掉佐伊。

她从背包里掏出钱包，对着电视咕哝道：“你们想怎么做就怎么做吧，我要去吃一个全是肉的巨型比萨。”

她瞥了一眼墙上播放的画面，看到了一个模糊的夜间镜头，画面在巷子里跳动。两个穿着黑色马甲、拿着枪的家伙朝地上的什么东西跑去。那是一个人，躺在那里，扭动着身体。

佐伊停下手上的事，想看看发生了什么。

其中一个人走到那个正在痛苦扭动的男人面前说：“伙计，你还好吗？你能听见我说话吗？”

躺在地上的人只是一直咕哝着。其中一名男子拿出手电筒，照亮了躺在地上的人，他的手脚被绑着，嘴巴被胶带封住了。佐伊立刻注意到了两件事：

1.他穿着一件红色T恤，上面播放着“波塞利比萨”标志的循环动画。

2.他的几根手指被咬掉了。

还没等佐伊弄明白这是什么意思，画面就消失了——这是佐伊还不习惯的突然的跳跃式切换——接下来出现的是她刚爬过的楼梯的清晰画面，画面有节奏地跳动着，慢慢地向二楼移动。

佐伊停了下来，瞪大眼睛看着。

屏幕上的侧边栏里滚动着很多弹幕——这是观看者发布的视频评论，速度快得几乎看不见。她看到一条说："老哥，鬣狗在吃她之前，先让我们看看她的乳头。"然后那一条很快就被几十条简单的"摩洛克团队"弹幕淹没了。

佐伊放下钱包说："天啊，不会吧。"

她转过身，不出所料地发现那个被称为鬣狗的疯子正站在她卧室的门口，挡住了她出去的路。她以前从来没有清楚地看到过那个男人，当时天很黑，他正被她的丰田车带进结冰的池塘。但毫无疑问的是——他甩掉了他的"胡子"，露出一个丑陋的手术疤痕，环绕着他的下巴，看起来就像是在某个小巷里做的手术。他没有拿着比萨。佐伊现在注意到，别在他胸前的小红花中间发出一束蓝色的光——那是他的开眼摄像机。他正在向观看"寻找利文斯顿的钥匙"的广大观众和一群忠实的鬣狗粉丝进行现场直播，这些粉丝可能只是单纯喜欢观看女人被残忍地折磨。她又一次想知道现在有多少观众，又一次决定她不想知道。从她眼角的余光里，她看到自己出现在监视器上，画面来自将要攻击她的人的第一视角。房间对摄像机来说太暗了一点，所以鬣狗找到了墙上的灯光控制装置，并把它调到了令他满意的程度。

佐伊看着监视器上的自己，事实上有一种想要整理一下自己的头发的疯狂冲动，但随后她在屏幕上看到，高尔夫球杆还在她身后的床上。她迅速地抓住，把它像剑一样伸向鬣狗。在不到一秒的时间里，她在墙上的画面也做了同样的事情。

他笑着说："我猜，你从没想过会再见到我。在火车上的每一秒我都在想象这一刻。为了让这一刻非常完美，首先，让我们解决这个问题。"

他猛地从她手里夺过球杆，就像从婴儿手里夺过玩具一样。他把它举在面前，让他的摄像机把它拍得更清楚。

"现在，看好。"

在一系列流畅且随意的动作中，鬣狗将高尔夫球杆弯曲成椒盐卷饼的形状。他没有用力，也没有咬紧牙关，甚至没有表现出努力的样子。他把金属球杆弯成圆圈，就像球杆是一条银色的甘草鞭子。

他举起它说："嗯？"

佐伊吓得嘴唇都干了，她低声说："你到底是什么人？"

"等等！我没有结束！"他把铁质椒盐卷饼举到嘴边，咬了一口。再一次，只使出了一点小小的力气，就像嚼一些稍微硬一点的牛肉干。他吐出一块扭曲的金属，咧嘴一笑。然后他把"高尔夫球棒椒盐卷饼"扔到了一边。

鬣狗吐出刚磨破嘴流出的鲜血，然后说："你现在感到的那种恐惧和麻痹是一种原始的记忆，是回到了冰面上的那段记忆。最重要的是，你要知道，你生来就要成为强者的食物。作为一个有机体，你注定要以牙齿撕裂肉体和骨头嘎吱断裂的感觉来结束你的存在。所以，接下来要发生的是，我要咬你八次。这些撕咬会切断你的八条肌腱，使你的腿和胳膊都无法动弹。然后，在几天或几周的时间里，我会慢慢地、完全随机地——”

“不。”

佐伊把双臂交叉在胸前。

“什么？”

“不。我不会这么做的。我不会又跑又叫，不会让你在开眼里上演惊悚片来满足你的变态粉丝，我不会给你这个表演的机会。我受够了。我不知道你是什么人，也不知道你是怎么做到刚才那些的。但是在过去的八个小时里，我除了跑什么都没做。我受够了，不会再跑了。如果有人正在观看这个直播并希望会发生些什么，不要妄想了，去拉上你们的裤子拉链吧。”

“你挺能说的。我要把你的舌头割下来，当着你的面吃掉。但首先我要——”

“不。你不能为你的观众独白。你不酷，你一点都不可怕。”

“我认为你没有资格告诉我什么——”

“啦啦啦啦啦啦啦，没人能听见！啦啦啦！”

“闭嘴！”

“嘟嘟嘟嘟，没人能听到你邪恶的独白和有创意的强奸威胁！屁股秀，屁股秀——”

鬣狗扑向她。佐伊摔倒在地，而她在屏幕上的二重身还在唱《屁股秀》。鬣狗跨坐在她身上，试图按住她的手臂。她迅速伸出手，从他的夹克上扯下了胸花摄像机。还没等他弄清楚她在做什么，佐伊就挣脱开了右臂，把摄像机朝卧室门那里扔去。墙上的监视器模糊地显示出卧室走廊天花板的单调画面。

鬣狗尖叫道："婊子！"但他现在陷入一个困境——他失去了听众，因此他不仅失去了出现在这儿的全部理由，而且也无法证明自己拥有履行合同的能力。他从佐伊身上爬下来，跑到大厅去拿他的摄像机——

砰！

——有人朝他的头部开了一枪。

一道红色的血雾喷射在空中。鬣狗像一袋狗粮一样，扑通一声倒在地上。佐伊尖叫着往后爬。

一名三十多岁的拉美裔男子出现在视线中，他身穿黑色西装，里面是一件鲜红色的衬衫，领口敞开着。他故意留了胡茬，用一支冒着烟的手枪瞄准地上的死人。他一脚踩烂胸针摄像机，然后检查了鬣狗的脉搏。

确信那人已经死了，他把手枪放回了上衣里，面无表情地低声说："住手，否则我开枪了。"他转向佐伊说："你受伤了吗？"

"我想没有。你是谁？"

"很抱歉未经允许进入你的家，如果你愿意的话，我可以马上离开。我叫阿尔曼多·鲁伊斯，请原谅我的不谦虚，我是塔布拉拉萨最好的保镖。如果你去查阅我的资历，你很容易确认这是真的。事实上，我希望你在方便的时候这么做。我是来找工作的，当我看到即将发生的事情时，我决定介入。所以如果你允许的话，我想确保前门和正门那里的安全，这样我就不用被迫去对付其他的入侵者了。实际上这不是我喜欢的消除威胁的方法，不是因为其他原因，仅仅是因为清理工作对所有相关人员来说都非常不愉快。”

“呃……可以。怎么……那家伙是怎么做到的？他徒手掰弯金属，还把它吃了。”

阿尔曼多耸耸肩，说：“我想，这可能是由于他的身体非常强壮，精神错乱，并且服用了大量的致幻剂。现在看来，这只是需要为他写讣告的人所关心的问题。在这儿等着，把你房间的门锁上。我会在二十分钟内回来。”

他掏出枪，不一会儿就听到他噔噔地走下楼梯的声音。佐伊坐在床上，盯着走廊地板上那具流着血的尸体，然后决定，她宁愿和这个陌生人做伴，也不愿和那个死人做伴。她跟着阿尔曼多走到门厅，看着他研究前门监视器上的控制器。他点击目录，系统确认目前没有其他威胁。佐伊认为奇怪的是，系统竟然没有提到两只老虎的存在。

当阿尔曼多注意到她在他身后时，她说：“对不起，我不喜欢离死人那么近。他之前活过来一次。”

“他活过来一次？”

“对，算是吧。”

“好吧。阿什女士，我可以告诉你，这里的安全系统是一流的，但是如果你直接让陌生人从前门进来，那它就没什么用了。另外，如果你不听我的指令，我的服务对你来说就没有帮助了。你查阅我的资料了吗？”

“哦，还没有，请稍等。”

阿尔曼多回到楼上，也许是想确认鬣狗是否还活着。佐伊用她一小时前找比萨店时用的方法查找了他的资料，发现他在一件事上撒了谎——当她按评论分数给城里的保镖排名时，阿尔曼多实际上不是第一名，而是第四名。但公平地说，排在他上面的两个家伙死了，而另一个留着奇怪的山羊胡。阿尔曼多的收费——等等，认真的吗——三百美元一小时。但他的精彩集锦显示他护送政治家和流行明星，对付疯狂的球迷和解除武装的枪手。在视频中，他总是穿着那套差不多的黑色西装和红色衬衫，就像是他为自己设计的制服一样。如果这些片段是按日期顺序排列的话，那么他也曾经历过这样一个阶段：戴着一顶拉下盖住眼睛的亮红色软呢帽，但显然他成熟了很多。总的来说，他似乎很有水准，在他的领域里有些名气。

当他回来时，阿尔曼多说：“如果你不想雇用我，我会给你一些其他的建议供你选择。但我想你现在应该知道你不能在没有保护的情况下离开这里，对吧？”

佐伊说：“知道。你被录用了。”她看了看四周，说：“你在楼下什么地方看到比萨了吗？”

“作为你的保镖，我的第一个指令就是你不能吃任何连环杀手送来的食物。”

“嗯，有道理。反正我也没什么胃口了。”

“我要联系警察来处理尸体。这不是紧急情况，所以如果他们来的话，需要四到六个小时才能到达。在这段时间里，我会对这里的安全形势进行评估，然后我们在明天早上要进行比较严肃的讨论。而你现在要做的，就是去睡上一觉。”

“我可不想和门前的那具尸体睡觉。”

“我会把他拖走，如果这能使你安心的话。他的脑袋中了一枪，即使按照僵尸的死亡规则，这也应该能消除他未来带来的威胁。”

“不管怎样，把他移开。对了，我还不知道怎么使用阿瑟的钱，但是如果我不能拿到钱，你可以拿一些家具或其他东西支付，它们看起来挺贵的。”

他笑了：“我相信我们能解决这个问题。你还有什么其他的疑问吗？”

“是，不，我是说没有，这听起来不错。我累得不能思考了。”

“这就是你付钱给我的原因。早上，你会有一些重大的决定要做。”

“那时你就会告诉我，我要完蛋了，是吗？”

“大多数处在你这种情况的人会想，他们的敌人到底完蛋了没有。你现在很安全，阿什女士。”

“佐伊。”

“阿尔曼多。”他们握了握手，“晚安，佐伊。”

当他松开她的手时，她冲了过来，抱住了他。他像树干一样回应了她的拥抱，显然他不喜欢她在接下来的十分钟里贴着他衣领的哭泣方式，但是他默默地等着。佐伊认为他这样做非常绅士。

最后，她松开他，道了歉。当佐伊关上卧室门的时候，阿尔曼多已经把那个精神变态的死人拖到了走廊上，在他身后的硬木地板上留下了一片红色的污迹。佐伊锁上门，关掉墙上的节目。她第一次踢掉鞋子，爬上床。恶臭机器跳了上来，像往常一样压在她的脸上。她想，经过了这噩梦般的一天，她再也睡不着觉了。但是想到一半的时候，她就进入了梦乡。

# 十四

佐伊星期五早上醒来时浑身酸痛，四肢僵硬，她首先发现的两件事是，她现在显然是塔布拉拉萨的名人，还有客房里的马桶在说话。总的来说，这是一个非常令人印象深刻的马桶。它有着自动加热座位（当它发现有女性靠近时，会自动放下马桶座圈），在她坐着的时候一直播放着轻柔的音乐，马桶内侧有两个喷嘴，在她结束的时候用来清洗和烘干她的私处。对这个马桶的每一个新发现都让她越来越吃惊。

其中最让她惊讶的是，一个带有英国口音的男性声音问她是否想在小便时看早间新闻。佐伊被吓了一跳，迷迷糊糊地回应了一句，这可以被翻译为“当然，马桶，给我播放新闻，这样好掩盖我放屁的声音”。一个画面闪现出来，从佐伊在火车上作为人质情况的报道，切换到闯入者在她家中被枪杀，再到有关遗产的传言，再到对“钥匙”事件的回顾，屏幕上的画面自动跳转着。这让佐伊觉得整个世界都为了报道她的情况而停止了运转，然后她才明白，这个频道是为她定制的，只播报与她有关的新闻。这真是一种会使人头脑混乱的东西。

那个英国马桶——机器人——打断新闻，然后对她的健康情况做出了惊人的详细报告，告诉她，她没有怀孕，目前没有任何药物在她的身体系统里，她没有糖尿病或者肾病，但尿路感染的风险小幅升高，因为在她的尿液中发现了白细胞酯酶。她对马桶说了声谢谢，但它没有回应。这很好——如果她开始认为它是有知觉的生物，那么在它嘴里拉屎可能就难多了。

佐伊知道她应该出去从阿尔曼多那儿了解下现状，或者至少看看阿尔曼多有没有死于那些疯子的第二波进攻，也许他们现在正在卧室门外伏击她。但她一直在找理由不离开客房，甚至不离开马桶。她喜欢这里，一个小房间，有一扇又大又重的门和隔音的墙。外面是一幢又大又疯狂的房子，房子外面是一座更大更疯狂的城市。在她看来，鬣狗的尸体仍然扔在外面的某个地方，招引着一大群苍蝇。

马桶里传来声音，问她还好吗。显然，如果你坐在马桶上太久，它就会以为你已经死了。她告诉马桶自己很好，但几分钟后它又问了同样的问题。如果她想在这一天剩下的时间里都坐在这里的话，她需要想办法关掉那个功能，而这在某种程度上显然已经成了她的计划。佐伊大脑中用来思考出拖延不愉快任务方法的部分——经过多年的磨砺变得十分完美——提醒她应该给母亲打个电话，她母亲可能很担心她。尤其是当她看新闻的时候，虽然她通常没有看新闻的习惯（“亲爱的，难道你不知道他们只是在给你讲人们互相之间丑陋的故事，而忽略了所有美好的地方吗？”）。电话转到了她的语音信箱，因为佐伊的母亲也没有接电话的习惯。

“嗨，妈妈。我只是想让你知道我没事。我不知道你有没有看新闻，但是看起来我好像继承了十亿美元的毒资或其他来路不明的钱。你能找到律师吗？只要告诉他我有被谋杀的危险，或者告诉他我可能会坐牢，因为我有一堆海洛因仓库和黑手党的钱。这些都不是我要的，如果他能做什么来解决这个问题就太好了——闭嘴！对不起，我不是对你说的，阿瑟的马桶机器人让我心烦。还有我的保镖昨晚开枪打死了一个人，希望没事。他有超能力，他们都有。我不知道这是怎么回事。不管怎样，给我回个电话。”

好吧，这样她就放心了。佐伊挂了电话，鼓起要站起来的巨大的勇气。她瞥了一眼浴室，想要确定自己在这所房子里裸体是否足够安全。她觉得自己身上的味道实在太难闻了，不得不冒这个险。另外，这也是一个不离开房间的好借口。她走到卧室，把桌子和灯拖到门前，以防万一。

她发现，淋浴喷头有五十个，触摸屏上有几十个设置，上面写着“丛林按摩”之类没什么用的描述。在尝试了几次之后，很明显，每一次都是从不同的模式和温度下喷水，以创造某种超然的沐浴体验，而一些看不见的香薰模块让房间里充满了各种气味，从“新鲜的草”到“烤肉桂面包”。佐伊找不到“普通淋浴”的设置，所以她随便选了一个，然后开始试图辨认墙上哪个分液器中装的是洗发水（至少有一个似乎装满了苏格兰威士忌）。几秒钟后，淋浴间的墙壁消失了，取而代之的是一片晶莹剔透的翡翠雨林，四个屏幕模拟了在热带瀑布下户外沐浴的体验。这把她吓坏了，即使她知道这只是一个视频，她仍然无法摆脱一群野蛮人会出现，并发现她莫名其妙赤身裸体地站在小溪间的恐惧。她赶紧洗完澡，然后花了二十分钟弄明白怎么关掉淋浴喷头。

九点的时候，佐伊发现自己坐在床上，盯着那扇大门，准备铁下心走出去。九点三十分，她还坐在那儿，恶臭机器变得又饿又不耐烦。一次又一次，她下定决心要出去，一次又一次，她的屁股都离不开床。终于有人敲门了，阿尔曼多问她是否一切都好。这打破了魔咒，她鼓起勇气去看一具惨白的连环杀手的尸体。她猛地推开门，发现昨晚的恐怖事件过后，这里连血迹都没留下。

她说："你怎么处理的那个死人，把他扔去喂老虎了吗？"

"没有，女士，一切都是通过官方渠道进行的，尽管警察和验尸官出于某种原因需要分别贿赂一下。我会把它记在我的开支报告里。"

"他们不需要传我谈话？"

"欢迎来到塔布拉拉萨的世界，或者更确切地说，欢迎来到塔布拉拉萨的富人世界。今天早上需要你来做的第一个决定涉及这个地方的管理问题。今天早上有很多员工要来上班，我已经把他们拒之门外了——"

"是啊，我可不想为这些事操心。"

"嗯，但你有五万平方英尺的豪宅和五十英亩的土地，需要一支小军队才能维持现状。"

"对，否则开车经过的人可能不会觉得自己的生活那么悲惨。”

佐伊朝楼梯井走去，说：“我不会待在这里，这些都是别人的问题。现在谁都不要进来。不仅是为了阻止连环杀手潜入，也是为了确保阿瑟的老朋友们不会来报仇。”

“如果你指的是庄园里的工作人员，我不确定庭院设计师或清洁工心里有多少复仇的渴望。”

“我主要担心的是——”

“斯克鲁奇！！！”

他们来到了楼梯口，雅各布·马利的鬼魂正埋伏在那里等候着。恶臭机器被吓得冲下楼梯。

“我的天啊，你能把那个愚蠢的东西关掉吗？我刚才说的是，我最担心的是那些西装员工——那些与阿瑟共事过的令人毛骨悚然的追随者——”

“哦，我知道他们是谁。”

“那么，他们会带着一群暴徒回来，并试图把门撞开吗？”

“对他们来说，这是一个非常糟糕的策略，因为安全系统会提前给我们充分的警告。最困难的部分是，在交火对室内装饰造成太大破坏之前，让这群人保持中立。我相信在那个大厅里有比《新约圣经》更古老的花瓶。那些人的危险在于……他们个性不同。”

“那你怎么——”佐伊停住了，被楼下传来的叮当声吓了一跳。“等等，这儿还有别人吗？”

阿尔曼多显得很困惑：“就是管家卡尔顿。“

佐伊已经把他忘得一干二净。阿尔曼多警觉起来，问道：“他是被命令离开的吗？他说他晚上退下后就没有再得到你的指示。枪声把他吵醒了。”

“我根本就没想到过他。我想这……没什么关系。我能相信他吗？”

阿尔曼多耸了耸肩：“我做了背景调查。他当了五十年的男管家。你不能百分之百地相信任何人，但是……”他又耸了耸肩，“这需要你自己做出判断，这是伴随遗产一起的东西。”

“好。”

佐伊离开阿尔曼多，朝着忙碌的声音走去，这声音带她穿过客厅，来到前一晚去过的走廊，只不过她没有走向全息影像大门，而是相反的方向。很快她就发现自己在一个大到可以做豪华餐厅的厨房里。她看到两个巨大的带触摸屏的不锈钢冰箱，一个像她工作地方使用的那种平面烤架，一口油炸锅，还有三台放置在一排的烤箱，上面放着十五个炉子（佐伊对她能用那个东西来煮速食通心粉和奶酪感到惊奇）。她看见两排铜底炊具在两个大水槽上方的架子上晃来晃去。在一个角落里有一个拱形的砖洞，里面是一只烧木头的火炉。

她在房间里转来转去，经过一个芳香四溢的架子，架子上放着新鲜的药草，它们从小小的花盆里冒出来，在灯光下生长。对面的墙边是一个酒吧，上面有一个放白酒的镜像货架，还有接啤酒的龙头。旁边是一间咖啡吧，里面摆着一台古董式的黄铜浓缩咖啡机，看起来比她工作时用的专业咖啡机贵十倍。她走过去看了看，发现身边有她熟练掌握的工具——磨豆机、咖啡机，甚至还有在泡沫里画图案的小牙签罐，这些让她感到舒适。咖啡油残留的气味是美妙的，即使这让她想起了那些漫长的日子、疼痛的双脚和一次可怕的蒸气灼伤。

“利文斯顿先生每周都会让人给他送来这些咖啡豆。”卡尔顿的声音从她身后传来。他抱着恶臭机器，从另一扇门没有声响地走了进来。

佐伊转过身说：“哦，对不起。我只是在……寻找一些东西。”

“你为看了自己的厨房而道歉吗？你的猫在食物储藏室里搞破坏，我不得不把它抱下来。我确信它饿了。”

“哦，是的，对……对不起。”

卡尔顿朝咖啡吧那儿点点头，说道：“你爸爸发现有一种服务，可以将咖啡豆在烘焙后的第二天运送出去。这是从哥伦比亚空运过来的。你吃过饭了吗？你想来点什么吗？”

她很饿，但她说：“哦，不用担心我。我会……点一些外卖。”然后她想了想说：“你这儿不会正好有猫粮吧？我在行李箱里放了一些，但我带得不够，我想我有机会在哪里买到一些——”

她还没说完，卡尔顿就行动起来，打开了最近的冰箱。

“如果你问我能不能准备一顿猫会感到满意的饭，那么，这有多难呢？”

“你会大吃一惊的。”

卡尔顿从冰箱里拿出了一块金枪鱼排、几个鸡蛋和一根黄油棒，然后走进一间食品储藏室里拿了些什么。不一会儿，他带着面粉、一袋米、一罐花生酱、一个装满蜂蜜的塑料熊容器、一盒红糖和一根完美的香蕉走了出来。

“你喜欢香蕉吗，阿什女士？”

“哦，你不必——”

“如果你父亲还在，在这种一模一样的情况下，他会希望我这么做。我是否需要假设我的受雇工作仍按先前的条款继续呢？据我所知，昨晚有一些员工被解雇了。”

“嗯，当然可以。”

“那就好，如果你不再让我履行职责，我这么做就会把自己变成一个小偷。请坐下吧。”

最近的灶台上突然一阵忙乱。转动旋钮，蓝色的火焰嗖的一声燃烧起来，一个平底锅和两个长柄煎锅被砰地放置在上方的炉子上。佐伊在酒吧那里坐了下来，很快，融化的黄油的醉人香味与新鲜香草和咖啡的香味混合在一起扑鼻而来。阿尔曼多目不转睛地盯着整个过程，直到几天后，他才确定卡尔顿没有想要毒害佐伊。

佐伊说：“你……呃，很了解这里的情况，对吧？”

卡尔顿耸了耸肩。“我尽量做好自己的事，但一个人总会听到一些事情。人类的耳朵上没有盖子，尽管这有时会很有用。”

他从柜台的铁架上拿了一块硬皮面包，面包大概是几个小时前从砖砌烤炉里拿出来的。

佐伊问:“那些人，或者更确切地说，是那三位男人和那位女人——威尔、安德烈和其他人，他们具体做些什么？他们为我父亲做什么工作？他们是杀手吗？”

“他们解决了你父亲需要解决的问题。”

“那就是杀手了。”

“我只能说，如果他们真的杀了人，那一定不是在这座房子里做这件事的。”

他把香蕉去皮，放在砧板上，然后纵向切片。硬皮面包被熟练地切成厚片。金枪鱼排被轻轻放到煎锅滋滋响的油里，另一个煎锅里的红糖和融化的黄油被搅在一起。他将滚烫的米饭从炉子里拿出来并盖上盖子。

“你知道我在问什么。他们很危险吗？”

“如果你想知道具体细节，我只能说我没有被允许知道任何非法活动。如果我被传唤做证，那会使我陷入困境。这一点在我的雇用条款中已经明确规定了。”

“所以你知道阿瑟是个罪犯。”

卡尔顿把香蕉放入黄油和红糖的混合物中。面粉、盐、发酵粉和鸡蛋被放在一个碗里搅拌。

“恐怕在这个城市里，‘罪犯’是一个模糊的概念。但是，是的，你父亲做过许多大规模的、只收现金的账外交易，而且……他有各种各样的朋友。我听到了很多故事，尤其是关于他年轻时和战争期间所做的事情。他不是一个你想作为敌人的人。但是，在每一笔巨大财富的背后……其余的你都知道了。”

粉色金枪鱼的底部已经形成了四分之一英寸的白色，卡尔顿毫不费力且优雅地将它翻了一面。他转向柜台，很快给两片面包涂上一团花生酱，然后淋上蜂蜜。阿尔曼多的眼睛盯着他的每一个动作。

“你知道阿瑟把一切都留给我了吗？而你只是……这样笼统地说这些？我现在是你的老板了，就这样吗？你不觉得这一切都很奇怪吗？”

“我向你保证，这甚至排不进我在阿瑟手下工作期间最奇怪的十周。我相信你的需求会和他的不同，但我觉得能适应，即使我年纪这么大了。否则，雇主就会变来变去，有些比其他好，有些比其他差。”

卡尔顿把金枪鱼从火上拿下来，放在一边。他把焦糖香蕉块从锅里拿出来，放在涂了花生酱的那片面包上，然后把另一片面包放在上面，整个面包都浸在鸡蛋和面粉的混合物里。然后他把涂了面糊的三明治扔进了油炸锅里。

“你对他为什么把一切都留给我一点也不好奇吗？”

“我有个朋友最近去世了，他把自己的房子和毕生积蓄留给了华夫饼屋的女服务员，说她是唯一对他好的人。我曾经看到过另一个女人睡在天桥下的帐篷里，但她有一个装满金币的咖啡罐埋在下面，价值二十万美元。她把这一切都留给了她从未去过的当地教堂。”

“所以你是说他只是疯了？这就是为什么会发生这样的事？”

“我相信，当一个人富裕到一定程度时，他们就会用‘古怪’这个词来形容他。但对阿瑟来说，这也许只是遗憾。”

卡尔顿把还没煮熟的金枪鱼放在砧板上，切成丁，把大块的放在一个小碗里。他倒进一些米饭，用叉子把它们捣碎，然后把这份自制的新鲜猫食放在地板上给恶臭机器。

佐伊说：“遗憾？遗憾什么，像是他突然有了良心危机？”

“年轻的时候，我很讨厌别人对我说，等我长大了，我就会明白一些事情了。但现在，我恐怕要说同样的话了。”

他把炸好的花生酱和香蕉三明治从油锅里捞出来，让油从篮子里流出来，然后说：“在你这个年龄，生活充满了可能性。但随着时间的流逝，那些可能性会一个接一个地消失，就像走廊上的门一扇一扇地关上了一样。你感到时间在流逝，你的精力在流逝。有一天，你意识到自己老了，不能成为一位著名的音乐家，不能改变职业，或者有更多的孩子。每一扇紧闭的门都代表着一种遗憾。随着年龄的增长，这些遗憾会定义你是什么样的人。也许没有家庭生活是阿瑟的遗憾。但说实话，这又有什么关系呢？阿什女士，如果你在问应该如何处理你的遗产，那是由你决定的。如果你问阿瑟·利文斯顿希望你如何处理你的遗产，那么，他已经死了。所以谁在乎呢？”

他轻轻地把三明治放在盘子上，面糊已经形成了完美的金棕色外壳。他斜着切开它，融化的花生酱渗出来，接着，他小心翼翼地把两半分开。他在盘子上放了一片摊开的草莓片，又撒了一层糖粉，然后把盘子滑到佐伊面前，接着是一杯牛奶。

“你父亲最喜欢的早午餐，偶尔也会夜宵的时候吃。我听说这也是猫王最喜欢的食物。”

佐伊咬了一口，感到油炸的脂肪和糖在她的舌头上喷涌而出，这让她突然觉得这个世界是美妙的。

在她身后，阿尔曼多说：“一辆满载着你父亲朋友的车正在路上。他们刚从入口的路上转了个弯，朝大门开了过去。天啊，我太喜欢这里的安全系统了。”

佐伊问：“如果我们不让他们进来，他们就不能进来，对吗？”

“没错。”

她对卡尔顿说：“我是这么想的。我觉得这整件事都是阿瑟的一个骗局。我这辈子只跟那个人说过两次话。他让我妈妈怀孕了，然后消失得无影无踪。八年后，他突然出现在我们住的地方，带着一叠钱和一个足球。”

“一个足球？”

“我想他看到了我妈妈在网上发布了一张我的照片，照片里是我小时候拿着一个足球，留着短发，所以我猜他认为喜欢足球是我的风格。不管怎样，然后他就消失了，直到八年后，他在我十六岁生日那天出现了，就好像他第一次出现一样。好像每隔八年他就会突然想起他有一个女儿。这次他开着一辆豪华轿车来了，带着另一个足球。它是用平板卡车运来的，顶上有一个大大的红色蝴蝶结——我说的是汽车，不是足球。我所有失业的邻居都站在旁边呆呆地看着……我这辈子从来没有这么生气和尴尬过。我一直认为这是用逃税的钱买的东西——这样就可以让他的资产合法化。”

卡尔顿犹豫了一下，似乎在决定是否要说出他接下来要说的话。“你父亲……他有一个惯例。每个星期五晚上，他都会带一位不同的、非常漂亮的女人回家。然后，每个星期六早上，他会让我主要准备一份早午餐——鸡蛋、薄饼、新鲜水果、自制的生奶油，只剩下最后的组装和拼盘让我别做。然后我离开厨房，你父亲就会过来，把所有的东西都弄好，这样，当那个当红的女人走进来的时候，她就会看见你父亲戴着他那顶可笑的厨师大帽子，正在为她准备一顿五星级的饭菜。她会微笑。每个女人都会微笑。”

“对不起，这有点恶心。我指的不是三明治，这个三明治太棒了。”地板上，恶臭机器正在拼命地吃着鱼和米饭。

“我的意思是，我不能告诉你你父亲是个好人。对那些反对他的人，我敢肯定他不是。但即使对他的朋友来说……这并不是说他不想做一个好人，而是他真的不知道怎么做。但是，他喜欢给人留下深刻的印象，让他们惊讶。这是他能做的事情中与‘好人’的定义最接近的了。”

坎迪这个花花女郎的全息影像闪现到房间中间，说：“打开热水浴缸的喷头，打开四瓶香槟，安德烈·诺克斯和巴德·比林斯利就在前门呢。哦，看起来我们会有足够的人来玩打屁股的游戏了！”

阿尔曼多说：“他们没有带武器，他们从来不带武器。我不认为他们对你的个人安全会造成直接威胁。至于他们是否对你的财产安全构成威胁，或者是否值得信任，这也是你自己必须弄清楚的事。”

佐伊嚼了嚼三明治，然后说：“好吧，让他们进来。但如果他们未经允许就把手伸进口袋，那就朝他们俩的脑袋开枪。”

# 十五

阿尔曼多用一只手打开巨大的前门，另一只手用枪指着天花板。佐伊站在他身后，有点希望客人们能有点动作。卡尔顿在附近潜伏着，大概是想看看是否需要他清理一堆血迹。

巴德·比林斯利脱下他的牛仔帽，越过阿尔曼多看向佐伊，问道："小姐，你介意我们进来吗？"

如果他这是在嘲笑她，佐伊也看不出来。"当然，为什么不呢？"

安德烈跟着巴德进了门，看上去宿醉还没清醒，他在吃着一个巨大的热狗。

巴德说："唤醒这个流浪汉花了好些功夫，但我觉得他也应该来这里。"

当他经过佐伊时，安德烈说："是的，我在早上十点吃热狗。只有上帝才能审判我。"

"卡尔顿，给我做个猫王最爱的三明治。"

安德烈看着阿尔曼多说："这是谁？"

佐伊说："哦，这是——"

"阿尔曼多·鲁伊斯。"巴德补充说。

阿尔曼多说："看来你看过我的广告。"

“你为平克顿工作的时候我就知道你。我也见过你爸爸一两次，他还是雷诺的头儿吗？”

阿尔曼多笑了。“我想当我退休时，我父亲还会穿着那套制服。他可能会穿着它参加我的葬礼。”

安德烈对佐伊说：“巴德认识所有的人。”

佐伊已经朝厨房走了过去，她还有四分之一的三明治没吃，她宁愿死了也不愿留下这一小块三明治。他们都跟着她。巴德一进厨房，音乐不知从哪儿飘了进来，一个男人在唱一位叫布莱克·贝蒂·布拉玛兰的女歌手的歌。

安德烈看到了佐伊的表情，说：“当你走进一个房间，就像你在经过这扇门一样，房子里有个程序就会随机播放你的个人主题音乐。很明显，这是阿瑟的主意。”

“我们能把它关掉吗？”

巴德说：“相信我，女士，如果知道怎么关掉，我们几年前就会这么做了。”

佐伊在吧台坐下，继续吃着她的三明治。“好吧，你有五分钟的时间说完你想说的，然后阿尔曼多开始开枪射击。”

阿尔曼多惊慌地说：“那……那真的不是我提供的服务。”

巴德说：“不不，我们完全理解。我只是想给你讲个故事，如果你允许的话。对于一个外地人来说，这座城市真的很让人困惑。不管你来自哪里，塔布拉拉萨会让你觉得你是坐火车去了比扎罗[1]的世界。我记得我在这里的第一个晚上——那是十五年前的事了——我在市中心散步，试着去感受这个地方。我走过一个工地——那时候到处都是工地，你知道的——我在地上发现了一个洞，直径大约有十英尺。我往下看，却看不见底，于是我从口袋里掏出一枚二十五美分的硬币，把它扔了下去，觉得应该能听到叮当声或水花的声音，然而什么声音都没有。硬币在黑暗中翻滚，消失了。所以当时我真的很好奇，我四处寻找可以扔下去的东西。洞边有一台旧冰箱。所以，我转了一圈，找到合适的位置，一脚把它踹进了洞里。我听到冰箱在侧面撞击了几下，但再一次，没有落地的声音，也没有水花飞溅的声音，就像它一直在下落，没有终点。这是我遇见的最奇怪的事情。我想这应该是这座城市众多不可知的谜团中的第一个。我开始继续我的旅程。但接着我看到了第二件奇怪的事——有一只山羊，在半空中从我身边飞过，好像是从大炮里发射出来的。我想我是不是精神恍惚了？是不是我的雪茄里装的不仅仅是烟草？如果你知道我在说什么。所以我走过去，碰到一个坐在路边的人，我说，'天哪，伙计，你看到那只山羊了吗？'那家伙说，'嗯，那是我的山羊。'我说，

1 美国DC漫画旗下的超级反派，超人的克隆体。在大部分漫画中，他拥有与超人完全相反的能力。

‘好吧，但我不得不告诉你，它刚刚飞走了。’那家伙说，‘那不可能，我把它锁在了一台冰箱里。’”

佐伊愣了一会儿，然后扑哧笑出声来，差点被三明治噎着。

“哈！等等，这是在威胁我吗？我是故事里的那只羊吗？”

“不，女士。我知道你还没有完全明白，但对于像你这样有如此庞大资产的人来说，像我这样的人发出的威胁不过是一只愤怒小猫发出的嘶嘶声。所以这不是威胁，女士，我们是恭恭敬敬地来问你，我们是否还可以为你工作。”

安德烈吞下辣椒热狗，说：“这是我们来这儿的原因吗？天啊，巴德，我应该先清醒清醒的。”

佐伊说：“我甚至不知道你的工作是什么。你知道吗，我不想知道。整件事的发生是因为昨晚我起床了，因为我的猫饿了，我不得不去找叉子，然后跌跌撞撞地走进会议室，看到威尔、凌和他们的警察朋友在摆弄一只断手。”

巴德说：“一只断了的什么？”安德烈问：“你的猫用叉子吃东西？”

“是一只断了的手。别问我是不是把别的东西当成了这个，我没有。那是一只手。他们把它放在桌子上，还戳它。”

巴德说：“我需要问问威尔关于这只手的情况，但我可以向你保证，我个人并不知道最近有哪名成员肢解了谁。”

恶臭机器快要吃完它的新猫食了。安德烈听见它把碗碰得叮当响，低头看了它一眼，喃喃地说：“哦，快要吃完了，真令人失望。”

巴德说：“问题是，利文斯顿集团是一个大型机器，有成千上万个活动部件。这些部件是人，是投资，是日夜进行的交易。即使我们坐在这里吃早餐，那台机器也在嗡嗡作响地运转。但是现在，控制台上没有人。因为这是我们四个人本来做的工作——处理这台机器里的各个部件。你爸爸他不是那种管得太细的人。威尔·布莱克沃特是你爸爸的左右手。”

“我知道为什么，他很讨人喜欢。”

“我很乐意承认，威尔的性格就像一个浑蛋设计的机器人。但这改变不了你爸爸是这个浑蛋的事实——我是说，他们俩的关系很亲密，阿瑟是威尔的良师益友。我来这里是想告诉你，不管你是留住他还是解雇他，威尔都不会伤害你和公司，因为这不是阿瑟想要的。卡尔顿和安德烈都证实了这一点。阿尔曼多也是，我敢打赌。每个人都知道你父亲，每个人都知道威尔。”

“我相信你的话。”

“那么，这就是我们此行的主要目的了。威尔想要见你，在一个中立的位置。他希望——嗯，如果你有一个晚上的时间来再次考虑这件事，你会看到不同的东西。现在我要说的是，这不是威胁，所以请不要这么想。这就是为什么是我来传达这个信息，而不是威尔，因为他有一种特殊的语言障碍，使他说的一切听起来都像是一个威胁。我想说的是，像昨晚来找你的怪物，他来了两次？他们不会停止的。我们可以帮你，佐伊，但你得相信我们。”

佐伊转向阿尔曼多，等待他的反应。他问巴德：“他想在哪儿见面？”

“火山口。就是爆炸地点，仓库以前所在的地方，阿瑟死的地方。威尔说他有东西要给你看，给你们看。”

安德烈说：“好吧，现在我不想去。听起来好像他要带我们去那里，然后讲大道理。”

佐伊叹了口气。“好吧。让我把三明治吃完。”

# 十六

佐伊问卡尔顿去车库怎么走，她想他们应该有车库。他带领佐伊和阿尔曼多来到一个图书馆，抽出一本书，书架慢慢滑开，出现了一座电梯，当然会这样（因为这本神秘的书的书脊上贴着一块胶带，上面用“魔法记号”潦草地写着“车库”两个字）。电梯带他们下了一层楼，来到一个巨大的展厅，里面至少有五十辆车。这里有各种各样的豪华长轿车、越野车，还有低矮的运动型轿车，它们的车窗都是彩色的，漆面非常光滑，你可以对着它们来涂睫毛膏。当他们走下过道时，佐伊发现阿尔曼多在后面停下了——他正在仔细检查一辆看起来很凶险的黑色跑车。它有球状的挡泥板，在车前上下弯曲，就像一对愁眉苦脸的眉毛；车盖中央有一个血红色的三角形通风口，就像这辆车受到了致命伤一样。阿尔曼多看起来像是想哭的样子。

佐伊说：“这辆车很贵吗？”

“这是一辆2020年款的布加迪奇龙，一千五百马力，被认为是汽油动力汽车的顶峰之作。全球只生产了三十台。以最快的速度，一加仑汽油能跑三英里，也就是说，你今天开这辆车被逮个正着，就要被开五百美元的罚单。”

“看起来很酷。”

“这辆车值两千万美元，佐伊。”

“哦，哇。我敢打赌，它的保险贵得离谱。”

阿尔曼多意识到他选择了一个糟糕的谈话对象，他叹了口气，环顾四周。

佐伊说：“你想驾驶吗？”

“那我死了都会很开心的，但对于我们现在所处的情况，我们要开那一辆。”

他朝一辆黑色的大轿车点点头，那辆轿车的车窗是彩色的，旁边停着一辆更大、颜色更黑的箱式卡车，就像用来运送家具的那种。佐伊实际上不确定他指的是哪辆车。但阿尔曼多走向轿车，打开车门和后备厢。他似乎很赞赏他所看到的东西。

“防弹玻璃，半英寸厚。钛壳环绕全身，碳纤维内壳，硅胶和聚乙二醇芯接弹片。紧急供氧系统，零压续行轮胎。威胁检测人工智能，紧急寻路导航。万一需要紧急输血，后备厢里的冰箱可以储存供应的血液。”

“所以这是辆好车吗？”

“直接被反坦克火箭击中都不会让这辆车停下来。如果司机以某种方式死亡，汽车还可以自动安全行驶。”

“酷！你一眼就能看出来这么多吗？”

“我认得这个型号，和总统的座驾是一样的。上车。”

他说这些时朝后座点了点头，但佐伊坐到了前座上。阿尔曼多也侧身坐了进来，把佐伊都没有注意到的手提箱扔在了后座上，然后开始摆弄挡风玻璃上的显示屏。他们必须通过两个分开的车库门才能出去，在第二扇门打开之前，第一扇门会先关闭，佐伊认为这是为了确保没有人在门外等着，在他们出去的时候冲进来。

飞地上，富人的房子周围风景宜人，给人一种远离市区的错觉，但只要五分钟的车程，他们就会回到塔布拉拉萨市中心闪烁的玻璃森林和纵横的车道中。她看到一辆巨大的动画车划过天际线，这是一则横跨五栋大楼的广告，是当地的长丰汽车经销店举办的一场圣诞销售活动。他们甚至没有走到市中心，佐伊就已经开始头疼了。他们下了一个斜坡，不久景色就变成了飞机库大小的建筑物、仓库和筒仓。佐伊不知道其中有没有属于她的。

她的手机响了，“妈妈”这个词在屏幕上盘旋。

“嗨，妈妈。你能听到我吗？”

“嗨，佐！我听到了你的留言。你在城里玩得开心吗？”

“你没看新闻吧？”

“没有……”

“好吧，当你看的时候，不要慌张，一切都很好。我在火车上被一个男人搭讪，但结果还好。然后我又被另一个男人搭讪，他——现在一切都好了，你知道这些就行了。”

“天啊！你现在在哪里？你和警察说了吗？”

“一切都安排好了。我现在开着爸爸的车在城里呢，或者说我的车，我想。”

“他给你留下了一辆车？你要留着它吗？”

“说来话长。但我想他给我留了些钱。”

“嘿，那我们可以把冰箱修好了！”

“当然，就是有点复杂。”

“修冰箱是开玩笑啦。亲爱的，钱是你的了，给自己买个假期，然后留点钱给自己买些实用的东西。你是个大姑娘了，可以自己拿主意，但你知道我说的，经验比物质重要得多。”

“很多很多钱，事实上，我认为他把所有的东西都留给了我。”

沉默。卡车轰隆隆地从外面驶过，沿路经过一些警示牌，上面画着各种工业事故的简笔画。

终于，佐伊的母亲说：“真是个浑蛋。”

“我知道，妈妈，他应该把这些钱都留给你——”

“哦，不。他最清楚为什么自己是个浑蛋了。佐伊，我希望你已经长大了，知道他所做的一切都是把他的负担留给了你。你不应该为他愚蠢的毒瘾受到牵连。”

“他吸毒？”

“亲爱的，你赚不到那么多钱，除非你对赚钱上瘾。这些股票经纪人每周工作数百个小时，十亿美元接着十亿美元地挣钱，你认为只要他们想停止就可以停止吗？”

“看起来他玩得很开心……”

“当然了，因为他把百分之百的精力都花在了打造自己的形象上。你还记得爱猫女士埃尔巴吗？她住在蓝色的拖车房里。她死的时候，他们发现拖车房里有五十多只猫，它们还吃了她的脸。”

“呃，太恶心了。是的，我记得。”

“那么，为什么她在自己的拖车房里养了太多猫，多到她照顾不了，我们会说她疯了，但当有人积累的钱比花的钱还多时，我们却要为他们鼓掌？他们都有囤积癖，他们都一样。”

“好吧，好吧，我不该提起他。我知道你有多恨他。”

“千万别这么说，我从来没有一秒钟恨过那个人。他给了我世界上最美丽、最完美的女儿。”

“我有个妹妹？”

“你肯定继承了他聪明的嘴，小姐。”阿尔曼多开着车绕过橙色的锥形路标和一个模糊的标志，这个标志试图告诉他们前面的路已经关闭了。“我的建议是，你只管退出，让他们去处理。我敢打赌，在接下来的一周内，会有一大群律师、债权人和放高利贷的人出现在门口，天知道还会有谁。在我看来，你完全没有义务忍受这些。生命太短暂了。”

“就像我之前说的，这件事很复杂。”

“我说只要留够钱做点有趣的事就行了。见鬼，拿几千美元，坐火车去拉斯维加斯，然后把钱花光。找一个有大泡泡浴的豪华酒店房间，找个英俊的男孩，犯一堆错误，然后回家说给我听。”

“好吧，我该走了。”

“要做好保护措施哦。”

“妈妈！天啊。”

“再见，亲爱的。星期日见。”

她挂了电话。阿尔曼多说：“我们快到了。”

佐伊看到前面的东西，说：“哦，哇。”

汽车停在一个路障前，这里闪动着一条通知，说入口道路已经关闭，任何人不得越过。除那之外，佐伊可以看到爆炸后的地方。那是一个巨大的黑色圆圈——看上去就像上帝拿了一个巨大的冰激凌勺子，挖出了一块足球场那么大的土地。阿瑟·利文斯顿以惊人的方式离开了，就好像他已经计划好了一样。

阿尔曼多说：“爆炸震碎了周围十五个街区的窗户。”

安德烈和巴德开着宾利停在旁边。佐伊走了出来，他们走过闪烁的围栏，朝爆炸坑走去。才走了十步，佐伊已经摇摇欲坠地走在一堆残片上——破碎的煤渣块、碎玻璃和扭曲的金属梁——当她走近仓库所在的那个黑色碗状巨坑的时候，这堆残片变得更加危险。黄色的推土机、挖土机和其他车辆像玩具散落在火山口周围一样，使它看起来像一个巨型沙坑，有个巨大的幼儿在里面玩耍。所有东西闻起来都像烤焦的面包。

巴德在她身后说：“你看见那些溅了一地的黑色泥巴吗？那是玻璃。这个地方爆炸的时候，玻璃瞬间熔化了，然后溅得到处都是。”

“这是怎么回事？我知道那是个仓库，但里面有什么？”

“如果你弄清楚了，一定要让我们其他人知道，好吗？”

安德烈说：“威尔在那儿，就在吊车旁边。”

安德烈大步走进烧焦的荒地，巴德跟在后面。佐伊回头瞥了阿尔曼多一眼，阿尔曼多说：“如果你想知道的话，这里不是伏击的好地方。没有咽喉要道，也没有藏匿枪手的地方。”

佐伊朝他的黑色手提箱点点头，说：“里面全是枪吗？”

“不，不全是。但如果事情变糟的话，这里有一些东西可能会派上用场。”

他们艰难地走到火山口，佐伊问：“我应该拿上一把枪吗？以防万一？”

“你接受过培训吗？”

“我看过很多电影。据我所知，只要你是好人，子弹就会直接射入他们的脑袋，坏人才会射偏。”

“我可以让你报名参加一个为期六周的课程，然后我们再讨论你拿不拿枪的问题。否则的话，答案是否定的。”

“六周？如果可以的话，我都不打算在这里待六天。如果你不在的时候，有个变态在巷子里把我抓起来怎么办？”

“没有经过训练持有枪支意味着你给攻击者提供了一把免费的枪。”

他们嘎吱嘎吱地在烧焦的地上走着，一直走到佐伊看见威尔站在一辆报废的卡车旁边。那是一辆侧面贴着利文斯顿建筑公司标志的敞篷小货车，它被完全扭曲了——后轮是直立的，驾驶室是倒着的，中间的一切看起来就像拧成一块的湿抹布。

埃科蹲在一个保险杠旁，像研究犯罪现场的技术人员一样研究着它。佐伊很好奇她是怎么穿着高跟鞋在这片废墟上走路的。

佐伊对威尔说："我来了，让我看看你要给我看的东西吧。"

威尔只是指着那辆扭曲的卡车。

佐伊摇了摇头。"我在看什么？卡车？看起来它比那些建筑更好地在爆炸中存活了下来。"

威尔摇了摇头。"这不是爆炸造成的。这辆卡车属于清理队。他们昨晚把车停在这里，这是今早的样子。"

"我不明白。"

埃科说："看看保险杠。"

佐伊走到前面，埃科说："你看到那些凹痕了吗？有两个，每个凹痕约有一只手那么大，两个保险杠相距大约四英尺。一个在上面，另一个在下面。"

"然后呢？"

"现在，在你的脑海中想象一个人抓住保险杠，徒手把一辆卡车扭成两半。这些凹痕就是这么来的。"

"哦，哦。"是一个怪人干的。佐伊感到肚子一阵难受。突然，他们五个人好像都暴露在外面了。"天啊。"

威尔问："现在你明白了吗？"

"一点也不明白。"

"这是个威胁，对我们的威胁。或者更确切地说，是对你的威胁，因为现在这些是你的卡车。这是摩洛克做的。"

"又是那个名字。这家伙是怎么回事？"

威尔拿出手机，打开了一个直播。“这个画面来自一架无人机，就在我们上方，看。”

这是一个爆炸坑的黑色圆圈的俯视图，不断放大，直到佐伊看到他们六个人站在扭曲的卡车周围。她现在可以看到，这辆被毁的汽车是一条只有从天上才能看到的信息的一部分——他们正在检查的那辆卡车属于大写字母L的下半部分。在陨石坑周围散落着十几辆其他车辆的残骸，它们被撕裂后重新排列成四个字母：GOLD。

佐伊说：“什么，他想要阿瑟的黄金？他可以得到。告诉这个摩洛克，他可以开车来取，或者我们把黄金给他送过去，什么时候方便都行。把它放在后备厢里，我们现在就拿去。我完全不在乎。”

威尔摇了摇头。“这没有任何意义。”

“你是说我们没有黄金吗？”

安德烈答道：“哦，我相信阿瑟在某个地方是有一些的。黄金、铂金以及数百种其他大宗商品构成了一个投资组合，即便是他也几乎没有留意过。如果有人偷了阿瑟所有的黄金，他可能根本不会注意到。可能就放在地下室的雪茄盒里。”

巴德说：“这就像有人绑架了你的家人，他们唯一的赎金要求就是一罐蛋黄酱。”

佐伊说：“好吧，那为什么这些人似乎都有超能力，是有什么魔法吗？”

威尔说：“不是。但现实也让我足够警觉。”

“告诉我。”

“阿什女士，这样的信息正是我作为利文斯顿企业管理者之一所能提供的有益见解。不幸的是，如你所知，我目前没有在那个职位工作。”

“啊，这就是问题所在。你想分一份钱。”

“我不想被摩洛克的狂欢怪物撕成两半。不管我们有什么不同，我认为这是我们的共同之处。如果你看看我身后这个扭曲的残骸，你就会明白我为什么越来越惊慌。如果我没有时间礼貌地回答这个问题，我很抱歉。”

“啊，这就是你用来说服我你是个好人的说辞。”

“我不是一个好人，但我是你这一边的。不要混淆这两个概念。你恨我，因为我很直接，没有耐心浪费时间说没用的话；因为我不是好人。很多好人之所以是好人，是因为他们发现这是从别人那里得到东西的好方法。我遇到过的一些最奸诈狡猾的人，他们看起来都是好人。所以现在让我告诉你，如果你开始觉得我是个好人，请马上跑开。”

“我可不是一个像你这样的谈判天才，但我那脆弱的小小的女性大脑告诉我，仅仅因为其他人是怪物并不意味着你不是。”

“等你听到我之后要说的话，你就会改变主意。”

阿尔曼多紧张地扫视着黑色巨坑的边缘，然后是天空，仿佛有什么东西要俯冲下来，随时向他们开火一样。“佐伊，我不认为这里还是一个安全的会议地点。我之前想的是地形开阔，不会有枪手伏击，但是现在看来……不管是什么人做了这些事情，他们让这里变得很危险。”

威尔说：“我同意。利文斯顿高塔有一个不错的会议室，有坚实的墙壁、椅子和酒水。我们会把你带到屋顶上，然后你就可以坐你自己的直升机去兜风了。”

佐伊问阿尔曼多：“你知道在哪儿吗？”

阿尔曼多笑了笑。“飞行在三万英尺高空的飞机上的人都知道利文斯顿塔在哪里，很难不知道它在哪儿。”

“安全吗？”

“那是一栋挤满了武装警卫的建筑。所以我想问题应该是，对于什么来说安不安全？”

# 十七

利文斯顿塔是佐伊见过的最高、最奇怪的建筑，它矗立在挡风玻璃外，是一座香蕉形状的黑色建筑（阿尔曼多说它可以变成任何颜色，黑色是对利文斯顿的哀悼）。香蕉曲线导致它向下面的街道倾斜，好像是处在被狂风吹歪了的过程中一样。这里有一种隐隐约约的淫秽之感。事实上，不，一点也不隐晦。

当他们走近时，佐伊问阿尔曼多："所以这栋楼是我的吗？整栋楼都是我的？"

"而且里面也都是你的员工。"

"真奇怪。"她可以直接走进去然后把他们都炒了，毁了他们的生活，这一切看起来很简单。

他们来到一排旋转门前面的环形车道上。

佐伊说："不要停下来。把车开到街上去，继续开。"

"开去哪里？"

"反正别在这儿停。如果这是他们想见面的地方，那我想去……这个地方对面的地方。"

他们拐过一个弯，佐伊看见威尔和安德烈驾驶的两辆车跟在后面。她四处张望，想找一个破旧的酒吧，或者一家出奇老鼠餐厅，他们可以在里面见面。他们经过一家高级按摩院，一家三层楼高、里面播放着出售军用武器广告的商店，还有一家她从未听说过的快餐连锁店，一个叫作“韩国街”的地方，那里有串烧豆蓉薄饼和韩国馒头。在他们上方的窗户上有一行动态文字：利文斯顿纪念堂，聚会狂欢时间——下午五点到所有人都昏过去。

然后她看到了一座建筑。

这是一幢破烂不堪、尚未完工的建筑，看上去像四十层楼高的垃圾堆——油布、床单、硬纸板、胶合板。

佐伊说：“真恶心，这地方发生了什么？”烟雾从原本应该是窗户的地方随意冒出来。“那儿着火了吗？”

阿尔曼多说：“那只是人们在取暖，而且我认为你也拥有‘那个地方’。整个广场都是你的，除非我弄错了。”

“发生了什么？建筑前面好像被炸掉了。”

“因为这座建筑建到这里就停了。这本是个高档公寓。五年前破土动工，他们先把框架搭好，再把混凝土补上，然后因为一些法律上的问题而陷入了僵局。随着时间的推移，无家可归的人开始聚集在那里，直到……填满它。大家都叫它‘斯库特维尔擅自占用地’。”

“靠边，这就是我们见面的地方。”

阿尔曼多显得很惊慌。“因为一些我不方便大声说出来的原因，我不建议这么做。”

“我们驾驶的是一辆防火箭的豪华坦克，我想我们离穷人不到五十英尺应该不会有危险。”

阿尔曼多不情愿地照做了，佐伊认为他并没有什么选择，这整件雇主与雇员的事情真令人陶醉。汽车停在了这幢破旧建筑物阴影下一片杂草遍布的混凝土上。佐伊呆呆地看着，觉得它给人一种末日已经来临的感觉。

安德烈的宾利和威尔的跑车在他们后面停下来。

阿尔曼多朝威尔的车点点头，说：“阿斯顿·马丁征服者，我猜是2023年版。”

佐伊和阿尔曼多下了车。佐伊抬起头，看见摇摇欲坠的塔楼的每一层都有往下看的面孔，传言说那些装有彩色玻璃窗的豪华轿车可以一直开到楼顶。这个地方有一种传播信息比无线网络还要快的“葡萄藤”。一楼几乎是完全开放的，甚至那些未完工的墙的框架也在某个时候被拆掉了，大概是被什么人拆了当废料给卖了。

一群人在外面的混凝土柱子间转来转去，每个人都排着队站在摆满食物的折叠桌前。如果佐伊在塔布拉拉萨出名的话，她的名声一定还没有传到这个群体中间——她所得到的是人们愤怒的目光，看起来就像她要插队。她朝人群走去，但走进去之前，一只手按在了她的肩膀上。

阿尔曼多说：“我们最好保持距离。”

一阵更加从容的脚步声靠近了。佐伊转过身来，看见只有威尔下了车，大概是想问问他们到底在干什么。还没等他走到他们面前，就有一个大块头跟他搭讪，他的头上不是头发，而是一群蛇的文身——像美杜莎那样。那人走过时，似乎在随意嘟囔着一连串的要求和威胁。威尔看也没看那人一眼，就把手伸进西装口袋，掏出钱包，递给了他，脚步都没有放慢。

当威尔走到佐伊面前的时候，她问："你刚才被抢劫了吗？"

"我们来这里做什么？"

"我改变主意了。我想在这里见面。威尔抬头瞥了一眼冒烟的塔楼，发出一声气恼的叹息。

佐伊说："阿尔曼多说这幢楼也是我的。"

"这里，"威尔说，"是你在塔布拉拉萨要面对的一万个难题之一。"

在他们楼上的五层，一个肮脏的裸体男人站在一堵敞开的墙前，用一瓶水清洗他的胯部。威尔转身示意安德烈、巴德和埃科加入他们。三个人的表情看上去都被吓坏了。工人在附近忙碌着，从停车场的两辆集装箱卡车后面拖出箱子，把它们搬到桌边。

佐伊问："那些人是谁？"

"是你在付钱让他们做这些。整件事总的来说就是一场和隔壁停车场的人的财产纠纷。法院最终做出了对他们有利的裁决，这意味着这栋建筑必须拆除，并移到三十英尺开外的地方。但那意味着你要把所有在这儿的流浪汉都赶出去，你父亲不愿意这么做。他让利文斯顿基金会在这里建了一个流动厨房，并与一家餐饮公司签约，每天来三次，然后他一直拖延执行法院的命令。”

佐伊看着脏兮兮的人继续在折叠桌前挤成一堆，人群从一条线变成了没有形状的块状，这看起来似乎注定要发展成“不受控制的人群”，然后变成“骚动”。排队的人中有一半是孩子，其余大部分是妇女。一个病态肥胖的大胡子男人正在和一堵墙争论。一个蹒跚学步的小孩正在把他的三明治碎片给一条瘦骨嶙峋的狗吃。那里有很多吸烟的人。

威尔说：“看到那位裤子上挂着粪便的女士了吗？你可以让她住在豪宅里，雇个仆人在她的余生服侍她；或者你可以把她留在这里，让她淹死在自己的污秽中。这栋楼里的每个人都一样，城市里的每一个人也都一样，你拥有掌控他们生与死的力量。这感觉怎么样？”

佐伊扫视着餐桌。如她所看到的，食物选择不是很好。他们吃的是某种浓稠的炖菜，还有大块的普通面包、午餐肉和奶酪，他们正在用这些食材做三明治。塑料桶装的苹果没人拿，塑料桶装的香蕉和橙子快被拿光了。瓶装水，瓶装冲调果汁，普通汽水。

佐伊说：“也许我会把所有财产都捐出去，把所有的土地都分给这些人。你觉得怎么样？”

威尔扬起眉毛，说：“因为你是个好人，不像我，是吧？但你为什么认为自己是一个好人呢？在拖车房公园的时候，你有多少次想过，‘只要我有钱，我就能拯救这些人，养活所有生病的孩子。’说起来很容易，是不是？但是当你真正拿到钱的时候，你会更加认清自己。你意识到过去你所认为的道德是多么软弱无力——在你知道你的任何选择都不会让他们的情况变得更糟糕时，你得到了巨大的心理安慰。而且佐伊，你会发现每个爬到顶端的被压迫者都面对一个可怕的事实，那就是如果把我们放在那些恶霸的立场上，我们也会变得一样坏，甚至更坏。”

“天啊，你一定很喜欢听自己说话。”

“看看周围。你想对这栋楼做最后的决定吗？这将很快发生，如果它存在太久，它就会变得不安全。那么，如果你下令拆了这里，这些定居在此的家庭会怎么样呢？如果你什么都不做，只让地心引力帮你拆毁这地方，那又会发生什么呢？”

另外三个人来了，他们紧紧地站在一起，好像挤在一起会产生一个泡泡，把贫困拒之门外。一位喝醉的老人试图加入他们的行列，对他们的母亲大喊大叫。阿尔曼多只是打开他的夹克，让他看看枪套里的枪，那人立马就走开了。

佐伊说：“那议程上的第一项就是，威尔·布莱克沃特有三十秒的时间来让我对房子里那只被砍断的手感觉好受一点。”

巴德说：“哦，那是桑森巴赫尔的手吗？”

威尔点点头，说：“科瓦尔斯基是在验尸后从验尸官办公室拿来的，并不是他肢解了谁，要被定罪。”

佐伊说：“谁？”

巴德回答：“布兰登·桑森巴赫尔。那个被你活活烤死了的带着玩偶头的疯子，灵魂收集者。”

“谁把他的手砍掉了？”

安德烈说：“没有人。它自己脱落的。你没看有关你人质事件的新闻报道吗？”

“我为什么会看这些报道？我就在那里。”

巴德说：“你刚离开火车站，他就被炸成了碎片，就像他屁股上插了炸药一样。我之前在房子里不是装傻，我真的不知道他们会把那家伙身上的肉带过来检查。”他警告地瞥了埃科一眼，“我在那张桌子上吃饭。”

安德烈说：“我觉得就像一个变压器爆炸了，你们见过这种情况吗？我是说像电线杆上那样的变压器，不是变形金刚。看起来就像这样，发出的白色和蓝色的光，亮得足以在你的眼睛里留下斑点。”

佐伊说：“那……为什么他会自己爆炸？”

威尔回答说：“他体内的发电装置失灵或者超载、短路了。我想，如果它适当地释放出来，你，佐伊，以及你周围十英尺以内的一切都会被烧焦。我不知道这家伙身体里有多少电，但是……”

“身体里？”

“你真的想知道吗？”

佐伊举起双手。“显然我必须知道！”

埃科说：“这里，这就是我们当时在看的地方，当你的猫试图吃掉这只手的时候。”

她把手机放在装甲车的引擎盖上，轻敲菜单，直到一只手的全息投影浮现在上面，慢慢旋转。埃科再次轻击手机，手上的肉消失了，露出了里面的骨头。

安德烈对在汽车上方威胁地盘旋着的那只幽灵般的骷髅手做了个鬼脸，然后抬头看了一眼在他上方大楼里的流浪汉，说："伙计，这些人一定会以为我们在这里搞什么巫毒仪式。"

埃科说："看到他手指上的白线了吗？沿着这里的骨头？准确地说，是导电石墨烯编织线。这就是他如何发出闪电的——这些线都连接着他手掌里的一个装置，就是这个区域，连接到……我们还不确定连接到什么东西上。"

佐伊说："所以他体内植入了某种东西。"

威尔说："不可思议的东西。有一种军方使用的叫作激光诱导离子通道的设备，它可以在空气中发射出一束强脉冲，这种强脉冲通过将电子与空气分子分离而产生等离子体，基本上就如同释放出了一道闪电。对我来说，这看起来像是这种强脉冲的微观版本。但问题是，军用版本能够产生大约五百亿瓦特的脉冲。这就是为什么他们的设备如此之大，以至于不得不装在坦克的后面。"

"但是这个家伙，"埃科说，"似乎把设备藏在他的手掌里。"

佐伊说："一个在火车上的疯子是怎么安装这种东西的？"

埃科说："可能就像一个疯狂的人在四肢上植入力量设备一样，或者像下颚可以咬穿钢铁的那个家伙一样。这甚至不是我们现在要问的问题。目前的问题是，该设备应该不可能安装在人身上。”

安德烈说：“在过去的几个月里，有一些奇怪的谣言。受伤的尸体或者是被炸烂的大脑，几个人自燃了，有个人设法在三万英尺高空钻进一架客机的引擎。起初，它像开眼网络上的病毒或者骗局，但……是的，结果是原来这个城市里的一些黑暗处的人物现在有了……权力。”

佐伊抓住自己的头发，沮丧地咆哮着：“好吧，你们对我隐瞒了多少信息？因为每层信息都比上一层更可怕。”

威尔说：“现在你明白了，你刚来的时候我们是什么状态。”

“哦，是的，你说服我了。我不想被牵扯进这些鬼事情里，这座城市就是一个放恐怖屁的屁股。”

另一名流浪汉走了过来，这个人也在大喊着什么人的母亲。要么他在模仿第一个男人，要么是母亲的事情在擅自占用区是一种流行的侮辱。

佐伊看了看阿尔曼多，他正站在他们和不受控制的群众之间，看上去准备好要拔出几支枪。

她说：“我有一个关于保镖的问题。有人悬赏要我的人头，有什么办法能让我逃脱吗？如果我把钱给摩洛克，然后离开这里，他的追随者还会追杀我吗？”

威尔插话道：“佐伊，这个不是我们现在讨论的问题。问题是如果你留下来——”

“嘘，我在问阿尔曼多。”

阿尔曼多仔细地想了想，眼睛没有离开人群，他说："还记得我说过的话吗？如果一个威胁离你太近，我必须亲自对付它，那说明我已经在工作上失败了。因为我的工作是在冲突开始很久之前就震慑对手——让他们明白任何伤害你的企图都是徒劳的，没有理由离开家来追杀你。在一个没有执法人员的城市里，这种恐惧和名声就是你阻止恶狼靠近的利器。你需要一个像恐怖的黑色乌云一样跟随着你的名声。明白吗？"

"这就是为什么火车上那个疯子把玩偶头粘在他的胯部。"

"没错。不久之前，一位告密者开始与检察官合作，那时候这个城市还有检察官。他说他要放弃摩洛克追随者的身份，把他和夜总会的枪击案供出来。这名告密者被摩洛克的人从家里拖了出来，他们把他吊在公园的喷泉旁，绑住他的脚踝，把他倒挂起来，把熔化的玻璃倒进他的鼻孔里。玻璃溶液烧穿了他的鼻窦，流进眼窝，最后烧穿了他的大脑。你看，他们是倒过来做的，所以那个人可以一直尖叫，直到熔化的玻璃最后把他大脑中控制叫声的部分煮熟。当然，整个过程都有摄像头录像。如果你想看这个视频，可以去开眼网站搜索马尔温·哈米特这个名字。"

"天啊。"

"这就是他们想要的反应。一种来自身体里的恐惧，而不是大脑。现在我们把它应用到你的情况中。为了找到阿瑟·利文斯顿的女儿，人们进行了一次大肆宣传。摩洛克的人赢了。所有的摄像机都在那里。然后，在大家的注视下，嗯……"

巴德说："你不可能知道这个，但在世界的这个地方，把男人的生殖器点着被认为是一种严重的侮辱。"

阿尔曼多说："你让他在全世界面前显得很软弱。所以，你告诉我，佐伊。你认为即使你把一切都给了摩洛克，他就会让这件事过去吗？"

"即使这不是我的错？即使这一切都是他自己造成的？"

"这与公平无关，这事关于建立一个品牌。"阿尔曼多回头看着威尔他们，问道："你们有谁不同意我说的任何话吗？"

威尔说："如果她留下来继承遗产，她就会成为一个有野心的绑匪勒索赎金的重要目标，她的资产有十位数。如果她继续逃亡，把一切都抛在身后，明确表示追杀她不会带来任何经济上的好处，那么她或许有生存的机会。"

他们说的话终于击中了佐伊。她弯下腰，试图呼吸。

"我想我要生病了。"

很简单，她快要死了。她可能等不到圣诞节，可能再也见不到母亲了。恶臭机器会被某个可能不理解它的主人拴住，或者在收容所里被安乐死。

阿尔曼多把手放在她的肩上，说："来吧，我们带你离开这里。"

她甩开他的手。

"就……让我好好想想。你们其中一个人说，如果我留下来，我就死定了。另一个人说，如果我走了，我也死定了。从你们说的话里很明显可以看出来，无论我做什么，我都是死定了。你们这些人——你们给了我一个最后的判断，好像只剩下两天，而你们却对这件事如此漠不关心。因为在这个糟糕的城市，这种事经常发生，是这样吗？姑娘们到这儿来，被人痛打一顿，被人唾弃，这是你们这些有钱的流氓玩的一种下流游戏？”

现在她引起了人群的注意。事实上，人群中的人已经放弃了自己之前占领的位置，一起来停车场看有钱人的闹剧。一个十几岁的女孩在叫喊着一些什么事情。

佐伊看着威尔，说：“你看起来很生气，你知道吗？就像我搞砸了你的周末计划。我想象你在那个房间里，那个墙上挂着愚蠢的水牛头的房间，你和你的西装伙伴们说，‘对不起，我们得重新安排高尔夫球比赛了。上周发生了一件事，我的老板死了，他的女儿来到这里，给我们带来了很多不便，但是没关系，因为昨天她从床上被尖叫着拖了出去，像一条鱼被烧焦了一样，数以百万计的人在开眼直播上欢呼。所以现在一切都好了，伙计们，只是个小事故、路上的小颠簸，已经永远消失了，现在我们可以回去工作了。’”

佐伊在羊毛衫的口袋里发现了一张卷成一团的纸巾，她试图擦干眼泪和花了的睫毛膏。

阿尔曼多在她身后说：“佐伊，无论你做什么决定，留下还是离开，你都必须把一件事考虑进去。只要我还在领工资，你就不会受伤。句号。”

阿尔曼多回头看了一眼人群。他们中的许多人正在用手机记录这一场景——如果他们在停车时不知道佐伊是谁，现在他们肯定知道了。

他说："来吧，我们该走了。"

佐伊盯着人群。一个小女孩盘腿坐在一根混凝土柱子的底部，试图从炖菜中挑出她喜欢的部分。她的哥哥站在她旁边，把三明治里的面包扔了，将奶酪和肉卷进一根管子里。

佐伊转过身去，发现埃科正朝威尔那辆豪华跑车走去，急着要摆脱即将恶化的局面。

"嘿，埃科。要多少比萨才能满足整栋大楼里的人？"

她停了下来。"要多少什么？"

"比萨，今天是擅自占用地的比萨日。你想回来为我工作吗？这是你的第一份工作。打电话给波塞利，订足够的比萨给这里的每个人。给我拿块纯肉的末日比萨。"

埃科皱起眉头。"我不完全清楚第二部分是一个单独的请求，还是对第一部分的详细说明。那栋楼里有两千多人，至少需要七百个比萨，那家比萨店要做上好几周——"

"那你得给好几家比萨店打电话了，不是吗？你自己算算看。"

威尔说："这是一个很好的姿态，但那些人需要的不是比萨，他们需要真正的住房、暖气和自来水。还有尿布、医生、职业培训。这些孩子需要上学。"

佐伊点点头。"对，对。埃科，你都记下来了吗？"

埃科问："你是认真的，还是在讽刺我？我真的不知道。"

“非常认真。”

“你知道这要花多少钱吗？”

“它会花费超过十亿美元吗？尽你所能，如果我们没钱了就告诉我。”

安德烈说：“佐伊，我想那些人最需要的是一些避孕套和一台时光机。”

佐伊说：“恭喜你，你现在和埃科一起参与了擅自占用地的慈善项目。”

佐伊绕过轿车，打开车门。一个大个子男人从人群中走了过来——那个头上有文身，拿了威尔钱包的家伙。那人的表情就像是要上断头台似的。他把钱包递给威尔。

“布莱克沃特先生，我——如果我早知道是你，我就不会——”

“我知道。”

“你当时应该告诉我的，我以为你是那种经常来的律师。我决不会——”

“我知道。没事了。”

“布莱克沃特先生……我有妻子和两个孩子。我不知道他们会怎么样，如果我——”

“你没事，现在走开吧。”

威尔朝他的车走去，那人呆呆地站在那里，看着他离去。佐伊关上了门，但当阿尔曼多启动轿车时，人群像洪水决堤一样涌了过来，就好像看到秃头文身男人向其中一名西装革履的人走来，就打破了某种无形的障碍，让其他人得以进入。他们在几名闹事者的带领下，在汽车周围散开，这些人又喊又笑，喝得醉醺醺的，这在星期五的下午来说，太不应该了。阿尔曼多把轿车向前开，然后停了下来，发现道路被挡住了。

佐伊问："他们在说什么？"

"我就大胆猜一猜，他们应该是想要钱。"

"不，听。"

他们在喊着什么。佐伊打开了车窗，听到人群中几十个人一遍又一遍地喊着同样的话：

"向你妈妈问好。"

他们现在故意挡住汽车，手放在引擎盖上，对着挡风玻璃叫喊着，对着佐伊叫喊着。

阿尔曼多说："把车窗关上。我们要做人群控制了。"

"别从他们身上碾过去！"

他轻拍一些控制装置，汽车里响起了电子声音，警告人群散开，如果他们拒绝，就会采取相应措施。人群没有反应，每个人都像陷入了暴乱的咒语一般，让人觉得他们会把车子掀翻并点燃它。只要他们一起这么做，就不可战胜。阿尔曼多按下另一个按钮，一阵嗡嗡声响起，音调越来越高。然后，人群开始奔跑。他们在逃跑时拍打着自己的四肢，好像着了火似的。

"你做了什么？你对他们做了什么？"

阿尔曼多踩下油门，轿车冲过了人群留出的宽阔空隙。

"他们很好，这是一种非致命的微波爆炸。让你皮肤里的水分变热，感觉像是从里面被煮熟了一样。就像轻轻推了他们一下，就这样。”

“刚才发生了什么事？他们在叫喊关于我的——”

这时，最近的旅馆出现了，佐伊看着她母亲的胸部。

这座建筑——旁边的那座，还有下面的那座——正在播放一个坐在德雷顿堡“僵尸隔离地带”酒吧里的人发来的开眼直播。他们坐在一张桌子旁，视线穿过一对空啤酒杯，与梅琳达·阿什聊天。她穿着女服务员的工作服，也就是一条迷彩热裤和灰色僵尸装，除此之外，什么也没穿。她拿着一个托盘，很明显她在对顾客假笑，为了得到更多的小费（直播没有音频，但佐伊可以看出她在假笑，从她弹跳的……胸部）。在画面底部有一行文字，上面写着：“佐伊，跟你妈妈打个招呼。”

阿尔曼多眯起眼睛看着，说：“那是谁？”

“阿尔曼多，这是我妈妈。她在工作。”

“等等，你在开玩笑吗？”

“没有。”

“他们一定是黑进了天际线建筑上的直播系统，然后切换了画面。”

“摩洛克？”

“或者他的粉丝。”

佐伊尝到了血的味道，所以不得不停止咬自己的嘴唇。

“带我回家，走避开建筑物的路线。告诉威尔和其他人，我想在那儿和他们见面。”

# 十八

其他两辆车都比佐伊更早回到了那座庄园，因为它们没有绕路避开任何播放天际线节目的建筑。佐伊气愤地冲出图书馆的电梯，卡尔顿告诉她大家已经在沙龙等候了，这让佐伊觉得她会看到威尔和其他人像老奶奶一样坐在一排头发烘干机下做头发。但显然这座庄园的沙龙是一个有着壁炉和水牛头装饰的豪华房间，也就是她前一天晚上见到大家的那个房间。她怒气冲冲地冲进门去，阿尔曼多一直跟在她的身后。紧接着，她和威尔、安德烈、巴德和埃科的目光相遇了。这和她十二小时前第一次到这儿时的场景几乎一模一样，但情况发生了根本的变化。

“那个视频还在播放吗？”

埃科说：“我们把建筑上的画面截断了，但是开眼上还在播放，而且非常……受欢迎。那是摩洛克手下的人在德雷顿堡拍摄的，我们认为他几个小时前就到那儿了。”

“跟踪我妈妈。他现在在哪里？他还在酒吧吗？”

“不，看起来他在一间房子里。”

埃科在挂着水牛头的那面墙上打开了直播画面。拍摄的人慢慢地、漫不经心地穿过一间脏兮兮的客厅，经过一张满是猫咪爪痕的沙发，走过一条很短的走廊……

佐伊快要停止呼吸了。

“这是我的拖车房。”

佐伊试图忽略屏幕右侧栏里的评论文字，但她无法忽略那句重复了一遍又一遍的话：“向你妈妈问好。”这就像是摩洛克团队的宣称口号一样。

威尔说：“现在，我们必须保持冷静。这不关乎你的母亲，而是关乎你，是为了引起你的注意。”

拿着摄像机的人懒洋洋地在拖车里四处浏览，拿起相框里的照片，然后把所有的东西都触摸了一遍，表现得好像这地方属于他一样。他来到厨房，拿起一包奥利奥吃了起来。然后他继续穿过一条走廊，来到尽头的一个房间——佐伊的卧室。

佐伊又咬了咬嘴唇。

“我们不能……阻止这个直播吗？切断他与外界的联系？”

“不能。你可以在设备靠近直播设备的地方对其进行干扰，但你不能随意选择一个直播，然后切断它。”

拍摄的人知道他发现了佐伊的卧室，他开始摆弄她贫乏的物件。他走到有着一列抽屉的箱子前，打开了每一个抽屉，然后在最下面一层找到了放内衣的抽屉。在接下来的五分钟里，佐伊和她的新雇员一起看着一个陌生人慢慢地翻出她的胸罩和内裤，把它们放在地板上，拼出“GOLD”这个词。

然后他用佐伊的粉色振动棒在结尾加上了一个感叹号。

评论区里的粉丝们都疯狂了。

佐伊闭上眼睛，确信自己这次真的被恶心到了。

威尔说：“我知道从这儿很难看到积极的一面，但不管‘黄金’是什么，这是摩洛克想得到的，他认为我们可以给他。这其实是件好事，意味着我们有了讨价还价的筹码。接下来应该发生的是——”

佐伊的电话响了，是她妈妈打来的。

“妈妈！你还好吗？”

“嗨，宝贝！你能听到我说话吗？这里太吵了。今天我们这里积了六英寸厚的雪，你们那儿下雪了吗？”

“妈妈，你知道——”

“我听不见你说什么，宝贝，他们把音乐声调得太大了。嘿，我收到一个进来的人的留言，他说他打不通你的电话，所以问我能不能把留言转述给你。”

佐伊的嘴开始变得干燥。

“……什么留言？”

“等等，我记下来了。你还能听到我说话吗？他说他明天要去参加阿瑟的追悼会，你可以在那里见到他。他说把黄金带来。”

佐伊闭上了眼睛。

“你还在吗，佐伊？”

“明白了。这只是……只是一些安排上的问题，没什么要紧的事。”

“我听不见你说什么，佐伊。我要挂了，明天玩得开心。”

还没等佐伊说再见，电话就挂断了。

佐伊又开始拨号码了。

威尔问：“你在给谁打电话？”

“警察，我们那儿的警察。我来的地方还有警察。”

“佐伊，好好想想。你给德雷顿堡的警察打电话，告诉他们你妈妈被跟踪了，他们会每隔几个小时派一辆巡逻车从你的拖车房旁边开过，仅此而已。即使他们把工资表上的每名警察都贡献出来，以我们对摩洛克追随者的了解，对他们力量的了解，这些警察能保护得了你母亲吗？”

“那我们到底该怎么办？”

“我们冷静下来，好好想想，一起想。就当我们又重新开始工作了。”

“把这当成你们的试用期。你的面试包括找到摩洛克，然后像碾葡萄一样碾碎他。”

“那么我建议先休会，到会议室再继续进行。”

坎迪闪现出来，大家都吓了一跳。她用充满活力的声音说：“大门处来了一位客人，哦，他好像在做深蹲！”

一个声音说，这是波塞利比萨店的外卖。阿尔曼多这次主动要求自己去大门处取比萨。

安德烈说：“我敢打赌，你一定觉得差点为那群人买比萨很傻。”

“‘差点’是什么意思？”佐伊转身对着回声说，“你还没给擅自占用地那群人买比萨吗？”

“因为……那些人阻拦你的车并尖叫着威胁你的母亲？”

“是的，”他们一起走出房间时，她说，“富人觉得他们可以让穷人挨饿，然后还能让他们有好的行为，这是怎么回事？”

他们朝模具门走去，这一次，模具门在佐伊的触摸下打开了——显然，豪宅的安全系统已经完全回应佐伊，所有的东西都按照阿瑟的遗嘱自动转换了。除了那天晚上看到的左边墙上监视器上的奇怪图表和放在桌子上的那只断手之外，佐伊对会议室没什么记忆。某个考虑周到的人在某个时候已经把那只手收了起来，她想知道手去哪儿了，但后来看到地板上有一个标有“生化危机”的红色冷却器，就知道了它应该在那里。在她后来做噩梦的时候，这将是一个很有帮助的细节。

房间的中央是一张长木桌，上面的清漆被香烟烧伤了，咖啡杯留下的污渍也弄脏了一些地方。桌子周围有五把旧的皮转椅。她右边的墙上挂着一个软木板，上面钉着几十张照片——大多是尸体，大多数都受了可怕的伤。房间的另一端是一台冰箱和一个柜台，咖啡机摆放在堆积如山的垃圾食品后面。旁边是一扇开着的门，通往洗手间。马桶座圈是抬起来的。整个房间弥漫着咖啡和雪茄的味道。

音乐声开始充满了整个房间——威尔一进门，音乐声慢慢变小，这显然是他的个性化主题音乐——一个男人在歌唱他多么想听一些时髦的迪克西兰音乐。西装员工们进入房间，各自走向特定的椅子，所有人同时坐下，就像一个台球小把戏，四个台球在一记击球后同时滚进洞里。西装使徒们回到了工作中，做他们该做的事。嗯，不完全是——桌子那头的椅子还是空的。佐伊决定站着就可以了。

她朝洗手间点了点头，对埃科说："你用过那个马桶吗？"

"我绝对不会用的，太恶心了。"

威尔等着音乐渐渐消失，然后环视似乎不知怎么活跃起来的房间。他的同伴，从他们停止的地方继续自己的工作。

"好吧，让我们来看看现在的情况。佐伊，你没有提醒你妈妈被跟踪了，我想你是认为她不够足智多谋，不会自己溜走？"

佐伊摇了摇头。"我不会这么说，但……她会去跟那个家伙讲道理，或者叫个男朋友来保护她。不管她做什么，事情都会变得更糟。我们能派人过去吗？"

"这是一个选择，但你不会只想派一个人去，而是应该派一队人去。他们不知道跟踪者是谁，长什么样，甚至不知道跟踪者是不是……人类。"

巴德说："是人类。直播里出现的是一双男人的手，当他翻看佐伊的内衣的时候我看到的。手上有结婚戒指，但没有手表。白人，体毛不多，可能不是意大利人或希腊人……"

佐伊说："那又怎样，我们还是很无助。摩洛克可以随时让他的人在五秒后杀了我妈妈。"

威尔说："是的，但你应该问问自己，他为什么还没这么做。这不是良心的问题——这是因为他想从你这里得到什么，显然他非常渴望，而杀死你母亲这件事是一张他只能打一次的牌。这意味着现在我们手上有两张牌——我们有一些摩洛克想要的东西，而且我们确切地知道摩洛克明晚的去向。”

阿尔曼多拿着一个比萨盒出现在门口。安德烈一跃而起，说道：“可能下了毒！”他拿了一块，开始吃起来，然后平静地回到自己的座位上，边嚼边说：“没毒，安全。”

佐伊斜靠在墙上，手里拿着八分之一的比萨，说道：“但是，我们甚至不知道摩洛克是谁，对吗？”

埃科指着佐伊身后的软木板，说：“这些信息差不多能帮我们找出他是谁。”

一系列照片被固定在一起，西装员工们像是在试图追踪一位犯罪组织成员，就像在老警匪片中侦探做的那样。只是这里没有金字塔形状的建筑来标记中尉和其他人的等级，只有一排看起来很疯狂的人——其中很多人已经死亡或被肢解——这些人上面只有一张照片。这是一张带有白色问号的黑色照片，下面潦草地写着“摩洛克”。

佐伊说：“我想他不会打扮成一个巨大的问号走来走去。”

埃科说：“对，不然这会引起商标问题。”

安德烈说：“自从他出现后，他就一直在扮演神秘的角色，希望我们把他看作高于生命体的神秘存在，让我们对他的能力一无所知。我们一直在努力，但他是我们遇到过的最聪明的开眼玩家，总是把名字展现出来，把脸藏起来。”

巴德说：“现在，我们发现像这样的男人通常不会永远待在阴影里，他们渴望到达有聚光灯的地方。但当这个家伙决定出现时，我想他会采取一种引人注目的方式。我的意思是负面的引人注目，比如让油罐车和校车相撞。”

佐伊吞下比萨，说：“嗯，我知道了，明天的追悼会将会被一个控制着一群有巫师能力的精神病人的家伙撞毁，这听起来很吸引人。”

威尔说：“你知道他为什么要制造出这么多麻烦，而不是在下次你去拿邮件的时候，派一个暴徒直接拿着猎枪威胁你吗？”

“他需要观众。”

“现在你明白了。明天将有几千人参加追悼活动，通过开眼观看的人数可能是这些人数的一百倍。现在一场惊天大暗杀的威胁已经发生了——相信我，他一定会把消息传出去——你可以把这个数字再乘以一百。大决战，女继承人和大反派。”

“等等，我们是在说我真的要去做这件事吗？”

威尔没有中断与佐伊的目光接触，他问房间里的人：“要找到一个和佐伊长得一样的人有多难？”

巴德说：“你说的是被暗杀的替身？得花一些钱，但我们可以找到适合的人。”

威尔仍然看着佐伊，点点头，说：“是的，这个城市有很多绝望的人。去城外的拖车公园找一个和你一样身材的女孩，肯定会找到愿意为钱冒险的人。”

佐伊说：“天啊，你是魔鬼！你知道吗？你才是真正的恶魔！好吧，我去参加追悼会。我要去当那个想要我死的反社会的诱饵。”

威尔说：“我不建议这么做，你自己去会非常危险。另外，以你现在拥有的财富，你不应该冒这种风险。当有许多穷困的女人愿意——”

“别说了，闭嘴！快往你嘴里再倒一些苏格兰威士忌，无论如何都别再说了！我去定了，这总比我余生都看不起自己好。让我们行动吧，随便以什么方式结束这一切。”

她转向阿尔曼多。“在这种事情发生的时候，有没有希望能保证我的安全呢？”

“我会尽我所能，做你觉得应该做的事。”

安德烈说：“我们会帮助你。”

佐伊说：“那么……这就是你们这种人做的事咯？”

威尔说：“你是说‘为精神病患者精心设计陷阱，然后看看会发生什么’这种事吗？所以我们可以看到他们的优势和弱点，以及他们对附近每个人带来的巨大威胁？事实上，通常情况下的确如此。”

他转过身，触碰墙上的监视器，屏幕上出现了一块陆地的俯视图。

“这是公园。埃科，我们要开始安装硬件了，这里有很多开放的边界——这部分工作对我们来说得熬一个通宵。巴德，你和阿尔曼多一起审查雇用的枪手。安德烈，你已经在准备派对了，但是，你的很多努力都付诸东流了，必须重新思考你在哪里引导人群。在过去的几分钟里，整个形势发生了很大的变化。不要指望能睡多久。”

安德烈又拿起一块比萨，说：“这可真是个保守的说法。我的意思是，除了所有的事情，我们还得给佐伊买件衣服穿。”

# 十九

那天晚上，佐伊梦见了耶扎。

这些梦在过去的八年里并不少见，可以追溯到佐伊上高中的时候。她和母亲曾住在公共住宅区的一套公寓里，那是一个狭小的两居室，地上铺着油毡，墙壁散发着一股陈旧油脂的味道。但到目前为止，这个地方最糟糕的是房子里面的门都没有锁——洗手间没有，她的卧室也没有。佐伊从来没有想过她是多么从根本上需要一种把世界锁在外面的能力，直到耶扎·刘易斯在她大一的时候搬进来和她们住在一起。

耶扎是她母亲当时的男朋友，一个肮脏的英国人。他的爱好是只要一有机会就“偶然”走到佐伊旁边，在她上厕所、洗澡或者换衣服的时候。他如果不是每次都这样做——她会安全一个星期，或者一个月。这个可怕的场景经常出现在她的脑海里。然而，在某个时刻，他甚至会冲进门来，说一些很滑稽又失态的话（因为，嘿，我们在这里都是一家人，对吧？）。佐伊告诉了妈妈，但她只是笑着说，有一天他们会搬去一个更大的地方，有两间浴室，门上都有锁，然后就是耶扎如何得到越来越多的DJ工作之类的话。

整件事情是这样结束的。有一天，佐伊走进浴室洗澡，立刻就注意到了天花板上的排风扇外壳有个裂缝——就像有人给排风扇动了手脚，但是愚蠢到不知道如何在不弄坏任何东西的情况下来做掩饰。她想，现在那里很有可能有一个小小的无线摄像头，因为她想过耶扎能做出这样的事情，而那是唯一一个能把摄像头藏起来，让摄像头能透过浴帘向下拍摄的地方。这意味着她所做的每件事都可以通过无线网络传输到耶扎的老式笔记本电脑上，就是他在DJ秀上用的笔记本。耶扎站在那儿挥舞手臂，摇摆着身体，就像不是电脑在做所有的工作一样。

佐伊本可以等到她妈妈回家，给她看摄像机，或者她本可以站在马桶上，把那东西从天花板上扯下来。她本可以做很多事情。但是相反，她脱下衣服，洗了个澡。她慢慢地把身子擦干，然后穿好衣服，找到笔记本电脑，证实了她的怀疑，然后报了警。佐伊当时十四岁，这意味着耶扎笔记本电脑上的视频是儿童色情内容。耶扎先前有过两次前科，真是一点都不令人惊讶。这就解释了为什么当他意识到佐伊的所作所为时，会有如此强烈的反应。

她身上现在还有伤疤。

当警察把他拖走的时候，耶扎发誓他会回来找到佐伊，并让她付出代价。他详细地描述了他的报复——这显然是他花了相当长时间考虑的事情。

六天后，佐伊所在学校的某个人在网上发现了这段洗澡的视频——而且是现场直播的——二十四小时内，她的每一位同学都看到了这段视频。一周后，佐伊第一次也是唯一一次试图自杀。她吞下一瓶非处方安眠药，但昏迷后自己吐了出来。

尽管他做出了那些可怕的承诺，佐伊却再也没有见过耶扎，当然是在她的噩梦之外。在她的睡梦中，他一次又一次地出现在她最无助的时刻。拉开浴帘，扯下她身上的毯子，在她的春梦里变成凯莱布的样子。

就在这一次，她梦见自己回到家，睡在她的沙发床上，醒来时看到他耸立在离她几英尺的地方，带着他那愚蠢、贪婪的目光和滚烫的垃圾气味般的气息。佐伊又一次感到那双手被压住了。他那不可思议的力量，就像那天他在厨房里跟在她身后时她感觉到的那样。远处传来了低沉的汽笛声。在那之前，她不知道有人会如此强壮——这个骨瘦如柴、身上有文身的DJ，把她压在身下，眼中露出捕食者看到颤抖的猎物一般的兴奋光芒。

他咧嘴一笑，笑得几乎要把脸都撕裂开了，说："亲爱的，从冰上回来。"

佐伊的眼睛猛地睁开，她发现自己孤身一人，躺在坟墓般寂静的客房里，恶臭机器在床脚边舔着自己。她坐起来，穿上牛仔裤，决定离开这个房间。她带着恶臭机器走进大厅，试图判断她的情况是更好些还是更坏些，因为她在二十四小时前也做过同样的事。她砰砰地走下楼梯，看到巨大的青铜门，她想，*走吧*。

这一次，她可以做到。庄园的安全系统现在都听她的指令。她可以径直走出去，穿过院子和前门。她可以走到一家梅赛德斯经销商那里，开一辆豪华轿车回到科罗拉多。当然，那是在半夜，但是她很有钱——她可以开走一个，然后留个便条告诉他们把钱记在她的账上。第二天，他们会送来一束花和一张卡片，为没能为她开门而道歉。

但是，在余生中，她就不得不回到她十四岁时住的地方，没有门锁，总是等着某个怪物在她身后出现。

她果断地决定向右走，穿过通向东翼的拱门，就像她前一天晚上走的路一样。她想，不妨去看看她的房子。她发现一楼的很多地方似乎都是用来招待客人的——除了她已经看过的餐厅和厨房，她还发现了一间电影院，里面有二十张皮革躺椅和一台专业的爆米花机。她想，这个房间最令人印象深刻的地方是，它显然是用过的。属于自己的电影院听起来像是有钱人在他们的豪宅里要求的那种华而不实的场所，因为他们从来不会去使用，这并不是说你不能舒服地躺在沙发上，对着墙壁、手机或眼镜看一场电影。但这个房间里弥漫着食用油、人造黄油和雪茄的味道，座位也显得破旧不堪，几张椅子上有污渍和雪茄灼烧的痕迹。座椅后背有磨损，似乎是坐在后排的客人随意把脚搭在上面留下的。她看到人们放松、大笑、吃爆米花。利文斯顿庄园的电影之夜。

电影院的隔壁是一个已经变成巨大球池的房间，就像她工作的咖啡店里一样大，大约二十英尺长，二十英尺宽。佐伊跳了进去，球淹没到她的胸部。半小时后，她爬了出来，发现大厅对面有一间房，地板上铺着软垫，墙壁挂满了无害的战斗装备——泡沫警棍和塞满东西的拳击手套。地板布满了黑色的网眼，佐伊踩上去时差点摔倒。它很有弹性——原来这是一张蹦床。房间里的许多设备都是小孩子的尺寸，佐伊立刻想象出一群成年人坐到电影院里，边喝啤酒，边吃爆米花看电影，而每个人的孩子都在这里尽情地玩耍、尖叫。

沿着大厅往下走，在一个拐弯处的私人区域里，有一间铺着黑色瓷砖的房间。房间中央有一个巨大的按摩浴缸，四周环绕着真实的植物，给人一种丛林的感觉（至少有一半是大麻叶子），其中一面墙上还有仿造瀑布。按摩浴缸的旁边有一个酒吧，所以你甚至不用离开浴缸就能拿到饮料。一件女式游泳衣还搭在旁边的一根铜制栏杆上。

佐伊意识到，原来被邀请去阿瑟·利文斯顿的庄园并不意味着要打黑领带、喝鸡尾酒。人们在这里可以度过美好的时光。

她折回到大厅，朝楼上走去。二楼的其余部分似乎大部分是卧室。有些私人物品和洗漱用品散落在房间里，她想，这些东西应该属于经常来这儿的客人，因为他们知道自己还会回来。那些不知道自己是最后一次来这里的人，在得知阿瑟去世的消息时一定无比伤心。一群佐伊几乎完全不了解的朋友和熟人。她的手机里只有十五位联系人，其中九个是凯莱布的朋友和家人，如果她给他们打电话，他们会看到她的号码，翻白眼，然后转入语音信箱。但只要阿瑟不想一个人看电影，他就能在五分钟内召唤两倍那么多的朋友过来陪他。

她在返回庄园西翼的途中，无意中发现了一尊真人大小的阿瑟·利文斯顿雕像，嵌在二楼走廊的墙上。佐伊竟然笑出声来——雕像呈现的阿瑟拄着拐杖，一条腿踩在一堆土上，就像他正在翻越一座山。雕像的胡子很精致，就像阿瑟的全息影像里那样。仔细观察后，她发现胡子是后来加上去的——她可以看到连接在雕像上嘴唇处的焊接口，而且那里比其他部位更有光泽。佐伊想知道，如果阿瑟活得足够久，然后剃了胡子，某个可怜的艺术家是不是需要取下雕像阿瑟的胡子。

雕像的底座上刻着五个字：总有办法的。

当她正在读出这几个字时，一个机械装置发出咔嗒一声，雕像慢慢地转开，展示出了一条向上的楼梯。佐伊甚至没有意识到房子有三层。

她小心翼翼地爬上楼梯，有点期待能发现一间用来严刑拷打的地牢，或是成堆成堆的可卡因。然而，她看到了一间主卧，另一个被雪茄的鬼魂萦绕的地方。首先出现在眼前的是房间中央停着的一辆车。然后她看到这间屋子外面在下雨，而且*只是*这间屋子外面。

原来这辆车是孩子拥有的那种塑料赛车床的成人版，由一辆古董般的，看起来非常昂贵的真正跑车制作而成。车的中间被切开，装配了一张双人床床垫。它有真正的轮胎和一切其他部件。至于房屋外面的雨，佐伊走到一扇巨大的凸窗前，从那里可以俯瞰一个庭院，直到那一刻，她才知道院子就在那里。雨点敲打着玻璃，带着一种完美的舒缓、催眠的节奏。窗户旁边有一个黄铜开关，她一按，雨就停了。原来房间外面是一种喷水装置，只要按下开关，就能使人体验到令人懒洋洋的下雨天。

佐伊在去世的人的房间里转来转去，觉得自己好像是一位入侵者。一面墙上挂满了放在相框里的照片——阿瑟·利文斯顿和总统，阿瑟·利文斯顿和犹他爵士队的一名球员，阿瑟·利文斯顿在赌场里和一位穿西装的老头子——佐伊不认识这个老头，但她肯定在新闻上见过。有几十张这样的照片——阿瑟和名人，穿着燕尾服的阿瑟——展示着他是一个伟大的人物。照片下面是必备的小酒吧，旁边的角落里有一个沙袋——看起来曾被很好地使用过，附近的钉子上挂着一双手套。旁边是一个大书柜，里面放满了古色古香的皮面书，都是文学名著。佐伊走过去，想从架子上拿出一本，但发现它们都是粘死在上面的。

房间里有一个梳妆台，上面放着几瓶须后水，还有一把留着几根松散白发的梳子。有一扇窄门通往一间小得惊人的浴室，里面有一个老式浴缸和带有黄铜装置的水槽，上面放着一把孤零零的牙刷。佐伊强迫自己不要去想阿瑟的牙齿现在到底在哪里。在浴室对面的墙上，有一扇完全相同的门，佐伊以为那扇门通向一间壁橱，但穿过那扇门后，她感觉突然来到了一家布克兄弟服装店——“壁橱”是一个完全独立的房间，里面放满了西装。墙上的架子上至少有五百套衣服。角落里放着一个基座和几面镜子——总的来说，“壁橱”的空间比整个卧室都要大。

佐伊转身回到卧室，她注意到房间里有些凌乱——抽屉半掩着，一些衣服被扔在地板上，一箱旧信件从床底下被翻了出来。房间被彻底搜查了一遍，尽管搜查过程很温和，也很恭敬。显然这是阿瑟自己的人在他死后立即疯狂地寻找“钥匙”时留下的现场。

佐伊听到楼梯处传来脚步声，吓得僵住了。有那么一个荒谬的时刻，她竟然紧张地四处寻找藏身的地方。当然，现在这是她的卧室——她甚至可以蹲在地板上小便，没有人能说一句话。

阿尔曼多出现在门口，说：“原来你在这里。我以为你在床上，然后我听到你在笑。你知道这里有间卧室？”

“不知道，只是偶然发现的。我睡不着觉，所以我想还是先看看自己的房子吧，万一明天我死了，它也许会被遗赠给别人。”

“所以就是这样？你要当着我的面侮辱我的职业能力？”

“对不起。如果这能让你感觉好点，我觉得你也会死的，为了救我。”

佐伊走过去，坐在滑稽的赛车床上。旁边的床头柜上放着一个古旧的青铜佛像，看上去像是在为一个装满雪茄烟蒂的烟灰缸祈福。还有一个装着半杯水的杯子，放在一个叫盖瑞的人寄来的圣诞贺卡上，显然这张贺卡被当作杯垫了。她拉开最上面的抽屉，里面有阿司匹林、抗酸药、无色唇膏、阅读眼镜和一把左轮手枪。

佐伊问："你对明天的计划有什么问题吗？就是我当诱饵的计划？"

"嗯……你知道我不能一看到摩洛克就开枪，是吧？塔布拉拉萨没有什么法律，但也不是毫无法律可言。我们会为这次活动增加人手，确保一旦他采取行动，我们就会做出回应。"

"我以为你会让我待在家里。"

"这是我唯一不能告诉客户的事情。如果我们能让客户待在室内，保障个人安全将是一项容易的工作。"

佐伊把抽屉拉上，就在一刹那，当阴影落在里面的东西上时，某种东西刚好吸引了她的目光：在老花眼镜的一角，有一小缕蓝色的光。

佐伊又打开抽屉，端详着眼镜，然后把它戴上。

她没想过会看到什么——也许是一个空的收件箱在她的视野里飘过，她以为那副眼镜是一位年轻朋友或女友送给阿瑟的礼物，而他没有使用过。阿瑟把它扔在抽屉里，后来就忘了。然而，一串代码从屏幕上向下滚动，在她看来像是从天花板上滚动下来的。接着，房间消失了，佐伊的视野里一片黑暗。一行白色的文字出现在她面前：

"欢迎你，佐伊。"

# 二十

突然，佐伊眼前出现了这座城市，她在透过一块脏兮兮的玻璃俯视它。摄像机是从一架直升机内部拍摄的，可以从螺旋桨发出的“砰砰”声判断出来，这声音淹没了其他所有的声音。底部的时间戳显示，这是在十四个多月前，也就是前一年十月四日晚上记录下的画面。

一只手出现在画面中，记录的人看了看那块表，它似乎是用大约六磅的金子制成的。画面从一扇侧窗转到直升机的挡风玻璃，利文斯顿塔在地平线上变得越来越大。在这个特别的夜晚，高塔呈现出一种令人激动的紫色，而不是佐伊之前看到的阴郁黑色。塔的颜色并不是刷出来的——覆盖其表面的屏幕将颜色射向四周，在邻近的建筑物和下面的街道上抹上了尊贵的紫色阴影。

佐伊听见阿尔曼多说：“你没事吧？发生了什么——”

“不要说话，眼镜里在播放一个视频。”

她看着直升机晃动着降落在发光的紫色塔顶上，从空中看，它就像一个很小的停机坪。飞机最后在屋顶上颠簸着停了下来，摄像者从直升机乘客一侧跳了下来，然后转身看着直升机离他越来越远，慢慢消失在远处，直到唯一的声音变成了轻轻的风声。画面转了一圈，发现离停机坪不远的地方有一个坐在轮椅上的人，一只戴着墨镜的黑猩猩安静地蹲在他旁边。摄像者朝他们走了过去。

坐在轮椅上的是一个四十多岁的印度人，他说："很高兴你能来，利文斯顿先生。"正如佐伊已经猜到的那样，她在通过阿瑟的眼睛来观察这个世界，就好像她回到了他的身体里，变成一个占据了幽灵的活人。"我是鲁珀特·辛格。请戴上护目镜。"

这个男人拿出一对黑色的像是焊接用的护目镜，佐伊注意到，这正是她在那只坐在轮椅旁边、看起来很无聊的黑猩猩脸上看到的东西，不是太阳镜。她有点失望。这只黑猩猩挖着鼻子四处张望，似乎想弄明白为什么这个夜晚比平时要黑得多。

镜头转了一圈，发现他们对面的屋顶上放着三个百货商场里经常看到的服装模特，不知道什么原因，穿着军装和厚重的防弹背心。佐伊不知道这是坐在轮椅上的那个人——辛格，他自己是这么说的——设下的圈套，还是黑猩猩干的。无论如何，这都不可能是件容易的事。

画面从服装模特转回到黑猩猩，然后又转到模特，来来回回，然后听见阿瑟·利文斯顿说："我不会活着离开这个屋顶，是吧？"

他并不是认真的。坐在轮椅上的辛格笑了。"我是个工程师，利文斯顿先生，我腰部以下都瘫痪了。另外，杀了你对我希望你在我的项目上投资五千万美元的目标是有些不利的。"

“你有五分钟时间，辛格先生，我不喜欢浪费时间。”

“我看过新闻，利文斯顿先生。你喜欢浪费时间，只要它以一种让你开心的方式被浪费掉就可以。”

“是的，这倒没错。”

“请戴上护目镜，这是为了保护你。”

阿瑟拿起护目镜戴上，但它并没有遮住开眼摄像机拍摄的画面——佐伊推断，这意味着她看到的画面是从眼镜以外的设备上记录下来的。可能是一个更容易隐藏的摄像机——她想世界上应该没有其他人知道这个视频的存在。

辛格用佐伊听不懂的语言对黑猩猩低声下达了一个命令，灵长类动物一摇一摆地走向放置三名军装模特的地方，然后在距离阿瑟和辛格大约二十英尺的地方停了下来。辛格拿出一个手机大小的小控制板，轻触了一下屏幕。这只黑猩猩伸出了它的右臂——更确切地说，是右臂从它身上伸了出去，就好像辛格在远程控制它的肢体一样。

辛格又触碰了一下屏幕。

出现了一道使摄像机画面模糊一片的亮光和一阵霹雳雷声。

黑猩猩又叫又跳。

当摄像机再次对焦时，画面显示最右边的服装模特现在变成了一堆冒着烟的熔化的黑色塑料块。黑猩猩看起来有点困惑。

辛格说：“利文斯顿先生，震惊吗？”

“我……我想我需要一些故事背景来帮助我理解刚才看到

的事情。”

“利文斯顿先生，这是你在上缴的税金。你看到的是国防部花费超过两百亿美元的研发成果。”

“制造一个武装的猴子，或者只是一支闪电枪？坦白说，我没有看到任何的实际应用。”

这时黑猩猩已经坐了下来，好奇地看着自己的右手，似乎为自己的才能所震惊。佐伊想知道这只动物被注射了多少镇静剂。辛格再次点击控制板，开始了他的展示。

“我问你，利文斯顿先生——人与神的区别是什么？是什么阻止你我用拳头砸碎石头，或者用眼睛把建筑物变成灰烬？”

阿瑟显然认为这是个反问句，但辛格等着他回答。

“嗯，我猜，是因为我们没有足够的力量。”

“力量是一个抽象的概念，政治家也有力量。你要找的词是‘能量’。如果你能储存和释放足够的能量，一切都有可能。所以能量存储的限制是唯一的原因，就像如果你没有一架巨型飞机，你就不能飞行，或者我们不能建造一艘可以穿越银河系的船。即使我们能造出足够小的引擎来完成这项任务，但是燃料——也就是储存的能量——也会增加太多的重量和体积。你明白吗，利文斯顿先生？”

阿瑟用清楚的语气表明，他已经准备好让坐在轮椅上的人切入主题了。“所以这是关于……电池还是什么？”

辛格勉强笑了笑，对这个不欣赏眼前奇迹的富人感到不耐烦。

"这是关于人类进化的下一步，利文斯顿先生。几年前，一些激进的东西落入了你们政府的手中。有一天，一位名叫列斯诺夫的古怪俄罗斯叛逃者带着一个他称之为'系外量子超级电容器'的原型设备出现了。他声称该装置的能量密度接近无穷大。你可能认识到无限是一种实际上无法接近的东西。他声称它可以把人变成神。你可能会认为这种话通常是骗子和疯子的专利。然而，尽管如此，美国国防高级研究计划局还是投入了数十亿美元的'黑色项目'资金，用来开发这项技术，服务于军事领域。我是其中的一名研究人员，参与了列斯诺夫坚持的'雷登计划'。"

利文斯顿说："这名字用的是神道教里雷神的名字吧。"

"用的是一个老游戏里某个角色的名字——注意，列斯诺夫当时十五岁，患有轻度自闭症。国防部高级研究计划局的指令是开发这种能源，并在其基础上建立新的武器系统。但列斯诺夫有更高的抱负。他对制造新武器没有兴趣，他想创造新的人类。他想把设计嫁接到骨头上，通过肌肉编织而成。这个设备能让人类做任何的事情。当然，这一切都瞒着他在国防部的上级。"

"为什么偷偷做？听起来这是他们喜欢的东西。能飞，能把坦克撞成两半的士兵？这就是我们要讨论的，对吧？"

"你还没有想清楚，利文斯顿先生。一个男孩长大后参军了，他们给他一支枪。他参加战争，或者没有参加战争，然后他把枪还给了家人，回家后成为一名机械师、农民或者罪犯。

换句话说，士兵只是一个人在工作。但对于雷登计划来说，放下枪是不可能的——因为人就变成了枪。想想拥有这些能力的人和没有拥有这些能力的人之间的关系，他们知道自己能够做什么。在这一点上，你不再谈论什么新的武器，你谈论的是一个新物种。一个有统治力的物种。”

“但不管怎样，你让这个东西成功运行了，对吧？那你为什么要跟我说话，为什么军队里没有死亡射线用来对付其他国家，就像你刚才对付那个假人一样？”

“我让科尔内留斯来解释。”

佐伊对黑猩猩转身面向摄像机说话的期待让她紧张起来，但这并没有发生。相反，辛格再次敲打控制板，告诉阿瑟戴上护目镜。

这只黑猩猩又一次举起右手，闪电从它的手掌中飞出，一个服装模特又一次消失了——这一次它被蒸发了，甚至没有残留的碎片。好像黑猩猩已经加大了能量。

辛格再次敲击控制板。

这只黑猩猩第三次举起了它的手臂——一声爆炸把阿瑟和他的摄像机都震晕了。画面抖动了好一会儿，当镜头再次聚焦时，最后一个人体模特毫发无伤地站在那里——但黑猩猩科尔内留斯变成了屋顶上一个烧焦的污渍。

佐伊听见阿瑟说：“天哪。”

辛格把他的控制板塞进衬衫口袋里，说：“列斯诺夫的设计非常不稳定。我们花了七年时间试图让其稳定运行，但最后发生了一起事故，其中一个爆炸装置导致十一人死亡，包括他自己。他留下的许多研究成果是完全无法理解的。不久，国防部知道他在做的事情和他更多的……非常规的原始模型后，迅速撤回了资金。”

“于是你决定偷偷带一些设计出来，看看出价最高的人能出多少钱来买。”

辛格在椅子上动了动，他不喜欢整个计划被归结为如此粗鲁的措辞。

“利文斯顿先生，作为一名科学家，我不愿意放弃我认为是有史以来最重要的发明，也是人类进化中，自物种获得有意识思考能力以来最大的一次飞跃。我带了6G大小的原理图和硬件驱动程序。我们可以把它们插入一个纳米级的制造机器中，在几分钟内就可以开始构建这些设备原型了。”

“如果失败，它会把使用者变成一大片烧焦的猪肉。”

“我能修理雷登装置的设计，我知道我可以。这个缺陷是在稳定电容器的软件上，我在修复时，项目被关闭了。我就快成功了，利文斯顿先生。我相信如果还可以使用那些设备，我现在就已经修复了这个缺陷。但是我没有设备，因为我没有资金。因此，我正在寻找一位资金过剩的合作伙伴。”

“如果政府发现你在这么做……”

“他们会杀了我，还有所有知道雷登计划的人。”

“天啊，谢谢。”

“我向你保证，利文斯顿先生，有很多投标的人在等着呢。”

“你有很多投标人，他们手头有五千万美元投在一个非法武器项目上，而这个项目可能根本行不通？”

“是的。”

“你说的是地下军火商，对吗？那些想把它买下来，卖给第三世界的独裁者和恐怖分子的人吗？”

“也有俄罗斯暴徒、企业联盟的老板、柬埔寨叛乱分子和撒哈拉以南非洲的军阀。还有一位以不穿裤子出席自己赌场的奠基仪式而闻名的房地产大亨。所以，利文斯顿先生，你必须明白，在这一点上，我和你一样好奇。我知道其他人想利用雷登设备做什么，但我不知道你要它做什么，这让我更紧张。”

“也许我不想让它落入那些人的手中，也许我不希望世界上到处都是能空手把飞机撕成碎片的超级恐怖分子。”

“为了良知，这可是一大笔钱。”

“良知是很昂贵的，这也是大多数人不得不靠工资生活的原因。”

“你是说你愿意出钱让我不去完成我的研究？你的目标是埋葬它？”

“我没那么说。我会给你弄来设备，去给你弄来纳米的——随便什么制造机，你需要什么都行。”

“当我让一切运转起来的时候，会发生什么呢？”

“那是我的事，谁知道呢？也许我想把这些东西都装在我的身上，披上披风，去打击犯罪。”

# 二十一

画面消失了，佐伊准备摘下眼镜。阿尔曼多问她到底发生了什么。这时另一个画面出现了，她又一次示意他别出声。

这段录像的日期是两个月前。画面显示在一辆行驶的汽车里，他们正在穿过塔布拉拉萨的市中心。威尔·布莱克沃特开着车，摄像机已经开始记录他说到一半的话。

“……我猜它们在仓库里都发霉了，都是帆布做的，去年春天第十条街的仓库被淹了。它们没有受损，只是闻起来有点糟糕。不过到万圣节的时候，气味应该就散得差不多了。”

阿瑟又一次是摄像机后面看不见的那个人，他说：“那些积雪，你都清理出去了吗？”

“我不得不从帕克城的一个度假胜地又预订了五台机器，花了一大笔钱。埃科有详细记账，如果你想看的话。”

“我为什么要看这些？”

接着，威尔做了一件佐伊认识他几天来从未见过的事：他笑了。威尔转动方向盘，按传统的方式把车开进公园。他们已经到了，但是摄像机的视角并不能清楚地显示他们的位置。

阿瑟说：“威尔，你做得很好，你们都做得很好，我再怎么赞赏你们都不嫌多。”

“是的，说到聚会策划，你可能在世界上三四十亿人中找不到比我更擅长的。”

“你知道我的意思，聪明的家伙。我欣赏你们所做的一切，每一天。”

一阵沉默，威尔似乎不是很自在。过了一会儿，他问道：“那是辛格的车吗？我们在等什么人吗？”

“我只是想在脑子里把这些事情过一遍。我需要放松一下，我今天早上没有做瑜伽。”

威尔笑了。这是他们之间某种私下的玩笑。

“拿去，”阿瑟说，“用这枚硬币变个魔术。”

阿瑟的手伸进了视频画框，拿出之前遗嘱中说到的那枚只有一面的“幸运”硬币，然后递给威尔。威尔拿着它，用食指和拇指拿着给摄像机看。他用另一只手在硬币前面晃过，硬币不见了。他像魔术师一样举起双手，表明双手是空的，硬币消失了。

“太神奇了。即使知道你是怎么做的，我也看不见你这么做了。”

威尔面无笑容地从裤子前边拿出硬币。

阿瑟笑着说：“天哪，我现在不想要回它了。让它碰到你的蛋蛋，这之前不是魔术的一部分吧。如果我早知道，我就给你一枚普通的硬币了。”威尔不停地想要把硬币还给阿瑟，阿瑟说：“不，不！现在它是你的了。”

“它没有碰我那里，阿瑟，它一直藏在我手里。这就是个小把戏。”

“但还是……我想要你留着它，我是认真的。”

威尔的脸僵住了。他没有被这个举动感动，也没有觉得好笑，更没有感激之情。他的眼睛仔细地看着阿瑟，一眨不眨，试图读懂眼前这个人。

“阿瑟……发生什么事了？”

“不要小题大做。幸运硬币这回事，一直是一种傻傻的装模作样。我甚至不迷信，你知道的。幸运硬币只是用来做开场白的东西，我甚至不能用它来玩个小把戏，不像你。所以你留着它，编一个有趣的故事，告诉酒吧里的女孩，你是从韩国的一个士兵那里弄来的。用它变个魔术，之后你就会听到裤子掉下来的声音。”

又是一阵沉默。那些蓝色的眼睛在看着：它们背后的大脑在想象着各种情景。

终于，威尔说：“为什么我不能和你一起去？”

“没有商量的余地。辛格要求对这件事保密，我不想吓着他。相信我，一旦我们有了可以投入市场的设备，你将是第一个看到展示的人。至于今天去他那儿，可能没什么事。他有点惊慌地打了电话，但辛格对一切都感到惊慌。他总是疑神疑鬼地以为政府会来找他。”

“政府来找他了吗？”

“我们到时候房子里见。不要再担心了，生命太短暂了。”

阿瑟站起来，关上车门，摄像机追随着他的视野——佐伊看出那是威尔的阿斯顿·马丁汽车——当阿瑟转过身时，一间仓库映入眼帘。可能这就是那座在神秘事件中变成一个烧焦的陨石坑之前的建筑。他朝后门走了过去，从口袋里掏出一串钥匙，但当他伸出手来的时候，手里拿着的是他的幸运硬币——威尔在某个时候用了点小花招把它放回了他的口袋里。阿瑟哈哈大笑。他转过身去，看见阿斯顿·马丁的尾灯在拐角处消失了。

画面变成黑色，然后一刹那，佐伊认为眼镜变回了普通的眼镜——她看到卧室，从她坐着的地方。但眼镜画面角落里仍然有一个日期戳，标记着是十天前录制的，房间也不再凌乱。她只是在观看一个在她坐的位置录制的视频。

当一只手出现在眼前时，佐伊吓了一跳，仿佛她突然有了一条幻肢。那只手拿着阿瑟的幸运硬币。另一只手出现在眼前，他试图表演威尔的魔术。硬币滚到了阿瑟的腿上。

出现了阿瑟的声音："我希望我这么做是对的。如果我去那儿，嗯，去我认为我要去的地方，那么这可能是我的最后一天。不过没关系，因为如果我成功了，我会用这最后一天拯救世界。确切地说，我会把世界从我自己放出来的东西中拯救出来，所以你知道，不要为我建造任何纪念碑。"他长舒了一口气，"好吧，不要长篇大论了，让我们开始吧。"

画面切换到了一个洞穴一般的建筑里面，佐伊认为那就是之前在外面看到的那间仓库。阿瑟走过一排排高高的金属架子，三层楼高的架子上摆着袋子、箱子和木桶。他经过一排插着充电器的休眠叉车，最后来到一个装满看门人用品的杂物间。他发出了一个声音指令，壁橱的后壁滑开，露出了一部电梯。阿瑟来到下面的一层，穿过一间大厅，然后通过了全身扫描的安全气闸锁——锁的两侧是一系列厚得足以阻挡核弹头的钢门。佐伊意识到，这才是真正的仓库，上面的一切都是伪装。

当最后一扇门轰隆隆地打开时，阿瑟看到混凝土地板上有一大片血迹。

佐伊听到阿瑟叹了口气。他对看到的一切感到难过，但并不意外。

他小心翼翼地绕过那片深红色的污迹，看到一辆翻倒在墙边的轮椅浸在血中。阿瑟看到辛格的腿从一个板条箱后面伸出来，然后镜头转了一圈，发现辛格的身体在房间另一头的一辆叉车后面摊开着。阿瑟缓慢且谨慎地进入前面的房间，走进一个摆满工作台和精密机器的空间，其中一些机器有房子那么大，有一个形状像一条巨大的机器毛虫。他穿过房间，走近另一个门口，这个门是开着的。在它后面传来了低沉的咯咯笑声和一阵撕裂声。

阿瑟和他的摄像机进入了一间长长的开放房间，看起来像个射击场。其中一边挂着四头死猪，挂在肉钩上。站在死猪中间的是一个背对着它们的年轻人。他没穿上衣，留着金色的长发，戴着棒球帽，穿着牛仔裤。他的肌肉被晒得黝黑，看上去就像是从广告牌上借来的一个电脑处理过的模特的身体。

佐伊将不得不永远接受这样一个事实：这就是她对摩洛克的第一印象——欣赏他那起伏的背部肌肉，晒得黝黑的二头肌，破旧牛仔裤下完美的臀部。她敢肯定这就是摩洛克，主要是因为他的背上刺着“MOLECH”这几个字母。

在摩洛克的右手中有另一只手。实际上是一只胳膊的大部分——从肘部以上的所有部位，仿佛他把它从什么人的身体上扯下来带在身边作为纪念品。有一瞬间，佐伊觉得那是从辛格的尸体上弄下来的，这让她十分惊恐。但随着视野越来越近，她清楚地看到，那截下来的肢体是由橡胶或塑料制成的，是一个假肢。摩洛克把它当作武器——他伸出手去，把那只手伸进离他最近的猪的胸腔中，骨头嘎吱嘎吱地断了。他把它在里面扭了扭，发出一连串湿漉漉的吸吮声，然后他把那只手从腐烂的伤口里抽出来，一堆粉红色和黄色的器官被攥在拳头里。

摩洛克大笑着说：“伙计，这才是高潮！”

他可能并不比佐伊年纪大。这时有另一个人在看着他，是个蓄着胡子的黑人，看上去比摩洛克年长一些，但可能还没到三十岁。站在房间周围的是另外四名拿着猎枪的肌肉男，他们正在看着摩洛克的游戏。整个房间里似乎没有一盎司的脂肪。摩洛克转过身来，看着阿瑟和摄像机。他笑了笑，把假臂甩向地板，一团湿漉漉的内脏撞击在了地板上。假臂的手指自动弯曲，发出机械的嗡嗡声。

“阿瑟·利文斯顿！只要我还活着，只要我还活着！老兄，我一定要和你握手！”

摩洛克把假肢伸向阿瑟，仿佛要和他握手。机械的手指弯曲了，摩洛克咯咯地笑出了声。

阿瑟没有握手，他说：“我想我们以前没见过吧。”

“没有，但我打赌你听说过我。他们叫我摩洛克。”

“‘他们’是谁？”

摩洛克指着那个蓄着胡子的黑人，说：“这是我的得力助手，布莱克·斯科特。我不是种族主义者，这是他自己取的名字。”

后面的布莱克·斯科特摇了摇头，做出“并不是”的口型。

“哦，你那位朋友的事我很抱歉。这是自卫，我发誓！那个家伙一直想用轮椅撞我。在那个时候，汁液已经流出来了，伙计，你必须要释放它！知道我在说什么吗？”

“是辛格让你进来的吗？”

摩洛克用那只机械手挠了挠下巴，说：“他没有，忘恩负义的人。我们认识也可以追溯到很久以前。你看，不久前我出价要买他所有的玩具，但有个有钱的王八蛋出价比我高！你对此一无所知，是吧？哈！”

摩洛克走到一个空油桶跟前，用机械手抓住油桶，毫不费力地像撕纸一样从桶上扯下一大块金属，金属发出吱吱的声音。摩洛克咯咯直笑，笑得喘不过气来。

“那么，是谁让你进来的？”

“你身边不是每个人都像你想的那么忠诚，阿瑟。你看，有两种方法让每个人都规规矩矩，他们可能害怕你，也可能是你的伙伴。看起来你是用第二种方法。问题是，你一旦让他们不高兴了，他们就会出卖你。对我来说，我的管理很严格。大家都知道规则，听话的可以活得像个国王，背叛我的，我就让他下地狱。”

“那么，我能为你做些什么呢？”

“你已经为我做好了，我的朋友。你只是不知道而已。不过我得说，你在这里比我有更好的设备，更大的空间。”

“那么……你有自己的工作室？有人把雷登计划泄露给你了？是辛格吗？”

“伙计，我兴奋得都没法正常思考了。你感觉到了吗，阿瑟？你感受过这种兴奋吗？还是时间太久，你都不记得了？”

“我猜你想杀我，摩洛克。但我现在可以告诉你，让我活着会有更多收获。我是个有钱人，就算辛格把设计泄露给你，你也不是得到了所有东西。我认为你并不是真的想做你打算做的事。”

“我想要什么并不重要，你没看见吗？我听从我的兴奋汁液，我们都是，即使我们试图否认它。”

“你是想告诉我你嗑药了吗？因为那也从来没有阻止过我的谈判。”

“不，兴奋汁液是一种天然的快感，伙计。我第一次有这种感觉是和爸爸出去打猎的时候。看，他狩猎的方式是，你不能带任何食物。你要离开一个月，从车里到狩猎场要走两天。

而且你只能吃自己杀死的东西，明白吗？就是这个意思。我的第一次狩猎，我们三天什么都没有打到。所以当时我们都快饿死了，我哭着求他，在蒙大拿的树林里，就我们两个，求他带我回家，带我去麦当劳。我太饿了，我试图抓住并吃掉一些进入我帐篷的蟋蟀。它们跑掉了，我就像个小婴儿一样哭。老头子听见了，就把我打得屁滚尿流。哈！

“他让我坐下，看着我的眼睛，告诉我是怎么回事。他说，‘你要让饥饿来驱动你，来激励你。’第二天早上，我躺在树上等着一头野猪从下面的灌木丛里钻出来。枪在我手里发抖，我知道，如果失手了，我可能就会成为这只被捕食的野猪，我可能会虚弱到无法狩猎，可能会死在森林里，在这个潮湿寒冷的地方。但当我开枪的时候，射中的时候，当猎物倒下的时候，我感觉到了，伙计，我感觉到了兴奋的汁液——肾上腺素，多巴胺，所有这些像火焰一样的东西，穿过我的血管、大脑和睾丸，我胜利了。我们生了一堆火，掏出那个野种的内脏，然后烤了它，当我的牙齿陷入那坚硬的烤焦的肉里时……嗯，那是我第一次真正吃东西，是我第一次真正地活着。那时我十岁。”

摩洛克看着这个机械假肢弯曲着手指，仿佛被迷住了一般。

他继续说：“爸爸告诉我我的感受是什么。他说，人类进化出这些兴奋汁液，它会流遍你的全身，作为对你做的好事的奖励。激素、多巴胺、肾上腺素是真正的毒品。当你的身体知道你为了生存做了些什么，不仅仅是为了你自己，而是为了整个物种，你就会达到那种高度——真正的高度。当你赢得一场战斗，获取了一些食物，或上了一个女人。他告诉我，现在我所有的朋友都生活在虚假的高潮之中，吸食冰毒、玩电子游戏或者对着色情视频自慰——所有这些小把戏，想要触发兴奋汁液，而不是去争取它，去赢得它。虚假的胜利，虚假的危险，虚假的性爱。如果我们要生存下去，他说，我们必须回归真正的兴奋汁液。摆脱所有其他没有意义的东西，过我们本应该有的生活——肌肉，血，汗水。”

房间里一片寂静，摩洛克突然发出一阵狂笑。

阿瑟平静地说：“我们都是商人，摩洛克。”

“你是商人，我只是个人。”

“好吧，我这样说吧——我是个现实主义者。我知道你的能力，我知道我别无选择，只能合作。像我这样的人，如果不知道怎么顺应和配合，是活不了这么久的。”

摩洛克把机械臂从一只手抛到另一只手，发出白痴般的咯咯笑声。

“是啊，就像一条肥美的鱼，沉在河底，等着虫子漂过，对吧？只是待在那里，吃你想吃的东西，慢慢变胖。但你知道我是什么吗？我是鲨鱼。”

摩洛克用他的真手挥了一拳，接着是一声令人作呕的骨头裂开的声音。佐伊跳了起来。

摄像机的镜头旋转着，先是地板，然后是天花板。

摩洛克耸立在阿瑟上方。“不不，你知道吗，我想到了一个更适合你的动物。你是一只熊猫。你听说了吗？它们被关在动物园里，被强迫做爱，因为它们本身不会这么做。看，很久以前，熊猫忘记了它们是熊。停止狩猎，停止战斗，开始吃树叶而不是肉。它们没有了兴奋汁液，很快，熊猫不见了。如果都是你这样的人，我们人类也会走同样的路。所以，我决定要去拯救世界。”

阿瑟喘着气，想说：“听……听我说！现在还不晚——”

摩洛克说：“希望不会太晚。”

然后，摩洛克又一次挥舞手臂，一次又一次，每次都发出可怕的撞击声。

接着他抓住机械臂，把手伸了下去，发出湿漉漉的撕裂声。

佐伊猛地摘下眼镜，站起身来，试图喘口气，然后她冲进浴室，吐了起来。

# 二十二

阿尔曼多出现在浴室门口，拔出了枪，因为在他的世界里，呕吐很明显是一个可以用一颗子弹治愈的问题。佐伊告诉他她很好，他有点尴尬地把手放在她的肩膀上，好像他曾经在电视上看到过有人这么做。佐伊耸肩摆脱他的手，冲了马桶，试着振作。正要开口说话时，卡尔顿出现在门口，问她是否一切都好。

佐伊犹豫了。摩洛克直接告诉了阿瑟，他的团队里有个叛徒，他显然不是在说辛格，因为他说这话的时候，辛格已经四分五裂了。如果他不是在玩心理游戏的话，那么这个叛徒就是一个可以足够接近阿瑟的人，他知道密码或钥匙，可以让摩洛克进入一栋核掩体般的建筑。除了西装男人，还有谁呢？会不会是卡尔顿？

佐伊说："我很好，你能给我们一分钟吗？"

卡尔顿离开了，佐伊告诉阿尔曼多，"我刚刚看到阿瑟·利文斯顿被摩洛克用一只机械手臂杀死了，他偷走了阿瑟很多有魔法力量的武器。"

阿尔曼多皱着眉头，想把这句话理清楚。

"哦。我……我很抱歉……"

"不，没关系。我的意思是，这很可怕，我清楚地看到了摩洛克的脸。"

"大家都离开了，不过我们可以打电话给——"

"等等，还有一件事。在杀死阿瑟之前，摩洛克说阿瑟的团队里有个叛徒。"

"你认为他说的是实话，还是只是在演戏？"

"我不知道。我该怎么办？"

"打电话给威尔。"

"我们怎么知道他不是那个叛徒？"

"我们无法确定任何事，但我敢说他是最不可能背叛阿瑟的人，而且他绝对不会为了摩洛克这么做。我不完全了解威尔，但就我对他的了解，已经足够让我有信心这么说了。"

"也许是摩洛克逼他的，威胁他那么做。"

"哈，你不了解威尔。"

佐伊回想起第二段视频的开头，威尔护送阿瑟，他看起来对这件事毫不知情。如果他当时知道将要发生什么事，那他就演得太好了。

"那其他人呢？"

阿尔曼多思索着，用手捋了捋头发。"你要明白，我所知道的都是从小道消息里听到的。所以……埃科在这里的时间不像其他人那么长，所以她是个需要留意的对象。但是对于西装员工来说——你最好假设他们呈现给你的一切都是真实的镜像。这是他们的游戏。如果你想知道你应该提防谁，那就从工作得最努力来赢得你信任的人开始考虑吧。”

“嗯，那绝对不是埃科。”佐伊说，“第一天晚上，是安德烈来找我，然后想要说服我。”

“我知道的很少，佐伊，我是不会相信他的……但这是塔布拉拉萨，在这里，你不能相信任何人。”

佐伊做了一个决定。十分钟后，威尔到了。

他们一起在曾经放着断臂房间的墙上观看了眼镜上的视频。佐伊提醒威尔结局的画面太血腥和生动，并提议向他简单描述一下就可以了，这样他就不用看着他的朋友被一个戴着帽子的兄弟会男孩残忍杀死。但威尔坚持要看，这并没有让她感到惊讶。威尔没有表现出任何感情，直到阿瑟遭遇可怕结局的那一刻。他让视频播放完，然后重新播放，在不同的地方停了下来，仿佛是为了注意上次错过的细节。看过六遍视频后，他在摩洛克清晰可见的地方停了下来，然后站起来给自己倒了一杯威士忌。

威尔低声说：“只是个孩子。看来他要错过联谊会才能赶到那里。这么多年来，这么多事情，都只是一个该死的孩子做的。”

“你认出他是谁了吗？”

“不知道，但是要么巴德知道他是谁，要么我们可以通过面部识别来找到他。不管怎样，到明天早晨我们就能知道他真正的名字了。”

“我第一次看的时候，以为摩洛克一直说他听从于‘犹太人'[1]。"

"我也听成了犹太人。"

"我敢打赌，他的真名是查德，他长得很像。你有没有听到阿瑟问他是怎么进入仓库的，他说——"

"团队里有人背叛了他。是的，我注意到了，佐伊。"

"那么是谁呢？"

威尔想了一会儿，说："你为什么那么肯定不是我？"

"阿尔曼多说你和阿瑟的关系太密切了。"

"他告诉了你那个故事吗？关于我们是怎么认识的？"

"没有。"

"很好。"

"那么会是谁？"

"应该不是核心团队里的人，也不是卡尔顿。"

"你确定吗？也许是其他为阿瑟工作的——"

"不是，我可以拿生命做赌注。我不是在用这个比喻，我是说，明天我真的要拿我的命来做赌注。如果有人背叛我们，我会知道的，就是这样。"

"所以阿瑟就是把这些小玩意儿，这些致命的超能力的东西，带到世界上的人。"

---

1 犹太人的英文Jews和汁液的英文Juice发音相似。

“看来是这样。”

“你一直都知道这一点，是不是？”

威尔把杯子放在会议桌上，看起来像是在收拾东西准备离开。

“不知道确切的细节，但知道他在研究一些东西，这些东西落入坏人手里会十分危险。有人开始死去，从他的反应中可以明显看出，阿瑟也参与其中。但他不肯跟我们谈这件事，因为在某个时候，他觉得自己不知道该相信谁，包括我。经历过这一切，他仍然不确定我是不是会背叛他。”

威尔咬紧牙齿，磨出了声响，试图压制愤怒和悲伤，以免被整个世界看到。不一会儿，他的脸几乎变成了一个轮廓分明、冷漠无情的机器人脸。

佐伊说：“我很抱歉。”

“抱歉什么？”

“为你所失去的感到抱歉。我早就应该说的。你第一次打电话给我的时候就跟我说了你很抱歉，但那时候我并不在意，甚至觉得很蠢。但现在我明白了，你失去了重要的朋友，我应该意识到的。”

威尔挥手让她走开。“不，没……没什么。不管怎样，这就是为什么会有这么多疯狂的人要抢夺他保险库的钥匙，我们试图拼凑出他到底在做什么，因为它看起来是如此……像世界末日一般。我们希望在那里找到原理图、机器原型，任何东西，或者备份。希望它没有和仓库一起被毁掉。然后我们终于把它打开了，剩下的事情你都知道了。”

“但这也说不通啊。摩洛克现在已经拥有了这些小玩意儿。他是唯一一个不需要进入保险库的人。他应该很高兴，对吧？你看过视频——他赢了。他得到了他想要的。”

“但是，现在他想要金子。”

“不管那是什么。”

威尔喝完他的酒，说：“他明天肯定会告诉我们的，就是这样。”

“如果他没有先把我们都杀了的话。”

# 二十三

佐伊醒了，有一个幸福的瞬间她以为自己回到了家，从一个异常怪异的梦中醒来。然后她意识到自己躺在一张奇怪的床上，可以随意地滚来滚去，而且不会碰到墙壁或热水壶。紧接着是死一般的寂静，那种可怕的感觉就像她是地球上的最后一个人。没有人在外面争吵，甚至没有她妈妈在厨房里叮当作响的锅碗瓢盆声。庄园的大门外可能正在进行一场激烈的战争，而佐伊的卧室里听不见任何声音。

她忘记了那只会说话的马桶，当它说话时她放了个屁，这被马桶认为是她同意观看早间新闻的指令。头条新闻是即将在塔布拉拉萨举行的追悼会所面临的恐怖威胁，这段视频展示了这座城市的公园，工作人员已经在那里布置了一个看起来不太像葬礼，而更像是大型冬季音乐节的场地。他们看起来像是在给一个充气蹦床城堡充气。

接下来的故事对佐伊来说是新的。某个艺术画廊里的一座一百一十英尺高的阿瑟·利文斯顿铜像被盗了（接受一座俗气的雕像显然是接受这名男子一大笔捐助的代价），是被两位肌肉发达，背上安装了飞行装置的男人偷走的——他们都不是摩洛克，但毫无疑问在为他工作。雕像被拖到几个街区之外的金融区，那里有一座真人大小的铜牛雕像。在接下来的一个小时里，这两个人用爆炸的电流把利文斯顿的雕像和这头公牛雕像焊接在一起，新的雕像看起来像是利文斯顿正在和这头牛进行某种跨物种的亲密交流。这个任务花费的时间远远超过了需要的时间，因为两人都忍不住咯咯地笑，或者每隔五分钟就停下来给围观的人展示一下。最后，他们的工作完成了。他们把手臂举在空中，拖着蓝色的电光尾巴飞快地飞向天空。一秒钟后，他们朝着不同的方向旋转飞行，撞向附近的建筑物。佐伊认为那不是计划的一部分。

她关掉了视频。当她走出客房时，卡尔顿马上跟她搭讪，请求为她做早餐。她的胃现在还打着结，所以她把喂食恶臭机器的工作交给了他。不知道卡尔顿是否认为这个任务贬低了他，他没有表现出任何迹象。他们顺着大厅楼梯往下走，佐伊在楼梯底下看到阿尔曼多，他盘着腿坐在地板上，擦拭着被拆卸下来、铺在一条脏毛巾上的枪。他所做的事情似乎有仪式性的一面，一种使人平静下来的仪式。佐伊没有打扰他。

她漫无目的地走进厨房，发现吧台上放着一个棕色的纸包，是阿瑟之前购买的每周都送来的新鲜烤咖啡豆。佐伊闻了闻，这气味让她神魂颠倒。她走到厨房的咖啡吧，把它们扔进了研磨机。她甚至不想喝浓缩咖啡，她只想感受制作过程。她开始磨咖啡豆，问卡尔顿是否需要。他谢绝了，因为从他的雇主那里接受这样的东西可能会违反他职业的神圣准则。她对阿尔曼多喊出同样的话，阿尔曼多表示需要一杯。她开始预热机器。

阿尔曼多大步走进厨房，佐伊问他："有多少人要去那里？去追悼会？"

他耸耸肩。"一晚上，也许有十万人吧。追悼会对公众开放，人们会整夜在公园里进进出出。利文斯顿的狂欢派对总会传遍全城。"

"什么派对？"

"这是个城市规模的节日，只要阿瑟找到合适的借口，他就会庆祝这个节日。那时候会封锁整个市区，交通总是一场灾难。"

"不过，就葬礼而言，这听起来还是挺酷的。"

"除非你需要在一个已知的暗杀目标周围组织安保工作，在这种情况下，派对就像是后勤部门的噩梦。"

佐伊把热牛奶倒进阿尔曼多的咖啡里，在咖啡表层的奶泡上画了一条龙（用的是咖啡机的喷嘴，不是牙签——她没有作弊），然后把杯子从桌面上滑给了阿尔曼多。

"你的咖啡，试试。"

他喝了一小口，完全没有注意到她画的图案，说："哦，哇！非常……不错。"

"这是一杯摩卡咖啡，里面有肉桂和一点辣椒粉。酒就在那边，如果你想给这杯咖啡增添一些爱尔兰风味。"她开始擦拭设备，"我不知道星期一我是不是应该请假不去上班。"

阿尔曼多说："上班？"

“是的，我星期一早上本应该要去爪哇咖啡屋开门的。他们星期日不开门，所以如果我今晚有可能被杀，那就意味着我今天得打电话叫人替我上班。”

阿尔曼多愣住了。

佐伊掏出手机打了过去，没人接听，她进入经理阿里亚的语音信箱，说：“嘿，我是佐伊，我还在塔布拉拉萨参加一场葬礼，星期一早上我可能不在，你能帮我找一下切尔吗？告诉她，我会给她一万美元。这不是开玩笑，告诉她，如果她给我银行账号，我可以随时汇款。哦，告诉她别忘了换价格标签，除了薄荷口味外，所有的节日口味本周都恢复正常价格了。再见。”佐伊挂了电话，想了一会儿，然后说：“我想知道我应该给妈妈打电话吗？她会被吓到的。我是说，我怎么和她告别才不会吓着她？”

阿尔曼多说：“佐伊，我们会尽一切努力去——”

佐伊转过身去，对卡尔顿说：“到时候你能照顾一下恶臭机器吗？”

“请问你的意思是？”

“我的猫，那是它的名字。如果这次我没有活着回来，你能喂养它吗？如果你不想要它，那你会给它找个家吧？我妈妈从来都不喜欢猫。”

“嗯，我可以——”

“它不仅仅需要一个住的地方，而且需要一个爱它的人，它会想和你睡在一起的。”

卡尔顿还没来得及对这句话做出反应——很明显，他和阿尔曼多都希望能离开这个房间——巴德、威尔和安德烈依次走了进来。

佐伊问：“埃科在哪儿？”

威尔说：“她在公园里安装价值七百万美元的设备。”

佐伊问他们要不要咖啡。威尔说不用。巴德要了福爵的黑咖啡。安德烈要了六份浓缩咖啡，三杯花生酱芝士蛋糕糖浆，上面放鲜奶油和巧克力屑。佐伊开始工作。

威尔说：“我给他们看了录像。”

“然后呢？”

巴德说：“他的真名是切特·坎贝尔——”

佐伊说：“哦，我差点就猜对了。”

“雷克斯·坎贝尔的儿子。军火商。我从他小时候就没见过他了，但的确就是他。”

阿尔曼多说：“我不太熟悉。”

巴德说：“雷克斯对你来说是上个时代的人。来自俄勒冈州的一位浑蛋军火走私商人，过去专门给高端暴徒制造异国情调的枪支和弹药，镀金的突击步枪，装满硫酸的猎枪壳，诸如此类。疯狂的生存主义者。他早年来到这里，用军用武器湮没了这里的街道。他在一次和俄罗斯暴徒的交易中受伤逃跑了，后来他们抓住他，砍下了他的头，把它粘在他那辆四轮驱动的掠夺者车前面，像个装饰品。他本应该给切特留下一大笔零钱的，还有很多人脉可以给切特来继承家族事业。”

威尔说："他从阿瑟那里偷来的科技能让他在五分钟内赚到比他亲爱的父亲在整个枪械生涯中赚到的还要多的钱。"

阿尔曼多说："坦白说，我很惊讶暴徒竟然让切特活着。在那种情况下，男孩长大后容易愤怒。你不会想十年后他们出现在你家门前的。"

巴德说："是的，他们想把他干掉。切特那时候最多十二岁。但他不仅逃走了，而且一直没有被抓到。所有人都以为他们在某个时候会抓到他，但这么多年过去了，我们开始听说很多俄罗斯人死了，身上都有奇异的伤口。人们开始窃窃私语'摩洛克'这个名字。小切特·坎贝尔长大了，名声大噪。"

佐伊说："造成奇异伤口的小玩意儿都是你们给他的。我只是想重申一下，我们正在处理阿瑟·利文斯顿的烂摊子。"

威尔说："我们会把它处理干净的。"

巴德说："尽管处理阿瑟的烂摊子对我们所有人来说都是一种非同寻常的陌生经历。"

"问题是，"安德烈说，"这就是我们的工作。"

坎迪突然出现在房间里，说有五个人拿着巨大的枪站在门口，坚称他们是阿尔曼多·鲁伊斯的朋友，还有一个穿着艳丽的名叫特雷的人，坚称自己是佐伊的私人时装设计师。佐伊不知道哪一类人更使她害怕。

安德烈拍了拍手，拿起杯子，说："好吧，让我们为葬礼做准备吧。"

# 二十四

安德烈说："佐伊，这是特雷，我的兄弟。他会给你打扮的。我们所有的衣服都是他做的，连埃科的衣服也是他做的。"

他们都来到阿瑟三楼的隐藏房间，站在一间巨大的"壁橱"里，这个"壁橱"可以容纳十几个人。阿尔曼多一如既往地看着门口。特雷自己的服装并没有激发佐伊的信心——他穿着一套深红色皮革制成的西装，衬衫纽扣一直到肚脐都没有扣上。肌肉发达、抹了蜡的胸脯上挂着几条金链子。

他说："很高兴见到你，阿什女士。"他对安德烈说："该死，你说得对。替她打扮会很有趣的。"

威尔说："我们的目的是建立信心。我不希望她的装扮让她看起来很紧张，不要全副武装，也不要是准备逃跑的样子。我想要她打扮得像去参加晚会一样，看起来不在乎这个世界上的任何事情。我们想让她看起来非常自信。我建议穿紧身的，配上高跟鞋。"

佐伊说："威尔，我认为你正在模糊策略和你自己的变态幻想之间的界限。"他没有接话，而是斜靠在一个角落里，全神贯注地查看手机。

安德烈翻了个白眼，说："我现在要把你交给他了。佐伊，记住，特雷不是同性恋。别让他拿着卷尺在你身上磨蹭，他不过是想拿卷尺当借口，趁机摸你。他会装作忘记了刚记录的数字，然后再量一遍，所以别上当。”

特雷说：“我很气愤，我是专业的。”

“你对此感到气愤，因为它是事实。”

安德烈离开了，阿尔曼多说：“需要我把门关上吗？”意思是，我站在门的另一边。

“不，你可以留下来，以防特雷变成杀手。如果我有裸露的时候，你就转过头去。”

这个假设似乎让阿尔曼多有些惊慌。

特雷说：“所以，我带来了一套衣服供你选择，如果你不喜欢我准备的，我就去多准备一些。你相信我能在不对你动手动脚的情况下为你量尺寸，还是我的兄弟已经破坏了我们之间的信任呢？”

“我能不能自己挑一些？我不是六岁小孩，我会自己打扮好。”

“姑娘，请不要把这当成是一种侮辱，因为你是一位可爱的年轻女士，忽视外表的人是那些有着丰富的阅历和超凡精神的人。但话说回来，你穿了八件衣服，其中至少有两件不适合你。其他六件包括你的鞋子和袜子。你的衬衫像孕妇装一样松垮。你即将要去公共场合，要让全世界的人看到，你要展示好的形象。”

“我觉得我完全没有必要那么做。而且穿成这样不是我的错。首先，我的身体构造很奇怪；其次，这件衬衫不应该是这么低胸的，只是因为这是为比你高六英寸的人设计的。所以对于一个普通女人而言的得体领口会让我看起来像是在里约热内卢的游行里。”

“这就是为什么你需要特雷了。你不必再买现成的，这就是重点——我们要把我的东西拿来，让它适合佐伊·阿什，而不是地球上的其他人。唯一的问题是，你会突然意识到你所有的衣服都是为别人做的。很快你就不会在没给裁缝打电话之前就穿上睡衣了。现在，坦诚地说，我要从胸部开始了。你看，我们先给女孩穿上装，然后再给她们穿下装，展示她们的曲线。”

“哇哦，我甚至没有……”

“别动，我要给你量一下。”

“我妈妈会很失望的，她——”

“伸出你的胳膊，好的。”

“她常说我应该同情那些痴迷于这类事情的人。”

“谁痴迷？你只是想引起轰动，仅此而已。”

“好吧，再说一遍，我并不想那么做。”

“被人重视总比被人忽略好。你要走进那个葬礼现场，让房间里的每个男人都摇着头说：‘该死的，这奶子真的太棒了。我得在五分钟内给自己找个离婚律师。’”

“哇哦，我想我要离开……”

“你要让那地方的每个女孩都因为嫉妒而暴跳如雷。她们会想，‘我得赶在我的男人看到她之前把他弄出去’，然后带着她们干瘪的屁股离开。你笑什么？我是认真的。”

“我知道你在开我玩笑。”

阿尔曼多在房间里保持沉默，但很明显他想去随便一个另外的地方。威尔摆弄着手机，似乎完全忘记了房间里还有其他人。

特雷说：“我只是想让你放松一下，亲爱的。我在量你的屁股，不要慌张。”

“我甚至不知道我为什么笑，我可能今晚会死。给我穿上好看的裙子，这样他们在新闻上展示我尸体的时候，不会让我看起来很可笑，这就是我想要的。”

“你的想法很悲观，姑娘。”

特雷开始整理他带来的一排放在滚动衣架上的礼服，当他拿起一件时，佐伊说：“不要给我任何没有口袋的衣服。”

特雷停了一下，把它放回去，然后拿出另一套，结果是一身令佐伊出乎意料的端庄的黑色夹克和裙子。

佐伊说：“哦，这套还不错。”

“谢谢你信任我。你要试试这件上衣吗？如果你不想让我看到你穿着胸罩，我可以在你换衣服的时候离开房间，但说真的，我是专业人士。把我想象成一名医生，我每天都经历这样的事情。”

“没关系。”她向阿尔曼多做了一个转身的示意，阿尔曼多不仅转过头去，还整个身体都转向了墙壁，像个小孩子一样。威尔背对着他们，弓着身子，对着手机上一脸焦虑的埃科的全息影像嘟囔着什么。

佐伊脱下她的T恤衫，特雷立刻说：“天啊！这就是歌里赞颂的那种胸部！”

佐伊用衬衫盖住胸部，说：“好吧，你其实不是设计师，对吧？”

“请继续，我只是开个玩笑。顺便说一下，从你的胸部看，那三件衣服都不适合你。哦，那是什么？你的肩膀上？”

佐伊在镜子里瞥了一眼，但不需要看就知道他指的是什么。她的彩虹疤痕。四道弯弯的苍白的肉疙瘩从她的肩胛骨延伸到腋窝。

“它看起来像什么？猜猜看。”

“这是伤疤，对吧？”

“是的，废话。我问它是什么样的伤疤，看起来像什么？”

“就像一只大型动物抓伤了你一样。你和熊打架了？”

“不是。看到它是多么圆了吗？比如像电炉上面的灶火圈？”

“你在电炉开着的时候摔倒了吗？”

“算是吧。我妈妈的一个男朋友把我按在厨房柜台上，用牛排刀抵着我的喉咙。他把我推到炉子上，把全身的重量都压在我身上，然后他把电炉打开了。他压在我的身上，电炉越来越烫，烧穿了我的衬衫和肩膀，当时都冒烟了。我的头发也着火了。它触发了烟雾报警器。他就这样压在我身上，一直咧着嘴笑，他不是个好人。”

周围一片寂静，就像她每次讲这个故事时一样。就连威尔也抬起头来，想弄明白是什么事让房间里的人都停了下来。阿尔曼多依然面对墙壁，他问：“这个人还活着吗？”

“不知道，这是几年前的事了。他进了监狱——不是因为这件事，是因为一些相关的事情——但我敢肯定，现在他已经出狱了，然后又因为别的事情被关了回去。”

阿尔曼多问：“他叫什么名字？”

“为什么问他的名字？你觉得你可能认识他吗？”

阿尔曼多耸耸肩。“也许我想了解他，也许我应该过去打个招呼，也许让他看看滚烫的炉子贴在他那张臭脸上是什么感觉。”

“哈，那我们都得进监狱了。”

“当一名亿万富翁让一个社会败类消失时，没有人会进监狱。像这样的人，我可以在警察局的停车场干掉他，他们会在圣诞节的时候寄给我一个水果篮。”

“不管怎样，这就是我不能穿背心的原因。”

特雷说：“我敢打赌，这让你省下很多刮腋毛的时间。你穿过这样的塑形上衣吗？没有？会感觉有点奇怪，但只要把它一点点滚下来到你的臀部就可以了，就像把自己放进一个巨大的橡胶里。这是一种聚氨酯混合物，可以自己塑形，就像这样。”

“我……我想我穿这个会喘不过气来。”

“是的，这很正常，因为它挤压了你所有的器官。我还准备了下半身的紧身衣，但我们现在不用担心这个。看到了吗？你看起来像瘦了十二磅。看，这就是为什么人类发明了衣服，因为可以隐藏所有我们偷懒的锻炼。穿上夹克。很好，把你的胳膊放下来，让我在袖子上做个标记。完美。照照镜子。从腰部开始塑形了，所以它是有减肥效果的，对吧？”

“哇！看起来不错。”

“衣领这儿还有点空当，我们会处理的。就像威尔的西装一样，看看他的衣服是如何光滑平整地贴在他的脖子上，肩膀和纽扣周围没有褶皱或任何东西。来，把裙子穿上。”

“你不能再看了，你失去了特权。转过身去。”

特雷做了个转身的动作，用双手蒙住眼睛。她换上裙子，示意说换好了。特雷说：“不错……别动。看，我们把它裁剪到膝盖上面一点，像这样。也许不用再紧一点了，要不然——”

“要不然我看起来就更像香肠了。”

她看了看镜子里的自己。

特雷说：“快承认我的确知道自己在做什么。”

“看起来不错。”

“看到了吗？看起来像一位优雅又端庄的女商人，但仍然会让你在晚上出现在一百个花花公子的性幻想中。”

“特雷，请别这样。阿尔曼多，你觉得怎么样？”

他从墙边转过身来，走到她身后。

“你看起来很漂亮。”

特雷说：“他是认真的。不知道你有没有注意到，他的眼睛停了两下，他看了看镜子，但他先看了看你的屁股。看，这就是我们要的效果。”

“天啊，这之后我得洗个长时间的热水澡。”

威尔走过去，像医生诊断病人一样仔细地看着镜子，说：“你会让她穿上高跟鞋，对吗？我想要人们产生她不会逃跑的潜意识。”

“那也意味着我真的不能逃跑，是吧？”

“我认为任何依靠你脚速的计划可能都是不合理的。”

她对着他的酒杯点了点头，说：“是的，就像任何依靠你清醒的计划一样。”

她对特雷说：“你还有别的上衣吗？除了这件可能挤压我的肝脏让我死掉的衣服之外，而且这件衣服似乎让我在葬礼上展示了太多的胸部。”

“首先，这不是真正的葬礼，这是在公园里举行的追悼会。其次，姑娘，这是阿瑟·利文斯顿的追悼会，你只会是露出胸部最少的那个人。我们会给你一条项链——也许是珍珠项链，或者一个漂亮的金十字架，戴在这里。相信我，会很优雅的。你妈妈也会喜欢的。”

“她不会的。她是个嬉皮士，说我们正在毁灭世界，因为我们扔掉了完美的衣服和汽车，只是由于我们想保持形象。她曾经说过，人类宁愿死得好看也不愿活得难看。”

特雷摇了摇头，说：“姑娘，时尚是我们与动物唯一的区别。鸟或者熊，它们天生就有羽毛和皮毛，人类没有，但我们有疯狂的想象力，我们可以把那些羽毛或皮毛穿戴在身上的任何地方，比如袖子上。唯一的悲剧是，并不是每个人都有能力展示出自然的美。”

“所以现在我不再是拖车房里的垃圾了，因为我能请得起人给我定制衣服了？”

“姑娘，你从来就不是拖车房里的垃圾。你所处的环境迫使你这样打扮。现在把衣服脱下来，让我修改一下。尚特雷尔马上会来给你做头发和化妆。”

“等等，什么？”

“再——见。我想祝你好运，但穿上那套衣服，你就不需要了。”

# 二十五

佐伊其实曾经辞掉过一份工作，因为那份工作要求她每天穿裙子和连裤袜，她总觉得自己的下半身要被慢慢地勒死了，而特雷塞给她一身从头到脚的塑身衣要比这糟糕得多。她慢慢地走到宽敞的楼梯旁，发现楼下已经变成了一场喧闹的持枪派对，满屋子都是身材魁梧的男人，他们围成一圈聊天，大口地喝着她希望是不含酒精的饮料，相互比较装备，分享着奇闻逸事，不时还会做出看起来有些暴力的行为。她走下楼梯，想着如果高跟鞋让她在五十个雇来保护她的男人面前摔下来摔断脖子，那该有多滑稽。

安德烈和阿尔曼多在楼梯底下拦下她。安德烈穿着一套黑色西装，一抹紫色在他的领带和口袋方巾上若隐若现，隐藏在细条纹和细微的阴影里，让他那庄重的丧服上有了几处花哨的色彩。

“啊！特雷把你打扮很好。你甚至什么都不用说，我就可以从你脸上的表情看出来，你看起来就像在想，‘我知道我看起来不错，我们都知道，讨论结束。’”

“你可以告诉他，他做得很好，我相信他真的需要提升自尊。但说实话，我觉得你们这么在乎我看起来的样子有点奇怪。”

安德烈伸出双手，做了个环顾四周的手势。“我不知道你是否注意到了，展示是我们的特色。现在承认吧，这是你毕业舞会之后最好的装扮。”

“我在舞会那天晚上穿的睡衣，没有人邀请我参加舞会。”

安德烈上下打量了她一番，说：“嗯，我才发现你上的是一所全是白种人的高中。”

“那是什么意思？”

阿尔曼多推了他一下，说：“跟我来，我们正在讨论这个计划。”

他们侧身穿过挤满了全副武装人员的大厅，然后不得不等着一群人走出餐厅，每个人的背上都绑着长枪。

佐伊说：“事实上，我想知道我的前男友凯莱布是否听说了这一切。”

阿尔曼多说：“住在土屋里的人都听说了这件事。”

安德烈问：“你认为他会来吗？”

“那次分手很难看。他背叛了我，我用剪刀捅了他的裆部。”

这引起了阿尔曼多的注意。佐伊大笑起来，说：“不，骗你们的。他只是升级了。”

安德烈说：“这是什么意思？”

他们慢慢地走进拥挤的餐厅，那张散乱的餐桌上现在摆满了武器——男人摆弄着来复枪，给它装上和她的手掌一样长的闪闪发光的子弹。他们是觉得自己会被熊攻击吗？

她说："我们认识的时候，他还在商学院读大学，而我在餐厅当服务员。一年后我们搬到一起住，但后来他所有未来的工商管理硕士朋友都开始在女生联谊会里挑选他们要娶的女生，显然，一个注定要赚六位数的未来商人需要比我更苗条的金发女人。他其实对我很好，圣诞节的时候他给我办了一张健身俱乐部的会员卡，还不停地给我买沙拉调料，让我在家里吃。他还主动提出花钱帮我修牙。我想他是希望我们能一直在一起的。"

安德烈说："这不是你的错，有时爱情的火苗就是会熄灭。我知道的，到目前为止我和四任妻子都是这样。"

他们不得不在餐厅过道门口停下来，四个人拖着箱子走了进来，箱子里装满了医疗用品——伤口包扎包、紧急烧伤护理用品和消毒剂。

当他们朝模型房间的大门走去时，佐伊说："但事情是这样的。当两个人之间的火苗熄灭了，一切就还是原来的样子。我不想让你觉得恶心，但新来的女孩不可能做我做过的事。我妈妈在我们的拖车房外面教密宗性爱课课程，总是有吓人的文身裸体男人出现在客厅。我很了解男人。我学会了这个按摩技巧，我发誓凯莱布有一次真的晕了过去，我以为要叫救护车了，他的睾丸——"

佐伊意识到他们好像特地安排了谈话的时间，这样会议室里的每个人都能听到最后的部分。

她说："算了。"

阿尔曼多走到房间后面去拿一些设备。威尔和埃科坐在他们专属的椅子上，看着一个小物件，嘴里嘟囔着争论起来。威尔穿着一件深灰色的西装外套，像一幅炭笔画的颜色。里面是一件白衬衫，系着一条黑领带，领带上微微闪着银光，看上去如果用叉子戳的话会发出叮当声。埃科像是被倒进了一件衣服里，这件衣服是用一整块黑色的弹性布料缝成的，她看起来能让三个城市以外的交通瘫痪。佐伊觉得埃科至少可以低调着装，以免抢了她老板的风头，然后悲哀地意识到她好像就是这么做的。

安德烈对佐伊说："我只是说说，但说真的，听好了，因为这很重要。你的男孩，我猜他一直认为你很漂亮。唯一改变的是他开始担心别人不认为你很漂亮。所以现在他要和一个漂亮、乏味的女人共度余生，她会让他很可悲，但这样他就可以和她挽着胳膊参加派对，想着别人就会知道他有多棒。他会选择他认为别人期望他拥有的事业、汽车和豪宅，把所有的精力都放在表面的东西上。总有一天他会发现他的生活全是包装纸，里面没有礼物。"

佐伊说："不过这对猫咪来说是个完美的礼物。所以你是说，他真正想要的是一个皮包骨的时尚模特，可以在派对上带着她到处走，然后在门都关了、灯都灭了的时候，他希望用她来换我？"

"我知道有六个人就是这样的。"

阿尔曼多回来了。他从桌上拿起那个小物件，说："理想情况下，我们有三十天的时间来安排这次行动的后勤工作，但是……等等，别动。"

他凑近佐伊，拨开她的头发，在她的耳后放了一根细小而清晰的耳管。他的手指在她的耳垂上滑动，把背胶按压到准确的位置。

"这是什么？"

埃科说："这样我们就能互相听到对方的声音，并且追踪到你。我们有设备可以探测你所在位置方圆五百码内是否有枪支，当然，我们不知道他们是否有枪。如果你被抓到了，只要和他们合作，我们就能一直跟踪到你。"

阿尔曼多说："我们的问题是，我们在这里所做的一切，对摩洛克和他的人来说，都不会是一件意外的事。而且，除非他是个傻瓜，否则他非常清楚我们所做的百分之九十以上的事情。这些都是标准程序。"

佐伊点点头。"对，除非我们有一堆大弹弓，朝他投掷小丑之类的东西。"

阿尔曼多没有理会，继续说道："有一件事我们无法阻止，但我们猜测他不会这么做——带着某种探测不到的外来武器或炸弹进来，把我们都干掉。我们的一个优势是，他需要从你这里得到一些东西，我们猜测这不仅仅是他们的一个策略，我们认为这个东西是他真正需要的。"

"嗯，你在这个演讲中只使用了两次'猜测'这个词，听起来我们的准备非常充分。所以，让我们猜测他坐着一个头部形状的大热气球飞到公园中央，向我要这个‘金子’。然后呢？朝他射击吗？”

威尔说：“这实际上是我们第二个好的选择。最好是把这件事变成谈判，我来当谈判代表。”

“为什么这比直接朝他开枪好？”

“佐伊，这是在一个拥挤的公园里进行的活动，那里可能有孩子。在现实世界中，没有击中目标的子弹会一直飞行，直到击中目标为止。它可能会从窗户射入旁观者的身体，甚至成功杀死一个坏人也会产生反效果，引发一系列无法预测的后果。双方交火总是谈判失败的产物。”

“那我该怎么办？”

“你要装傻——”

“我不要装傻。”

“我明确告诉你，你和他之间的任何对话或对抗都是死路一条。你不知道他想要什么，也不知道如何得到它。所以你把这件事交给我，阿尔曼多会带你到安全的地方，剩下的就是我的问题了。如果从我接手后开始出现问题，那么我们才会用可怕的方式来解决。”

“如果他什么也不做，只是想把我杀了呢？”

阿尔曼多说：“如果他有什么行动，就趴倒在地上。不要挡在摩洛克和向他飞来的子弹之间。”

佐伊吸了一口气，说：“好吧。我们不知道他什么时候会出现。”

威尔说：“或者他到底会不会出现。”

“嗯……追悼会持续多久？”

“一整夜。”

“好的。”

“剩下的时间我要做些什么？”

安德烈在她身后说：“这是一个派对。你有钱又有名，你要和大家打成一片，好好玩。”

佐伊觉得有点恶心。“好吧，希望他能在一开始的时候就出现并试图杀了我。”

阿尔曼多把手放在她的肩上，看着她的眼睛，说：“嘿，你会没事的。让我们开始吧。”

佐伊叹了口气，说：“好吧，我得跟我的猫说声再见。”

# 二十六

现在的交通情况就是你会在文明彻底崩溃的五分钟前看到的那样。当他们一点点靠近公园时，他们看到越来越多的工作人员穿着反光背心，一会儿拖着巨大的黑色帆布穿过街道，一会儿指挥运输卡车周围的交通，这些卡车正在卸下一桶桶啤酒和一箱箱白酒。

佐伊说：“这就是阿瑟临终前的遗愿，让别人的生活悲惨一整夜。”

安德烈抬了抬眉毛，说：“不是每个人，只有几百万人不会来参加派对，那是他们自己的错，不是吗？”

佐伊说：“下雪了吗？我的意思是，这只是公园周围在下雪，其他地方没有？”

“市中心所有的建筑物顶上都有自动造雪机。在圣诞节前的几个星期里，它们每天晚上都运作。让这一切变成可能是由于一个慷慨的赞助，唔，来自你的慷慨赞助。”

他们到达了一个用绳子围起来的区域，那里堆满了冷冻车和成堆的物资。虽然庆祝活动还没有正式开始，但公园里的人已经多到让佐伊感到不舒服了。她感到社交焦虑的警报在她的肚子里嗡嗡作响。她在想能不能一直躲在这里，也许可以用啤酒桶给自己建个堡垒。

公园最显著的特点是公园中心附近有一座令人费解的三十英尺高的白色大山。一些看上去像大学生的年轻人正在挖洞。

“啤酒山，”安德烈说，“二十吨碎冰，一万瓶啤酒。派对上的人在今晚会把它们都挖出来。从这里看不出来，但它是拉什莫尔山[1]的形状，只不过四个头像都是阿瑟的。”

“感谢上帝，有一瞬间我还以为是可卡因。”

在啤酒山附近有个粉色和黄色的充气城堡，里面有几个孩子在蹦蹦跳跳。附近是音乐台，周围有一排排的扩音器，乐队正在检查设备。

一道火焰吸引了佐伊的注意。火焰是从附近一个大约十英尺高的台子上喷出来的，台子顶上有一个石头火炉。一名工作人员站在梯子上，按下按钮，嗖的一声，十几股蓝色和橙色的火焰喷涌而出。它们跳动着，舞蹈着，创造着用火雕刻出来的图案和设计。火炉喷出一个燃烧着的字母“A”，不一会儿，字母“A”就消失在了天空中。接着，喷射口调整方向，一个燃烧着的天使出现了，还展开了翅膀。工作人员很满意，他爬下梯子，把梯子挪到附近另一处一模一样的地方——公园周围有

1 又被称作美国总统山，由四座高达六十英尺的美国历史上著名的前总统头像组成。

几十个这样的火炉。

然后，她闻到了食物的味道。整个公园都被帐篷围住，黑色的遮阳篷试图表现出这次活动严肃、庄重的气氛，然而却失败了（帐篷上印着黄色的利文斯顿企业标志，但这好像没有一丁点帮助，那是一个字母“L”叠加在卡通胡子上）。一顶巨大的帐篷里放着一排烧烤架，一个人正在翻动架子上的肋骨，上面覆盖着闪闪发光的焦糖和酱汁。旁边的帐篷旁挂着一个花哨的牌子，上面写着丹麦热狗和油炸宽面条球。下一个遮阳篷里有口大铁锅正在篝火上沸腾，一个满头大汗的人站在梯子上，用船桨搅拌着七十五加仑的辣椒（佐伊觉得这里面至少有一加仑是这个男人的汗水）。他旁边有一个摊位，摆着一系列具有节庆色彩的大桶，站着一个大块头，留着蜡须，正在把风味爆米花浸在液氮里。他把爆米花倒进红白条纹的盒子里，冷蒸汽冒了出来。

“好，你在这里。”沉浸在垃圾食品中的佐伊被埃科惊醒。她和其他的成员突然围成一圈站在她周围。“欢迎来到阿瑟·利文斯顿街道堵塞节。”

阿尔曼多说：“警卫人员穿着便衣混在人群中。你不知道他们是谁，但你也不需要知道。每个人都将会监听并监控你的生命体征。如果你惊慌失措，会有四十多个人拿着枪跑过来。那边的屋顶上有监视人员。”他开始指着公园周围的建筑物，“那儿，那儿，还有那儿。”

埃科说：“你看到周边的那些火炉了吗？那些实际上是隐

藏的后向散射扫描仪——很不走运，我们不能搜查每个来参加派对的人，因为派对是对公众开放的，人群进进出出，但这些设备会实时扫描任何东西，呃，任何机械的东西。如果有什么机械设备被试图带进来，我们在几秒钟内应该就能知道。”

威尔说：“现在，千万别把眼睛从冰雪皇后移开，它就位于西南角。看到那些鲜花了吗？”

佐伊跟随威尔的手势，看到了一片五彩缤纷的景象——一个讲台，旁边堆满了快有房子一样高的鲜花、花环、花束。这一切的中心是一个十英尺高的圆木，在那上面，有个人在休息。

佐伊说：“等等，那是……不是说好不用替身吗？”

威尔说：“没有，那是我们制作的一个阿瑟的蜡像复制品，在这么短的时间内完成只花了三万美元。我们需要冰雪皇后。”

这是佐伊见过的最可怕的东西。她问道：“冰雪皇后到底是什么意思？”

安德烈说：“你知道从冰雪皇后冰激凌店买到的冰激凌，上面会有卷起来尖尖的部分吗？他们把冰激凌递给你之后，你做的第一件事是什么？”

“咬掉它。”

“对，你无法抗拒这么做。当我们在做之前的工作时，和冰雪皇后冰激凌是一个原理，你知道敌人首先会做什么，会对哪里发起攻击。现在知道我们为什么让蜡像复制品坐在那里了吗？同时我们试图保持周围的人群分散，这就是原因。”

佐伊开始不知道他们在说什么了。佐伊想，对这些人来说，这不过是一个过了中午的星期六罢了。

威尔说：“说到这儿，吃点东西吧，在显眼的地方吃。要笑，在谈话的时候一定要笑，即使并不好笑。当你和别人说话的时候，把手放在臀部，就像你之前生气的时候做的那样。是的，像那样，肘部成九十度角。不是说要让你看起来很生气，而是这样会让你显得很自信，让你变得更强大。还有什么其他问题吗？”

她有很多问题，但她问道：“洗手间在哪里？”

埃科说：“不要使用任何公厕，它们太恶心了。我们有自己专用的洗手间，在急救帐篷后面，阿尔曼多知道在哪里。”

“很好，因为我想我要吐了。”

佐伊离开人群，试图平息她肚子里爆发的骚乱。有人跟着她，是埃科。佐伊停住脚步，试着呼吸。

她问埃科：“你养猫吗？”

“什么？”

“你养猫吗？作为宠物饲养。我想问的是，你和它们相处得好吗？”

“我养狗。”

“哦，没事了。”

“来吧，佐伊，别在我们面前崩溃。到目前为止，你沉着地处理了这一切，这都让我们印象深刻。”

“只是……所有事情一下子击中了我。我妈妈有一次告诉我，每个人都认为自己是电影里的明星，直到现在我才明白她的意思。因为阿瑟认为他是主角，他会是那个把这疯狂的事情做完的英雄。然后就这样，他死了。现在我突然意识到，我可能也不是这个故事的主角。我将是在电影中途死去的女孩，给真正的英雄带来打败坏人的动力。我的电影可能会在晚上结束……这样的话……就，没什么……”

佐伊喘不过气来。她弯下身子，努力平稳自己的呼吸。

埃科在她身边跪下来，她把手放在佐伊的胳膊肘上，说：“来吧，站起来。第一条规则就是，不能让他们看到我们这样。”

“谁？”

“你知道我的意思，看看四周，站起来。”

佐伊站起了起来，点了点头。“没事，我想我没事。”

“拿去。”

埃科把一粒蓝色的胶囊塞进佐伊手里。

“这是什么？”

“抗焦虑的药。别告诉任何人。”

“你从哪儿弄来的？”

“当然是从我的医生那里。如果这个不奏效，我的包里还有另外两种药片。”

佐伊吞下了胶囊，连同她一直想问的所有后续问题。

埃科说："嘿，看着我。这就是他想要的。这是他们一直想要的。这就是他告诉你他要来的原因，就是为了让你有这种感觉。别让他得逞。不管他来这儿要做什么，你都能控制局面。对吧？"

她点了点头，深深地呼出一口气。

"很好，让我们开始吧。"

佐伊冒险一般走进越来越密集的人群，阿尔曼多紧跟在她后面。她立刻觉得好像有上千双眼睛同时看着她，然后意识到如果把开眼算进去，那可能只是实际总数的一小部分。她考虑回去从埃科那里拿第二颗药。佐伊觉得自己的背上像背着个靶子，但她突然从耳机里听到屋顶上狙击手的说话声，在相互交流她的行动。她意识到自己的背上应该有几十个靶子。

而这些仅仅是她知道的。

# 二十七

人太多了。

火焰从火炉里跳动着喷射出来，完美的女孩们穿着小裙子，戴着艳丽的假发，咯咯地笑着，男人们互相开着玩笑，互相嘲笑着，一支可怕乐队愤怒又充满力量的民谣歌声刺向夜空。俯瞰公园的建筑物，灯火通明，就像酒吧里的节奏均衡器，垂直的灯光随着音乐上下跳动。佐伊觉得每个节拍都给她的头颅带来一阵疼痛。

哦，还有鬼魂。他们让这些愚蠢的全息影像在公园里随意漫游，描绘着半透明的阿瑟·利文斯顿做着幽灵般的事情——与甘地交谈，与希特勒拳脚相向，与耶稣击掌。放映机装在遥控小车上，小车在雪地上打滚，这能让人觉得鬼魂和人群混在一起——恶臭机器一定很讨厌它。接着，佐伊开始注意到这些奇怪的绿色发光小球在人群中飘浮，靠得足够近的时候，才发现原来这些是人们装在小杯子里的在黑暗中发光的冰激凌。即使这里的食物都似乎在尖叫着引起注意——她很惊讶这些食物没有被做成那种咬上一口就会发出声响的东西。她觉得能看到某个醉汉把呕吐物喷得到处都是。

在这一切之下，是来自耳机里的电子声音——毫无用处的喋喋不休——来自屋顶上的侦察员、周边的警卫和混入人群的便衣枪手。发现威胁，消除威胁，他们说着一些对佐伊是否会死没有任何帮助的专业术语。

在这一切的过程中，她只是不停地移动，穿过噪音以及人们在汽化器上吹出的一团团蒸汽，这些蒸汽可能会让她在夜晚结束时变得兴奋。他们说，如果任由人类和其他动物不受控制地活动，它们会以逆时针方向移动。例如，杂货店的平面图就是为适应这种情况而设计的。果然，几个小时后，佐伊发现自己在公园里漫无目的地转圈，只是因为她不能站着不动，她的脚疼得要死。在过去的两个小时里，她向身后看了五百多次，发现阿尔曼多还在那里，像只小狗一样跟着她。他穿着一件黑色的细条纹西装，里面是一件深红色衬衫，没有系领带，戴着一副墨镜，镜片是黑色的，当光线照射到镜片上时，镜片就会发出深红色的光芒。她觉得这墨镜应该联网了，为了给他提供实时的安全扫描，但它看起来很酷，这并非偶然。另外一件并非偶然的事情是，每次他的夹克移动的时候，很容易看到他肩膀皮套里的镀铬枪。这表明阿尔曼多不是卧底警卫。

一位看起来像女生联谊会的女孩从他们身边走过，身上只穿了一件毛皮大衣，其他什么都没穿。她和这里的很多女孩都做了名人不断做的开眼角手术，佐伊觉得这让她们看起来像卡通人物。然而阿尔曼多看着她，显然眼镜给他播放的内部情报表明潜在的刺客都是穿着性感衣服的年轻女孩（至少有三次，屋顶的监视人员在耳机里向阿尔曼多指明的“目标”都是这样的。“鲁伊斯，一个穿着裙子的金发女郎，弯着腰，三点钟方向，天啊你快看。”）。早些时候，佐伊看到一位身材骨感、金发碧眼的女人，她只穿了一件带纽扣的男式衬衫，打着领带，头发乱蓬蓬的，就像刚从床上爬起来一样。接下来的一个小时里，她又看到六个女孩穿成那样，她意识到这是塔布拉拉萨地区常见的派对服装。特雷是对的，与前来悼念阿瑟·利文斯顿去世的姑娘们相比，佐伊的衣着显得很保守。她们喝着免费的饮料，吸着大量的可卡因和派对专用毒品，这些毒品一定让她们觉得现在的气温比实际高了四十度。

佐伊对阿尔曼多说：“这地方真是荡妇派对。”

“是什么？”

“没什么。”

佐伊注意到，当一个特别引人注目的女孩从身边走过时，阿尔曼多总是开始做一些官方保镖的事情——把手指放在耳朵上，好像是在听命令；把手放在佐伊的背上，好像是要引导她穿过人群。换句话说，他在向全世界清楚地表明，他不是佐伊的约会对象。

一群年轻的韩国夫妇经过。他们看了看佐伊，然后做了个手势，笑了起来。

是的，还有另一件事：直到晚会开始，佐伊才突然想起她很出名。不是那种会引来赞赏或索要签名的名人，哦，不是。而是一种“嘿，我在新闻里看到过这个人的疯狂故事，她也存在于现实生活中，是不是很奇怪”这样的名声。很多眼神、笑声和推搡，就像她的存在是一个天大的笑话。佐伊总是觉得人群中好像每个人都在盯着她看，但这次是真的。没有人能设计出一种比这更精妙的心理折磨了。

比看客更糟糕的是那些知道即将发生暗杀威胁的人，他们是专门来看这出戏的。她可以从他们的脸上看出来。他们是那些没有笑的人，但是他们的表情像是在看一部逐渐精彩起来的电影。他们会互相指来指去，嘀咕着，就像在说：*她在那里呢，她就是那个在某个时刻会被杀死的人。*就像他们现在正在参加世界上最精心设计的神秘谋杀的晚间聚餐。

但就在佐伊认定*那些*人是最糟糕的人时，她从一个看上去只有十四岁的胖乎乎男孩身边经过，男孩穿着一件黑色的“摩洛克团队”T恤，衣服上的字体动画看上去像着火了一样。

当他经过时，他咯咯地笑着喊道：“跟你妈妈打个招呼！”

“天啊，这一定是在开玩笑吧。我们能把那个孩子赶出去吗？”

阿尔曼多耸了耸肩。“只是把他赶出去，还是所有穿那些衣服的人？他们在街上售卖这些T恤。”

“我讨厌这个地方。”

“尽量不要去想它。对他们来说，这些都是不真实的。你见过电视上的名人吗？如果第一次见到，就好像蜡像馆里的一座蜡像活了起来。这一切都不真实。”

“有没有佐伊团队的短袖？”

“我想……当然有，在某处。”

“算了，至少我的猫喜欢我。”

“如果这能让你感觉好点，他们总是这么做的。人们在开眼上关注塔布拉拉萨的帮派斗争，他们选择支持哪一方，跟踪产生尸体的数量，就像记分一样。只要有一场枪战，每个人都会跳到实时的直播观看，为自己支持的一方加油。”

他们经过一个被踢翻的小全息玩具，投射出阿瑟·利文斯顿的全息动画——他正欣赏自己新的天使翅膀，并在调整着一个光环——这些动画斜着投射到旁边肮脏的啤酒雪山上。

佐伊说：“他们不都应该为我加油吗？我不是好人吗？”

阿尔曼多犹豫了一下，然后说：“你必须明白，阿瑟是这个城市里最富有的人。他很张扬，很傲慢，总是出现在新闻里。他是一位房地产大亨——这意味着他拥有巨额财产，收取大量的租金，而且并非总能维护这些建筑物使人们满意。”

“这么说他是个贫民窟地主。”

阿尔曼德耸了耸肩。“没人喜欢他们的房东。你喜欢你的房东吗？但在这个案例中，这个房东也是一位浮夸的花花公子，他抽的雪茄比这些人的衣柜还要值钱。所以在开眼里，故事背景是一个贫民窟地主宠坏的有钱女儿，和一个要让她回到她应有位置的赤膊老大之间的对抗。记住，观众主要是男性。”

她看到巴德正在给一群穿着军装、看上去着了迷的人讲一个看似滑稽的故事，这些人可能是他旧时军队里的伙伴。他们在急救帐篷附近遇到了埃科，她一边摆弄手机，一边想摆脱一个男模模样、正试图向她搭讪的家伙。她希望能找到安德烈，但他一定是去协调安保工作了，或者在做一些她可能并不想知道的其他西装男人的生意。

另一方面，她发现威尔藏在一个隐蔽的地方——台子的后面，在那里，令人毛骨悚然的阿瑟·利文斯顿蜡像就耸立在花丛中。他只是站在暗处，喝着酒，看人群从身边走过。这并不奇怪——佐伊很难想象他会和人打交道。

阿尔曼多低声对佐伊说："注意看人群，当人们经过威尔时，注意。"

"你想说什么？"

"注意到没有人离他十英尺以内了吗？每个人都离他很远，害怕碰到他的胳膊。佐伊，这就是我之前和你说的乌云。"

这是真的。人群都绕开威尔所在的地方，好像他有一个力场，把所有人都推了出去。有一次，一个喝醉了的女孩踉踉跄跄地靠近他，她的男朋友一把抓住她的胳膊把她拽开，好像是把她从悬崖上拉回来一样。

阿尔曼多说："塔布拉拉萨的人都知道他是谁。其余的人戴上眼镜就会收到警报，面部识别系统会闪动警告，说'不要和这个人有眼神接触'。"

佐伊走近威尔，说："你一直躲在这里吗？"

"我得监督一下准备工作，呃——"

"你说谎，你在逃避派对！哈，我就知道！"

"我没有，我不知道你为什么会这样认为，或者怀疑我在内心深处认为所有这些人都是吸血鬼。"

"阿尔曼多在向我展示人群中所有的人是如何避开你的，是因为他们担心你的肝脏会爆炸吗？"

"什么？"

"我拿你酗酒开玩笑呢，因为这是我对你唯一的了解。"她环顾了一下人群，"这里大概有一万人。"

威尔说："一万八千一百四十六个，此时此刻，在反向扫描范围内。"

"对了，你知道如果我死了会有多少人来参加我的葬礼吗？四个。我得让恶臭机器给我念悼词。"威尔没有在听，他只是视线穿过她的肩膀，看着人群。佐伊继续说："哦，你知道你忘了做什么吗？告诉我怎么玩这个硬币把戏，这是阿瑟的遗嘱。"

"以后。"

"可能没有以后了！"

一个剃了光头、眼睛带笑的中国男子走了过来，他身穿黑色长袍，背上绑着武士刀。佐伊还没来得及准备好迎接一场刀剑功夫战斗。阿尔曼多瞥了他一眼，点了点头。

"佐伊，这是吴，我的后援。我相信你还没有见过他，他之前来的时候你都在睡觉。"

"哦，我刚刚才发现你好像没睡过觉呢。"

吴说："很高兴见到你，阿什女士。"

佐伊对阿尔曼多说："你为什么没有刀剑呢？"

"你是说，我为什么没有一把假刀？"

吴说："我向你保证，这把刀是真的，它有三百年的历史了。我买的时候，上面全是血锈。当我磨刀时，桶里的水流淌着几个世纪前死在战场上的人的干红色的血。"

阿尔曼多翻了翻眼睛，说："顺便说一句，吴出生在奥克兰——记住这一点，特别是当他后来开始散播东方智慧的时候。这把剑是用来炫耀的，我知道他从来没有使用过。"

"当然是用来炫耀的，但它也是真的。只有傻瓜才会认为这两点相互排斥。"

阿尔曼多说："好吧，看起来像真的。"

乐队停止了演奏，扩音器里传来即将点燃火葬柴堆的通知。实际上，直到刚才，佐伊还没有意识到阿瑟蜡像下面的那堆木头是火葬用的柴堆，但是，如果不是处于一种愚蠢的辉煌中，他怎么可能离开呢？

威尔和安德烈走上台，佐伊不认识的一群人加入了他们——大概是阿瑟的朋友、生意伙伴和……家人？

佐伊甚至没有想过这个问题，但如果阿瑟有个哥哥，那就意味着她有个伯父，或者她还会有一位伯母和堂兄弟姐妹。非常奇怪。

威尔现在拿着麦克风，要大家保持安静。他说："我想说几句关于阿瑟·利文斯顿的话，我很想这么做，但他的遗嘱明确禁止我在这个仪式上致悼词，因为他担心这会让大家情绪低落。相反，他只想让我们向在座的客人们传达最后一个愿望，我将把这个交给安德烈·诺克斯，大家很快就会知道是什么了。”

他把麦克风递给安德烈，安德烈得到了热烈的掌声。他抽出一张小纸条，说道：

“现在，我要朗读阿瑟的原话，这样就没人会认为这些是我说的了。”他作秀似的念着纸条上的字。“听到这些话的人们正在享用免费的食物、饮料和各种非法物品，这些都由我来支付。”人群中爆发出巨大的欢呼声。安德烈示意大家安静，然后继续读起来。“我只要求你们用许多可爱的女士回报我的方式来回报我的慈善行为——和一个比你的魅力等级低几个等级的人做爱。”人群中发出笑声和起哄声。安德烈又示意大家安静下来。“如果你是九分，就带四分的人回家。这样你就给了他们一个故事，这个故事让会他们终身受用。你会对关灯后他们愿意做的事情感到震惊。请在我的葬礼上做这些。谢谢大家！”

人群欢呼起来，吹起了口哨。声音太大，淹没了佐伊耳朵里突然出现的惊慌失措的无线电通信。她转身扫视人群，寻找摩洛克，然后是天空。他乔装打扮了吗？如果再见到他，她会认出他吗？她倾听着有用的指示，却只听到男人们大声相互提问和发号施令的声音。

高台上，有人递给威尔一支火把，他把火把放在柴堆上，柴堆轰隆一声燃烧起来——就像被汽油浸透了一样。音乐台上放着吉他独奏版的《奇异恩典》。

当威尔从他身后的火海中走出来的时候，佐伊抓住他，说：“听我说，有事情发生了。”

威尔听了听，然后转身走向柴堆。阿尔曼多跟着他的目光，拔出枪。她耳边的监视者们大声喊叫着要他们离开那里。避开什么？

然后人群开始奔跑，尖叫。巨大的引擎声音在逼近，然后，夸张的舞台摇滚充斥了整个世界。

阿瑟·利文斯顿的火葬柴堆爆炸了，燃烧的木柴被抛向四面八方。一辆大卡车撞了过去，把阿瑟的蜡像压在巨大的轮胎下。卡车是电动的，但是安装了硕大的扬声器来播放汽油发动机的声音，并正在播放一首古老的重金属歌曲，这首歌刺耳的歌声像飓风一样让每个人感到震耳欲聋。卡车的护栏上闪过几个黄色的字母，是火焰一样的动画，写着“摩洛克”。

威尔说：“我想这就是他。”

# 二十八

卡车漂移着停了下来，从车里跳出来的是光着上身的摩洛克，还有他在阿瑟·利文斯顿的死亡视频中介绍的助手布莱克·斯科特。在他们身后，还有四个肌肉更发达的家伙从卡车上跳了下来，这些人中没有谁穿着衬衫。他们都穿着吊在腰间的背带，戴着棒球帽，帽舌朝向不同的方向。

人群中响起了欢呼声。佐伊希望他们不全是支持摩洛克的。他们中的大多数人只是在欢呼，因为他们想要看到的战斗终于要开始了。摩洛克咧开嘴大笑着，向人群挥手，似乎对自己的出场感到很满意。

他身上有缝线的痕迹，从肩膀处开始，延伸到两只手臂。她在他的搭档斯科特身上也看到了一样的缝线。她想知道，是不是他所有的手下也都有雷登植入物的标记。他们两个人转身，大摇大摆地径直朝佐伊走去。阿尔曼多侧着身子走到他们中间，手里拿着枪。人群在他们周围围成一圈，每个人都想确保自己的摄像机能拍到最好的画面。

摩洛克和他的搭档在离阿尔曼多只有一步距离的地方停下了。摩洛克上下打量着佐伊，突然大笑起来。

他对斯科特说："伙计，这就是她！二十年前，阿瑟睡了一个脱衣舞娘，然后他住在拖车房的女儿就得到了他所有的钱。现在布莱克沃特和其他家伙都在拍她的马屁，想要让她交出遗产。看看她！他们真是把她好好地打扮了一番啊。”他摇了摇头，“伙计，这可太让人感动了。”

佐伊说：“我也认识你，我刚看了一个关于你的视频。”

“哦，是吗？”

佐伊对阿尔曼多说：“这两个人来自《香肠快车》，我跟你说过的那个同性恋色情电影。阿尔曼多，快来见见主角迈尔斯·奥斯迈尔斯和迪克·克里斯马斯。”

摩洛克说：“哦，看，她很有趣。嗯，让我好好想想——有趣的女孩，缺席的父亲——想让我猜猜你吃的是哪种抗抑郁药吗？”

“实际上我找到了一种新的治疗方法，就是看着你的人一个个地死去。”

“让我们看看我还能猜出什么。哦对，你太胖了，不能像你妈妈一样当脱衣舞娘。所以……女服务员？我猜得对吗？”

“差不多，我是职业猎人，从六岁就开始了。我第一天上班就碰到一头野猪。不是很难。”

这让摩洛克停了一会儿。威尔看着他们，没有说话。他脸上又是那个经典表情，好像他在脑子里做什么算术题一样。

*如果摩洛克采取行动，就赶快趴在地上。*

摩洛克回过神来，说：“我得好好夸奖挑出这套衣服的人。它展示出你的胸部，这样就把注意力从你的脸上和突出的牙齿上移开了。你看我把你按在卡车的后挡板上，扯掉那条裙子，让我的人排好队轮流上你，怎么样？”

“我可以带本杂志吗？因为这听起来很无聊。”

“来吧，宝贝！如果你不想这样，你应该会把自己裹得严实些吧。”

“你一定想被射中脑袋，如果不是这样，你应该会戴上头盔的吧。顺便说一下，现在有十支枪正瞄准你的脑袋。”

这是个保守的估计。她能看见五名便衣安保人员，他们在围成一圈的人群中慢慢移动，全都拔出了枪。这些仅仅是她能看到的。

她打量着摩洛克，说：“那么你平均每天花多少时间对着镜子弯曲身体，试图让自己相信人们仍然把肌肉和力量联系在一起呢？”

摩洛克环视着拿枪的人，说：“哦！嘿，伙计们，我们只是来聊天的！我不知道今天世界上发生了什么，像我这样的普通人，如果没有一支小型武装部队跟着，就不能到一个公共公园来讨论生意了？这完全破坏了谈话的氛围。来，让我来处理一下。托德？”

在佐伊看来，摩洛克的一位上身赤裸的手下手里拿着个像是来自3000年的消防栓——一个黑色物体，高及膝盖，顶部看上去像蜂窝。当这个男人把它放置在地上时，十几名武装人员，包括阿尔曼多在内，立刻举起枪对着这名男子大声叫喊，让他离开这个设备。佐伊认为这不是一颗炸弹，因为摩洛克和他的“半裸乐队”大概和她一样没有防弹能力，但这东西看起来好像也不会挤出自制冰激凌。

他笑了笑，举起双手，摆出一种玩闹的“别开枪”的姿势，就像你对拿着玩具枪蹒跚学步的儿童做出的姿势。这个设备已经被激活了，上面的蜂窝状部分开始旋转，速度快得令人难以置信。设备开始发出光亮，旋转的顶部形成了一圈亮到无法直视的蓝白色的光。佐伊感觉到有一只手触碰到了她的背部——阿尔曼多的手——正要把她推倒在地。

但太晚了。机器发射了，伴随着一声尖锐的声音，渐渐变成震动大地的沙沙声。

阿尔曼多开了枪。

佐伊听到枪声吓得一抖，单膝跪了下来。

等等，不，不对——他根本没有扣动扳机。这支枪在阿尔曼多手中爆炸了。

阿尔曼多咒骂着，猛地把他的手缩回去，手掌上的几个伤口溅起了斑斑血迹。在他的鞋子旁边，散落着一些冒着烟的金属碎片。接着是一连串的砰砰声，像是非常响的爆竹声——所有子弹都在枪的壳体中爆炸了，向四面八方发射出高速前进的金属块。人们开始逃散或者趴在地上。

然后，这样的爆炸在附近又发生了一次——这一次，一名便衣枪手尖叫着抓着一只受伤的手。一次又一次的爆炸，直到变成断断续续的不和谐声音，就像烟花表演的最后一幕。突然又听见几十颗子弹同时发出刺耳的噼啪声，附近的每一支枪都被毁了。

然后，佐伊感觉到有手指触碰到了她的喉咙。

她被拎了起来。摩洛克的脸突然出现在离她只有三英寸的地方。

摩洛克没有看向别处，说："冷静点，鲁伊斯。我们都很好，只是把枪从平等的交谈中去除了，就是这样。你的几个人少了几根手指，但我相信他们很快就可以学会用另一只手自慰。"

他对佐伊说："这是你爸爸送给你的礼物。它加热子弹中的火药，用微波、超声波或其他技术，毁掉了三百码内的每一支枪。瞧，现在我们可以像文明人一样谈话了。"

他掐着佐伊的脖子，等待着。佐伊不知道他在等什么，当然，他是等混乱平息下来，让所有的镜头都聚焦在他自己身上。他不会浪费独白的机会。

摩洛克说："小猪崽，看看你周围，你看到了什么？和你在镜子里看到的一样——肥胖、虚弱、懒惰的鼻涕虫。基因库被稀释得几乎认不出这些苍白的斑点是人类，所有的兴奋汁液都被稀释了。这是我们自己干的，小猪崽。在你我出生之前，所有政客都对一切犯罪和战争感到恐惧，所以他们给每个人都注射抗抑郁剂和雌激素，试图熄灭他们内心的火焰——那本该在所有人体内燃烧的自然之火。他们给所有男人色情视频和电子游戏来磨灭他们的征服者本能。这似乎很有效——犯罪率、强奸率、怀孕率下降了。唯一的代价是，他们把所有的男人都变成了没有牙齿的小胖子，把所有的女孩都变成了像你一样傲慢、只会尖叫的小猪崽。他们想永远熄灭那自然之火、创世之火。但是，我告诉你，还有一些人没有被熄灭那团火焰。所以不会有任何谈判，狮子不和羚羊谈判。”

他收缩掐住佐伊的左右手指，举起她，佐伊现在踮起了脚尖。

“我说过我们要像文明人那样谈话，这就是文明的运作方式。食物流向强者，弱者挨饿，这样物种才能变得更强大。弱者占有货物，强者就有义务夺取它来传播力量，消除软弱。”

在他们身后，威尔说：“佐伊那里没有你想要的东西，但我有。你允许我来解释，还是想让这位咖啡店员窒息？”

“伙计，我知道你是谁，知道你在干什么。你认为你能编造出足够的花言巧语让我把我的母亲卖给你。谈话结束了。把金子给我，否则就闭上你的嘴。”

威尔说：“金子——你指的是运行雷登系统的软件，对吧？你拥有的硬件没问题，但管理它的软件有问题。”

摩洛克笑了。“看到了吗？看看我们经历了多少麻烦才走到了这一步。”

威尔说：“在程序员的俚语中，粗略的代码就是测试版，而最终可行代码就被叫作黄金（版），对吧？如果我说错了，请告诉我，我想你们从辛格那里得到的装备有测试版代码。这就是为什么你的手下想要使用它的时候会像罗马蜡烛一样燃烧起来。没有黄金代码，所有这些装备对你都没用。对吧？”

“那么，在我掐掉小佐伊的脑袋，像足球一样踢它之前，你应该告诉我黄金代码在你的口袋里。”

“我不确定你是否想这么做。这种缺陷在所有的设备上都很常见，包括你手臂上的增强设备。你做移植手术的时候不知道吗？你使用过几次了？因为下次你再激活那些马达的时候，整个东西可能会爆炸，就像你在火车上的朋友一样。谁知道你用了多少流浪汉来做这样的测试呢？你现在已经把超级反派力量都装备好了，但每次你试图使用它的时候，都是在玩俄罗斯轮盘赌博。这快把你逼疯了，因为你想好好地玩你的玩具。我说得没错吧？”

“你以为没有辛格那些小东西的帮助，我就拔不出她的气管吗？看好了。”

“不用了，你会得到你想要的一切。不幸的是，黄金代码似乎和仓库一起上天了——你炸毁的仓库。你把它炸了，对吧？”

“我不知道是什么造成的，但爆炸真是太棒了，我没留下任何遗憾。”

“不管怎样，我想说的是，我们的成员中有位叫埃科·凌的电脑天才负责开发和管理阿瑟的所有软件，她一直在分析辛格留下的原理图和代码。她说会在一周内修正你手臂上设备的稳定性问题。你会得到你的黄金代码。”

摩洛克哈哈大笑起来。

“布莱克沃特，你认为我是世界上最蠢的浑蛋，是吗？我离开，你答应一个星期后给我想要的东西，而你会花整整一个星期的时间策划怎么把我干掉，或者把利文斯顿所有的钱都取出来，跑到南美洲去？”

“你当然会带着筹码离开这里。我建议你带上我，作为你的人质。”

佐伊完全看不懂威尔的意思，也不知道这是真正的提议还是一个骗局。可是摩洛克并没有表示要放开她的意思。

威尔继续说道：“想带走其他人也可以。安德烈会更有趣，但喂养起来比较花钱。你把我关起来，如果这个团队不能解决问题，你可以砸碎我的脑袋，并且把你想做的事再重新做一遍。”

摩洛克仔细看着威尔的脸，权衡着自己的选择。最后他把手从佐伊的喉咙上拿了下来，但仍扣住她的右手腕。他把另一只手放在她的胳膊肘上，像扶自行车的把手那样抓着她的胳膊。

“可以。我是个通情达理的人，就像我之前说的。但我还有最后一件事要做，这才能扯平。瞧，除了杀了我的两个手下之外，这个女孩当面侮辱我。真正让我无法忍受的是这种侮辱。为了提醒她，我要从她的手肘处把她的胳膊折断。她前臂的两根骨头都会断裂，我会把它们像芹菜一样拧成一团。然后把她胳膊的其余部分放在壁炉架上的一个大罐子里，作为纪念。同样，她将获得一趟愉快的就医长途旅行，在这几乎封闭的交通中，她会一直尖叫。以后她会用那段记忆来提醒自己，弱者侮辱强者的日子已经一去不复返了。每个人都把摄像机拿过来，给我安静。我想让你们听到骨头断裂的声音。”

令人难以置信的是，所有人都安静了下来。佐伊试图把手臂拉开，希望这里的某个地方还有人有把可以使用的枪。但摩洛克的手怎么也挣脱不掉，就像她的胳膊被工业机器夹住了一样。两只手抓住佐伊的手腕和胳膊肘，疼痛刺穿骨头。她紧紧地闭上眼睛。

接着是一声可怕的撕裂的声音，到处是血。

# 二十九

佐伊跌跌撞撞地往后退了几步。每个人都在尖叫。

她惊奇地发现胳膊还连在身上。事实上，摩洛克的两只手仍然紧紧地抓着它，但是他的身体没有连在这两只手上。

他站在十英尺远的地方，眼睛盯着他的手臂原来所在的地方，那整齐的、血淋淋的躯干。站在摩洛克和佐伊之间的是阿尔曼多，他手里拿着一把血淋淋、冒着烟的武士刀，看上去和其他人一样吃惊。佐伊疯狂地把两只没有身体的手从她的手臂上撬开，扔在地上，就像那是落在她身上的两只巨大、令人恶心的昆虫。

摩洛克继续在他的世界里盯着手臂断开的地方。在他整个生命中，直到刚刚，躯干上的这两处还一直被双手占据着。他没有尖叫，没有惊慌，也没有哭泣。他露出牙齿，皱起眉头，然后慢慢闭上眼睛。沮丧，就像他刚刚在一场扑克游戏中输了个精光，并且已经开始努力想办法来拿回他的钱。

另一方面，他的追随者们睁大了眼睛，就好像他们刚刚看到天空打开，一坨上帝的粪便落下来。其中一个人弯下腰开始呕吐。

摩洛克转身跌跌撞撞地走向他的卡车，对着他的人狂叫。

佐伊抓住阿尔曼多的袖子，说："干掉他。"

但阿尔曼多正盯着冒烟的武士刀，刀上有两块烧焦的缺口，就像一个恶魔留下的齿印。

佐伊使劲摇了摇他。

"嘿！他要逃走了！"

阿尔曼多猛地回过神来。他朝摩洛克走去，但现在摩洛克的手下已经聚集在一起，在他们的老板周围形成了一堵袒胸露背的墙。布莱克·斯科特正把摩洛克拖到怪物卡车上，其余的人也挤了进去。人群散开了，巨大的卡车轰隆隆地开走了，假发动机在远处发出轰鸣的声音。

人群中一片寂静。在所有这些故事的铺垫和情绪的积累之后，整个事情在不到五分钟的时间里就结束了。

阿尔曼多把一根手指放在耳朵上，说："杰夫，你在吗？我们需要确保卡车不会到达目的地，尤其是医院。"

阿尔曼多看着卡车转了个弯。他又低头看了看武士刀，然后走过去，把它还给满脸敬畏的吴。

阿尔曼多说："这是一把真正的武士刀，我应该向你道歉。我想我把它弄坏——"

他被佐伊的一个拥抱打断了。"天哪！我突然明白你为什么每小时收费三百美元了。"

"我接受了这份工作，却不知道你有这么疯狂。你真的给了他狠狠的一巴掌。"

安德烈朝四处散落的、燃烧着的火葬柴堆走去，找到了被扔在一边的话筒。

他拿起话筒，对着目瞪口呆的观众说："谢谢大家观看。这当然是一个我们安排的节目，尽管很奇怪，但这是写在阿瑟遗嘱上的。这些都是演员，一切都很好。坠落派对三十分钟后开始！"

人群欢呼了起来。乐队又开始演奏了。佐伊找到威尔，他正低头看着脚下那两只断手，上面的手指还在泥土里抽搐着。她不知道他对这个结果是高兴还是不高兴。埃科过来把那两只断手放在她从别人那里偷来的冷藏箱里。他们可收集了好多手啊。

佐伊说："他会流血的，对吧？你不能……像那样失去两只手，还……"

沉默了许久，威尔说："可能吧。"

"你给他提的条件是真的吗？你真的要做他的人质吗？"

"没关系。这件事结束了，所以这并不重要。"

他转身走开了。

佐伊说："嘿！我们赢了，对吗？"

"当然。去吃点东西，你做得很好。去享受派对剩下的时光吧。"

佐伊看着他走开。

"嘿！你还得教我怎么玩硬币的把戏呢！"

他没有回应，然后消失在了人群中。

*去享受派对剩下的时光吧。*这是她一生中得到的最好笑、

最不恰当的建议。但是的确在十英尺开外，聚会又恢复了正常。这就是塔布拉拉萨。它可能不会被认为是一个真正的聚会，直到有人受到威胁并被肢解吧。那些专程来看这出戏的人，他们只会对没有更糟的结局感到失望。

佐伊对阿尔曼多说："来吧，我请你喝一杯。"

"佐伊，我上班时不能喝酒。我们应该把你弄出去，摩洛克的暴徒可能会反击，尤其是如果他们的老板死了的话……"

"是的，我完全同意。"

她推着他，朝一个她认为自己记得早些时候经过的地方走去。他们来到食物帐篷之间一个黑暗的角落，那里有一个散发着花香的小饮料帐篷。一块粗糙的手绘招牌上写着"提神茶"。菜单上写着"魔药"，可以让你变得更聪明、更快乐或减轻焦虑。菜单顶部最显眼的是一种没有名字的混合饮料，上面没有任何描述，只有一张温度计的图片，红色的水银条冲到了顶点。她要了两杯，柜台后面那名嬉皮士女孩拒绝收她的钱。只要足够富有，佐伊想，你可能就不用为任何东西付钱了。

佐伊把一杯饮料递给阿尔曼多，说："它会使你暖和起来。"

"太好了，我们走吧。"

他拉起她的胳膊肘，然后立刻碰到了安德烈，他从人群中挤了过去，看上去有点惊慌。

"啊，你在这儿。"他对阿尔曼多说，"刚把三名手部受伤最严重的人送上了救护车。一名狙击手被弹片击中面部，可能会失去一只眼睛。”

阿尔曼多说：“我们要让她离开这里。告诉吴，现在他是负责人。”

佐伊说：“除非我吃了东西，不然我不走。这是我应得的，就连威尔也这么说。”

阿尔曼多环视人群，说：“佐伊，我……”

“不。去他的摩洛克，还有所有支持他的人。他不能把我赶出我的派对。”

“你甚至都不想参加这个派对。”

“我要去吃东西，然后我们就走。我受够了这些受害者的废话。”她甩开他抓着她胳膊的手，“我厌倦了像在狗展上被牵着走的柯基犬。不要再这么做了。”

安德烈说：“女王说得也对。你吃过丹麦热狗吗？”

“那是食物，还是什么粗鲁的暗示？”

“是一种美味的热狗，就像丹麦人做的那样。甜肉桂面包、焦糖洋葱、芥末，就像派对的味道。再配上一袋油炸圈饼。”

“带路吧。”

十分钟后，佐伊吃着最后三分之一的热狗，喝着魔法茶，跟着安德烈踏上一段楼梯，走进一家可以俯瞰公园的旅馆。佐伊问安德烈在这儿是否有他的房间之类的问题时，安德烈说没有，他们继续往楼上走去。

最后，他们来到一扇标有“屋顶”的门前，打开门是一个阴冷而安静的屋顶，可以从二十层楼上俯瞰混乱的阿瑟·利文斯顿追悼会。在他们下面，明亮的橙色斑点在火炉里闪烁、舞蹈，炊烟和蒸汽从食物帐篷里飘出来，音乐在寒冷的空气中飘荡。跳动城堡在活蹦乱跳的人群中前后摇摆，就像巨大的充气结构本身随着节奏跳动一样。曾经巨大的啤酒山此刻像是一个肮脏的积雪煎饼，佐伊可以看到一些失望的人在周围跺脚，试图捞出最后的免费啤酒。从上面看很有趣，佐伊认为这是她享受派对的合适距离。

屋顶上并不只有他们，其他一些孩子也找到了上去的路，显然这不是一个秘密地点，因为穿着黄色背心的警卫站在边上。尽管如此，这里还是比聚会上的喧闹安静了一百倍。佐伊吃完热狗，却找不到垃圾桶把蜡纸扔进去，于是她把蜡纸揉成一团，塞进上衣口袋里。她想起阿瑟和辛格在利文斯顿塔上的会面，富人似乎非常喜欢高层建筑——顶层公寓，可以看到一切的高层办公室——她第一次感受到了这种地方的吸引力。当你向下看时，所有的小人都在你下面悄无声息地跑来跑去，不可触及。她不得不承认，她喜欢那里的景色。

在她身后，阿尔曼多向吴说着一些指令，而吴只是温和又幽默地倾听着，接受着。佐伊觉得吴在这一行肯定比阿尔曼多干得久。他知道自己在做什么。

阿尔曼多对她说："他们在六个街区外拦住了摩洛克的卡车。"

"他死了吗？"

"还在等确认消息。"

吴拿出他的武士刀，仔细检查刀上被烧焦的刀痕。

阿尔曼多说："就像击中了雷电一样。"

吴摇了摇头。"什么样的人会愿意把机器植入自己的身体？"

阿尔曼多耸了耸肩。"我父亲有一个起搏器。我会给你买一把新的武士刀，但你得告诉我在哪儿能找到。"

吴摇了摇头，说："不用了。如果这把刀会说话，它就不会要求在我的壁炉台上长时间退休了。在战争中终结，这就是它被创造出来的意义。"

阿尔曼多转了转眼睛，喝了一小口茶。

佐伊说："觉得怎么样？"

"它尝起来像花之类的。"

"你什么时候吃过花？"

"你知道我的意思。还有，我不知道秘方是什么，但我觉得它不是糖和香料。我觉得我发烧了。"

佐伊表示同意，缓和带来的影响有点令人担忧。她突然觉得自己穿得太暖和了，即使屋顶上的温度不可能超过四度。

阿尔曼多在用耳机听些什么，然后说："车准备好了，我们走吧。"他走到她跟前，正要把手放在她的胳膊肘上，但他停住了。

佐伊喝完了最后一口茶，有一种想脱掉衣服的近乎病态的冲动。她站在屋顶边缘，看一大群参加派对的人像蚂蚁一样在公园里进进出出，想着不知道有多少人会在接下来的几个小时里做爱。

她告诉阿尔曼多她准备走了，但是从他们身后传来了轻轻的脚步声。

佐伊听到安德烈说："真的很抱歉，伙计们。"

然后一只强有力的手把她从屋顶上推了下去，她在寒冷的夜空中不停地往下坠落。

# 三十

阿瑟·利文斯顿无法告诉你在他的手下到底有多少女人死去，像他这样的人是不会记录这种事情的。说实话，也没人问过。一位客户在俱乐部里想要和一个漂亮的陪伴者享受美好的夜晚，他不想知道她是怎么来到那里的，就像他不想去参观制作牛排的屠宰场一样。二十一世纪的消费者并不特别在意背后的东西有多丑陋，只要最后盘子里出现的是一块漂亮的肉就可以了。

但正是这一丑陋的幕后故事导致了阿瑟·利文斯顿与威尔·布莱克沃特、安德烈·诺克斯和巴德·比林斯利的结识。那是在佐伊从塔布拉拉萨的屋顶上掉下来的十五年前，就在她刚上小学的时候，她第一次听到有钱人家的孩子说她身上有股臭味。阿瑟在一家酒吧里，看到了一则关于朝鲜即将爆发战争的新闻报道和一个悲惨的故事：可怜的人们试图逃离朝鲜，无耻的人贩子趁机把惊恐的女性难民捞出来，卖到国外当性奴。这很悲惨，因为不是阿瑟亲手做的。

幸运的是，阿瑟在韩国有朋友，在朝鲜、中国、俄罗斯也有朋友。他很快组建了阿瑟·利文斯顿基金会，这本应该是一个国际援助组织，致力于向绝望的朝鲜难民提供食物、水和紧急医疗服务。心怀感激的人们得到了食物、衣服和治疗，而阿瑟的人则在难民营中穿梭，秘密地为那些有吸引力的女性难民提供前往美国的安全通道，并附上非常可信的文件。

当然，这并不像听起来那么简单——大多数工作都不简单。当时整个朝鲜半岛都处在这样一个众所周知的时刻，你意识到你的恶心会慢慢演变为呕吐，而你却对此无能为力。一场叛乱正在侵蚀着朝鲜政权的根基，掌权者发誓，在他放弃权力之前，他将发射核弹头，将朝鲜半岛南部变成一个具有放射性的不毛之地。所以阿瑟自己不喜欢去那个地方，他只是每隔几个月会进行一次短途旅行，为了在饥饿的孩子面前拍照。

需要说明的是，阿瑟关于女孩们安全通道和自由的承诺是绝对真实的。只是他为她们设想的那种工作，一旦她们来到了这自由的国度，可能和她们想象中的不太一样。或许和她们想象中的一样——仅仅因为来自一个封闭独裁的国家，并不意味着她们天真无知。利文斯顿觉得，每个人在这里都是赢家。女孩们安全地离开了一个即将变成绞肉机的国家，而利文斯顿在美国的富有客户则得到了那些在特定人群（也就是在科技行业发家的人）中需求量很大的“日本”女孩。在阿瑟看来，这种极其有利可图的交易的唯一缺点是，长途飞行非常累人，而且与三个国家的官僚进行贿赂谈判的过程极其乏味。事实上，如果他被抓，他会立即因为贩卖人口而被执行死刑。这则新闻将会引发一起国际事件，很可能导致核战争和后续的连锁反应，从而使所有人类从宇宙中永远灭绝。当然，没有一项投资是完全没有风险的。

几个月后，朝鲜北部的边境被限制，导致了一场相当丑陋的事件：利文斯顿的六名女孩在一辆卡车里被烧死了，当时这辆卡车正穿越边境的大桥。阿瑟没有被击倒——他在日本长崎找到了一位朋友，他的朋友在对马岛经营一家水下旅游公司，阿瑟问他是否可以买潜水艇。不到一个星期，他又开始了自己的生意，把姑娘们运送到黄海海底，经过成群的珍奇鱼类和水雷，慢慢驶向韩国。他想如果政府抓住了潜水艇，他就会买一些大的探空气球，带女孩们飞过非军事区，或者想办法越过北部边境进入俄罗斯。你看，阿瑟·利文斯顿一直在践行一个非常简单的口号："总有办法的。"

这并不是说当局从来没有听说过正在发生的事情，只是利文斯顿对这个政权很有用，因为它喜欢大张旗鼓地展示它是如何与国际援助组织合作，帮助那些在毫无意义的叛乱中受苦受难的可怜难民。他对每位依靠贿赂维持生计的官员都很有用。例如，在某一时刻，一名来自政府公安部的雄心勃勃的年轻官员开始询问二十四位一夜之间从一处营地消失的女性。一周后，这名男子在停车场被发现死于非常悲惨的自杀——他朝自己的头部开了四枪。阿瑟并没有射杀或下令射杀这名男子，当时他在犹他州，向投资者兜售一个都是全裸女员工的豪华酒店概念。事实上，阿瑟从未亲手杀过人。但在他看来，如果你挡住了他的路，你就得自己做出选择。市场是一台机器，如果有人愚蠢到试图阻止机器转动，那么当他被机器的齿轮碾碎时，不应该对此感到惊讶。

因此，在最后一次前往朝鲜的旅途中，阿瑟在他的开城酒店里被抓走了，被塞进一辆在外面等候着的轿车后座上。三名粗暴的士兵把他带出了市区。阿瑟慷慨地提出为他们提供一生的财富，作为交换，只求他们告诉上级没有在酒店找到他，但他们没有做出任何一点回应。阿瑟被带到一个机场，那里已经被叛乱分子炸成了地狱般的弹坑，轿车在扭曲烧焦的战斗机残骸之间穿行，这些战斗机根本就没能飞离地面。汽车停在一个布满弹孔的机库外面，看上去就像外面覆盖着罂粟种子，阿瑟被粗暴地护送进了机库。

让阿瑟吃惊的是，等候在那里的是一个五十多岁的美国人。他没有穿制服，但在半英里外就可以被贴上军人的标签——他的姿势、发型和下巴线条会让他看起来像百分之百的海军陆战队员，即使他穿着一件精致的背心裙也不会对这个判断有任何影响。士兵把他推到前面，海军陆战队员让他们在门口等着，他和阿瑟要单独走走。他们一起大步走进机库，停了下来，因为需要跨过一个发黑的物体，阿瑟过了一会儿才意识到那是一具烧焦的骨架，受害者的躯体定格在试图从火中爬出来的姿势。骷髅下面有一摊油腻腻的东西——融化并风干的脂肪。

海军陆战队员说："利文斯顿先生，据我所知，如果我需要把人运过边境，就要找你。"

"你知道我的名字？我怎么称呼你？"

“叫我兰迪吧，我一直很喜欢这个名字。”

“好的，兰迪。是我完全错了，还是你不该出现在这个国家？”

“那要看你问谁了，是不是？有三名美国人被关押在开城，我需要把他们救出来。”

“士兵？”

“非官方的。”

“中央情报局？”

“平民承包商，代表政府工作。”

那人递给阿瑟一台平板电脑，上面显示着三张照片和一份名单，还有他们的身高和体重。没有其他信息。

阿瑟瞥了一眼。“代表政府的哪个部门？”那人没有回答。阿瑟问：“好吧，至少我能问问他们在这儿做什么吗？”

“维护自由，维护美国在海外的利益。”

阿瑟咕哝着说：“威尔·布莱克沃特？这是我听过最假的名字了。你不能让特工自己取假名，兰迪。你会遇到一群叫‘麦克斯·斯特朗’和‘内森·斯蒂尔’的家伙。”

“这三个人将于明天下午五点被送往平壤，然后将被公开处决。我们打算在那之前把他们救出来。这就是为什么你会在这里。”

“为什么需要我？呼叫军队空袭就可以了啊。”

“美利坚合众国没有正式以任何方式参与朝鲜的叛乱，在朝鲜士兵、飞机或炮弹越过非军事区之前，美国不会正式参与。”

“啊，当然。”

他们到达了机库的另一端。车后，一股黑烟仍在人行道上的一个弹坑里翻滚，地下的油箱可能已经燃烧了好几个月。

阿瑟说：“好吧，我有一艘船。”

“我知道，在瓮津。你把它打扮得像艘渔船，很可爱。”

“把你们的人领到码头来，我们会带他们摆渡到仁川或你们想让他们去的任何地方，只要费用合理。”

“恐怕没有那么容易。我们与负责运送囚犯的官员私下进行了谈判。他们三人将会在一次企图逃跑中被‘杀死’，呈现给上级的尸体会被换成其他人的。但他的条件是让他的女儿回来。”

“你的意思是我知道他女儿是谁。我知道吗？”

“一个名叫崔的十六岁女孩，你六个月前把她送出国了。”

“哦。那么此时此刻，她可能正在犹他州的一家俱乐部里假装成艺妓，听着美国推销员讲的可怕笑话哈哈大笑。”

“那么，你知道她在哪儿。我们只有不到二十四小时的时间。你需要把她带上飞机，过边境，送她回来，回到她父亲的身边。”

“是那个她冒着生命危险逃离的父亲吗？回到这个即将被战争撕裂的国家？”

“我敢肯定，这对她来说是不幸的。毫无疑问，在这片荒凉的土地上，将会有无数不幸的命运。”那人扫视了一下被毁机场的惨状，“你知道，我的曾祖父就死在这里。杜鲁门应该让麦克阿瑟在这儿投掷核武器，就像他想要的那样。我们达成共识了吗？”

“如果我说不，会怎样？”

“如果你答应了，美国政府会感激你。这样的感激是一个处在你这种地位的人，从现在到你安息的时候，必定需要的东西。”

“你把我的问题反过来回答，很有趣。”

“这三名特工是我亲密的同事和朋友。过去的一年里，他们一直在这个国家从事高风险的工作。如果我必须无动于衷，看着他们在国家电视台上被处决，只是因为你不想放弃你买卖中的‘一块肉’，那……”他耸耸肩，“正式来说，我并不在这里，你也不在这里。人们每小时都会从这里消失。你的命运将不会被历史记录。”

阿瑟扫视着这个巨大的废墟，一道道细细的光柱从上面的枪孔中穿过。

“我还需要去找三具尸体来代替死去的囚犯，是吗？”

“哦对，我忘了说。我们还需要你找到三具大致符合三名特工体型的尸体。”

“天啊。”

“自由不是免费的，利文斯顿先生。”

最后，选择变得根本没有选择。阿瑟打了电话。一个谎言让这名警察的女儿崔登上了盐湖城的一架私人飞机。当她意识到自己要去哪里时，她开始尖叫。用了三个人才把她制服。飞机在洛杉矶降落加油时，她试图逃下飞机。她在东京又尝试了一次。她讲述了她父亲对她所做的一切，以及如果她试图逃走，他承诺会对她做出什么。当然，这些都不重要。市场是一台机器，这些只是齿轮转动时发出的噪音。

与此同时，阿瑟付钱给当地的一个人，让他提供三具备用尸体，不到十二个小时他就把尸体送来了。阿瑟没有问他们从哪里来，也没有问那个人被发现时他们是否还活着。这是一个战区，生命的价值已经下降到负值——许多公民死后可能会更有价值。市场就是市场。

对运送美国人质的车队的“袭击”发生得很准时，不过也许“袭击”不应该出现在讽刺的引述中，因为据阿瑟所知，有十三人在袭击中丧生，另外有十人致残，一个人的腿被炸掉了。阿瑟认为没有一个受害者知道他们的死亡其实是一种非常有说服力的方式，用来实施一个类似美国中央情报局的诡计。

在这一切之后，当他到了起航的最后时间，却没有人出现在码头上。过了将近五个小时，这三名美国俘虏才出现在阿瑟的潜水“渔船”上，其中两名伤势严重，可船上并没有设备来处理。就这样，当他们驶离的时候，一个叫巴德的粗鲁的得克萨斯人试图压住一条喷射的动脉，那条动脉出的血已经浸透了他的左腿，而那个蓝眼睛的“威尔·布莱克沃特”穿着一件浸透了自己鲜血的衬衫。当船沉入海底时，一个留着山羊胡、长着棕色大眼睛，身材魁梧的年轻黑人紧张地看着水淹没了窗户，说："这一切应该是这样的，对吗？"

威尔坐在阿瑟旁边的控制台上，拿起一块布按在他流血的头部伤口上，用沾满新鲜血液的手指握着阿瑟的手。

阿瑟低头看着他那沾满血迹的手掌，说："很高兴见到你。"

那个人说："当我们有空的时候，我想知道你是怎么做到的。"

"你不会想知道的。"

"不，我想知道。"

阿瑟想了一会儿，想算下把这几个人从朝鲜救出来牺牲了多少条性命，但没数清。他肯定不知道所有死了的人，但这并不重要。他有一份工作，这份工作即将完成，就是这样。太多愁善感也还是无能为力，不如去找个小屋子坐着，直到死为止。

阿瑟盯着窗外翻腾的浑浊的海水，擦去他价值三百美元的宽松裤上的血迹，喃喃地说："总有办法的。"

所以，不论如何，阿瑟无法告诉你，他从朝鲜半岛和世界其他地方捞出来的女孩中，有多少要么没能到达美国，要么就算到了，也没能活到多大岁数。从统计数据上看，女人一旦接受了性交易，她被谋杀的概率就会上升百分之五百——从事这一行的女人平均寿命是三十四岁。但是，他会说，她们中的任何一个人在之前的地方会过得更好吗？无论她们出生在平壤还是宾夕法尼亚，她们都不会在这样的生活中结束人生，除非她们失去了对未来的憧憬。而阿瑟让她们保持干净和舒适，直到她们停止赢利的那一天。市场就是市场，这不是他的错。市场说年轻女人便宜，货源充足，比绿香蕉坏得快。

至于佐伊·阿什，发现一个二十二岁的女人死在利文斯顿某处地产外面的人行道上也并不稀奇，只是在这特别的一天并没有发生。

# 三十一

佐伊往下坠落着，冰冷的空气从她的耳朵边呼啸而过，致命的恐慌和恐惧的浪潮冲击着她的神经系统。她的四肢试图在空中攀爬，徒劳地想要抓住她知道并不存在的东西。

只是几秒钟。

却像无止境。

她最后脑子里想的是“我要死了，陪伴我的是口袋里的一张热狗包装纸”，然后——

砰！

佐伊撞击到了路面，路面比她想象中要软得多。

她的脸陷进了一个像是粗糙的帆布制作的东西里，然后她开始往下沉，慢慢地，直到她感觉像躺在一张巨大的吊床上。突然，阿尔曼多落在离她五英尺远的地方，产生的震动通过帆布，把她弹了起来。佐伊想，他们应该是很幸运地落在了一顶遮阳篷上。但阿尔曼多笑着坐了起来，她看到那是一个巨大的充气袋，就像特技演员在电影中从建筑物上跳下来时用的那种东西。这是一个似乎向两侧无尽延伸的布袋，覆盖人行道和部分街道。它是黑色的，上面印着大大的黄色字母，简单地写着“坠落”。

几秒后，安德烈双膝蜷成一团，落在近处，又在布袋上激起了一道涟漪。它把佐伊滚进了阿尔曼多躺在帆布袋的凹痕里，她在他身上滚来滚去，咯咯地笑着，戳着他的胸膛。

“老兄，你在那儿可真是个好保镖啊！你就让别人把我从屋顶上推下去！”

“我知道下面有这个东西，否则我决不会让你离——”

她吻了他，吻在嘴上。她自己甚至都不知道她要这么做，直到她做了这件事。

阿尔曼多没有吻她，但他推开她的方式非常温柔。

他非常严厉地说：“佐伊，不。”

“好的，好的。”

他坐了起来，想找出从这个高空坠落袋上下来的最快方法。

他说：“不要尴尬，这是一种非常正常的反应，当你有这样的经历时——”

她开始从他身边爬开，而他还在咕哝着他的解释。她跌跌撞撞地滚向袋子边缘，发现她离地面仍然有六英尺。

一阵刺耳的喇叭声响起，突然间，人们从公园周围建筑物的窗台上纷纷跳下。他们坠落，落在袋子上，滚了下来，跑进大楼，又跳了一次。

佐伊笨拙地从袋子上滚了下来。安德烈已经站在大街上了，大街上铺着一张柔软的垫子，她觉得那是为了接住不小心从袋子边缘掉下去的人。他咧着嘴笑得很夸张，佐伊推了他一把，也大笑起来。安德烈做出一副无辜的表情。

“没人跟你解释什么是坠落派对吗？直到你从楼上跳下来，看着地面朝你飞过来，你才会感受到你的肾上腺素。阿瑟一直想在利文斯顿塔周围也弄个这样的坠落袋，但那里对这些袋子来说太高了。”

佐伊掸去裙子上的雪，阿尔曼多则优雅地从高空坠落袋上跳了下来，这看起来像是一项不可能完成的任务。

她说：“啊，我现在全身都湿透了。”她对阿尔曼多说：“带我回家，你得帮我脱下这些湿衣服。”

“佐伊……”

“冷静点，爱生气的家伙。我只是在开玩笑。但说真的，这些紧身衣正在切断我腿上的血液循环，如果我不把它脱下来，你可能得带我去医院。”

安德烈说派对上有三位女士在等着他，所以在佐伊和阿尔曼多走向等着他们的车时，他已经离开了。

阿尔曼多把车从头到尾检查了一遍，确保发动机上没有绑着一捆炸药，虽然事实上它整晚都没有离开过四名武装警卫的视线。

阿尔曼多先侧身滑进车里，当佐伊爬进副驾驶的时候，他脱掉西装外套，解开深红色衬衫最上面的三颗纽扣，露出了金色的十字架和胸口上贴着的正方形绷带，看起来就像他自己剃体毛时划伤的。

佐伊坐了下来，说：“这是茶，对吗？它会让你觉得你好像发烧了。”一关上车门，她就说：“转过头去。”然后她踢掉了鞋子，撩起裙子，把裤袜从腿上脱下来。她把它们揉成一团，连同热狗包装纸一起塞进了口袋。

“感觉好多了。我—— 等一下—— 是的，我穿了内衣。呼。”

阿尔曼多叹了口气，把车开到车流中，犹豫了一下，似乎想要把之前的话说清楚。

“佐伊……我有很多女性客户，这种事情出现的频率比你想象的要高。它实际上包括在了培训和取得执照的内容里。客户处于压力之下，在一个脆弱的地方，肾上腺素会激增，她们开始误解自己的感受。这只是化学反应，仅此而已。”

“好了，好了，别再给我上课了。我一直在责怪茶呢。”

“如果事情变成这样，我就不能继续签合同了。即使是相互的也不行，这是我们的职业准则严格禁止的。”

“你说得对，使用‘禁止’这个词绝对不会让事情变得更火热。”

“佐伊，这不是开玩笑。”

“我明白了。你是个英俊的拉丁动作英雄，我是一个饮食失调的拖车房怪人。别担心，你一定能抵挡住我这种人的诱惑。”她耸了耸肩，脱掉了外套，“即使我不能百分之百肯定我能在脱完衣服之前赶回家。这些窗户，外面是看不见里面的吧？”

“你要知道，这是我们最后一次谈这件事。”

“当然。天啊，你太紧张了。我觉得你在生死关头的时候都没有这么紧张。”

车里只有尴尬的沉默。他们缓慢地穿过拥堵的车流。

几分钟后，佐伊说：“你知道什么能让你放松吗？一个不错的按摩。”

# 三十二

佐伊的屁股太冷了，把她给冻醒了。

她睁开眼睛，看到了水，她有一种奇怪的感觉，好像她在大海中间，光着身子在木筏上漂流。但是她躺在床上，枕头已经被扔在了一边，床单已经在她的脚上打了个结。

她抬起至少有五十磅重的头，看见这张床在一个室内水池中央的圆形小岛上，有一条狭窄的玻璃走道，把它和门连接起来。这是城里某个俗气的酒店吗？她转过头去，看见她身后的墙全是玻璃的，在正午的阳光下，她看到外面被雪覆盖的院子。哦，这是阿瑟·利文斯顿的另一间可笑的卧室。院子里是正在布置圣诞装饰的园林工人，佐伊希望这些玻璃是从外面上了色的单向透光玻璃。她又躺了下来，等着疼痛消失或者等着自己死去，不管哪一种都可以。有个黑色的东西漂浮在离床岛不远的水面上，她意识到那是她的内裤。佐伊翻了个身，发现床上只有她一个人。她抬头一看，发现自己正从上面往下看——整个天花板就是一面镜子。她看起来就像被龙卷风卷到了这里一样。

她却躺在那里，躺在一张世界级的床垫上，听着水声轻轻拍打着宫殿里一间卧室的墙壁，她认为她完全可以这样生活。

对阿瑟·利文斯顿的疯狂品味来说，这座豪宅简直就是一座荒谬的博物馆，但这又有什么关系呢？她可以把整个地方都推倒，然后自己建造。如果有人想找她麻烦，看看他们得到了什么结局。

突然，佐伊很想上厕所，她想知道这个地方离厕所有多远。她瞥了一眼池水，产生了一个羞耻的想法，这时她的电话响了。威尔·布莱克沃特的微型全息幽灵出现在她的床头柜上。

佐伊疯狂地用床单盖住自己，仿佛威尔能通过他的全息眼睛看到她似的（他不能）。她咕哝了一声，电话转到了语音信箱。

“佐伊，你在哪儿？请到会议室来。有紧急情况。”

佐伊呻吟了一声。她又想起一件非常可笑的事：自己拥有一栋这么大的房子，你得打电话给一个人，才能知道他们是否在里面。

她拉过被单，试图坐起来。她不知道自己是在房子的哪一部分，于是又透过玻璃幕墙看了一眼，她看到了院子里的东翼楼，所以这意味着她在西翼，除非这是某种存在于五维空间中的M.C.埃舍尔[1]住宅。园林工人朝她挥了挥手。

---

1 M.C.埃舍尔（M. C. Escher，1898—1972），荷兰著名版画家、错觉艺术家。

她用床单把自己裹起来，想把衣服从泳池里捞出来，但她看到门边有一件折叠起来的浴衣和一双拖鞋，旁边是一个银托盘，上面放着切好的新鲜水果、橙汁、瓶装水和阿司匹林。卡尔顿以前也这么做过。她试着用床单和睡袍玩一个杂耍，让她脱下一件的同时穿上另一件，也能维持最后的一点羞怯，但她失败了。她的脑海里立刻出现了“屁股秀”的合唱。

最后，佐伊裹着一件厚得像貂皮大衣的长袍从房间里走出来，卡尔顿立即迎了上来。“很好，你找到了长袍。我本来会早一点过来的，但我们不确定你昨晚在哪里落脚，恐怕一个一个房间去找得花一上午的时间。”

“阿尔曼多在哪儿？”

“我不知道。他的替补，那位中国绅士来了。”

“威尔来过电话，他听起来情绪很不好。我是在往会议室走吗？”

“是的，阿什女士。我想你度过了一个愉快的夜晚。”

“是的，那个房间有点乱。我一会儿再去……把我的内裤从泳池里捞出来。”

“不用了，那项任务一直是我周日早上待办事项的一部分。你会去教堂做礼拜吗？”

“不会。”

“好的。”

“阿瑟活着的时候会这么做吗？”

“他从不缺席。我不知道他是在那里找到了精神上的满足，还是仅仅把它当作一个建立人际网络的好机会。也许阿尔曼多就在那里。也许他需要……精神净化。”

“哈，是的。我从来没想过宗教的事情，我只知道基督徒付小费很糟糕。我上高中的时候曾在克雷巴洛餐厅当服务员，那是其他女孩告诉我的第一件事——别指望从做礼拜后的人群中得到小费。刻薄、挑剔的人只会在收据上留下硬币。”

“大厅就在前面，顺着新鲜松树的香味走。”

“明白了。在我看来，有两个人走进餐厅，一位是卫理公会教徒，一位是无神论者。卫理公会教徒说，我不打算给小费，因为我刚从教堂回来，今天已经做了一件好事。无神论者说，我不会给小费，因为生命是没有意义的，我们都只是动物。对我来说，他们都是同一个宗教的教徒，因为他们做着同样的事情。不管他们用什么小故事来为自己辩护，都无关紧要。反过来也一样——如果一个穆斯林和一个山达基教徒进来并给了小费，他们也是在同一个团体里。如果一个人是为了安拉而做的，另一个人是为了服从汤姆·克鲁斯的鬼魂而做的，这对我来说并不重要，重要的是结果，做了正确的事情，给小费。”

“我得说，你比大多数人都投入了更多的心思。”

在楼梯底下，他们遇到了正在挂电话的威尔。他还穿着昨天晚上的那套衣服，上面连一条皱纹也没有。他真的睡了觉吗？

她拉紧睡袍，说：“对不起，我弄得一团糟。我迷上了魔法茶，和阿尔曼多做爱了。”

“你有一种敏锐的能力，能迅速回答我从未想过要问的每一个问题。我们有麻烦了。”

“我可以先穿衣服吗？”

他没有回答，匆匆穿过门厅，朝会议室走去。这是佐伊见过他走得最快的一次。

“发生了什么？”

“摩洛克要发表公开声明了。”

# 三十三

埃科穿着一件霓虹粉色的运动服在会议室里等着，就好像她的晨跑被打断了一样。佐伊问她是否见过阿尔曼多。

“没有，但另一个人在这里，他在找你。”

“好的，从昨晚起我就没见过他。就在那个有游泳池的卧室里。”

埃科什么也没说。

“我们做爱的地方。”

威尔说：“就是这个。”他打开了直播视频，但在当时只是一个黑色的画面。“应该几分钟前就开始了，他让大家都等着。”

“谁？”

“摩洛克。可能。”

“不。别，别胡扯。他不是死了吗？”

“十分钟前我们认为他是死了的。他的卡车在文图拉和第十二街之间被平克顿的承包商挤出了公路，和他的人发生了枪战，但摩洛克逃脱了。”

“‘逃脱了’？他每走一步都要留下一加仑的血，我不敢相信他居然能在卡车上幸存下来。他没有胳膊！”

"他用脚击退了六个平克顿的人，然后跑进一个建筑工地。他的前臂上绑着绷带。他们跟着他进去，但没有找到尸体。但是他无处可去，我们以为……再也不会看到他的消息了。然而他的公关人员在一小时前发布了一份新闻稿。我们认为这是一场骗局，但我们的线人现在认为这并不是骗局。"

埃科说："如果他不是一个浑蛋，这将是一个鼓舞人心的求生故事。"

"等等，摩洛克有公关人员？巴德和安德烈在哪儿？"

威尔说："他们花了一整晚的时间，在开眼上收集附近社区的视频画面，看有没有摩洛克的身影。结果他们发现一些孩子声称是他们送他回家的。这听起来不太可能，那些人通常只是口头上吹嘘自己是摩洛克的人而已。"

吴出现在门口。"阿什女士，我们昨晚见过面，我不知道你是否记得——"

"记得。吴，那个带着刀的人。"

"阿尔曼多让我——"

威尔让大家安静，直播闪现出了一个画面，那是一个躺在医院病床上的人——几乎认不出来是摩洛克，脸色苍白得让佐伊觉得他像是被吸血鬼咬伤的。他那没有手的残肢现在变成了两根厚厚的、沾满了污迹的纱布。会议室里三个不同的人一看到他就发出三种不同的咒骂。佐伊感到骄傲的是，她骂得最难听。

佐伊低声说："他在医院，我们能找出是哪个医院吗？去了结他？”

埃科说：“从昨晚起，我们就一直在监视开车能到的每一家医院。他也没有包机离开。”

镜头落在摩洛克苍白的脸上。

“第一，”他说，“我想说昨晚的葬礼太棒了，我相信如果阿瑟·利文斯顿现在不是在地狱里燃烧，他会很高兴的。第二，我要感谢利文斯顿团队的新人。看吧，我几个月来一直想安装机器手臂，现在他们终于给了我一个停止拖延并完成的借口。就像我爸爸常说的那样，你可以利用太空时代的技术赋予你的关节和肌肉神一般的力量，但如果你脆弱的骨头在撞击后会变成粉末，你就无法击穿墙壁。这些新的手臂都是钛合金的。等我说完之后就把它们装上，我想要机械手臂自慰的感觉。第三，我想给你们看些东西。佐伊·阿什，如果你在那里，请注意。这是直播哦，亲爱的。”

画面切换到一辆车的内部，两只戴着手套的手放在方向盘上——这是来自眼镜摄像头的图像。一只咖啡杯被拿到屏幕的底部。司机一边喝酒，一边转向他的乘客。

坐在副驾驶座位上的是佐伊的母亲，她的身影从白色的弧形杯沿上方清晰可见。

佐伊听到自己说：“不……”

摩洛克说：“和你妈妈打个招呼。她正在和我雇用的最疯狂的浑蛋一起开车去科罗拉多的一个秘密地点，我向你保证，当地的土包子警察不会找到他们的。现在，不要惊慌。我的人不会杀了她，只是要用脊椎阻滞暂时麻痹她。接着他会把她钉进一个箱子里，在里面放一个摄像头，然后他再把箱子埋了。我会二十四小时直播这个棺材，给你和全世界观看。当我抓到你的时候——我会抓到你的——我会把你锁在一个房间里，把直播画面在每面墙上播放。你会看到你的母亲在重新得以控制四肢的那刻，以及意识到自己被活埋的时刻。你会看到她尖叫、抓挠、哭泣和乞求。这会持续好几个小时，直到她慢慢耗尽力气、空气和希望。这个画面会陪伴着你睡着，陪伴着你醒来，日复一日，周复一周。你会看着她死去。你会看到她的皮肤变白，体液渗出。你会看到蛆虫首先出现在她的鼻子、眼睛、嘴里。你会看到你出生时看到的第一张脸慢慢腐烂，嘴唇变黑，牙齿碎裂，眼睑被吞噬，露出茫然的凝视，永远冻结在可怕的恐慌的最后一刻。”

佐伊尖叫道：“别碰她，无耻！”

威尔说：“他听不见，这只是直播。”

摩洛克接着说：“那么，箱子不管怎样都会被埋进地下，唯一的问题是谁会在箱子里。在我们把她关进箱子埋进土里之前，你有两个小时的时间。两个小时内给我带来黄金代码，因为我需要花一个小时来安装我的新手，测试它们，如果你明白我的意思。我的人将在利文斯顿大厦的大厅迎接你。如果你带了警卫，我们马上就能知道，你母亲身上的计时器会立刻转到零。如果你把黄金代码交给我，我的人就会放了你母亲，但我们会留下你，把你肮脏的嘴缝起来，让我的粉丝投票决定如何处理你身上的每一个洞，然后再把你埋进土里。记住，这是你自找的。”

直播画面消失了，取而代之的是从一百二十分钟倒计时的白色数字。

佐伊站起来，从浴袍口袋里掏出手机。“我要打给阿尔曼多。”

吴说：“阿什女士，阿尔曼多已经辞职了。你当然可以选择重新雇用保镖，但鲁伊斯先生让我临时来接替他的工作。如果您对我的资质不满意，我不会介意。”

她的手机上弹出一条信息，告诉她用户屏蔽了她的号码。

佐伊说：“你打给他。告诉他工作还没结束，告诉他摩洛克回来了，告诉他我再也不会露出胸部了，在他上班的时候绝不。”

“坦白说，我认为他不会——”

“告诉他，摩洛克把我妈妈抓走了，告诉他……”她停住了，不知道该怎么说，“告诉他我知道真相，没事的。告诉他我仍然信任他。”

房间里没有人知道那是什么意思。吴拨通了他的电话。

# 三十四

当阿尔曼多到达大门口时，他们已经耽误了十五分钟。威尔很紧张——但他表现的方式和别人不一样，佐伊能从他身上感觉到。这把她吓坏了。他绕着会议桌转来转去，用阿瑟的幸运单面硬币玩一个把戏，把它抛起来，接住，再把它拍在前臂上，然后抬起手来表示硬币并不在那儿。然后他会把它从前面的口袋里拿出来，一遍又一遍地做。他们都在看摩洛克宣告的回放，试图推断出有关地点的线索。

埃科说："暂停一下。看到氧气管是如何插到他身后的墙上的吗？这并不是临时安装的设备，也不是一个单人床的设备。在他的左边是一个起遮挡隐私作用的窗帘，就像他们在准备手术床之间拉起的那样。"

佐伊喊道："你刚说过他不在医院！"

威尔摇了摇头。"这应该是某种地下诊所……"

"你刚说的，"佐伊插话道，"我们都已经知道了，因为他总是把一些雷登装置植入这些精神病患者的身体里。他现在可能就躺在他做移植手术的那张床上。那么，你们这些拥有学位和数十亿美元资金的天才，为什么还不知道这个地下诊所在哪里呢？"

佐伊几乎是尖叫着说出最后那句话的。她在等人告诉她要冷静下来，但她猜这不是员工该对老板说的话。

威尔说："现在你知道我为什么那么想让那个玩偶头男人活着回来了吧，就在你来的第一个晚上。但非常不幸……"

佐伊还没来得及反驳，阿尔曼多就冲进门，说："我们现在知道了些什么？"

佐伊说："我们得在摩洛克伤害我妈妈之前找到他。好消息是他现在被困在床上，因为你砍断了他的手，我们认为他在做移植手术的地方。坏消息是我们不知道这个地方在哪里。但我们需要知道，现在就需要。"

"是的……我听说——"

佐伊翻了个白眼，打断他。"阿尔曼多，你是在浪费时间。"

他看上去很困惑，但不像威尔和埃科那么困惑。区别是后者的困惑更真实。

"我不知道你想——"

佐伊对威尔说："阿尔曼多做过手术，植入手术。他的手臂和背部有四个小切口。"

房间里顿时鸦雀无声，只有那枚幸运硬币掉落的叮当声打破了寂静。佐伊不知道这一刻使威尔更惊慌的是什么，是房间里那个近乎陌生的人现在被发现是某种机械增强的怪物，还是佐伊比他更早发现了这一点。

阿尔曼多说："佐伊，那不是——"

佐伊对威尔说："从一开始，他似乎就对这个植入物的事情出奇地不感兴趣。昨晚我在车里的时候，他把衬衫拉开了一点，我看到一个我以为是绷带的东西，但后来我更近距离地看到那是一种带有止疼药的皮肤补丁，是手术后给病人使用的。我必须要看到他脱下衬衫，确保那里有伤疤，但是……"

阿尔曼多显然试图做出解释，但他打断了自己的想法，说道："这就是为什么你要和我——"

佐伊说："不，当然不是。一个女孩做一件事不能有不止一个理由吗？"

威尔说："我认为这很正常。"他想了想，然后说："等等，你脱衣服的时候看到了雷登植入物的伤疤，但是你没有跑出房间叫人，而是继续做下去？"

"嗯，在这一点上，我愿意冒这个险。威尔，你知道吗，大卫雕像可以起诉阿尔曼多的腹肌侵犯了他的版权。"

埃科闭上眼睛，叹了口气。

阿尔曼多似乎权衡了几个解释，最后说："那是两个月前的事了。我是偶然听说的，我不知道这项技术是从哪里来的。他们做了一个展示，并开始接受投标。就在我做手术的当天，一位病人在康复室里突然爆炸，他溅了自己一身，还把护士炸伤了。我做了一些调查，发现我们都把炸弹一样的东西植入了骨头里。我真的只使用过一次植入设备的力量，就是那天晚上挥舞武士刀的时候，当时我屏住了呼吸。如果我能移除移植物，我会的。我知道现在摩洛克只是想找一些傻瓜来测试，因为他不明白为什么他偷的东西不能用。回想起来，这是个愚蠢的决定。排在移植名单上的全是些疯子。”

佐伊说：“我知道，我见过他们。但你到底为什么要和他们一样，为什么想这么做？”

“虽然从政治角度来看我这样说是不对的，但只有女人会问这样的问题。这是一个可以把我变得比那些追杀我客户的杀手更强壮、更敏捷的机会……我想，如果你能在体内植入一个设备，让你变得年轻、漂亮，并永远保持这种状态，你也会这么选择。”

“嗯，你是说更年轻、漂亮，对吗？”

埃科问：“你的植入物可以做什么？只是增加力量吗？”

“肘部、腕部、肩部的制动器，以及延伸至背部以保持稳定的支架。提前编程的动作。力量，速度，反应时间，自动稳定辅助瞄准系统。他们告诉我，我可以打穿砖块或者接住射出的十字弓，还可以再花十万美元下载近身格斗术。”

佐伊说：“所以你第一天晚上就出现在这里，是因为……”

“和摩洛克出现在你的生活中一样，我想要黄金代码。”

佐伊咆哮着，做了一个动作，好像她想揪掉自己的头发。“我们！没有！代码！如果我们有足够的时间，埃科可以编写出来——”

威尔说：“事实上，她并不能。那是虚张声势。”

阿尔曼多说：“你确实有。阿瑟亲口告诉我的。”

佐伊恼怒地举起双手。“哦，我的上帝。你什么时候和阿瑟说过话？”

“在他死前两个星期，他来找我。他听说我做了移植手术，说他们取得了突破，问我愿不愿意当志愿者。”

“当实验品？”

“不是，他说测试阶段已经结束了。他想让我成为这个城市所需要的人。”

佐伊又翻了个白眼，说：“另一个机械杀手怪物？”

“一位英雄。”

她深吸了一口气，说：“好吧，那……就变成完全不同的讨论了。所以他们在哪里做的手术？”

“我不知道。他们让我们在另一个地方集合，在仓库区，把我们带去那里的时候蒙住我们的眼睛。我们在车里待了四个小时，但感觉就像一直在绕圈。”

佐伊咒骂了一句。

埃科轻轻敲击了一下墙上的屏幕，城市和周围郊区的地图就出现了。她说：“我们需要知道你记得的关于这个地方的一切。”

阿尔曼多想了一会儿，说：“我们下楼，没有电梯，到了像是某个地方的地下室。诊所是临时搭建的，但设备非常先进。里面有个巨大的东西——他们有一台手术机器来完成整个手术，它看起来像机器人章鱼。所以应该是一栋很大的建筑，有很大的空间。”

埃科敲击屏幕，一簇红点出现了。“那是每一栋带有地下室的建筑和私人住宅。她又敲击了一下，大约百分之七十五的圆点消失了。“这些是商业地产中面积超过一万平方英尺的建筑。”

佐伊说：“这是我们都知道的地方。但他也可能秘密地为自己挖一个地下指挥部。”

威尔摇了摇头。“他可以挖一个地下指挥部，但不会是秘密的，因为泥土总要运出去。你需要租用或购买设备来挖掘，用卡车来拉出残渣，付钱给工人来做……不可能秘密进行，所以很可能就是屏幕上这些建筑物中的一个。”

还是要从几十栋建筑里来选择。

佐伊对阿尔曼多说：“如果我们知道他在哪里，你会去和他对抗吗？”

阿尔曼多摘下太阳镜。“即使我还在为你工作，我也只是你的保镖，而不是你妈妈的保镖。这绝不是我工作职责的一部分。”

“不是作为保镖，不是，而是作为超级英雄呢？”

“好吧，这样的话我需要黄金代码。你确实有，在某个地方。阿瑟知道这事，或者类似的事会发生。他的遗嘱，所有这些都是为它做准备的。他不关心这所房子、现金或房地产，他关心雷登设备。这是他毕生的事业，他的遗产。他会把备份放在安全的地方，确保在他死后你会找到它。所以你拥有它，你必须有。思考一下。”

佐伊说：“保险库是空的。我不知道，也许他是故意的或者忘记了，或者从来没有机会这么做。”

威尔抛起硬币，把它按在手臂上。他举起手来，展示消失的硬币和空空的袖子。

她说：“遗嘱里甚至都没有提到。”

威尔从口袋里掏出那枚硬币，抛起它，接住，然后说：“哦！狗娘养的——”

佐伊说：“什么？”

威尔把硬币扔给佐伊。她没有接住，硬币掉在了地上，然后她捡起来仔细看了一遍。

他说：“用拇指按住空白的一面。”

她这么做了。

什么事也没发生……然后，几秒钟后，它发出了很小的哔哔声。

一个全息菜单在硬币上方闪烁出来。

威尔说：“我们是世界上最蠢的人。这是一个嵌在硬币里的固态硬盘，他把它留给了佐伊。我在做硬币把戏的时候总是失败，我以为自己只是生疏了。原来是硬币的重量不同了。我能感觉到，但只是……没有想到这一点。”

佐伊说：“那阿瑟为什么不直接说黄金代码在那该死的硬币里？”

威尔摇了摇头。“防止别人先进入保险库。这是一种确保要么我们得到它，要么没有人得到它的方法——没有其他人的指纹可以解锁。他以为……他以为我会足够聪明地看出他所做的一切。他错了。”

阿尔曼多说：“给我。上传它，或者……不管是要做什么。快，然后我去找摩洛克。”

威尔说：“我们需要一件雷登设备测试。用桑森巴赫尔的那只手吗？”

“或者摩洛克的手呢？”佐伊问道，“我们收集的这么多手中的任何一个？”

埃科摇了摇头。“桑森巴赫尔那只手上的机械装置损坏得太厉害了。摩洛克的手被他的粉丝从我们的卡车上偷走了，他们大概想把它们当成纪念品。”

威尔咒骂了一句。“哦，等等，打给科瓦尔斯基，告诉他我们需要鬣狗。”

佐伊说：“现在没有时间了。”

威尔说：“如果按他承诺的时间来看，现在还有八十五分钟。但我们有黄金代码，这意味着我们有摩洛克想要的东西，因此，我们有筹码。”

“我们不需要筹码，我们需要去——”

佐伊的话被突然出现的脱衣舞娘坎迪打断了，她说：“巴德和安德烈来了，他们带来了一位魁梧的年轻客人，我希望他喜欢做我们三明治游戏里中间的那块肉！”

扬声器里传来安德烈的声音，他说：“有个人在这儿，我们需要和他谈谈。”

# 三十五

安德烈和巴德押送着一位看起来大概只有十九岁的年轻人，佐伊觉得他全身上下散发着“廉价朋克”的味道，这让他看起来有点愚蠢——他肩膀上的文身一直延伸到脖子，这估计是他花了几千美元买来的一流作品。他把头发染成橙色和黄色，弄得像熊熊燃烧的火焰——做成这样的头发估计要花费四个小时和五百美元。

这个孩子被一副笨重的黑色手铐束缚着，这是警察使用的那种静定手铐，如果你试图挣脱，它会给你一下严重的电击；如果你真的失去控制，它还可以远程激活，给你上一针麻醉剂。巴德押送那家伙进入固定着水牛头的屋子，而其他人都挤在会议室，迅速向安德烈了解了大致情况。

“那家伙叫凯文·鲍曼。昨晚在追踪摩洛克的时候，一群摩洛克的支持者跟了过来，在开眼上进行直播。这个家伙在开眼视频里说他和他的兄弟们在离建筑工地几个街区远的地方接上摩洛克，把他送回了他的总部。我想他说的是实话——视频录到了后座上的血迹。他不肯说出把摩洛克带到了哪儿，他说要让这个秘密和他一起腐烂。”

佐伊说："那又怎样，我们可以打到他说为止吗？"

威尔说："当你并不特别在意你所获得信息的质量时，酷刑是有用的，但仅此而已。你想要一个人虚假招供，那么就揍他一顿，他什么都会说。但如果是关于获得正确的信息……"威尔仔细考虑了一会儿，对安德烈说："在一个房间里有一堆阿尔曼多的人昨晚留下的装金属弹药的箱子，把其中的一个箱子清空，然后把阿瑟床头柜上的佛像拿过来。"

安德烈转身小跑着去执行这个命令，没有问一个问题，甚至连眉毛都没扬一下。

当西装员工们依次走进客厅时，这位俘虏正站在壁炉旁仔细观察水牛头，牛头上还戴着那顶愚蠢的圣诞帽，而且还留着胡子。佐伊已经不是第一次想她会不会在隔壁房间里发现那个怪物身体的另一半从墙上伸出来。凯文的脸上露出一丝惊慌，西装员工呈扇形排列，站在他的面前。佐伊知道那种感觉——威尔·布莱克沃特穿着一套看上去是用铸铁打造的西装。大块头安德烈穿着一套炭灰色细条纹西装，紫色衬衫，黑色领带。巴德看上去像是刚从他的种植园回来。接着是埃科·凌，现在她穿着黑色裤装，戴着窄小的图书管理员眼镜。最后是佐伊，她穿着一件褪色的红色T恤，上面写着"我爱，爱达荷州"，但这几个字母被她抱着的那只臭臭的波斯猫挡住了，几乎看不到。

威尔说："凯文，请坐。"

凯文讥笑道："你为什么不坐到我的……髋骨上呢？"

他朝地上啐了一口唾沫。

安德烈走过去，把那家伙推倒在一把椅子上——事实上，就是佐伊来的第一个晚上坐过的那把椅子，所以这应该就是审讯椅。她注意到它有多低——凯文比她高，但坐上去显得很矮，他的膝盖是朝上的。这样每个人都能看到你头上巨大的阴影。

威尔说："我想你知道我们是谁。"

"你是魔术师，他是黑山，那边的是监管者，还有埃科和大胸猫女。"

佐伊说："真的吗？"

威尔说："我们知道你是谁。凯文·鲍曼，摩洛克的副手。"

有那么一瞬间，凯文想要否认。但他并没有，他挺起胸膛，说："我什么也不告诉你。"

威尔说："时间不多了。好消息是，这不会花很多时间——埃科知道来自东方的酷刑手段，没有人能忍受超过三分钟。所以在让她开始之前，我想问你，只问一次。摩洛克要这个古物做什么？"

凯文紧张地看着埃科。佐伊看得出他很为难——在审问的情况下，最简单的回答总是"我不知道"，在现在这种情况下，"我不知道"就是事实，尤其是考虑到这个问题完全是胡扯。但凯文很喜欢被当作摩洛克的头号副手，说不知道似乎不太合适。

他说："我告诉你，你放我走，我会让摩洛克对你们宽容点。"

威尔叹了口气，然后向埃科点点头。

她大步走到凯文面前，用一根手指划过他的锁骨，仿佛在寻找某些只有高级施虐者才知道如何控制的敏感神经。

威尔说：“最后一次机会。”

凯文在掩饰自己的恐惧这方面做得很糟糕，但他仍然什么也没有说。

埃科掐住那人的脖子，扭动了一下，似乎会痛，但又好像不是特别神秘或者疼痛。凯文咆哮着，咬紧了牙关。

埃科松开手。威尔说：“说话！告诉我他想要用这个古物做什么！”

凯文尖叫着说摩洛克会用佐伊的脸来擦他的屁股。埃科走了过来，再次扭动他的脖子。

威尔喊道：“告诉我！”

“决不！”

他们又重复了一遍，然后埃科松开手，把威尔推到一个角落里——离凯文有段距离，但又不太远。

威尔粗声粗气地低声说：“我们没时间了！”佐伊非常肯定凯文可以听得到他们说话。

埃科回答说：“我从来没见过忍耐力这么强的人，这不真实。我们可以这样做几个星期，他永远不会崩溃。”

威尔恼怒地叹了口气，咒骂道：“我们没有选择了，只能把古物给他。”

安德烈一脸惊慌地说：“你确定吗？”

“该死，我们没有选择。”

安德烈冲出房间。他拿着威尔之前让他取的箱子走了回来——那看上去像一个很结实的手提箱，因为是用来装弹药的。威尔把箱子小心地放在凯文面前并打开，里面是他们从阿瑟床头柜上拿下来的青铜佛像。

威尔说："你赢了。这是古物佛陀。我想我不需要告诉你不要碰它——你知道它的放射性有多强。"

威尔合上手提箱。安德烈取下凯文的手铐。

埃科说："这个箱子，当然，只能暂时阻挡它的放射性，摩洛克有一个真空装置用来存放它，你只有二十分钟的时间，所以不要停下来做任何事情。"

威尔说："你去告诉摩洛克，我们给了他想要的东西。现在快给我滚。我知道你对自己很满意，你这个让人恶心的狗娘养的东西。"

的确，凯文看上去对自己非常满意，甚至没有一点困惑。他站起来，揉了揉手腕，拿起箱子。

安德烈说："现在给我滚。你告诉摩洛克，黑山会让他下地狱。"

巴德把凯文的雪佛兰科迈罗停在前门外，西装员工们看着它尖叫着朝大门开去。在出去的路上，他经过了一辆普通的轿车，原来是警官科瓦尔斯基，就是那个头一天晚上把佐伊吓得屁滚尿流的光头男。他停下车，拎着一个正在滴着红色液体的杂货袋走了过来。

他急忙走到门口，说："你要的头在这儿。"

# 三十六

会议室里，科瓦尔斯基和西装员工们围着桌子站成一圈，看着一颗被砍下来的头颅。这就是佐伊在来到这儿的第一个晚上看到他们在这个房间的样子，她意识到自己现在已经正式成为他们“邪教”的一员了。桌子那头，阿瑟的椅子仍然空着，佐伊实际上考虑过要大模大样地坐在上面，但那把椅子看上去又旧又破，感觉有人坐在上面放了很多的屁。所以，佐伊只是在房间里踱来踱去，抚摸着恶臭机器，尽量不去看那颗脑袋。那颗脑袋属于一个自称鬣狗的人，他的真名是劳伦斯·尚德。

虚拟键盘投射在满是咖啡杯污渍的会议桌上，埃科俯身在键盘上打字，偶尔还会暂停一下，从嵌在硬币里的存储信息中浏览菜单。

“这里有大量的数据。不仅仅是黄金硬件驱动，它里面有所有的东西。我看到了设备、植入物、原型的示意图……所有。他把关于雷登装置的一切都存储在里面了。”

佐伊把注意力转向墙上的监视器，上面显示着这座城市的地图和分散的红点。除此之外，还有一个移动着的绿点——凯文的科迈罗，载着阿瑟在仁川国际机场的礼品店买的一个价值十五美元的纪念品，希望它能给他的偶像留下深刻印象。佐伊原以为那个绿点会稳定地径直朝摩洛克所在的位置奔去，但当她看到那辆车停下来时，她感觉自己要叫了出来。车子慢慢地向前移动了一点，然后又停了下来。她没有想到交通问题和十字路口。

佐伊回头看了埃科一眼，说："这么说你是阿瑟的电脑天才？"

"啊，没有。阿瑟带我来的时候，我对电脑一窍不通。他给我安排了一个没有工作描述的职位，我只是边干边学，因为每次有东西坏了，他都给我打电话。"

"真的吗？你的开眼视频高光集锦给你的标签是'中国电脑黑客和性感的诱惑者'。"

"我是菲律宾人，但管它呢。"

安德烈没有转身离开墙上的画面，说："是的，我就是那个性感的诱惑者。"

"你的昵称是黑山？大家都这么叫你吗？"

"不，这是两种截然不同的侮辱。但我还是挺喜欢的。"

"你是说威尔的昵称不是魔术师吗？"

威尔说："有一次，我在玩硬币的把戏时被摄像机拍了下来……"

科瓦尔斯基说："他们叫我超级大屌。"

科瓦尔斯基曾是缉毒队的一名侦探，直到整个组织分崩离析，所有的罪恶行为有效地合法化了。从技术上讲，他仍然是名缉毒侦探，但已经四个月没有领到工资了。其他大多数警察都把自己租出去当私人保镖来应付日常开销，但科瓦尔斯基仍然每天出现在警局，暗中拿钱为利文斯顿企业提供一些便利。与此同时，他继续免费办案，因为他喜欢这样。

佐伊问道："那么……验尸官有没有什么理由把那家伙的头给取下来，还是……"

科瓦尔斯基说："没有。但是他们有把锯子，我把肌腱和骨头都切了下来，然后把它装在购物袋里带走了。我可不想把这个浑蛋的尸体拖到我的后座上。"

"所以……这不会有什么问题吧？这不算是，我不知道，毁坏证据什么的？"

"什么证据？没有人对枪击事件提出异议，这家伙自己的开眼就把一切都解释清楚了，所以没人对如何处理他的尸体有任何的争论。唯一有合法权利取得他尸体的人是他的家人，如果他们想给他办个葬礼的话。"他耸了耸肩，"如果他们打电话来，我们会用胶带把这个头粘回去。现在，如果你不介意的话，在你要求我做一些违背道德问题的事情之前，我要先离开一会儿。"

等他走得足够远了，佐伊问威尔："你有多信任那个家伙？"

"足够信任。"他看着一大堆无法破译的代码从硬币的全息显示屏上倾泻而下，问道："我们在看什么？"

埃科说："一个疯子的杰作。这是用计算机语言写的软件，是由列斯诺夫从零开始研发的，目的是管理他发明的硬件，所有的硬件都是由辛格打的补丁。有些菜单是蹩脚的英文，有些是外星语言，可能是代码，我不知道。”

“如果你有足够的时间，你能弄明白吗？”

“我认为上帝可能都弄不明白它是如何运作的，我只是在找出把它安装到雷登硬件上的命令。这个菜单上有一个简笔画的人和一个指向它的箭头，我点击它，然后……它开始上传数据了。现在我想我们可以打开这家伙的下颚植入物，看看它是否会……”

“爆炸？”佐伊说，“你介意我在外面等着吗？”

威尔说：“他开到了费尔法克斯大街。”

佐伊抬头看向监视器，很快那个绿点放慢速度，然后停了下来，离开街道，拐进一个想必是小巷或停车场的地方。街道旁边不远的地方有两个绿点，一边一个。

威尔说：“那是冰与火吗？”

埃科从工作中抬起头，说：“没错。”

安德烈咕哝道：“狗娘养的。”

佐伊问：“那是在哪儿？”

巴德说：“这是市中心的两座建筑，已经关闭好几年了。它被称为冰与火赌场。双子塔，冰宫和火宫，在费尔法克斯大街的两边。前者被冰覆盖，后者被修饰得像火山或什么东西。它们都有屋顶泳池，由横跨街道的泳池桥连接，客人可以在上面来回漂流。火宫被大火烧毁后，它就关闭了。”

佐伊说：“这太讽刺了。”

巴德说：“当一座设计糟糕、被数百个装饰性明火覆盖的建筑最终变成一座高耸的地狱时，这还是挺正常的。是的，他正在向火宫走去——”

那颗被砍下来的脑袋抽动了一下，房间里的每个人都立刻跳了回去。它的下颚张开，然后合上，金属牙齿碰撞在一起，发出巨大的声音——这是机械装置产生的巨大力量。接着，下巴又碰了一下，松弛的嘴唇张开又合上，就像某种可怕的木偶。

埃科说：“我们还是把它拿到院子里去吧。”

# 三十七

距离摩洛克给出的死亡截止时间还有四十五分钟，他们都站在门廊下俯瞰着院子。那颗被砍下的头颅被扔到雪地里，他们希望能有一段安全的距离。在那些石像和灌木中间，它的下颚咬住空气，牙齿发出金属般的噼啪声，这让佐伊脖子后面的毛发都竖起来了。他们都很认真地看着，就像被那个在雪地里慢慢旋转的脑袋迷住了，脑袋上鬣狗空洞的眼睛半睁着，太阳穴上有一个血色的洞。安德烈抓起一把靠在附近喷泉上的铁锹，小心翼翼地走过去，把铁锹的把手伸进鬣狗嘴里。牙齿咬断了两英寸厚的木柄，就像咬雪茄头一样容易。

*从冰面上回来，亲爱的。*

佐伊回想起这颗脑袋曾对她说的话，颤抖着说：“我想我现在正在另一个地方穿着紧身衣，想象着发生的这一切。”

威尔问埃科：“这要持续多久？”

她低头看了一眼平板电脑屏幕。“咬合已经重复了两百多次。电容是完全稳定的，这应该就是这个绿色能量条的意思。”

佐伊说：“是的，他成功地发明了一种可以让人类吃砖的机器。现在我们只需要开发一个能把砖头排放出去的排便系统。”

埃科说：“他的发明是人类学会分裂原子以来在能源技术领域最重要的进步。因为雷登设备，世界被永远改变了。”

佐伊看着那腐烂的头颅在雪地里一路咬来咬去，在雪地上留下一抹粉红色的血迹。她说：“是的，看起来的确是这样。”

阿尔曼多说：“我已经看够了。把它上传给我，让我结束这一切。”

威尔说：“我看不出有什么必要。”

“你不明白如果我想进入摩洛克的总部，我就需要一点优势吗？”

“你根本不需要去。这就是我一直在说的，一遍又一遍——我们拥有的是一个谈判筹码，这是世界上我们所知道的摩洛克需要的东西。这是一种影响力。这种手段也许能让他放弃一切，把佐伊从暗杀名单上除掉，结束这场折磨。”

佐伊说：“我认为摩洛克需要做的第一件事就是不要被阿尔曼多射中他的脑袋，硬币是第二选择。”

威尔摇了摇头。“你这样做，就是在玩他制订的游戏。”

“如果是你妈妈在车里，你就不会站在这里冷静地谈论什么筹码了。”

“你错了。”

阿尔曼多说：“我尊重你，布莱克沃特先生，我相信你非常擅长做你的工作。但是这件事就是战争，是我的专业领域。赢得战争的是像我这样的人，而不是像你这样的人。”

"战争是由像你这样的人发动的，和平是由像我这样的人来谈判达成的。筹码是将你的敌人带到谈判桌上。枪支也只是为了获得筹码。"

"那就这么定了，"佐伊说，"阿尔曼多会用枪顶着摩洛克的头，然后我们就有筹码了。埃科，把阿尔曼多变成超人。然后谁去把那颗脑袋关上，吓死我了。"

埃科轻敲了一下她的平板电脑，然后说："我……其实不知道要怎么关上它。"

"那就在上面盖块毛巾什么的。"

还有三十分钟。埃科当时正在观察软件传到阿尔曼多的植入物中——佐伊以为她得把一根电缆之类的东西插到阿尔曼多的头上或其他什么地方，但这一切都是通过无线传输方式完成的。

威尔说："摩洛克要求你在利文斯顿大厦的大厅里和他的人见面，手里拿着黄金代码，一个人来。但是我看不出你不能带手机的理由，所以计划还是一样的——我负责所有的通话。拖延是最重要的。只要谈话进行下去，不管谈话往哪里进行都没有关系。别被我说的任何话吓着了。最终的目标是拖延，给阿尔曼多争取更多的时间。"

他说话的时候，佐伊正在咬自己的指甲，看着直播她妈妈的视频。车子停在树林里的某个地方，佐伊的母亲和绑架者一边喝啤酒，一边笑着，从快餐袋里掏出三明治。那个家伙可能是在酒吧找到她的，如果她愿意和他一起走，他会提供一箱免费的啤酒。通常不需要更多的东西来赢得梅琳达·阿什的芳心。佐伊哭个不停。

威尔说："佐伊，听我说。这就是我们为你父亲做的工作，通过任何必要的手段来识别和消除威胁，我们在这方面是老手了。这是一个过程，仅此而已。任何好的计划都需要一系列的分支路径，就像流程图一样。我们无法预测摩洛克会怎么做，但他的选择不是无限的，无论他做出什么选择，我们都必须适当应对。所以不管我说什么，不管发生什么，只要让他说下去，我们就赢了。无论说什么。如果他认为自己赢了，那就更好了。明白吗？"

佐伊点了点头。

巴德指着视频说："我知道和佐伊妈妈在一起的是谁。看到仪表盘上的烟盒了吗？那家伙叫科尔斯·邓肯，真名是查理。低水平的雇佣兵，几年前和阿瑟的一个女人闹得很不愉快。"

安德烈显得半信半疑。"他是世界上唯一一个抽科尔斯香烟的人吧？"

"看他怎么把薯条蘸到奶昔里？在音响里放妮娜·西蒙的歌。是的，这是科尔斯。他给自己取了这个绰号。顺便说一下，他是白人。"

安德烈斜视着屏幕。"你认为他是一个人去的吗？"

"没有办法确切地知道，不过我想是的。科尔斯从来没有和搭档相处融洽过。他有一次因为该轮到谁开车捅了一个同伴。科尔斯说他想开车，另一个人说没问题，科尔斯就朝他的脸上捅了一刀。”

威尔对佐伊说：“好吧，我们该走了。你就穿现在的衣服就可以。不用把你衬衫上的猫毛刷掉，不用洗脸。”

“为什么？”

“很明显你一直在哭，你的妆花了。就这样，这就是我们想要的。我本来想让你把猫也一起带着，但它太难控制了。”

“我得问问为什么。”

“这要和我们在悼念仪式上所做的完全相反——我们希望摩洛克看到权力的转移。我们不能看起来像是有计划的，你看起来越脆弱，对方就越容易接受你要说的话。只要他们认为这是出自弱点，他们就会把你给出的任何条件都看作真诚的，只要他们认为这是来自处于劣势的一方。道具就是一切。比方说，假设你已经开始不信任安德烈了，而他又想讨你的欢心，他可能会带着宿醉的样子出现在这里，吃着某种可笑的食物。你会立刻改变对他的看法。记住，一个人能给人留下最深刻的印象是，他们不在乎自己是否能给人留下印象。我们需要让见的人看你一眼，就看出你脆弱的地方，让他们觉得你可以被迫接受他们提出的任何要求。”

“哇，好吧。”

“现在，一旦我们在大厅遇到他的人，他们可能会试图把你转移到另一个地方，尽管可能不会回到火宫。无论你走到哪里，我们都会跟踪到你，坦白地说，越远越好——他们开车带你去他们想去的地方产生的时间就给阿尔曼多提供了时间。明白吗？”

“只明白一点点。”

他对阿尔曼多说：“你需要多少时间？”

“问题是，摩洛克只有在当面看见我时才能知道我在那儿——因为他一旦知道我来了，就会惊慌失措，叫在德雷顿堡的人……做一些令人不愉快的事。”

他轻敲一下墙上的直播，一张照片跳了出来。这是冰与火赌场，就像双子塔刚开放时的样子。佐伊认为冰宫很美——真的很像一座五十层的冰雕建筑，就像奇幻小说里的景象。顶部是它的屋顶游泳池，里面有滑水道和人造冰山，水晶蓝色的玻璃游泳桥从屋顶延伸到街对面的火宫。那座建筑被造得像一座正在喷发的焦黑的火山，火焰从屋顶上蜿蜒而下，暗示着岩浆正在渗出，屋顶上的水池从底部被橙色的灯光照亮，这样游泳的人就可以假装自己在岩浆中戏水。阿尔曼多翻出了旁边的第二张照片，一张“之后的照片”，拍的是这些建筑现在的样子——它们在沉睡，黑暗，从颈部以下都盖着黑色的防水布，就像穿着过时的丧服。游泳桥是一条用肮脏的玻璃组成的半空管道，收集了雨水和鸟粪。

阿尔曼多说：“我认为火宫基本上是不可能神不知鬼不觉地潜入的。它的外部警卫人数是冰宫的三倍，每隔几分钟就有车辆进出。所以我们得从冰宫进去——入口有人把守，但里面几乎空无一人。我会进入冰宫，穿过游泳桥，然后来到火宫的地下室。如果一切顺利，我可以在……二十分钟到达。”

吴说：“那我去哪儿呢？”

佐伊回答说：“你在这儿守着，如果我死了，你就得把我的猫送到安全的地方去。上帝保佑我，如果你现在嘲笑我，我就把你的眼睛挖出来。”

吴没有笑。

埃科对阿尔曼多说：“我觉得你的植入物开启了，进度条停止了。这里有一条信息，看起来像是精灵语，但它不是闪烁的红色或任何东西。”

阿尔曼多站起来，穿上夹克。吴大步走到他身后，拿出一把武士刀，把手放在前面。“一个礼物，但前提是你要为之前的嘲笑道歉。”

阿尔曼多回答说：“我道歉，但是这把刀看起来和我们昨晚毁掉的那把一模一样。你说那是一件独一无二的古代遗物，这让我觉得你有一桶这样从开市客买的刀。”

“不，这是我的最后一把刀。但也许我在其他地方还有一把。”

“好吧，”威尔说，“让我们开始游戏吧。”

# 三十八

离摩洛克给出的最后期限还有五分钟。

利文斯顿塔的阴影笼罩着这辆轿车，自从佐伊最后一次看到它之后，它就从黑色变成了红色（显然，追悼会标志着哀悼期的结束）。它被人造雪覆盖上一层霜，使整栋楼看起来就像刚从冰箱里拿出来的樱桃冰棒。威尔和佐伊坐在两个街区外的车里，在那儿可以看到大门上贴着的黄色警示牌。

威尔说："我们让他们以炸弹威胁的名义封闭了大楼。因为是星期日，我们的办公室本来就是要关门的，但楼上有五家餐馆和三家妓院，那是他们最忙的一天。我们不能让人进进出出，每个随机的旁观者都增加了一个我们无法控制的变量。摩洛克可能会劫持人质，更糟糕的是，有人可能会想扮演英雄。"

佐伊在手机上打开了一个直播，画面是直接由阿尔曼多的眼镜拍摄的。此刻他正在步行，离他的目标只有一个街区远。通过他的眼睛，佐伊看见了那座废弃的塔楼，在褪色的黑色覆盖物后面，曾经是冰宫酒店和赌场。视线越过繁忙的街道，来到同样破败的火宫，玻璃桥悬挂在两座塔楼之间。佐伊想，某一面墙后面就是摩洛克。希望如此。

镜头转回到冰宫，朝正门冲去，正门由五个光着膀子的男人把守着，他们只是勉强假装成建筑工人的样子。然而这五名守卫说，这里是两座塔楼中守卫最少的。

阿尔曼多伸出手，掌心朝上，那里有一个黑色的东西，看上去像一只大昆虫——大约有半美元那么宽。它轻轻地发出呼呼声，从他手里飞了出去，嗡嗡地朝那座废弃的建筑物飞去。

很快，画面转换到微型无人机的视角，无人机在距离地面约十英尺的空中上下浮动。它越过三个穿着教堂服装、戴着精致帽子的女路人，来到冰宫，停了下来，在一群在门口抽烟聊天的守卫上方盘旋。当它扫描警卫的面孔时，图像在屏幕上闪过。然后其中一名男子转身要进去，当他打开门时，无人机迅速俯冲了进去。

昏暗的大厅映入眼帘，在所有的老虎机和牌桌都被洗劫一空之前，那一大片地方显然曾经是个巨大的赌场。剩下的就是一大片污渍斑斑的地毯，上面放着暴露在外的电源插座。无人机对房间进行了某种扫描，一条垂直的蓝线扫过屏幕。它停顿了一下，好像在做一些计算，然后，房间里的各个地方出现了一系列飘浮的红色圆锥体形状。当警卫走过地板时，其中一个红色圆锥体随着他移动，仿佛从他的眼睛里发射出来一样。另一个红色圆锥体来自墙上的监控摄像头。

威尔说："无人机正在实时追踪附近每个人和摄像机的视野。因此，它可以给阿尔曼多提供确切的路径，让他顺利进入并不被发现。他只要避开红色区域就行了。"

佐伊说："只要他有安静的鞋子，而且不臭。"

然而，剩下的四名武装人员聚集在入口处，没有这样的通道可以通过。这就是一个完全不同的问题了。佐伊听见阿尔曼多说："行动吧。"

就在这时，一辆黑色跑车驶过冰宫的入口，车窗都是彩色的。它的发动机发出一种来自另一个时代的原始声音：一台巨大的内燃机发动机发出的轰鸣声令人生畏，十六个汽缸在同步的轰鸣声中点燃汽油。守在门口的四名男子回头看到一辆布加迪奇龙缓缓驶过，这是一部传奇的梦幻机器，即使在一个满是艳俗汽车的城市里，它也能在一个街区外惊掉人们的下巴。它在隔壁的旅馆前停了下来。它发动引擎，路面在恐惧中颤抖。

驾驶室的门开了，露出一双光滑的腿。一位美艳夺目的金发女郎从车里走了出来，她身上唯一的一件衣服是件透明的红色薄纱连衣裙——这件衣服的设计要么给人一种穿衣者没有穿内衣的错觉，要么就是这并不是错觉。那个女人是埃科，戴着金色假发和太阳镜，吮吸着一根棒棒糖。

威尔说："我只想说这是*她的主意*。"

她的计划是绕着车转一圈，然后弯下腰看看后备厢，但他们谁也没想到这辆车实际上没有后备厢。所以埃科即兴发挥了一下，她有点笨拙地弯下腰，好像在检查引擎，尽量不让自己太靠近发动机，要不然会把她的假发给点着。

在阿尔曼多的指示下，代表四名警卫视野的红色圆锥体朝布加迪的方向摆动，并被锁在原地。其中一名男子甚至拿出手机拍照。阿尔曼多穿着溅满油漆的工作服，径直走到他们身后，悄悄地溜进了门。

他走进曾经是冰宫赌场的空房，在两台摄像机的红色视野中穿行，来到了曾经是赌场洗手间的地方。他把背靠在门框上，等着警卫和他的红色圆锥体走过，然后悄悄溜进附近的楼梯口。

佐伊拍了拍自己的手机，切换到她妈妈与劫持者的直播画面。镜头正在松树间向前推进，背景音乐是鞋子踩着雪发出的嘎吱声——男人和佐伊的妈妈在树林里悠闲地散步。她的母亲可能认为她正在度过一个美好的星期日。阳光明媚的冬日，崭新的雪在松树枝上摇晃，友好的陌生人开着一辆装满酒精的车。劫持她的人低声说了什么，她笑了。

佐伊的五脏六腑都打结了。她希望附近有洗手间。

威尔说："深呼吸。缓慢均匀地呼吸，吸气五秒，呼气五秒。用你的腹部呼吸，就像你在肚子里制造一个空气婴儿。然后在你的脑海里反复思考这个计划。"

"我完全忘记了这个计划。"

威尔没有回答。

她又看了看妈妈的直播画面，然后说："你的父母还……在吗？"

威尔犹豫了一会儿，说："父亲还在世，在弗吉尼亚州。"

"我想你的母亲去世了吧？"

"我十六岁时，她自杀了。"

“哦，我很抱歉。”

她又切换回阿尔曼多的直播画面。他轻轻地爬上楼梯，艰难又缓慢地走着。佐伊注意到他把鞋脱了。尽管如此，一块吱吱作响的地板就足够暴露他了。

佐伊说：“你和你的爸爸亲近吗？”

过了好一会儿，威尔才说：“不。”

一阵沉默。佐伊向挡风玻璃外面看去，扫视着在利文斯顿大厦入口处徘徊的行人，寻找任何可能是她要见的摩洛克的追随者。

她说：“我一直和我妈妈很亲近。她在很年轻的时候就生了我。我觉得她更像姐姐，但我身边的大多数姐妹都合不来。”

“我父亲有一根铁链，如果我的衬衫熨烫得令他不满意，他就会用它来打我。而且他似乎更喜欢衬衫没熨烫好的时候。他让我带回家的第一个女孩离开，告诉我可以找到比她更好的，还说她对我来说太胖了。”

“呃，我也经历过这些，在我继父那儿。”

威尔看了她一眼，说：“我知道。”

佐伊说：“你早上醒来，害怕去学校，因为其他孩子折磨你，然后在放学的时候，你害怕回家，因为那些等着你的东西和人。”

他点了点头，几乎让人察觉不到。

屏幕上，阿尔曼多正安静而有力地推开一扇通往屋顶的门。他走到屋外，迎着凛冽的风和阳光，塔布拉拉萨的摩天大楼在他的周围若隐若现。赌场的屋顶是一个巨大的空游泳池，里面只有融化的雪水和几个月来被吹来的各种碎片。佐伊在那附近至少看到了一只死鸟。

威尔用肘碰了碰她，她放下手机抬起头。利文斯顿大厦正门外面一阵骚动：

三个人骑着老虎停了下来。

至少看起来是这样。当他们越走越近时，才发现他们骑的是定制的摩托车，每辆车的车身上都有一只咆哮的老虎，它们的脚在滚动的过程中不停地蹬着地面。令人难以置信的是，这只是佐伊到达这座城市以来见过的第四荒谬的交通工具。摩托车冲破黄色警戒线，几乎整齐地停好。三个穿着皮裤、肌肉发达、赤膊的男人下了车，每个人都戴着摩托车头盔，大步走向利文斯顿大厦的主入口。旋转门是锁着的，但其中一个人抓起一扇门，把它从铰链上扯下来，把四扇门抛到身后的人行道上，玻璃破碎并落在入口黑色的装饰石上。三个人消失在大厅里。

佐伊试着听从威尔关于呼吸的建议，然后说："你从来没有让我看那个硬币把戏。"

"你该走了，没有理由让他们等待。"

佐伊最后看了一眼直播画面。阿尔曼多穿过冰宫的屋顶——在佐伊看来，他是独自一人。当他慢跑着通向玻璃游泳桥的拱形出口时，画面一直在跳动，那座桥会把他带到约五十码外的火宫和摩洛克总部的屋顶上。

佐伊深吸了一口气，说："好吧。答应我，如果我回不来，你要照顾我的猫。"

"我保证……我会雇个人来做这件事。"

佐伊走下了车，意识到她可能会以一种她在一周前从未预料到的方式死去：壮烈地，在她拥有的一幢摩天大楼里。

# 三十九

摩洛克的三名追随者就站在大厅中央，站在镶嵌在黑色大理石瓷砖上的巨大金胡子的正上方。大厅里静悄悄的，只有佐伊的网球鞋发出胆怯的吱吱声。

她走得差不多近的时候说：“你们好。”

他们没有回答。

佐伊拿出手机，召唤出威尔·布莱克沃特半透明的投影，然后说：“希望你们别介意，威尔不相信我能独自完成这件事。”

没有人摘下头盔，每个人的表情都藏在深色的面罩后面，但随后三个人的面罩上都出现了一张脸——同一张脸。这些面罩其实是屏幕，每一个都显示着摩洛克苍白的脸，那是他病床上的实时影像。

在同时播放的三个直播画面中，三位摩洛克齐声说道：“哟，哟，哟，看看是谁把一个女人带进了一场男人的争斗里。我们一起散个步吧。”

佐伊对此已经做好了准备，当一只手抓住她的胳膊时，她向大门的方向后退了一步。胳膊上那一圈瘀伤露了出来，那只粗糙的手抓在上面，手臂上的绷带不停地跳动。佐伊咬着嘴唇，心里想她对这一切是多么厌恶。

摩洛克的视频脸说：“你要去哪里？波利，带着这个蹩脚的演员去电梯那儿。”

这种可能性没有被讨论过。

威尔在电话里问：“你要带她去哪儿？”

没有人回答他的问题。他们进了电梯，佐伊发现她又看到了街道——电梯是装在玻璃里的吊舱，吊在大楼的外面。其中一名男子按下一个按钮，佐伊绝望地看着人行道从他们脚下落下，她感到自己的肚子在上升——世界上所有能帮助她的人现在都在她的脚下离她远去。他们一直往上，一直往上，直到这座参差不齐、尚未完工的城市就像她脚下的一具庞大的建筑模型，在薄雾中忽隐忽现的高楼耸立着。她想象着伸出手去，用手把那些建筑物扫到一边。就……把所有的这些都抹去，忘记在这里发生的一切。

顶层的电梯门打开了，他们朝大厅走去，来到两扇看起来有不祥征兆的黑色大门前。

大门被锁上了，但手机上的威尔说：“应该能用你的语音指令来打开，只需要说‘开门’就可以了。”

她照办了，门锁应声打开。房间里有一张黑色的花岗岩会议桌，桌子的表面蚀刻着利文斯顿公司的标志，上面再一次镶嵌着金色的图案，还有那愚蠢的卡通小胡子。这是装饰中最不可笑的地方。其中三面墙形成了一个巨大的环形水族馆，里面有很多两英尺长的小鲨鱼（佐伊立马觉得，这不是阿瑟·利文斯顿的风格）。其中一条鲨鱼游了过来，开始徒劳地咬起玻璃来。剩下的墙是一扇巨大的弧形窗户，可以俯瞰整个塔布拉拉萨。佐伊想象着阿瑟和他的西装员工们在这敲定交易，同时看着下面那些忙碌的蝼蚁的样子。佐伊突然想到，这正是威尔两天前想要见她的地方，当时她把大家都带到擅自占用地去了。那个男人本想让她坐在这个乌云笼罩、周围全是鲨鱼的房间里。出于某种原因，她现在把自己的生命托付给了这个男人。

从随从的面罩上，三位摩洛克说："好吧。既然你对谈判这么有兴趣，布莱克沃特先生，我想我应该带我们去阿瑟进行肮脏幕后交易的房间，那个用来想出漏洞欺骗像我这样实诚人的房间。所以，我的条件是这样的，没有细则。佐伊交出黄金代码，佐伊的母亲重获自由。我切断佐伊的脊髓，让她瘫痪，然后把她埋在棺材里，装上摄像机和成千上万只蟑螂。下个月，我在塔布拉拉萨所有高楼的屏幕上直播佐伊的下场。然后我用雷登技术永远统治地球。"

威尔·布莱克沃特的全息图说："嗯，我想我们得从某个地方重新讨论一下。我——"

"闭嘴，萝莉男。在这个对话继续之前，我需要证据证明她带来了黄金代码。"

"当然，就在这里。"威尔的全息图指着佐伊的头说，"我们花了一段时间才弄明白，但在阿瑟去世前的几个月，他听到一些消息，说有什么不好的事情要发生在他身上。所以他在这里为小佐伊安排了一个秘密的会见。她被带到医生那里，进行过一系列复杂的脑部扫描。对吧，佐伊？"

佐伊已经完全不知道威尔是什么意思了，但她说：“是吧？”

“佐伊和我们其他人都不知道的是，阿瑟对佐伊进行了神经蚀刻。他把雷登系外量子超级电容器的原理图和软件驱动程序直接印在了她的脑组织上，所以黄金代码就在她的头盖骨里——阿瑟把她变成了一个活的硬盘。”

佐伊很确定这是个谎言，除非她在一次重要的谈话中走神了，但无论如何她也想不出威尔到底想要怎么样。

摩洛克说：“这是你编出来的吧？”

“仔细想想。阿瑟不想让佐伊的生命受到威胁——而从她的神经组织中提取信息的唯一方法就是通过她的自愿合作。杀了她，信号就会丢失，数据就会从宇宙中永远消失。如果她感到痛苦，这种情绪活动就会使信号变得模糊，从而无法获取。这都是精心设计的，以防出现这样的情况。在检索数据的过程中，必须让她处于完全放松的状态，同时保持清醒。代码提取可以立刻开始，只要有任何量子数据扫描仪能够读取三维神经刻蚀就可以了。”

摩洛克说：“所以你带了这个小玩意儿了吗？佐伊的妈妈可是非常希望你们带了。”

“不幸的是，阿瑟唯一拥有的量子数据扫描仪在仓库爆炸中被毁了。”

“对你来说挺方便的，但对佐伊和妈妈来说，这就不太方便了。”

“但还有另一种提取数据的方法，只是需要更长的时间。佐伊，躺在桌子上。”

威尔即将要做的事情事先并没有告诉过佐伊，这让她非常惊恐。尽管如此，她还是相信那个人是有计划的，因为他的脑子一天二十四小时除了制订计划之外，什么也不做。她爬上会议桌，然后笨拙地仰面躺下。

威尔说：“一定要让你的手下离得足够近，这样才能录下清晰的声音，不要发出任何干扰的声音。我会远程激活神经进行数据上传，佐伊将开始以音频波形的形式从她的声带中播放数据。记录声音，并解码成二进制，你就能获得代码。现在，对于你的耳朵来说，这个波形听起来就像佐伊在发出一系列尖锐刺耳的声音。整个过程大约需要六十分钟。我正在激活音频波形。”

佐伊盯着天花板，想弄明白威尔接下来想让她做什么。

他说：“好的，我已经启动这个进程，你应该马上就能听到佐伊传送的声音了。”

佐伊默默地等着。

“现在的任何时候。”

佐伊终于明白威尔想让她做什么了，她开始发出声音：“噫噫噫噫噫噫噫噫噫！！”

摩洛克通过三名追随者的面具，默默地看着发生的一切。

过了一会儿，他说：“好吧，在我们等待的时候，我去看看我的屋顶上发生了什么事。”

最左边的追随者面具上的摩洛克切换到另一个画面，一群赤膊的人正在安装机关枪。他们在一个屋顶上，这个屋顶和几分钟前佐伊刚刚看到阿尔曼多走过的那个非常相似。

佐伊停止尖叫，坐到桌子上，突然无法呼吸，同时她还无法控制住自己说了声：“不……”

随着佐伊听不到的命令，枪手们蹲下身子，小跑着穿过火宫的屋顶，躲在一对黄黑色相间的起重机中间。佐伊认为这两辆起重机看上去就像两只机器长颈鹿。佐伊数了一下，六个人——不，是八个人——当他们奔向连接他们屋顶和冰宫的玻璃桥时，身上的皮带扣和皮带噼啪作响。他们把自己的身体贴在空荡荡的游泳池弯曲的墙上，凝视着干涸的游泳桥，那里有一个穿着黑色西装和红色衬衫的小圆点正大步朝他们走来。

阿尔曼多直接进入了他们的埋伏圈。

摩洛克说：“科尔斯，你能听到我说话吗，兄弟？”

最右边那位追随者面具上的摩洛克也消失了，画面切换到科罗拉多，佐伊的母亲正在因为她的劫持者说了什么话而笑得很开心。

科尔斯说：“很清楚，老板。”

“把那婊子埋了。”

那人一句话也没说，伸出手粗暴地拽住佐伊母亲的手腕，把她拉向树林中的一块空地。她又笑了，仍然确信她的新朋友只是在胡闹，可见她很熟悉男人把抓她、拉她作为调情的一种方式。然后她看到了一片空地，地上有个墓穴大小的洞，附近有一只开着的松木箱子。在笑声中，她开始尖叫。

佐伊从桌子上跳了下来，语无伦次地对着播放这个画面的面罩尖叫，仿佛她的母亲能听见似的。在屏幕上，佐伊的母亲试图挣脱他的手臂，但是抓着她的那只手非常熟练且应付自如，毫不费力地预测和反击这个疯狂女人的所有挣脱。他用空着的那只手掏出一个小玩意儿，形状像个卷发棒。他把它按在人质的脊椎上，发出砰的一声和呜咽声，就像一台老式照相机，佐伊的母亲瘫倒在冰冻的泥土和森林地面上的枯叶中。她仰面躺着，眼睛睁得很大，惊恐地抽搐着，身体就像一个没用的布娃娃。

佐伊又尖叫起来。

“别担心，”中间那个面罩上的摩洛克说，“那只会阻止她乱蹦乱跳。她会一直醒着，并意识到这一切。”

佐伊说：“我们会给你的！我们会给你黄金代码！它在硬币里！一个银币！硬币上有块芯片！威尔，告诉他！”

威尔的全息影像显得非常平静，他说：“现在，让我们后退一步，确认我们了解现在的处境……”

“我们不要再做什么声音扫描了！把硬币给他！”

佐伊听到了低沉的枪声。声音来自最左边的面罩，上面是屋顶上的画面。屏幕上，四架机关枪正在喷火。四名持枪的暴徒已经爬上弯曲的玻璃半管形游泳桥，嘎吱嘎吱地穿过没过脚踝的泥浆，黄铜弹壳在玻璃墙上弹跳着，叮当作响。

阿尔曼多走了一半的路，但仍然向他们走来，显然他没有携带武器，径直走向致命的枪口。他越来越近，当四名男子向他的身体开枪时，他没有放慢速度，子弹穿过他的身体，打在桥面干净的墙壁和地板上。然而阿尔曼多就在他们的正前方，直到那时他们才意识到他并不是一个实体，他的脚也并不是每一步都准确地接触到地面。

阿尔曼多·鲁伊斯的全息影像在持枪暴徒面前几英尺处慢慢地停住了，他的腿还在动，在原地走着，一圈一圈的动画从一个小玩具投影车里放出来，这个玩具投影车在之前阿瑟的追悼会上成功创造了“阿瑟·利文斯顿幽灵”。其中一名持枪者跑上前去，像踢足球一样踢飞了玩具车，阿尔曼多的投影在天空中飞舞，原地踏步，一直走到下面的街道上。

当这四个人看着它离开时，一只手从游泳桥的栏杆上伸出来，手里拿着一个弯曲的黄色小玩意儿，佐伊一度疯狂地以为那是一根香蕉。但随后这个小玩意儿爆炸了。一道蓝光闪过，一道裂缝，一声嘶嘶声。前面的枪手弓起了背。他转过身来，四肢紧绷，双手紧握，好像是在承受癫痫发作的剧痛。他的机关枪呼啸着失去了控制，子弹画出一道弧线，把他的一个同伴射得稀烂。

阿尔曼多把他的手提箱扔过栏杆，然后毫不费力地越过栏杆，蹲身落下。突然，吴的武士刀落在他手中。他跑向剩下的两名枪手，开始他的工作。一道飞舞的刀光，一声划破空气的声响，随后是一个令人作呕的声音，就像螃蟹壳被锤子敲碎了一样。一只胳膊滚落在地上。紧接着又是一道刀光在钢铁上闪烁，又是一声巨响，一个男人尖叫着，用仅剩的一只手抱住了自己的躯干。血溅满了玻璃墙。

其余四名枪手在远处观看。他们留在火宫的屋顶上，大概是想弄清楚这是真的阿尔曼多，还是另一种以假乱真的致命全息人像。阿尔曼多转身背对着他们，朝他扔手提箱的地方走去。他用脚尖轻轻敲了一下手提箱，盖子猛地打开了。就在他身后的持枪歹徒开枪的时候，两把手枪从箱子里跳了出来，好像是被什么弹簧装置甩出来的。阿尔曼多在半空中抓住了它们，转过身，没花一点时间瞄准就开了四枪，击中了四个头骨。在远处的屋顶上，四个男人倒在地上。

然后是一片寂静。整场对峙只花了十五秒多一点。

当这位追随者面罩上的画面变暗时，摄像机的视角切换到了空中，佐伊觉得这是一架飞过的无人机视角。阿尔曼多大步离开游泳桥，来到了火宫赌场的屋顶上——摩洛克的总部。

佐伊转过身，对着摩洛克中间的追随者说："他会杀了你的！我能阻止他！让我妈妈走，我就让阿尔曼多停手，我们一起来讨论这件事！"

摩洛克似乎并不在意。"那些人死的时候做的是他们喜欢的事——不过他们的确搞砸了我最简单的指示。为什么我觉得你男朋友在什么地方做了一点性能提升呢？很有趣。不过没关系，那些人只是为了让罗斯拉缓和一下情绪。"

阿尔曼多在长颈鹿起重机之间悄悄移动，寻找更多的守卫。他慢慢地朝楼梯间的门走去，那扇门立在干涸的游泳池中的一处高地上。

阿尔曼多小心翼翼地朝门口走了几步。突然它爆炸成一团旋转的碎片，四射开来。

一个怪物出现在被炸得破烂的门框里。不是一个怪物——是一个人，变成了一个怪物。他大约有八英尺高，腿很粗，末端是爪子状的金属脚，他的头盔像一个人造金属头，包裹在他的头上，这样他就能从这只机器怪兽的牙齿间向外看，就像一个体育吉祥物。在一块翠绿色的胸板上，画着“罗斯拉”这个词，最后这个字比前面两个字小，似乎他们写完前两个字之后才意识到地方不够了。其中一条腿从膝盖以下仍然是裸露的金属色，就好像他们用完了绿色油漆。

摩洛克说：“罗德决定稍微改变一下他的增强效果——你知道，这一切都是为了能好好表现。但他直到昨天中午才开始，所以……”

罗斯拉跺着脚走上前，停在一辆搬运一堆平板玻璃的叉车前。他用金属爪子抓起叉车，朝阿尔曼多扔去。然而，他显然低估了自己的力量。叉车并没有把阿尔曼多像臭虫一样压扁，而是从他头顶二十英尺高的地方飞过，消失在大楼的边缘，玻璃一块块在空中旋转。阿尔曼多和罗斯拉都看着它飞走，沉默地等了几秒钟，直到隐约听到它和玻璃撞击下面街道的声音。

罗斯拉说：“嗯，我没怎么扔过这种东西。”

阿尔曼多看了看他，说：“油漆涂得不错。”

“让我重新……*用你的血液*来上个色怎么样！”罗斯拉跳

到十英尺高的空中，一拳打在阿尔曼多刚刚站着的地方，他的拳头打穿了池底。

阿尔曼多翻滚着躲开，然后抽出武士刀，向罗斯拉冲去。他跳起来，挥舞着刀片，而罗斯拉用金属前臂挡住，刀在油漆上留下了一道火花和疤痕。

阿尔曼多落地后翻了一个跟头，又向这个金属怪兽冲了过来，往它膝盖后方砍了一刀，一捆电缆被切断了，蓝色的火花迸发出来。罗斯拉踉跄后退，单膝跪地。

阿尔曼多站起来，说："伙计，你把电缆都暴露在这东西的后面了。"

罗斯拉咆哮道："我们是有防护的！只不过装上它，我的腿就不能弯曲。我们本来应该还有两天的时间来调试！"

阿尔曼多说："两天后会发生什么？"

罗斯拉跌跌撞撞地站了起来，嘴角上扬，露出邪恶的笑容。

"发生这个。"

头盔的下颚合上了，遮住了他的脸。金属怪兽的眼睛闪着蓝光。一阵低沉的隆隆声——雷电的声音，聚集力量的声音。

阿尔曼多快速跑开，逃离这激光、闪电或其他从那双眼睛里喷涌而出的致命魔法。

电闪雷鸣。

罗斯拉爆炸成一个极其亮的蓝色光球。

阿尔曼多被爆炸产生的冲击波扔过了肮脏的泳池，重重地摔在地上。燃烧的碎片和机械设备飞向四周。烟雾散去后，罗斯拉和楼梯间通道门所在的凸起的岛都不见了，只剩下一个大坑，里面有几吨重的钢梁、玻璃纤维和两台大型起重机。

阿尔曼多爬起来，掸掉身上的灰尘，意识到自己被困在了屋顶上。

从中间那个人的屏幕上，摩洛克大叫道：“好吧，罗德坚持了三分十七秒！看来比尔赢了，因为他是唯一一个把钱押在罗德身上的人，认为他只能坚持到走上楼梯。现在我们的英雄必须找到一条离开屋顶的路，一层一层向下战斗，就像原来死亡游戏的相反情节！谁来弄爆米花！”

阿尔曼多环顾散落在屋顶上的碎片和设备，然后从焖烧的垃圾中找到了一卷电线。他把它拖到建筑的边缘，然后往下看去。从那个高度看，下面宽阔的街道就像用魔笔画的一条细线。只是间接地看着这一切，佐伊觉得她的肠子都绷紧了。

阿尔曼多把绳子的一端系在边缘的栏杆上，量了大约十五英尺，然后把其余的绳子绕在腰间，紧紧地系着。他拿着武士刀猛击下去，切掉覆盖在这栋建筑上的一块黑色的油布，露出了一扇黑乎乎的窗户，那扇窗户被两年前毁掉这座建筑的那场大火熏黑了。他爬上建筑边缘的栏杆，鞋子在栏杆上摇摇欲坠地保持平衡，他背对着天空，下面是陡峭的悬崖和线一般大小的街道。

阿尔曼多蹲下来，深吸一口气，喃喃自语道：“我向上帝祈祷，希望我们能把这一切都拍下来——”

他的话被子弹的叮当声打断了，子弹扫过他旁边的栏杆。

摩洛克追随者组成的冰宫小分队显然已经发现，他们让暗杀他们老板的人直接从身边过去了，现在正冲过满是弹孔的游泳桥。阿尔曼多把手伸进夹克，按下了一个按钮。

他放在玻璃桥上的手提箱被引爆了。

一个球形的冲击波向四面八方扩散开来，把玻璃桥震得粉碎。

在一片嘈杂声中，阿尔曼多被冲击波推下岩架，飞了出去，在空中暂停了一会儿，然后绳子绷紧了，他被拉向黑色窗户所在的地方，破碎的玻璃水晶雨和摩洛克的追随者在他身边一起落下。

阿尔曼多飞向窗户，子弹打在窗户周围的墙上。一名疯狂的枪手在下落的过程中还在开枪，好像他死后还得为摩洛克工作一样。阿尔曼多撞进窗户，从视野中消失了。

最左边那位追随者面罩上的阿尔曼多的画面消失了，切回到摩洛克那张困惑的脸上。

摩洛克慢慢地点了点头，说："是的，我知道这每一件事都会发生。"

佐伊听到他后面的布莱克·斯科特说："嗯哼。"

威尔在电话里说："现在还不晚。我们仍然可以让阿尔曼多停手，你也仍然可以让你在科罗拉多的人停手。我们仍然可以像人类一样谈判。我的提议是这样的，我们给你黄金代码。你让佐伊独自度过她的余生。她离开小镇，你不去追杀她。你得到你疯狂的军火库，然后以数十亿美元的价格卖给全世界。

每个人都快乐。”

摩洛克的视频脸说：“反对提议。你给我黄金代码，佐伊的母亲被埋在地里，我得到佐伊。我切断佐伊的脊椎，让她瘫痪，然后把她埋在另一个棺材里，和只有……五千只蟑螂埋在一起。下个月，我在塔布拉拉萨的大楼屏幕上直播结果，吧啦吧啦吧啦。”

“我们不认为这是一种善意的提议，因为这看起来更像是你为了省钱去买过多的蟑螂。让我们暂时把这一切放在一边，叫停我们的人，这样我们至少有时间谈谈。告诉你的人放走佐伊的母亲，她和这件事没有任何关系。”

“与其反驳你，不如我坐下来看着科尔斯把那个妓女给埋了。”

最右边的追随者——面罩上显示科罗拉多画面的那个——播放着科尔斯把盖子盖在箱子上，给佐伊短暂的一瞥——这一眼让她看到她妈妈的脸，眼睛惊恐地睁着，她意识到发生了什么。她的嘴巴试图发出尖叫，但舌头和声带并没有合作。这名男子拿出一个小型枪械装置，朝箱子盖边缘开了几枪。这是一个钉枪。

佐伊尖叫起来。又一次，她无法控制自己。

然而，威尔·布莱克沃特的全息影像仍然完全没有受到干扰，佐伊因此而憎恨他，希望是他在那个箱子里，希望是他听到泥土一铲一铲地落在箱子盖上。但是穿西装的人不会死在森林的浅坟里吧？不会，他们坐在上了色的单向透视窗户后面，开电话会议，通过谈判剥夺像佐伊和梅琳达·阿什这样的小人物的生命。她怎么就落到了这些人的手中呢?

威尔说:“摩洛克，如果你杀了佐伊的母亲，她是不会跟你谈判的。在商业环境中遇到的大多数人都是如此。”

“布莱克沃特，如果你再说一遍‘谈判’这个词，我就去找到你，把你绑起来，把蛆虫塞进你的眼球。这不是谈判。这是一种从软弱中获得力量的方式。我想她说的是真的，你有一个装载着黄金代码的小驱动，是吧?”

“是的。”

“我想它不在佐伊身上吧?”

“是的，不在。”

“在你那儿是吗?”

“是的。”

在屏幕上，科尔斯在棺材盖边缘射出钉子，几秒钟就完成了任务。佐伊尖叫着要他停下来，然后她面对着威尔·布莱克沃特的全息影像，嘶声叫着要他把硬币给摩洛克。没有人回应她。摩洛克的一名追随者笑了起来。

威尔的全息影像叹了口气，看了看表，说道:“我看得出来，你不愿意真心诚意地讨论这件事，摩洛克。等你恢复理智再来找我。威尔挂断电话，全息影像消失了，只剩下佐伊和摩洛克的三名追随者在房间里。她尖声叫着威尔的名字。她失声了。电话的语音指令实际上回应了这一点，并试图拨号，但反馈说布莱克沃特没有接听。

他抛弃了她。

在科罗拉多的直播画面里，科尔斯把棺材推进坟墓，它砰的一声落地。从另外两个面罩的画面里，摩洛克说："嗯，看来只有你和我了，小猪崽。你明白刚才发生的事表明了什么吗？威尔·布莱克沃特把你从他所谓的谈判里剔除了。我觉得如果我把你带回我的地盘，像磨碎一块奶酪那样磨碎你，他不仅不在乎，而且还会把这当作是帮了他的忙。"

"你死定了！"佐伊尖声叫道，她的眼泪可能使这一威胁显得难以令人信服，"阿尔曼多会把你的头砍下来！"

"你有想过自己保存黄金代码吗？还是你更信任让布莱克沃特保存？当你们两个在计划这个小小的祈祷仪式时，他有没有试图去说服你信任他，让他来保存你唯一的筹码？或者他只是自己拿了它，以为你会心烦意乱而不会注意？你不用回答，我只是想听听他是怎么工作的，仅此而已。我是说，他有没有努力让你相信他是你的朋友？或者他只是坐着等你这个没有父亲的肥屁股盲目地相信他？"

佐伊没等他说完就转身向门口跑去。一名戴着播放摩洛克视频面具的跟随者用大猩猩般有力的手抓住她的手臂，猛地把她拉了回来，并挤压着那该死的瘀伤。他把她扔到玻璃上，三条小鲨鱼游了过来，观察这一骚动。

佐伊试图抽开手臂，说："我给你一千万美元，让我离开这个房间！这足够你开始新的生活，足够——"

"亲爱的，"摩洛克在屏幕上说，"我在我甚至不喜欢的运

动上都赌了一千多万美元呢。“

“我不是在跟你说话。我在跟那个戴着面具的人说话，房间里和我在一起的家伙。你们也一样，每个人一千万。你所要做的就是什么都不做。让我从那扇门出去。”她看了看其他两个人，其中一个播放着科尔斯的视频，他正往装有佐伊母亲的箱子周围填泥土，把她埋在六百多英里以外一个没有人在意的地方。

“看！”佐伊尖叫道，“看看他在做什么。你必须得知道这是错的。你必须知道。你什么都不用做，只要把我的钱拿走，然后消失，在海滩上度过你的余生。”

跟随者们没有回答，但摩洛克回答了：“小猪崽，你没看到我的一个哥们儿在你男人摔死的时候还在继续朝他开枪吗？你怎么还不明白呢？他们不为钱工作，他们甚至不为我工作，他们为体内的兴奋汁液工作。如果他们是那种愿意用失败换取暴富机会的人，他们肯定过不了初入职场的日子。我的人可能不是天才——无意冒犯，伙计们——但他们都是赢家。他们宁愿看到他们爱的每个人都变成汉堡，也不愿给你那拖车房烂屁股让步一英寸。我的人都是钢铁，你砍掉他们的手，他们就用躯干来撞击你。我在你男朋友的位置上安排了五十多个最危险的人。也许他能打倒五个，也许能打倒十个，但他只需要犯一次错就足够了。这些人有退役军人。见鬼，还有的人上个月还都是警察。他们知道如何射击。我敢打赌，就在此刻，你的男朋友已经死了——”

摩洛克被附近一扇门突然打开的声音打断了。

# 四十

一阵骚动。对准摩洛克脸部的摄像机突然转向，这使图像变得模糊不清，而且还在移动，造成了一种让人眩晕的效果。

站在摩洛克病房门口的是他的得力助手布莱克·斯科特。他面带微笑，显得非常放松。

佐伊不喜欢这个表情。

斯科特说："你一定要看看这个。连接到天骨的画面视角，在顶楼。天骨，听到了吗？摩洛克连接进来了。"

面罩上的画面再次切换。此刻，画面正在穿过一幢被烧毁的建筑物的阴暗走廊，经过被烟熏成棕色的石灰墙壁，由于水的破坏，墙壁正在腐烂。摄像机终于到达一扇破碎的平板玻璃窗前。

前面躺着一具尸体，躺在血泊中。他的腰间系着一根电线。

当摄像机携带者走近时，佐伊又一次屏住了呼吸——她知道接下来会发生什么。她不明白威尔为什么玩弄所谓的"大脑密码"，但她很清楚这里发生了什么——这就是让他们放松警惕的方法。当他们把尸体翻过来的时候，那肯定是摩洛克的一名追随者。阿尔曼多会从埋伏处冲出来，或者冲进摩洛克的病房。

视野越来越近，坏蛋们仍然没有意识到这个诡计——尸体穿着黑色的西装和红色的衬衫，就像阿尔曼多的一样。也许他有时间和警卫换衣服。他很好地选择了他的替身——即使脸朝下，她也能看出这个人有阿尔曼多标志性的胡须。

摩洛克的人走到尸体跟前，一只脚从画面底部伸出来，把尸体滚了过来。佐伊意识到她误解了这个把戏的本质——这实际上就是阿尔曼多，他在玩负鼠[1]的把戏——地上的“血”应该是建筑工人留下的一罐油漆，或者别的什么东西。一旦摩洛克的手下放松警惕，他就会跳起来把他们撕成碎片。

摩洛克的人聚集在阿尔曼多周围，窃笑着。阿尔曼多继续不动。他的眼睛睁着，茫然地盯着天花板。他的胸部一动不动。最后，戴着摄像机的男子在阿尔曼多面前蹲下，转过他的头来，将他脖子的另一边完全呈现在眼前。

一个手下说：“看，老板！他有鳃！”

一颗子弹，仅仅是一颗子弹。这是那个从倒塌的玻璃桥上掉下来的疯子最后绝望的一枪，他永远也不会知道他的最后一枪会射中目标。子弹在阿尔曼多的喉结上留下一道深深的口子，撕裂了他的咽喉。他从窗户里荡了出去，大概是在解开绳

1 一种主要分布在美洲的哺乳动物，在遇到危险的时候会装死。

子的时候，感到湿热的东西浸透了他的黑色西装，把他的衬衫变成错误的红色。他可能还没来得及注意到底出了什么问题，脑子里的血就流干了，他身体的其他部分都倒在了地上，就像某个蹒跚学步的孩子突然厌倦的玩偶一样。

然后，佐伊听到了笑声。摩洛克笑得那么厉害，听起来像是要窒息了。

这是佐伊听到的最后一个声音。她看到了天花板，然后眼前一片漆黑。她晕倒了。

# 四十一

被踢到肋骨的疼痛叫醒了她，不像她在塔布拉拉萨的第一个早晨，这次佐伊没有任何一瞬间觉得她还在科罗拉多的家中，在床上，或者她的母亲在隔壁房间做早餐。不，当她睁开眼睛的那一刻，她看到一名暴徒面罩上摩洛克的表情，一只穿着战斗靴的脚粗暴地晃动着她的身体。她右边的墙里装满了阿瑟愚蠢的宠物鲨鱼，它们来回游动，试图弄明白为什么一道看不见的屏障会阻止它们去吃掉她。

摩洛克的脸望着一边，正在和房间里的一个人说话。佐伊坐起来，眨了眨眼睛，看见阿尔曼多的死亡场景还在另一个面罩上播放着。现在，一个戴眼镜的大胡子男人跪在阿尔曼多的尸体前，用某种拐杖装置研究着，检查着什么数值。他们正在继续一段显然在佐伊晕倒时已经聊了好几分钟的谈话。

大胡子点点头，说："他们说得对，这是一个完全稳定的系统。摩洛克，阿尔曼多身上有黄金代码。"

另一张面罩上，摩洛克说："非常好，所以我们知道它的确存在。"

"不仅如此，我可以直接从这个机器的驱动器上拷贝软件。这些白痴把黄金代码直接送到了我们这里。"

“不要和我开玩笑，医生。你知道我之前被这样伤害过感情呢。”

“我可以在几分钟内把它上传到一个测试对象上进行额外的测试。”

“是的，我们可以这么做。或者，你可以把这些代码植入我的体内，把我变成一个神话里才有的神。”

大胡子说：“如果这是你想要的话。”

摩洛克的脸又一次转向佐伊。

“好吧，好吧，我喜欢你谈判的方式，小猪崽！”

佐伊跌跌撞撞地站起来，说：“黄金代码就在那儿，你得到它了！你不需要我，不需要威尔，也不需要我妈妈了。你得到了想要的一切，放了我们吧！”

摩洛克说：“说到这儿！科尔斯，你那里还顺利吗？”

屏幕转回到墓地，在那里，箱子在泥土的掩盖下已经看不见了。科尔斯停了一会儿，说：“怎么了？”

“我需要你停止掩埋。”

“好的。”

“下去把棺材挖出来，在佐伊母亲的脸上撒尿，然后继续埋葬她，直到地面看起来好像她从来没有被埋在那里一样。”

科尔斯有点疑惑地问：“这是认真的指令吗？还是你只是这么说说而已？”

“你是第一次见我吗，科尔斯？”

“好吧，老板，我现在不用着急离开。我能等——”

科尔斯还没来得及问完，一个不知从哪儿冒出来的新声音说："科尔斯，你能听到吗？"

会议室里的监视器上闪出一个画面，遮住了墙里一条五英尺宽的鲨鱼。画面上有三个人，平静地坐在镜头前。那是巴德、安德烈和一位留着男式发型、戴着一副眼镜的肥胖女人。那个女人穿着护士服，他们三个人坐在一个看起来像医院休息室的地方。

安德烈又说了一遍："科尔斯，你看不见我们，但我们正在看你的直播。"

科尔斯迷惑不解地问："你是谁？"

"我叫安德烈·诺克斯，为佐伊·阿什工作。但比我是谁更重要的问题是我和谁坐在一起。"

和他们坐在一起的胖女人说："查理？你到底在做什么？"

科尔斯愣住了。他说："妈妈？"

"你在哪儿？"

科尔斯越来越紧张，说："如果你敢碰她一下，你会——"

巴德打断了他的话。"我们不会碰任何人，事实上，我们刚刚帮她付完助学贷款。所以，我想我们所能做的就是坐在这里——我，安德烈，还有你妈妈——看着你活埋一个善良的女人。"

科尔斯的母亲瞪大了眼睛。"他刚才说什么？查理，你到底在做什么？让我看看坑里有什么，马上！"

"妈妈，你别管。我在工作。我晚点和你解释。"

“你在工作？具体是什么‘工作’？看起来不像是诺德斯特龙百货公司啊。”

科尔斯还没来得及回答，安德烈就说：“小姐，你的儿子正在埋葬他绑架的一个叫梅琳达·阿什的女人。她三十八岁，来自科罗拉多州一个叫德雷顿堡的小镇，是一个女儿的母亲，你可以在明天的新闻中看到她的失踪人口报告。除非，也就是说，科尔斯改变了主意。”

“查理，告诉我那不是真的。”

“不，不。你要明白，我在这里是个人质。这是一个人用枪指着我，逼我这么做的。”

“查理，如果你现在不把那个女人挖出来，我会让你希望自己已经死了。雅基知道你在做这些吗？还有朱斯蒂娜，她知道这是你支付孩子抚养费的方式吗？希望上帝不要让小劳伦发现——”

“哦，闭嘴吧，妈妈！天啊！”科尔斯跺着脚走到坑边，气呼呼地用手把土往外扔，就像一个十几岁的孩子在表明自己正在打扫房间，好像在说，看到我在打扫房间了吧，现在别再烦我了。

佐伊目瞪口呆地看着这一切。在离他最近的一个手下的面罩上，摩洛克正看着一边，摇着头，喃喃地说：“好吧，我承认我们的招聘程序仍有一些缺陷。”

摩洛克现在坐了起来，两个人扶着他摇摇晃晃地站在床边。他正在弯曲新的机械假肢——闪闪发光的铬合金手臂和前臂，这让他看起来像是穿着一件只有肘部以下的中世纪盔甲。当他弯曲手指时，这些手指咔嗒咔嗒响个不停。他握紧拳头，指关节间闪过一道蓝色的电弧。

“看到了吗？这就是汁液，斯科特。汁液可以把世界分成两半。尽管我不喜欢最后这样的结局。网上将会出现我第一次击打任何固体的视频。我想知道如果这双手是黑色和黄色的看起来会怎么样，就像屋顶上那些建筑材料的警示标志。让它看起来很野蛮，很工业化。”

斯科特说：“黄色和黑色，像大黄蜂？他们会叫你蜜蜂人、蜜蜂手，类似这种称呼。”

“是的。也许是蓝色？我不知道，上帝的手是什么颜色？”

“棕色。”

“这个我们以后再谈。把我的裤子拿来。”

这种荒谬的情况使佐伊头晕目眩。

摩洛克说：“你们这些在利文斯顿塔的家伙去找佐伊，确保她身上没有硬币。我不再需要它了，我只是好奇。在那之后，除了让她走，你们可以对她为所欲为。不过她看起来，嗯，我肯定会做好保护措施的。让拖车公园的寄生虫早餐吃鸡巴，午餐吃抗生素。”

画面消失了——摩洛克三名手下的面罩上突然一片空白，映出了佐伊自己苍白、泪痕斑斑的脸。三个光着膀子的暴徒围住她。一个人伸手抓住她的头发。

# 四十二

佐伊吸了一口气，咬紧牙关。那双粗糙的手又一次抓住她，那种感觉太熟悉了。

佐伊从那个抓住她的暴徒手中挣脱开来，对另外两名暴徒说："你们现在在开眼上直播吗？那么，让我接下来要说的话成为一份有约束力的口头合同——无论你们谁杀了我背后的那个人，他将得到五千万美元。如果你们合作，就能平分这笔钱。"

就在那一瞬间，另外两个人面面相觑，好像在考虑这件事。这让本来抓住佐伊的人怒不可遏。他一把抓住她的头发，然后把她的头撞向鲨鱼玻璃墙。玻璃碎了，她摔倒在地上，冰冷的水像瀑布一样从玻璃墙上倾泻而下。小鲨鱼在她周围的黑色瓷砖上扑腾，血涌进她的眼睛。

但这并不重要。在某一时刻，某种失控的化学反应把她所有的痛苦和恐惧变成了盲目的、吞噬一切的暴怒。

她把眼前湿了的头发拨开到一旁，对另外两个人喊道："这是你们成为摩洛克追随者里老大的唯一机会！每个人都以为自己已经是老大了，直到他们遇见真正的老大。现在你们的机会来了。"

那个逼近她的男人说："我们和摩洛克一样，都是老大，蠢货。"

"不！听从摩洛克的命令。他不听你的命令。他是老大，你是他的婊子。"

那家伙扯下头盔，俯身朝佐伊啐了一口唾沫。然后他抓住她的夹克，拖着她向窗前走去。他把她摔倒在地板上，然后用腿猛击玻璃，把它打碎了。刺骨的寒风呼啸着吹进房间，城市里微弱的噪音飘到七百英尺的高空中。一只好奇的鸽子飞过来，落在锯齿状的玻璃上。

这名暴徒抓住佐伊的头发，把她拖向碎了玻璃的窗口——显然是想把她扔出窗外。她疯狂地想要挣脱他，想要摔倒在地板上，做任何事情来阻止他前进。随着城市的风声和噪音越来越近，她拳打脚踢，抓来抓去。他几乎没有注意到，她绝望地四处寻找武器——任何东西。在伸手可及的范围内，她什么也没找到，只有一把倒了的椅子，三条小鲨鱼用尾巴拍打着地板，一排排锋利的牙齿无助地在空中撕咬着。

佐伊除了"我要让鲨鱼咬他"之外，没有任何其他的主意。她俯下身去，感觉自己的头发要从那家伙的拳头里扯掉了。她勉强抓住了一条小鲨鱼的尾巴。它在她的手中扭动，在她把鲨鱼奋力拖向这个暴徒，希望吓住他或分散他的注意力时，哪怕只是拖延一秒钟，鲨鱼一口咬住了他。

那人发出一声号叫。佐伊突然自由了，摔倒在地板上。这时，这名暴徒被凶猛的鲨鱼咬住了裆部，踉踉跄跄地从粉碎的窗户摔了出去。

这是一个短暂的平静时刻，只有风的声音和下面沉闷的车辆声。在她身后，剩下的一名暴徒说："刚刚……发生了什么？"

这两个人开始向她逼近，长会议桌两边各有一个人。

佐伊举起双手，仿佛想要吓退他们。"等等！听着！我可以给你们钱——"

轰隆！

从下面传来一阵低沉的震荡声。然后，地板开始晃动。两名逼近的暴徒都必须稳住自己坐在会议桌上。

摩洛克突然出现在他们的面罩上。他看上去苍白虚弱，却比佐伊见过的任何一个人都快乐。他现在是在户外——事实上，他就在利文斯顿大厦的正门外面，站在那儿，两只铬合金手臂闪闪发光。旁边就是他的打手们停着可笑的老虎摩托车的地方。摩洛克正在摆弄他的新右手，好像在做调整。然后他把手举起来，铬合金手臂变形了——两根手指旋转、合并、变长，手和前臂变成了某种武器。

摩洛克用他枪炮一样的手臂瞄准那幢建筑物，开火。

没有火药的爆裂声，只有一种刺耳的尖叫声，像叉子划过瓷盘的声音。一枚炮弹疾驰而过，在它身后留下一道明黄色的尾迹，仿佛它在行进中点燃了空气。炮弹击中了大楼，地板再次摇晃起来——这种强大的冲击力量令人难以置信，他们甚至在七十层的高楼上都感受到了震颤。

屏幕上，摩洛克笑着说："我感觉好多了，医生。"然后他再次瞄准射击。

这又一次带来了巨大的冲击和大幅度的晃动。他沿着地基走了几步，瞄准，又一次射击。这次路上正好有一辆车，停在路边。射弹穿透金属，就好像那辆车是一个充气玩具，然后穿过后面的一根混凝土柱子，击中了里面的建筑物。这似乎是一种随意的、轻微的破坏行为，但佐伊很快意识到，摩洛克并不是为了听到它发出的声音才击碎玻璃的。他对准的是地基的一些特定地方。

整幢大楼都摇晃起来。一名暴徒说："那个狗娘养的疯子！他在一个接一个地击毁大楼的支撑柱！他要把这座塔楼像树一样砍倒！啊！哈！"

剧烈的晃动！

轰隆！

佐伊尖叫道："我们现在就在那栋楼里，傻瓜！我们得离开这里！"

"你不能离开，蠢货。这是摩洛克的命令。"

轰隆！

"你们需要我！我知道怎么出去！这里有紧急出口！"这是一个谎言，但对佐伊来说如果这是真的那就太好了。"要么我们都死，要么我们都活下来，这是仅有的两个选择！"

"那我们都得死，"左边的暴徒平静地说，"奇怪的是，你现在才明白这是怎么回事。"

“你们这些人到底是怎么回事？”

两人又一次向她靠近。

佐伊看着面罩上的直播画面，仔细地计算时间。她看着摩洛克走向下一个地方，寻找下一根支撑柱。

他举起胳膊瞄准——

她跳上会议桌，开始向门口跑去。两个人都伸手去抓她，然后——

剧烈的晃动！

轰隆！

建筑物摇晃得太厉害，三个人都摔倒了。佐伊爬起来，沿着桌子跑，然后跳下来，朝门口跑去。其中一名男子朝她扔了一把椅子，她刚穿过大门，椅子就击毁在门框上。

她滑了一下，停下来，把大门关上，大声说：“锁上！”

她向大厅电梯的方向跑去。

从她身后传来一个女人的声音：“嘿！佐伊！”

她转过身，发现埃科从楼梯口跌跌撞撞地走了出来，她还穿着红色的裙子，但已经把那顶愚蠢的假发扔掉了。

“这边！”

佐伊跑过去对她说：“这里有七十层，我不可能那么快下楼的！”

“我们往上走！”

埃科跳回楼梯口，开始用力向上爬。建筑物摇晃着，吱吱作响，这一次几百扇窗户发出了爆炸声，窗框扭曲变形，震得粉碎。灯灭了。

她们两个来到屋顶，佐伊产生了一个疯狂的想法，她们要么从大楼边上跳下去，要么从楼顶上滑下去。然而，她发现一架黑色直升机的旋翼给刮着风的屋顶带来了更大的风，机身上面印着利文斯顿企业公司愚蠢的八字胡标识。

这幢建筑物现在明显倾斜了。她们向直升机跑去。当她们到达直升机那儿时，威尔·布莱克沃特打开驾驶舱的门，大声喊道：“你知道怎么开直升机吗？”

她不知道。

他示意她们无论如何都要上来——埃科坐在副驾驶座上，佐伊坐在后排。威尔胡乱地按着一些按钮，埃科弯下身来大声建议，到底仪表板上的哪个杠杆会让机器飞起来。

建筑物在震动，这次它没有停止。

有一种刺耳的噪音，就像世界末日一样。

他们在往下掉落。

# 四十三

直升机开始向前倾斜，佐伊被甩到前面，紧紧抓着埃科的椅背。她从直升机前窗很清楚地看到利文斯顿塔笔直地倒塌，好像整幢大楼一下掉进了暗门里。周围的一切都被滚滚的灰尘和飞舞的玻璃遮住了。

威尔猛拉操控杆，吼叫着对那台机器发出指令，但这对它的飞行轨迹似乎没有任何影响。直升机不停地以一种令人担忧的角度向前倾斜，佐伊确信他们很快就要翻个跟头掉入雪崩般的碎石中了。然而，直升机盘旋着，摇晃着向前，机头仍然朝下。他们没有一头栽进旋涡里，而是水平地——直接朝街对面的一座办公楼冲去。

威尔拉起操纵杆，踩着油门踏板。佐伊能感觉到他们正在爬升，因为他们要撞上的那栋楼的窗户正从挡风玻璃上往下快速降落。突然，他们看到屋顶上的沥青地面和管道，看上去离得很近，像是可以触碰到，旋翼的阴影在楼顶表面掠过。一群鸟从屋顶上起飞，其中一只立即被旋翼击中，粉碎成一片鲜血和羽毛。佐伊听到直升机里有人在尖叫，然后意识到是他们所有人发出的声音。

然后他们飞过了大楼，再次俯视街道，仍然在向前倾斜，失去了控制。行人指来指去，奔跑着，对他们来说，一个街区外塔楼倒塌的声音，现在与直升机旋翼轰鸣的噪音交织在一起，像是要把空气撕成碎片。终于，直升机的前端抬了起来，地平线进入视野。但一切都太迟了——下一幢建筑物布满了玻璃窗，他们似乎没法避开了。佐伊几乎没有时间注意到他们将要与一个巨大的圣诞老人相撞而死。

它站在一个三十层楼高的甜甜圈里，确切地说，是一座三十层楼高的玻璃建筑物，形状像一个立起的甜甜圈。这是一家购物中心——从窗户后那些惊慌失措、四处逃窜的人拿着购物袋的数量可以判断出来。威尔猛拉着操控杆，可能想试图避免撞上建筑物，让旋转的螺旋桨在一家莱恩·布赖恩特女装店大开杀戒。但是这意味着他朝着甜甜圈中间飞了过去，同时意味着他不偏不倚地对准了站在甜甜圈中间十层楼高的圣诞老人塑像。圣诞老人雕像是一件喜庆的东西，它慢慢地旋转着，肚子在街道上方欢快地摇摆着。它不是全息影像。

佐伊永远不会忘记当直升机的螺旋桨开始锯向圣诞老人的脖子时发出的噪音。这座雕像是中空结构，玻璃纤维之类的材料覆盖在一个薄薄的金属框架上，被刀刃划破的声音是一连串的砰砰声和刺啦声，就像一个精灵家庭被割草机碾过一样。其中一个旋翼啪的一声断裂并飞了起来，在购物中心的玻璃墙上留下了一个巨大的伤疤。

他们现在正在坠落，在空中翻滚。佐伊被甩到一边，悬挂在安全带上。她有一个短暂的想法，她希望她偷了一个之前那几名暴徒的头盔。直升机驶离损毁的圣诞老人雕像，现在地平线在挡风玻璃外旋转。威尔不再抓着操控杆，他和其他所有人一样，抓住了附近的任何东西，向坠机屈服，试图为撞击做好准备。

然后是砰的一声，轰隆，窗外突然变成了黄色。

一个巨大的冲击使得佐伊的头撞在她旁边的窗户上。然后是一种可怕的噪音，就像快速的加农炮声，剩下的旋翼在猛击地面时被撕成碎片。接着，佐伊头朝下，然后又朝向右边，身体向上，在安全带的拖拽中被甩来甩去。直升机的残骸慢慢地滚动着停了下来。

发动机发出呜呜声，然后熄火了。

后来，终于，安静了下来。

他们都躺在直升机的一侧，佐伊和埃科在底部。外面传来隐约的尖叫声。威尔喘了口气，用手捋了捋头发，然后对自己点了点头，好像是在确认这件工作已经做得令他满意了。

他问："大家都没事吧？"然而他并没有去看看大家是不是真的没事，就开始解开安全带。他从驾驶舱的侧门爬了出来，门正对着天空。

他把手伸向埃科，说："我们必须离开，他马上会来。"

佐伊检查了自己的四肢，确保它们还在本来的地方，没有以奇怪的角度伸出来，然后爬出了直升机。她听到空气溢出的声音，被撞毁的飞机正缓慢地下降，这多亏了四个黄色的塑料气囊，它们在撞击前就在机身周围充气了。佐伊爬上直升机机身的最高处——或者说是它的残骸，机尾折断了，旋翼现在只有四根短而粗糙的残片——发现它们落在了一个停车场的屋顶上，就在甜甜圈购物中心的阴影里。

他们身后留下了一串撞毁的汽车，其中一个松动的旋翼刺穿了附近一辆空的校车。佐伊不知道哪个会给回家的孩子们带来更大的精神创伤：被毁掉的校车还是旁边那个二十英尺高的圣诞老人头颅。它侧躺着，一只眼睛不见了，鼻子因为着陆而被撞了进去，在被直升机的旋翼削掉身体后，它开始翻滚。圣诞老人的其他部分仍然站在旁边，无头的身体仍然在巨大的水晶甜甜圈里缓慢地旋转和摆动。

远处，一团尘土填满了利文斯顿大厦曾经矗立空中的缝隙。

# 四十四

佐伊试着跳下去，却笨拙地从那块鼓胀的橡胶上滚了下去，滚到人行道上。她立即被几十个人团团围住，他们疯狂地用手机和开眼摄像机给她拍照，然后把他们自己的脸也凑到镜头里。佐伊试图摆脱这张蜘蛛网。

埃科走了过来，看上去有点头晕目眩。“呼！我们做到了。”

埃科把手伸向佐伊，佐伊疑惑地回头看了看。埃科抓住佐伊的右手腕，举起她的手，用佐伊的手拍了一下自己的手掌，说：“击掌庆祝。”

“哦，没错。”佐伊环顾四周，“我们能……叫辆出租车吗？”

威尔说：“等一下，我来弄一辆车。”威尔拿出手机，环顾四周，轻敲了几下控制键。

一辆随机的掀背式小车当时正开上停车场的坡道，突然转向，径直朝佐伊开去，而开车的那个睁大眼睛的女人不知道到底发生了什么。驾驶座的车门自动打开，汽车漂移到佐伊身边，把司机甩出车门，摔到了人行道上。

威尔说：“上车。”

佐伊看了看那辆车，又低头看了看那位目瞪口呆地躺在地上的中年妇女。

佐伊爬上那辆车，回头看了看，说：“对不起，我要花五百万美元买这辆车，今晚会把钱打到你的账户上。我很抱歉——”

三人都挤了进来，车子飞快地驶出坡道，纵情飞奔。他们驶入车流中，发现街上一片混乱——警报声和尖叫声，人们呆呆地站在街上记录倒塌后的场景。被劫持的汽车在人群中穿梭，甚至冲撞到人行道上，把他们带离了灾难现场，救护车从另一个方向呼啸而过。不久他们就来到郊区，到了比弗高地。那里一切都很平静——市区里的问题到这儿仿佛停止了。他们来到豪宅的大门，还有那个愚蠢的老虎圈地。

卡尔顿打开巨大的前门，佐伊跌跌撞撞地走进来，甚至感觉不到自己的腿。吴冲过去迎接她，说了一些她没听清的话，然后开始匆忙地谈论安全问题。他们封锁了整个庄园。埃科和威尔在说着什么，听起来他们非常慌乱和忙碌，但很快他们就结束了谈话，让庄园准备好抵御摩洛克强化怪物的入侵。佐伊只是迷迷糊糊地从他们身边走过。

威尔现在正在和她谈话，他说她母亲很好，她在德雷顿堡的警察局，但他们需要把她转移到安全的地方。他说着一些方案，还有和巴德一起的专业人士，他们可以让人消失，不被找到。他说在摩洛克派人去找她之前，他们需要尽快采取行动。但是佐伊一直没有停下，她穿过门厅，经过高大的圣诞树，几名负责房子的员工现在在梯子上更换圣诞树上一些坏了的灯。这些可怜的人幸运地认为他们仍然生活在一个给圣诞树换灯泡非常重要的世界里。佐伊坐在楼梯最下面的一级台阶上，把头枕在两腿之间，尽量不昏倒。

威尔停止了说话。卡尔顿现在就在那儿，问她需不需要水，找个医生或者洗个热水澡。她一进门，这些人就像蜜蜂一样围着她转。她只是想让他们离开。她听不见他们的声音，她浑身的血液轰鸣着流过她的耳朵，她浑身冒汗，心跳加速，全身发抖。

她看见阿尔曼多，脸像蜡像一样，他摊开四肢躺在地板上。

当佐伊看到妈妈确信自己会被埋葬，脸上写满了可怕的恐惧时，她第一次意识到死亡是一件可能会发生在自己身上的真实事情。当摩洛克意识到自己拥有神的力量时，她看到了他脸上那种残忍而无言的喜悦。因为这是佐伊送给他的。

佐伊看见一双黄色的眼睛正在回望她。一声喵呜，恶臭机器在她的膝盖间躺了下来，佐伊把她的脸贴在它的脸上。四周一片寂静，她不知道是不是每个人都走了，或者威尔、吴、埃科和卡尔顿都站在那里等着她回过神来。她不在乎。

几分钟后，鞋子的咔嗒咔嗒声向她传过来，不知怎的，她从这机器人一般的步伐中知道那是威尔。他像一座雕像一样默默地站在她身边，过了一段难熬的时间，然后他坐在她旁边的台阶上，这让她吃了一惊。

终于，他说："这一切都是我想要避免的。"

她冲着他尖叫："你知道会发生这种事吗？你知道吗？或是就这样让它发生？你这个该死的没有感情的机器人！"

"我知道阿尔曼多会在荡入顶楼窗户的时候中弹吗？我知

道摩洛克会在截肢手术后还能把大楼摧毁，把我们困在里面吗？不，佐伊，我不知道。我知道这个计划有很大的可能性出错吗？是的，我知道，我也说过。”

佐伊的头垂到两膝之间，泄了气。

她低声说：“我这就走。我应该在第一天晚上就这么做。我要带一些钱和我的猫消失，我要改名字，去国外。我和我妈妈会有足够的钱重新开始。”

“那是你的选择。”

“闭嘴，别再跟我说话了。我不需要听你的，而且我不会再听你的了。除了齿轮和数字，你身体里什么都没有。我要用我的余生来忘记曾经遇见过你。”

威尔深吸了一口气，这就是她得到的回应。他们在台阶上坐了一会儿，佐伊闭着眼睛，抚摸着她的猫。

威尔轻声说：“阿瑟·利文斯顿……对我来说是家人。他是你的生父，但他在生活中对我而言就像父亲一样。我们一起经历的事情比你想象的要多。在阿尔曼多身上发生的事……我知道那种感觉，因为我一遍又一遍地看着人们在我面前死去。你只认识他三天，我和你父亲一起度过了十五年。只有现在，在你看到这一切时才明白我们其他人在失去你父亲时的感受。”

她没有回答。

威尔继续说：“我一直跟你说你不了解情况，从来不是要侮辱你。我只是想给你提供信息。”

“不，我现在明白了我要做的事。我不……我不能胜任，从来都不能。我只是个拖车房垃圾，就像你看到我时想的那样。我不是你们西装员工的一员，我不是英雄。”

吴走了过来，他说他已经派出无人机观察周围十个街区内是否有怪物靠近，他正在准备装甲小轿车，以便在怪物来临时紧急撤离。说完，他匆匆离开了。

威尔对佐伊说：“你是什么样的人取决于你是怎样被抚养长大的。如果你是在一所私立预科学校里长大，身边有私人教师和成绩优异的朋友，你就会与众不同。阿瑟本可以把所有的钱都给你，但他把钱花在了可收藏的汽车、高级西装和随意更换女人上。”

“是的，如果我受过那么多的训练，我长大后就会像你一样。太令人伤心了。”

“我是说，佐伊，阿瑟辜负了你。你时刻提醒着我，他可能是个什么样的人。他去世的时候你正好出现了，这不是我当时需要的提醒。但这一切都不是你的错。”

佐伊看了看门边的安全监视器，说：“摩洛克来了吗？他会来这里，然后把这地方碾成碎片吗？”

“迟早会的。但不是现在，我想不是。”

“你怎么知道？”

“如果是我了解的摩洛克，他知道利文斯顿塔的倒塌是头条新闻，他会想让这件事被播报。现在把这个地方夷为平地，不会成为大新闻。但是摩洛克会来的。他会来找你，也会来找我的，他会发表声明。如果你要走，现在就走。”

佐伊努力让自己站起来。她抱起恶臭机器，拖着疲惫的身体爬上楼梯，感觉自己在攀登珠穆朗玛峰，心里盘算着至少打包行李不会花太长时间。她设法回到自己的房间，开始往手提箱里塞脏衣服。身后传来柔和的脚步声，她转身看见吴站在那里。他背上有一把新的武士刀，和之前的两把一模一样。

佐伊说："对不起，你的工作不会持续很久的。今晚，我打算去一个远离噩梦的地方。"

"我对发生的事感到抱歉。我知道你和阿尔曼多的关系。"

"我只认识他几天，不过是的。他是你的朋友吗？"

"我们在一起断断续续工作了三年。"

"我很抱歉。事实上，我应该先道歉。这是我的错，是我派他去的，我应该知道这一切会发生的。"

"不。当你和阿尔曼多在一起的时候，你会有同样的感受，因为他是一个可以因为一个意愿活下来或者去死的人。如果他想在办公桌前变胖，在疗养院里腐烂，他就会这样做。最终，佐伊，你会发现我们都得到了我们想要的，不管当我们得到它时我们是否还喜欢。"

"你有像阿尔曼多那样的小玩意儿吗？你有什么超能力瞒着我吗？"

他笑了。"恐怕没有。如果我有比宇宙所赋予我的更大力量，我会无法信任自己。你的猫在你离开时需要放进行李箱吗？"

"什么？不。恶臭机器，快出来。你把猫毛弄得到处都是。"

她拉上行李箱的拉链，抱起那只猫，转过身去，看见了吴身后站在大厅里的卡尔顿。

“好吧，”她想了想，说，“让我看看。对了，我偷来车的那位女士，我需要你给她五百万美元。”她转向吴，“我需要一名司机把我送到安全的地方，一个很远的地方。你可以吗？”

“比林斯利先生实际上是在为你和你母亲做安排。威尔把情况告诉了他。”

“我相信他是这么做了。”

她从吴身边走过，把手提箱推到大厅里。她在楼梯上看到了威尔，说：“现在怎么办？”

“利文斯顿的车都是能够识别出来的，巴德会开来一辆新车。我的意思是一辆崭新的，一辆我们正在购买的车，就在我们说话的时候。这辆车会把你带到盐湖城。阿瑟的私人飞机将从那里起飞，但里面会是空的，这是一个诱饵。与此同时，你将乘坐包机去另一座城市，在那里你会见到你的母亲。你们俩会经历一些……处理，和巴德的人一起，清除你们的踪迹。一旦他完成了工作，你和你妈妈就可以一起飞出去了。”

他一边说着，一边穿过走廊，朝图书馆和秘密车库入口走去。她跟在后面，吴也跟在后面。

佐伊说：“飞出去？飞去哪里？”

威尔回头看了一眼。“你问我吗？去一个有海滩的地方？我不知道。你会在那里弄清楚你的余生想要做什么。”

他拉了一下书架上那本不那么神秘的书，他们四个——威尔、吴、佐伊和恶臭机器——走到车库里。过了一会儿，他们从阿瑟那堆贵得令人发指的汽车中走了出来，好像达成了协议一样，大家一句话也没说，直到听到车库气闸安全系统里两扇门发出了嗡嗡声。佐伊紧张起来，准备遭到某种机械怪物的伏击，但出现的只是她早先时候看到停在车库里的那辆黑色镶板卡车，正在倒车。车停下来，后门卷了起来，双坡道滑落到地面上，一辆深蓝色的宝马开了出来。

巴德从卡车驾驶座上走下来，说："别以为我给你争取到了什么折扣，我没时间去和他们讨价还价，销售员能感觉出来。"

"这是一辆可爱的车。"这很重要，佐伊想，因为它很可能会成为她的棺材。

"现在，它是一辆敞篷车，这通常是一个大的既不安全也不明智的选择，但说实话，如果这些人抓住你，我觉得开什么车都没什么帮助。圣马力诺蓝，我觉得和你头发上的条纹很配。"

"哦，哈哈。一旦被抓到就会死是吧？但我还是很喜欢它。谢谢你！"

"没事，我是用你的钱买的，所以不用太感谢我。"

吴坐在宝马里，似乎在熟悉车子的操控。

巴德说："我不知道威尔是否告诉了你，但我要独自做这件事，来确保你和你妈妈的安全。"

"你必须亲自去做吗？"

"这样会更好。你得明白，当你被摩洛克上百万粉丝的上百万个摄像机对着的时候，让人消失可不是件容易的事，他们都渴望向他汇报你的行踪。但我有一群朋友专门做这种‘让人消失’的事，我们会搞定的，别担心。就是有些时候，你可能不得不躲在一两个桶里，一旦我们到安全屋就没事了。开眼有面部识别功能，所以我的人还需要给你们做一些……改变。但很快你就不用去关心这些没意义的东西了。”

“什么，像整容手术吗？”

“再加上声音的改变，请一位表演老师带给你一些新的表演风格——有时我们甚至会换掉目标的种族，如果我们能让目标同意的话。但你要明白，即使我们把你带到一个连开眼都没有的国家，这种情况也不会持续太久。唯一能保证你安全的方法就是把你——”

“把我变成一个完全不同的人？”

“你才二十二岁。相信我，十年后，无论如何你都会是一个完全不同的人。”

当佐伊还在琢磨这句话时，巴德已经匆匆朝电梯走去。只剩下佐伊和威尔两个人了。

佐伊想了一会儿，说：“等等。你为什么在这栋楼里？”

“什么楼？”

“你知道我在问什么。当利文斯顿大厦开始倒塌时，你为什么在那里？你和埃科应该都在外面等着，计划是这样的。你为什么跟着我进来？”

“你知道阿瑟的遗嘱。你死了，遗产就会捐给摩门教徒或者别人。”

“哇，这是我听到你说的第一个很糟糕的谎言。你想让我相信，坐着一架你不知道怎么操控的直升机，冲向摩天大楼的顶端，企图从倒塌的大楼里逃生，要比雇几个律师来弄清楚阿瑟的财产分配问题容易得多吗？”

“你跟摩门教徒打过交道吗，佐伊？”

她恼怒地叹了口气。“无论如何，谢谢你！谢谢你回来找我。这就是我想说的。”

他耸了耸肩。“这是埃科的主意。”

“别说了。”

他们在尴尬的沉默中等了一会儿，然后佐伊说：“那么……你们发生了什么，在我离开之后？”

“这很重要吗？”

吴走上前去问她是否准备好了。佐伊转身向威尔伸出手，表示要和他握手。但他并没有伸出手作为回应。

她说：“别这样。现在没有理由再当浑蛋了。我离开，你得到了你想要的。”

他看着她，最后握了她的手，但目光始终没有离开她。他似乎动了动下巴。她最后一次看到这种表情，是一个游戏节目的参赛者在时钟嘀嗒作响的情况下，试图找出一个谜题线索的时候。

威尔把手放低，似乎又考虑了一会儿，然后把手伸进口袋。

“我想，还有最后一件事。”威尔从口袋里掏出那枚幸运硬币，“这实际上是三个戏法，一个接一个。第一个魔术有五个步骤，如果你把其中一个搞砸了，就完了，明白吗？”

“我……完全同意放弃阿瑟遗嘱中关于硬币戏法的条款。我之前只是开个玩笑。”

“这是他最后的愿望。至少让我给你表演一次，我会感觉好些。”

她耸了耸肩。“那……随便，好吧。”

“所有的魔术都只是一些错误的引导。观众会盯着那只看起来要去拿硬币的手，而硬币则被秘密地藏在另一只手里。首先，我们要使用的是被魔术师称作的法式藏币法。你这样拿着硬币，这样你的观众就能看到它，在拇指和食指之间。不要开始下一步，直到他们的眼睛集中在硬币上。现在，第一步——我会很慢地去做，这样你就可以看清楚——你假装把硬币放在另一只手里，但实际上你让硬币滑落到观众看不到的地方，用你的大拇指和手掌把它夹紧。但是你不能握住你的手，否则就露馅了——你必须让拿着硬币的那只手自然地放在你的一侧，就像它不再会参与这个把戏一样。这就是它的特别之处。像这样。你明白了吗？”

他等待着她的回答。

佐伊不耐烦地说：“是的，我明白了。”

“如果那枚硬币从你手里掉下来，魔术就失败了。现在，你要做的是——这是整个魔术的关键，所以仔细听——拿起那枚硬币，一遍又一遍地练习法式藏币法。一遍又一遍。成千上万次，一个小时又一个小时，一个星期又一个星期，一个月又一个月。就坐在家里，滑落硬币，接住硬币，一周又一周，一个月又一个月，每一段时间都会快那么一点点，听到硬币一次又一次地落在地板上。这些提升会很缓慢，你甚至感觉不到自己取得了什么进步。但你需要一直这么做。当你的朋友们都在外面喝酒，玩电子游戏，或者做你们这些人做的任何有趣的事情的时候，你需要待在家里，一遍又一遍默默地练习硬币把戏。直到有一天，几个月或几年以后，你将能够把硬币移动得飞快，观众的眼睛都无法看到它，即使他们正看着你的手。硬币永远不会掉到地板上。然后，在你掌握了这一步之后，你就可以开始第二步了，背藏法。现在——”

“不，够了。这听起来已经很糟糕了。”

“而这，”威尔说，“正是阿瑟要我给你看的。”

“你那炫酷的魔术真的就只是一堆乏味的重复吗？”

“是的，这就是英雄和普通人的区别，你和我的区别。像我这样的人知道魔术是不存在的，有的只是不断的磨炼。对那些不愿意做事的人来说，工作就像是魔术。”

他把硬币滑进衣袋，把衣袖拉了下来。

“我知道，我很懒，很笨，我——”

“我说的话你一句也没听见。你说你不是英雄？好吧，我要告诉你至今你听过的最好和最坏的事情。英雄不是天生的，你需要走出去，然后不断地磨炼。你失败了，你看起来很蠢，但你还是要继续磨炼。没有别的什么方法。没有所谓的‘被选中的那个人’，没有所谓的命运，没有人某天醒来发现自己在某件事上很了不起。有的只是你不断地用头撞墙，拒绝接受否定的答案。坚持不懈，直到墙或你的头被打破。你想成为英雄？你不必做出重大决定。没有鼓舞人心的音乐，没有蒙太奇。你只是不放弃。”

“像阿尔曼多？冲进去，结果血溅满地吗？”

“是的。你得承担风险，你会受伤。不管怎样，你低下头向前犁地，如果你死了，你就死了。这就是游戏规则。但别告诉我你不是英雄。你离开，是你选择离开。不管结果多坏，都是你选择让它发生的。你可以对自己撒谎，说你从来没有选择的机会，说你天生就不是干这个的料。但在内心深处，你会知道的。你会知道所有人都不是天生就有做什么事情的才能，是我们自己赋予了自己这样或那样的才能。慢慢地，用一把生锈的刀不断打磨自己。因为如果不这么做，就会发生这样的事：你会死，你会站在审判大门处，你会问上帝这一切的意义是什么，而上帝会说，‘我创造了宇宙，而你狗屁都不是。你要自己赋予它意义。’”

“你真的认为上帝会用这样的语言吗？”

“是的。”

“那么，这段话是对我说的吗？还是你？”

“我不知道。该死的。”

“我不明白你的意思。我离开不是你一开始就想要的吗？所以我走就是。”

“这是我想要的，但不是阿瑟想要的。他想把一切都给你。我不知道为什么，我永远也不知道为什么。该死，他就像我的父亲一样，而现在，那个杀死他的疯子要毁了他最后的愿望。”

“所以怎样，你要我留下来？”

“我不能让你做任何事。但如果这很重要，阿瑟会希望你留下来，然后经历这一切。”

“经历什么？杀了摩洛克？”

“不，那只是他期望的事。”

“他想让我们杀了他？”

“他想让我们去尝试。不，我们需要做的困难得多。”

佐伊与威尔的目光相遇。

“好吧，让我的猫来决定。我把它放下来，如果它走向那辆车，我就走。如果它走到电梯口，我就留下来。”

她把恶臭机器放在地面上。它扑通一声躺在水泥地上，开始舔自己。

又过了很长一段尴尬的沉默，他们都看着那只猫大声地舔着自己的胯部。威尔说：“我想你不能这么做。”

“如果我能这么做，我在这一切发生前就出名了。”

威尔的电话响了，是安德烈。

“到大厅来。摩洛克又要发布另一个声明了。”

威尔说：“我们正在过来的路上。”他大步朝电梯走去，过了一会儿，佐伊跟了上去。

# 四十五

西装员工们聚在水牛头标本下面，在一个分屏上观看着两个直播——其中一个是黑色的，上面用纯白字母写着“等待摩洛克”，这是摩洛克随时开始的通告的占位字符；另一个是在大楼倒塌后，无人机拍摄的大量人群聚集在市中心的画面。佐伊注意到，有六个摊贩和食品卡车已经开始向围观群众提供小吃了。就在那时候，同步的天际线高楼视频从之前播放的广告（为了宣传电影《詹姆斯·邦德打入了一个全是忍者的太空站，并与四名女性发生了关系》）切换成了一张巨大的脸，俯视着整个城市。

摩洛克的脸笼罩在险恶的阴影中。当他说话的时候，他的声音被调得像来自天堂的上帝的呼唤，低音震动着下面的街道。观众们都疯了，好像这是一场音乐会，而主角刚刚上台。

“我叫摩洛克，”那声音低沉地说，“我是一个你以前从未见过的人。可以说，事实上，我不再是一个人。我的意思是，就性别而言，当然我还是一个男人，‘我不是一个人’不是指我不是男人。我是所有人，比你所能理解的人拥有更广泛的含义。我有惊人的天赋，我是一位在某种层次上……你看到的时候甚至感到难以置信的男性。”

摩洛克停了一下，向右瞥了一眼，好像屏幕外有人在提醒他什么。

“对。正如你们看到的，我用右手的力量摧毁了利文斯顿塔。这只是一个小小的预告，我将向这座城市、向这个世界展示我真正的力量。建造利文斯顿的摩天大楼和贫民窟的赃款是那些躲在高墙后面，靠你们的薪水发大财的阴谋家收集来的。他们拥有虚假的权力，并且将权力建立在黄鼠狼般的谎言和法律漏洞之上。对他们来说，太阳已经落山，长夜已经开始。因此，他们的最终审判日将在十二月二十一日中午，也就是一年中最长夜晚的前一天到来。

“在四十八小时内，我将用我强大的手摧毁七个目标，七处城市虚假力量的象征，在塔布拉拉萨和全人类面前展示真正的力量。这些虚假的力量是枪支、金钱和迷信，是让懦夫待在豪宅和豪华轿车里的香烟和镜子。因此，首先将是塔布拉拉萨的安全联署——有钱有势之人控制的存放枪支的地方，好像那些人配得上做警察一样；之后，我将粉碎塔布拉拉萨的清真寺，天主教堂会是下一个，你们将会看到，当我在神圣的信仰的废墟上拉屎的时候，你们的神并不会让闪电击中我；然后我要拜访一下一号银行塔。猜怎么着——你们重建了它，我会再次将其摧毁。

“这个过程中会有好多惊喜，这场毁灭之旅的重头戏是阿瑟·利文斯顿的地产，我会走到废墟里去，用他那座豪宅大门上的尖刺刺穿他的猪崽女儿和屎一样的手下的尸体。他们在幕后控制这座城市之前，这里还可以算是一个城市。你们有四十八小时。你们会问，做什么？什么都不用做。我没有任何要求，无论你们采取什么行动，我都会进行攻击。到时候见。”

巨幅显示器里，摩洛克盯着镜头，默不作声，然后他转过身来说：“你关掉直播了吗？灯怎么还亮着？不，是要按那个按钮——”

摩洛克从大楼上消失了，然后大楼的每一面都变成了倒计时的画面，数字有三十层楼那么高。

佐伊说：“我不明白。他警告大家有什么好处？为什么不干脆把这些地方直接炸了呢？”

威尔说：“我们从头开始理一理。他的所有目标有什么共同点？”

“它们都，呃，很突出？”

“还有呢？”

“还有……他们的拥有者不会坐视不管，任由他这么做，他们会反抗。”

“比你想到的还要多——他马上要去摧毁安全联署——那地方是个堡垒，他们有一些军用级的设备可以安置在街道上。但是——”

“这正是他想要的，”佐伊抢先说，“被摄像头拍到徒手撕烂坦克，来进行展示。所以他给了每个人充分的通知，他们就都可以看到。明白了。”

巴德说："然后他就会坐下来，等着源源不断的出价。这只是一个大的老式电视广告，为他的新产品做宣传。"

安德烈说："再加上他要炸掉这所房子，所以应该是这样没错。谁快去告知一下卡尔顿。"

埃科说："安全联署不会坐等他上门。到了早上，摩洛克的总部火宫就会被子弹打得千疮百孔，那个地方已经不再是秘密了。"

威尔说："你以为摩洛克会不知道吗？这不会有用的。"

佐伊说："那么，我们的计划是什么？因为我准备建议花钱请人来自己夷平这里。"

威尔说："首先，我们需要评估一下工作内容。我们需要仔细检查这枚硬币，然后精确地找出我们手里有什么。"

安德烈说："他说的'我们'，是指埃科会研究它，而我们其他人只需要远远地避开她，或者偶尔低声说些鼓励的话，拍拍她的肩膀。"

佐伊说："硬币现在能做出什么改变吗？我们都没有植入物，这个软件对我们有什么用？"

她看着威尔说："等等，你没有植入物吧？"

"没有。"

"你没有得到一些强化，让你代谢酒精更快？"

埃科说："这些黄金驱动程序只是硬币上数据的一小部分，其余部分是设备本身的示意图。里面有两千兆字节的文件——植入物的制造者指令，原型机，以及其他各种我们甚至无法识别的设备，因为它们中的大多数都不是用人类语言写的。”

“但这对我们有什么好处呢，考虑到制造这些东西的车间现在变成了一个巨大的黑色火山口？”

威尔点点头，说：“没错。巴德？”

巴德戴上他的牛仔帽，说：“我去打几个电话。”佐伊想，自己在全息影像里也一定要戴个帽子。

威尔说：“安德烈和我要去见见那些受雇的枪手，免得他们做出什么蠢事。佐伊，你留在这里调查一下这里的工作人员。”

“谁？”

“你之前说，有人在内部泄露信息，找出是谁。特别注意场地工作人员，我昨天看到一个人用一种特别可疑的方式清理排水沟。”

“那么，在你大谈英雄主义之后，你给了我一份显然是捏造出来的工作，只是为了在你们出去做英雄之举时，让我安全地待在家里？”

威尔戴上了帽子。“并不完全准确。首先，你在这个房子里肯定不安全。”

“我和你一起去。”

他耸了耸肩。“你是老板。”他转身走出房间，安德烈向佐伊做了个“你先请”的手势。

出去的时候，她问：“那么……我们到底要做什么？”

威尔说：“法式藏币法。”

# 四十六

车库里，威尔领着他们来到那辆早些时候运送宝马的黑色平板卡车前。他点击手机上的菜单，卡车四周的LED显示屏都亮了起来，四周都是舞动的动画标志，一只奶牛正在咬一个奶酪做的轮胎，“犹他艺术奶酪”的字样在奶牛头顶上跳动。

安德烈说：“上次我们把它伪装成一辆冰激凌车，但它在每个十字路口都吸引了一群孩子。”他打开一扇侧门。里面有一个类似监视装置的东西，最里面有一个迷你酒吧。“还有一张沙发可以从地板上折叠起来，你现在看不到，因为我们得把宝马装进去。你先请。”

威尔召集的会议是在一个三十层楼高的裸体女人下面进行的。这是一栋位于市中心的矩形建筑物，被显示着3D视频旋涡的屏幕覆盖着，造成了一个深度错觉，使它看起来像一个中空的空间，巨大的脱衣舞娘在经过她的车辆上方摆弄着身姿（佐伊不知道实际上有多少男人对三百英尺高的女性有过幻想，因为它看起来让性爱变得非常不切实际）。威尔告诉她，大楼里只有几百名普通大小的脱衣舞娘和伴游女郎，为那些需要提前几周预订的高端客户服务。在这个女人身上滚动的是闪烁的深红色“裸体之城”的字样。

进入这座建筑的地下室需要威尔在门口出示一张小小的金色会员卡，之后安德烈、佐伊和吴跟着他走过几名高大但穿着考究的门卫。吴不得不放弃他的武士刀，因为俱乐部显然有禁止使用武器的规定。很快，他们发现自己来到了一间摆满黑色皮革家具的高档客厅，身穿法国女仆装的女孩们在那里招待他们，她们提供的盘子里有一排装有五颜六色液体的小玻璃杯，盘子上还放有小方格玻璃，上面有整齐的线状白色粉末。

头顶上的房间里弥漫着一种怪异的、波动的蓝光，佐伊抬头看到一丝不挂的腿悬在那里。他们上方的地板上是有着玻璃底的旋转泳池热水浴缸，从地下室的休息室可以清楚看见，这显然就是这么设计的。他们所处房间的天花板上有六个热水浴缸，像巨大的蓝色外星蛋一样鼓鼓的，而且每个池子里面都有一对蠕动着的毛茸茸的雄性腿，周围围绕着大约六条雌性腿。她昨天说过，阿瑟·利文斯顿的蜡制躯体是她见过的最恐怖的东西，但是塔布拉拉萨一直在超越她的想象。

他们坐了下来，佐伊对威尔说："别告诉我这地方是我的。"

"好的，不告诉你。"

威尔向安全联署发出的公开邀请再简单不过了："在你听到我们要说的话之前，别去火宫和冰宫。"很快来了六个人——全都是男人——代表塔布拉拉萨最大的私人安全保障公司。威尔把联署的首席执行官指给她看，一个名叫布莱克的人，头发灰白，皮肤黝黑，以前是军人。佐伊觉得，如果他每天睡觉超过凌晨五点，他可能会做五百个俯卧撑来惩罚自己。

他穿着灰色的西装，没打领带，散发着须后水的味道。每个人走进来时，威尔都低声向她介绍，但她很快就忘了他们的名字。其中的一个人看上去像旧时期的黑手党；另一个穿戴着黑色战斗装备，好像他更愿意通过天窗撞进房间；另一个人只穿了一件运动夹克和背心，他的胸肌将纽扣绷得紧紧的。房间里的睾酮激素太多了，佐伊觉得会议结束时她能长出胡子。

威尔好像没有准备开场白，直接说道："你们所有的人，远离冰宫和火宫。我们会处理。"

佐伊认为，这充其量也只是夸张的说法。

布莱克的回答很冷静，也很实事求是："我很理解你刚才说的话，出于礼貌。但你我都知道，现在的问题是谁先去找摩洛克。你们如果能提供任何关于他总部内部布局的情报或外来的防御措施，我们将不胜感激。"

"'外来的'并不能描述你将在那里看到的东西。我们之前的人能进去也只是因为摩洛克故意如此。这……只是他正在玩的游戏。"

布莱克耸了耸肩。"我非常想要没收他的装备，然后好好检查检查。我们会以压倒性的力量进入，布莱克沃特先生。"

"这就像一个祖鲁部落试图用他们的长矛'压倒'坦克一样。他有好几个月的时间来准备这栋建筑，现在他的设备已经开始工作了。看一眼他现在所拥有的东西，我认为这根本不是一场战斗。我想他可以轻松地……压制你，不管你带去什么。"

肌肉男说："他说得对，布莱克，你们这些家伙应该退后。让我的人进去，处理好这件事。"

布莱克说："你们只会碍事。你没有武器，雷吉。"

威尔说："明天很早的时候，我们会去找摩洛克。"这对佐伊来说是个很重大的消息。"如果你决心要进去，可以，但让我们先来。如果你认为我们没有能力，那就看着我们失败后来完善你的策略。我们至少会为你拧松这个罐子。"

布莱克说："我们会考虑你的——"

他的话被门外的尖叫声和枪声打断了。

# 四十七

佐伊被枪声吓了一跳，但房间里的其他人毫无反应，似乎只是对这种破坏礼仪的行为感到恼火。他们向房门走去，像是剧院里不满的观众，想看看到底是谁的手机响了。

门被踢开了，佐伊看到一个红色尖刺的莫霍克头，身后是一把卡通式的大枪，她怀疑自己甚至举不起来——枪里至少有三根枪管，底部还有一把链锯。浑蛋联盟的首领把他的队伍领进了房间。

“所有人都趴下！”

没人趴下。

那家伙穿着一套迷彩服，里面有护膝、手肘垫，还有大得令人困惑的垫肩。剩下的是纵横交错的带子和装满子弹的绷带。其他的地方都是袋子，甚至他的靴子上都有小袋子。站在他旁边的是有着一对假胸的女人，胸部看起来快要逃离她身上的深红色皮革泳衣了，脚上穿着相同颜色的高筒皮靴。那个女人的靴子上有枪套，大概是用来装她现在挥舞着的巨大手枪的。如果子弹用光了，她可以使用绑在身体各个部位的四把——不，是五把——薄匕首。另外四个人似乎在比赛，看谁能把最多的护具、刀片和子弹装到自己身上，同时还能走动。

但他们都没有戴头盔，也没有任何头部或眼睛的保护装置。佐伊认为，如果保护你的脸意味着要在镜头前隐藏它，那就不值得了。

四人匆匆穿过莫霍克头，走向西装员工们。几秒钟后，佐伊有生以来第一次被人用枪顶着脑袋。安德烈、威尔和吴也是如此。威尔叹了口气。

莫霍克发型的男人说："大家冷静，什么事都没有。我们只是必须进来，仅此而已——我猜我们的请柬在邮寄中弄丢了。我相信你们对我的团队都很熟悉。这是雌狐，你后面的是骨火、血棍、风暴井和狼柄。他们的手指都痒痒得想要扣动扳机。"

佐伊说："我想他们选择这个职业并不奇怪，因为他们有这样的名字。"

布莱克仍然坐在那里，正在往咖啡里加糖。他说："李，你到底在干什么？"

安德烈说："我想我知道这是怎么回事。你们可能看到后面的卡车了，但我向你保证，我们没有奶酪。"

莫霍克发型、名叫李的人说："我们在拯救这座城市。"他拿着那把巨大的钢锯枪指着布莱克和房间里的其他人，说："出去，你们所有的人。"

布莱克看了看威尔，说："会议结束了吗？"

"记住我说的话。明天早上五点左右，在那之前不要采取行动。"

佐伊试图考虑如何在不到十二个小时的准备时间内搞出一个突袭摩洛克总部的办法，但她很难集中注意力，主要是因为有把枪很用力地压在她的太阳穴上，在她的想法上留下印子。她想如果有人朝天花板开一枪，上面的热水浴缸会不会爆裂，把每个人都淋个透湿。

布莱克抿了一口咖啡，放下杯子。“我会和我的人谈谈。”

他向房间里的每个人都点了点头，包括那些挥舞着枪支的浑蛋联盟成员，然后平静地走了出去。其余的武装安全巨头们紧随其后，把这个人质事件抛在脑后，就像他们决定提前离开一场无聊的体育赛事，以便避开交通堵塞。在出去的途中，那个肌肉男停下来，抬头看了看头顶上一双棕色的光腿。佐伊不知道他会不会在这之后直接上楼。

当西装员工们和浑蛋联盟成员单独在休息室时，李说：“我们要去找摩洛克。”

佐伊说：“很好，去吧。你不必征得我们的同意。”

“你们和我们一起去。瞧，不管那些家伙想到什么办法进入摩洛克的老窝，我猜他们不知道他们需要的只是摩洛克想要的东西，那就是你们。我们把你们放在一个银盘子里送给他，摩洛克就会露面，我们就直接向他的头部开枪。”

安德烈说：“你到哪儿去找这么大的银盘子呢？”

威尔说：“我想今天下午你们错过了一些重要的新闻报道，击中摩洛克比你想象的要难一点。”

李说：“这就是为什么你要把他的增强功能给我们，我们看到阿尔曼多在倒下之前做了什么。”

佐伊说：“等等，你们这些家伙不是站在摩洛克那一边的吗？你们是在我来塔布拉拉萨后第一批想要抓我的人。”

“我们不为摩洛克工作，我们为这个城市里付不起那些刚离开房间的人工作。第一个晚上，因为摩洛克的事，我们没有争取那个合同，只是——”

“想出名？”佐伊接完他的话。

“在追击的过程中被抓了。我们那时候不知道摩洛克是个什么样的人。但这绝不是针对个人的行为。”

“对于真正的怪物来说，这都算不上是针对人的。”

“闭嘴。和我们合作，就没有理由不能活下去。你们只要扮演人质的角色，我们会在交换之前要求和摩洛克见面，然后干掉他。”

吴说：“我可以向你保证，我们不允许你执行那个计划，是在帮你的大忙。”

李转过身，对他说：“闭嘴！你们现在的处境没有说不允许的权利。”

安德烈对李说：“我问你，在你进入……不管你叫它什么之前，你做什么工作？”

“我？我在海军陆战队服役了四年。在那之后的五年里，我是内华达最好的赏金猎人。”

威尔插话道：“要成为内华达的赏金猎人有什么条件？”

李说：“一流的直觉，熟练使用武器——”

“这需要二百五十美元的申请费和在社区大学上五个周末的课。”

“不过这已经足够让我比你强了。”

威尔转向佐伊，说：“这是很好的在职培训。告诉我，李手里拿的是什么？”

“呃，枪？我不知道是什么枪——”

“为什么枪比刀好？”

李说：“闭嘴。我们去车上，你带路。”威尔没有动。

佐伊说：“因为它能让你从很远的地方杀人？”

“正确。现在看看站在我们旁边的人，问问你自己，你为什么要拿着这样一件武器，把它压在一个人的脑壳上，放在他们伸手可及的地方呢？”

附近传来一阵扭打和咕噜声。佐伊朝声音转过身去，发现那个用枪指着安德烈的人已经跪了下来，他的胳膊在背后被扭成一团，安德烈手里拿着枪。

李用枪指着他，尖叫着要他别动。但吴的方向又发生了扭打，当佐伊转过头时，吴正在拆卸他从劫持者手中夺过的手枪，子弹从他的手指上滚落到地毯上。持枪人昏倒在地板上。

威尔的劫持者迅速后退，把他的枪移出了可以被够到的范围，但枪口仍然对准着威尔的后脑勺。

那人说，“想都别想”，但听起来他对自己的处境从来没有这么不自信过。

威尔回头看了他一眼，说：“你是特里·里佐，对吧？把枪放下，去你在湖街的公寓，带上谢尔顿和杰里迈亚，离开这里，永远不要回来。你有五秒钟的时间。”

那人紧张地看了看威尔，又看了看李。

威尔说：“我的人正在观看开眼。你永远无法打败他们。三，二……”

那个人匆匆走出房间，边走边向李道歉。

李说：“你喜欢威胁别人？但你威胁不了我。摩洛克要杀你们，而我是你们唯一的——”

佐伊说：“快闭上你愚蠢的嘴！如果你想说话，告诉最后一个人，别拿枪指着我的头。我不知道怎么把枪从他那里弄走，我也不想做什么大男子主义的事情，因为吴会跑过来用空手道让它消失。告诉他把枪收起来，我们再谈。我的意思是，我必须大声说出已经很明显的事情吗？向我开枪就是向你自己开枪，好吗？我真的受够了这一切！”

李看了看她，然后轻微地点了点头。那家伙后退了几步，然后走到房间另一边的李和雌狐身边。

佐伊说：“好吧，有两件事。首先，我认为给予人们摧毁建筑的力量是相信他们可以很好地使用这种力量，但是从这段时间发生的事情来看，我觉得把力量给予那些最想要得到它的人的决定差不多是把世界毁坏到这个程度的原因；第二，我们不能满足你的要求。说来话长，但我们不能做肢体增强，我们还没准备好。”

安德烈说：“你知道她说的也是实话，因为我现在还缠着绷带。”

“但是，”佐伊说，“我可以给你提供工作，给你可能一年都赚不到的酬劳。你可以买一辆新的面包车，而雌狐在这里将能有钱去补她剩余的服装。”

威尔显得有些疑惑，他低声说：“佐伊……”

李说：“我在听。”

“斯库特维尔擅自占用地，你熟悉吗？穷人搬进去的未完工的公寓，离利文斯顿大厦有几个街区。”

“知道。”

“他们需要保护。如果摩洛克继续暴跳如雷，我需要有人把那些人救出来，送到安全的地方。即使他们所在的街区没有发生混乱，你也可以帮助确保食物、尿布和其他物品安全送到他们那里。”

“阿什小姐，整个城市都是目标。摩洛克可以攻击医院、艺术画廊，甚至核工厂。我们不会坐视不管，让他去做的。”

“对，但这些目标都有安全保障，因为拥有它们的人有钱。现在已经没有人保护斯库特维尔擅自占用地了。你去做这件事，不要误杀任何人，就会得到五十万美元。之后，也许我们可以再谈谈。”

“但如果我们干掉了摩洛克，那些人就安全了。”

“那些人永远不会安全。要么接受我的提议，要么离开，但在这里你可以决定你想要的是成为一个真正的英雄，还是只是杀掉你不喜欢的人。因为在我看来，如果你是真正的英雄，你就已经是了，确保那些可怜的孩子不必每天晚上担惊受怕地睡觉。”

很明显，李不喜欢这个计划，但他更讨厌公开说不。“我……需要和我的人讨论一下。”

“佐伊，”威尔说，“告诉他真相。”

“什么？”

威尔对李说：“摩洛克肯定会去斯库特维尔占用地，我们需要保护它，但不是因为那里的人。我们需要它，是因为那里的金币。”

佐伊在想：“什么？”与此同时，李大声说了出来。

“价值两亿美元的稀有金币和银币，大约十五年前在佛罗里达海岸的一艘西班牙大帆船上发现的。它们被摩洛克的父亲埋在那里，当时那儿还是一块空地，现在它们被埋在大厅的混凝土下面——你可以看到埋藏它们的地面上的裂缝，因为下面的土壤疏松。这才是整座建筑没有完工的真正原因。摩洛克发现了，我有一种感觉，那里将是他的第一站。你把摩洛克赶走，就能得到一半的金币和银币。”

李没有回答，但他的目光有点飘忽，他盯着和威尔中间的地方，好像那里有他幻想的无尽财富。

威尔整了整领带，说：“现在，如果你不介意的话，我们还有很多工作要做。”

威尔朝门口走去，没有人拦他。

# 四十八

他们乘电梯上图书馆时，安德烈的注意力都集中在他的手机上。威尔问：“有什么发现吗？”安德烈摇摇头。

佐伊问：“我们在找什么？”

威尔说：“对火宫的袭击。”

“谁？”

“每个人？不过，我赌安全联署会先动手。”

“也许你说服了他们不要行动。”

“我其实是在说服他们采取行动。我告诉他们，我们要在黎明时分行动，他们绝对不会让我们抢走那个英雄时刻。我基本上是为他们设定了一个最后期限。”

“等等，你想让他们去找摩洛克？”

“他们不管怎么样都会去的，我想确保他们今晚行动。”

“天啊，你真是个魔鬼。”

他耸了耸肩。“关键是布莱克可能认为我在时间上撒谎了，这意味着他认为我们计划更早行动，关于黎明的说法是一个专门用来阻止他抢在我们之前行动的诡计。所以他很可能会立马回去，告诉他的人需要准备好行动……差不多是现在。”

“那么，我们要做些什么？”

“现在吗？我们看着。”

安德烈说：“嗯，我只需要咖啡。”

他们都朝厨房放咖啡的地方走去，佐伊在吧台边转来转去调制饮料。没有人点过东西，她只是做了些好看的咖啡放在柜台上。她当时正在做的咖啡用了四份浓缩咖啡，椰奶和全脂牛奶的混合物，加了佛手柑糖浆。她在奶泡上画了一个古英语字体的“Z”，并撒上巧克力屑。然后她抓起另一个杯子，又开始制作起来。

安德烈说：“我可以一整天都看着你做这些，你就像在跳舞一样。”

“我闭着眼睛都能做这些事，爪哇咖啡屋一次只有一位咖啡师，这是一场只有一个女人的表演。我喜欢店里很忙的时候，感觉像是一个挑战。但现在……我只想一直做事。因为如果我停下来想想发生的一切，就会感到非常恐慌。”

他们在酒吧后面的墙上打开一个直播画面，安德烈正在切换各个地点。火宫和冰宫，安全联署的总部以及他们所在房子的周围。

他瞥了威尔一眼，说：“海盗宝藏？你就编出来这个？你告诉他们非法宝藏埋藏在斯库特维尔擅自占用地？”

“好像是他们会相信的那种事情。至少这给了他们一个去那里的理由。”

巴德和埃科走了进来。

巴德说：“我们找到了一个。”

埃科说："我闻到咖啡的香味了。"

佐伊说："我正在像一个咖啡机一样制作咖啡。在那儿呢，喝吧，否则就会被倒进下水道里去。我们找到了一个什么？"

巴德还没来得及回答，安德烈说道："开始了。"

安全联署在夜幕降临后不久就发动了进攻。两架巨大的黑色直升机在寒冷的夜空中向火宫飞去，被一群尾随的无人机拍摄了下来。当画面转到地面时，六辆笨重的黑色卡车组成的车队轰隆隆地驶过费尔法克斯大街，每个方向各有三辆。计划同时从地面和空中对火宫发动进攻。

佐伊环顾四周。"吴在哪里？"

安德烈说："外面。他在大厅里发现了一只蜘蛛，用纸杯把它装起来后，说是要带到院子里去，这样蜘蛛就可以找到它的家人。"

从外面看，火宫似乎完全处于休眠状态——如果大楼里有灯光，也会被黑色的防水布遮盖起来。它就像天空中一个黑暗的空洞。如果仿生机器人恶棍发起进攻，那观众可什么都看不见了。

但就在这时，埃科说："那儿，在街道上。"

开眼直播在她之后就注意到了——他们都开始向下注视着塔楼底部的圆形人行道。蓝色的灯光一个接一个地亮了起来，组成一个环形。灯光是从人行道上齐腰高的物体上发出的，佐伊很确定这些物体的形状就像伸出的中指。

卡车向前行驶，粗糙的轮胎在路面上发出尖锐的嗡嗡声，就像一个被踢翻的马蜂窝，从北方和南方开来。第一批卡车还在两个街区外，那一圈发光的蓝色中指整齐地闪烁着，就像一排照相机的闪光灯同时熄灭又打开，发出一种像是巨大鞭子抽打的噼啪声。眨眼间，摄像机都转向了卡车，似乎在等待爆炸。但是什么都没有发生。尽管如此，卡车一接触到灯光就慢了下来，好像司机突然不知道他们要驶向哪里。

或者更确切地说，他们中的大多数突然知道了方向。

第一批卡车——最接近蓝色灯光的那些——继续向前推进，丝毫没有减速。第一辆开始向左转弯，离开火宫，向街对面的冰宫驶去。另一辆车继续向火宫驶去，但是开得歪歪扭扭，仿佛司机在用膝盖操纵。最后，两辆卡车都慢吞吞地停了下来，其中一辆慢慢地撞上火宫外面一只发光的中指，另一辆停在街对面的人行道上。其余的卡车打着滑停了下来，不确定地保持着一定的距离。

过了一会儿，什么也没有发生。没有特警队从卡车里冲出来，没有发生爆炸，也没有从塔里发出更严重的恐怖袭击。相反，过了几分钟，大约十几名没穿上衣的摩洛克手下从容地朝车辆走来。其中一个人正在吃三明治。他们走到两辆车前，打开后门。佐伊吸了口凉气，因为她看见一具烧焦的尸体从车里滚了出来。摩洛克的人在卡车里翻来翻去，在里面收集武器和装备，然后全部拖回火宫。其中一名手下拿出一罐喷漆，用深蓝色的发光颜料给两辆车都画上了一只伸出中指的手。

佐伊旁边的安德烈发出一声疲惫的叹息。佐伊继续看着直播，开始研磨另一批意式浓缩咖啡豆。

众人的目光转向火宫的屋顶，两架直升机已经将滑降绳放下到了屋顶上。屋顶还在冒烟，是当天早些时候阿尔曼多与罗斯拉战斗结束后留下的。

在圆形屋顶的边缘，另一圈蓝色的手指闪闪发光。

又有一阵闪烁。

一大堆火红的尸体从直升机上滚落下来。

直升机突然倾斜，摇摇摆摆，然后滚落到费尔法克斯大街上，与附近报废的卡车会合。直播旁边的评论栏里充斥着摩洛克支持者的欢呼。

佐伊低声说："我们本应该阻止他们去的，我们应该说服他们不要那样做。"

威尔说："关于这个世界，你还有很多东西要学。"

安全联署的其余装甲部队现在正在后退，速度慢得足以让人觉得这是战略上的重新部署，而不是全面溃败。全世界都在等着看塔布拉拉萨的雇佣兵还会向摩洛克发起怎样的进攻，但各大安全机构的直播画面里都是无比震惊的专家，他们试图用超然的战略讨论来掩饰自己的恐惧。有人建议切断大楼的电源来关闭能源武器，但有人指出，安全联署实际上已经这么做了——大楼显然有自身的电源。分析人士试图研究并识别这些防御系统，但他们很快得出结论：目前科学界对其一无所知。

随后，画面切换到一群人围着停在城外沙漠里的一辆橄橄绿的卡车。卡车车厢上有一个斜坡，上面盖着一块绿色的油布，以四十五度角朝向天空。当人们把油布拉开时，佐伊以为这是一架小型战斗机，只是大小和给婴儿或小狗使用的差不多。她又觉得这不是战斗机。

安德烈一看到这个装置就呛住了。

佐伊问："那是什么？"

埃科说："远程指令控制的重型无人机，基本上可以说是一颗巡航导弹。看起来像俄罗斯的。"

威尔说："他们打算炸毁那栋楼。"他看上去有点恼火，似乎对业余选手们不加掩饰的技巧感到沮丧。

巴德说："这群疯子。那是黑黎明民兵。我猜我们知道去年是谁劫持了这辆车——"

导弹在一堆黄色的火柱上射向夜空，地面上的人又叫又跳，有几个人还在喝啤酒。这枚导弹有一个前端摄像头，可以用来进行开眼直播，因为这当然是必须的，画面显示风景从下方掠过，前方是塔布拉拉萨市中心闪烁的楼群。控制设备的人一直在播报导弹的情况，包括高度和风向，屏幕上的红色标识在远处目标的上空盘旋。

佐伊说："这样的武器在别人手里，我是应该感到害怕，还是应该为它加油呢？"

没有人回答。每个人都被吸引了，眼睛盯着传送的信号，导弹在吞噬它和火宫之间的距离。

控制者说："距离目标一公里。九百米，八百米，七百——等等，发生了什么——”

突然，画面向右偏转，好像导弹进行了一个急转弯。

“已偏离航线，三十二度，试图纠正。”有几秒钟暂停，然后，“控制无回应。”

画面中的视野转了一圈又一圈，最后地平线终于稳定了下来。导弹尖啸着向前飞去。

“启动自毁程序。”控制者说，几秒钟后，“没有回应。我们失去了对导弹的控制。该死，达里尔，我告诉过你这是个坏主意。”

佐伊说：“哦，天哪！那东西是不是刚朝着市中心飞过去了？”

埃科摇摇头。“更糟。我觉得摩洛克的人控制了导弹。”

佐伊的心凉了半截。“他们要把它发射到哪儿去？”她真正想问的问题是：他们把导弹发射到这儿来了吗？

开眼切换到这枚导弹的外景镜头，从一个画面跳到另一个画面，它在夜间掠过无人机，在摩天大楼之间闪现。它又转了一圈，然后以弧形向目的地飞去。

巴德说：“天啊。”

威尔说：“它正飞向医院。”

佐伊觉得她仿佛能听到摩洛克的笑声。

导弹呼啸而过，在夜空中留下一道黄色的裂缝，巨大的白色建筑填满屏幕。

它击中了医院前面的停车场，把它爆炸成一个巨大的橙色火球，也许从德雷顿堡都可以看到。他们先是听见开眼画面传来的爆炸声，然后是厨房窗外远处传来的回声。佐伊两次都被吓了一跳。她不知道摩洛克是出于怜悯把导弹落在了停车场，还是对路径的判断失误了。

威尔转过身去，说："就像祖鲁人围住坦克一样。"

佐伊说："威尔，我们该怎么办？我们到底该怎么办？"

威尔想了一会儿，然后说："我想现在是个不错的时机，来告诉你我们在遇到你父亲之前在做些什么。"

# 四十九

威尔问："你知道什么是心理战吗？"

佐伊强迫自己把目光从视频上移开，说："是某种秘密的军事行动？我想我曾经看过一部相关的电影，但是我在一个浪漫的次要情节中睡着了。"

"就是心理战术，跟敌人玩心理游戏，不费一枪一弹来赢得战争。安德烈、巴德和我之前在第八军事情报局工作，但我们的私人身份是承包商，与美国政府没有官方联系，所以如果我们被抓，他们很容易跟我们脱离关系。十五年前，我们都在朝鲜，在叛乱期间我们的政府没有以官方身份提供任何帮助，所以我们只好玩了个非官方的把戏。"

"阿瑟也参与了？"

"不，阿瑟在那儿，因为……别的生意。"

"好吧，我不想知道。"她看着埃科，"那你的工作是什么？"

"嗯，那时我上四年级，所以……"

"那时，"威尔打断了她，"叛乱正在瓦解，但当局政府并不知道。我们的目标是试图说服朝鲜政府，让他们相信叛军比他们实际上强大得多，并试图迫使他们坐到谈判桌前。我们知道他们偏执地认为反叛者已经得到了中国的支持，如果这是真的，那么这个政权注定要灭亡。但这并不是真的，而我们的工作是让他们相信这是真的。到目前为止你明白吗？”

佐伊突然想到，如果把话题转到威尔比别人聪明得多上面，真的能让他一直开口说话。安德烈从吧台拿了两杯咖啡，在威尔旁边坐下。直播画面中，消防车正在向医院的停车场奔去。

佐伊说：“明白。你想喝点什么吗？”

“你会制作热茶吗？我要尽可能简单的一杯热茶，不用太花哨。”

“马上就做好。”

“现在，”威尔继续说，“我不知道你对战争和国际政治熟悉多少，但朝鲜的领导人是一个接一个越来越疯狂和偏执的专制者，他们本应该把脑子放在一群易怒之人的身上。这是我们的优势——如果我们给出正确的暗示，这个政府就会相信一切。所以，第一步就是让大量叛乱分子的武器被缴获。装备放在雨中无人看守，这样，政府的军队就可以进来扫荡，不费一枪一弹夺取一切。你能想到我们为什么要这么做吗？”

佐伊说：“这会给人留下你不需要这些装备的印象，对吗？就像一个穷小子在一次约会中把自己的薪水都花光，那个女孩就会觉得他比实际有钱？”

“没错。如果叛乱分子能承受得起这些，想象一下他们在其他地方会有什么装备。”

“但如果坏人没有注意到这一点，那就是巨大的浪费。”

“永远假设你的敌人比你想象得更聪明——即使是动物也能提前几步想到。这意味着如果你想让他们相信一个谎言，你不需要强迫他们相信。你只是给他们留下一些面包屑，让他们相信他们是违背你的意愿得出结论的。但这一切都始于一条基本原则：找出敌人最害怕什么，你也会发现他们最渴望相信什么。”

佐伊把茶递给威尔。那是一杯克苏鲁茶——一个清澈的杯子，有三层不同颜色和口味的热茶，底部是金色的，逐渐变成血红色，顶部是深蓝色，就像日落一样。几滴百利甜酒被一根细吸管轻轻滴在茶水表面，渗入茶水中，悬浮在深蓝色的液体里，就像一个邪恶生物从天上垂下来的白色触手。这是佐伊知道如何制作的最精致复杂的饮料。

威尔说：“谢谢。我想我该这么说。”

安德烈尖声说道：“现在，整个行动中我最喜欢的部分，或者更确切地说，如果它成功了，我最喜欢的部分是什么——”

威尔举起一只手。“我们不需要说出这部分内容——”

巴德说：“我觉得我们需要说。”

“这一切在技术上仍属于机密，我已经说得太多了——”

“我最喜欢的部分，”安德烈说，压过了威尔的声音，“是威尔想出了制作死亡射线的主意。”

巴德拿起一个咖啡杯，说：“现在，我们需要给你快速补充一些背景知识。这不是要把你淹没在一堆地缘政治之类的废话里，但就在那个时候，中国人正在试验高能武器——激光和微波，以及星球大战的那些东西。所以我们开始散布谣言，说反叛者有中国的手持微波枪，可以穿透最先进的盔甲。这很重要，因为政府的坦克主要是用来进行恐吓的武器。坦克开在街道上的声音轰隆作响，压平停放的汽车，撞穿墙壁——它们带来的心理影响远比战略价值重要得多。所以你可以想象，如果一个叛乱分子拥有，比如说，一把手持来复枪，只要扣动扳机，就能让一辆坦克像烟花一样升空，那将会怎样改变游戏规则？”

威尔不耐烦地说：“巴德，这些都不能帮助她理解心理——”

“我已经补充完背景知识了。所以我们想要制造一种火星死亡射线，不是真的制造一个——当时根本不存在这样的东西——但它足以把平壤吓得屁滚尿流。现在在现实世界中，你看不到激光发射器——有人在一端扣动扳机，然后就有东西在远处爆炸。记住这一点。无论如何，我们开始准备一切，要让这件事发生在一个购物区中央，那里会有很多手机摄像头来捕捉这一切。威尔也在那儿，他当时只有你这么大年纪，他找到一家玩具店，买了一把巨大的塑料水枪，上面有一个大水罐。我们把它拿到安全屋，喷上油漆，简单地改装后印上战术地址——让它看起来真的像是来自中国的先进武器实验室。然后反叛军里一名炸弹制造员给我们做了个反坦克炸药包，但我们对它进行了改进。我们给它装满硫酸铜——一种你可以从五金店买到的化学物质——它燃烧起来时会发出亮绿色的光，就像我们这里有某种疯狂的外星武器。接下来，我们把它制作成背包炸弹吸附在坦克上——它里面有磁铁，看——炸弹会被手机引爆，所以这就像把手机嵌入假的死亡射线步枪的把手一样简单。然后，枪手就等着坦克轰隆作响时，扣动扳机，看着坦克变成一个美丽的绿色火球，让全世界都看到。砰！瞬间死亡射线。那就太棒了。成功了。”

威尔咕哝了一声。

佐伊说：“你说‘成功了’是什么意思？”

威尔说：“这不重要，重要的是你要明白……”

“枪手是薄弱的一环。”安德烈说，好像还在深情回忆，“计划的第一部分进展得很顺利，但要记住，为了让一切顺利进行，他必须离坦克很近，这样人们用手机记录下来就可以同时看到‘死亡射线’和坦克。所以枪手把坦克炸成绿色，看起来很不错。”

“可是，”巴德接着说，“他转身快速撤离，立刻被自己的脚绊倒了。他的超高级死亡射线武器就像中空的塑料玩具一样在他身下被压得粉碎。他被政府军抓了起来，不到一个小时我们所有人都被拘留了。”

“天哪！你们被朝鲜军队俘虏了？”

安德烈点了点头。“嗯哼。被扔进铁丝网后面的拘留区，和一群饥饿的战俘一起。从来没见过这样的景象，以后也不想再看到。”

“你们是怎么逃出来的？”

安德烈说："你爸爸。他正在那儿——你懂的——做生意，他有关系。长话短说，他偷偷带我们过了边境，如果他不这样做，我们就会被吊死在桥上。阿瑟后来在美国找到我们，问我们是否愿意为他工作。剩下的就是历史了。"

佐伊问："另外一个人怎么样了？"

"另外哪个人？"

"那个拿着枪的白痴，把自己绊倒，然后毁了整件事情的那个人？"

巴德朝威尔点点头，说："你为什么不问问他呢？那家伙就坐在这里。"

佐伊笑了，然后笑容消失了，她说："我们完蛋了。"

巴德说："嗯，我们收到了一份快递。我想这会使你改变主意的。"

# 五十

那天晚上，她又梦见了耶扎。

这一次，她又回到了那间油腻腻的旧公寓里。她在浴缸中。浴缸太小了，小到即使是矮个子佐伊，若是想让上半身浸在水里，也不得不把膝盖露出水面。门开了，耶扎出现了——只是现在，在梦中，他是半人半机器，他的眼睛变成搅拌机里转动的小刀片，手臂变成一捆捆电线和齿轮。他赫然出现在浴缸旁边，抓住佐伊的脖子，把她按进水里，灼热的水穿过鼻孔流进她的喉咙，味道像肥皂和浴盐。佐伊撕抓着他的脸，但无济于事，她离水面上的空气越来越远……

佐伊醒过来，坐了起来，把水溅得到处都是。受到惊吓的恶臭机器在浴室的瓷砖上飞快跑过。她擦去眼睛里的泪水，花了十秒钟的时间试图回忆自己在什么地方。

她在一个浴缸里睡着了，浴缸的长度是她之前浴缸的两倍，而且没有另一端支撑她，所以她滑到了浴缸的水面下。浴缸在“佐伊之家”的另一间客房里，这是一种奢华的设备，可以让水保持恒温，用模拟烛光照亮房间，并根据它探测到的你当时的心情产生香薰气味。浴缸的内部覆盖着一层透明凝胶，这种凝胶可以根据你的身形改变形状，所以当你想要坐起来的时候，你的尾骨不会被坚硬的玻璃纤维压迫。佐伊想知道她出来后是否会留下一个完美的臀部模型。

午夜时分，利文斯顿大厦事件发生大约十二个小时后，它变成了一个三层楼高的钢梁和混凝土堆，位于十个街区宽的散乱堆积的“玻璃湖”的中心。洗澡是安德烈的主意，他说这是他们在军队时学的，用来处理战斗后留下的心理创伤。他们说，当你有片刻的安全时，花点时间做一些基本的人类活动：洗澡、梳妆、吃饭、睡觉，哦，还有呼吸——从腹部缓慢而稳定地呼吸。安德烈说，如果你一直保持紧张和警觉，就会烧毁你的大脑，让它变得毫无用处（“或者像威尔一样，慢慢地喝酒到死。”）。

佐伊走出客房（没错，她离开浴缸后的确留下了一个屁股凹痕），发现吴正在门外耐心地守候。

他见了她，说：“凌在找你，舞厅现在有活动。”

“好吧，你是指人们举行舞会的真正舞厅，还是指那个有出奇老鼠波波池的房间？”佐伊想象着威尔、埃科和其他人在彩球中间蹦蹦跳跳，就像一群孩子在生日聚会上那样。

“我想应该是前者。”

“好吧，我不知道我有这么个房间。你知道在哪儿吗？”

“也许如果我们合力，就能一起找到。”

他们在楼梯上遇到了卡尔顿，卡尔顿说：“啊，阿什女士，布莱克沃特先生问他是否可以拆掉舞厅的一面墙。”

这个舞厅很大，不知为什么闻起来像饼干的味道。房间里塞满了圣诞装饰品，就好像屋子里的其他地方都装饰好了，然后才发现还剩下四吨的花环、蝴蝶结、蜡烛和成百上千的其他节日小摆设，于是他们决定把这些东西都塞进这个房间里。

一群穿着工作服的人已经用锯子和大锤把远处的墙拆掉了，所以显然威尔请求允许只是出于礼貌。安德烈连蹦带跳地跑过来，在门口迎接佐伊和吴，上气不接下气。他穿着牛仔裤和一件沾满油漆的运动衫——工作服。

“我们在外面有个平板拖车，太宽也太高了，进不了车库，所以我们得把舞厅变成工作间。”

安德烈走到门边的小桌旁，折下一个角，把它吃了下去。佐伊目瞪口呆地盯着他。

“姜饼。每年阿瑟都会在这里举办一个盛大的圣诞狂欢派对，所有有钱的朋友和他们的孩子都会参加。大家称之为旺卡派对，因为整个房间都变成了糖果宫殿，所有东西都可以吃。看到角落里的雪人了吗？那是棉花糖做的。你可以过去咬一口。那边是硬糖做的树枝和巧克力做的装饰物。那边是格雷厄姆饼干做的架子。到处都有巧克力喷泉，你可以把食物蘸着巧克力吃。这些花了十多万美元才全部布置好。派对应该是十三号，但是，你知道的，被取消了。”

佐伊说：“我觉得你是想转移我的注意力，让我不去想后面那堵墙是怎么回事。”

“巴德认识一个人，这个人认识另一个人。这个人知道哪里可以找到一台制造机，就是我们需要的那种。我的意思是，能够做纳米级构建的机器。旧金山湾区的一家科技初创公司有，正在用它做植入的眼球或其他东西的原型。现在这家公司属于我们。极速货运的费用高得惊人。”

“我应该要知道你们用那台机器来做什么吧？”

“这么说吧，你现在在旧金山湾区拥有一家科技初创公司。”

墙边的一位工人喊了一声警告，大家都散开了。墙向内坍塌，扬起一团灰尘。夜空露出来，一股冷空气从院子里吹了进来。一对铲车开进房间，在黑白大理石瓷砖上留下了泥泞的痕迹。他们身后是平板卡车，一辆大型交通工具，佐伊估计他们可能用它来运输客机部件或其他东西。车厢上有一排圆形的隆起物，上面盖着防水布。原来这东西是这样的，她想。无论你想要比萨、保镖、全新的宝马汽车，还是一个数百万美元的小配件制造机器，只要你拿起电话，不一会儿它就能出现在你面前。

这台机器有一节货车车厢那么大，外观呈圆柱形，黑色——和她在阿瑟的死亡视频中看到的那些机器一样，佐伊认为它看起来像一条巨大的黑色外星蠕虫，或者说是幼虫。工人在周围议论纷纷，他们花费了一大笔钱让那家科技公司的员工从加州森尼韦尔坐火车过来通宵工作。他们正在插电缆，挤在全息显示屏周围，调整设置。在他们身后，一队人正用手推车把墙的碎片推出来，三名泥瓦匠已经用惊人的效率把这个大洞堵上了。她估计到日出时，这堵墙就会焕然一新，从某个账户中扣除一笔看不见的钱来支付所有的费用。这真的像一个魔术，只是更慢，更吵。

完成设置的时候，佐伊盘着腿坐在地板上，吃着花生糖——驯鹿的一条腿。安德烈站在她旁边，咬着一块折断的鹿角，他们吞噬着猎物，像两只在吃着糖果的豺狼一样。安德烈在什么地方发现了蛋奶酒，于是往每个杯子里都倒了过量的白兰地。

威尔走近时，安德烈正朝佐伊皱着眉头，说："我不明白，你是说我的脑袋像个汉堡？"

"不，不是汉堡王的巨无霸，是像一种糖果，小小的巧克力球？覆盖了某种工业气泡？"

威尔是房间里唯一一个还穿着西装、打着领带的人，他指着机器说："恭喜你，这个舞厅现在是一间功能齐全的工厂了。提供原材料，它就可以编织碳纤维，制造石墨烯、纳米管或气凝胶，可以建造一个工作的微小型飞机或电路板……几乎任何东西。"

佐伊说："告诉它给我做一杯热巧克力，再来一只小山羊让我抱抱。"

"它不是《星际迷航》里的复制机，它制造电子零件和纳米大小的元件。"

佐伊说："好吧，好吧。我觉得它看起来像一只巨大的外星毛毛虫，安德烈说它看起来像一坨巨型机器人留在地板上的大便。你觉得呢？"

“你们喝醉了吗？”

“还没有，但我们正在尽快喝醉。要有耐心。”

安德烈说：“威尔，我觉得她没有你那么能喝，太缺少练习了。”

威尔没有理会，说：“不管怎样，这是阿瑟在他的仓库里用过的同样的模型，硬币驱动器上的原理图应该专门写出了如何操作它。你在这边输入指令，也就是所有监视器所在的这一边——”

“毛毛虫就在另一边拉出一个小玩意儿，”佐伊接着说，“纯的。”

佐伊注意到埃科穿着一件可爱的束带毛衣和紧身裤走过来，她可能以为那是她的粗布工作装。“机器应该可以运行了。我想快速学习一下如何操作，但首席技术人员和我说话的时候就像他在回答四岁的女儿问他蝴蝶是由什么组成的一样。”

威尔说：“他们不能再待在这儿了。他们现在已经看到了太多，绝不能再看到硬币里的东西。”

埃科耸耸肩，说：“我会想办法的。”她发出一种声音，好像她感到头痛要来了。“我总是能想出办法。”

当技术人员收拾好行李准备离开时，佐伊朝威尔点点头，问埃科：“你见过他不穿西装的时候吗？”

“我见过他……不穿西装的时候，是的。”

“他看起来怎么——哦，天哪，很抱歉我问了这个问题。”

等技术人员完全离开后，威尔把硬币交给埃科，说："好了，现在启动吧。"

佐伊觉得，尽管这台制造机器看上去很有效率和未来感，但它仍然吵得要命。它一直在发出嗡嗡、噼啪和轰鸣声，把零件从一个工序推送到另一个工序，组装、焊接、固化、抛光，天知道还有什么。它还散发出臭味，接到窗户上的通风管道也无法疏散这台机器在熔化和处理各种可能有毒的材料时不断释放出的气味。巴德说，这台制造机消耗的电力足够给一座小城市供电了。她不知道这是实际的用量或只是一种比喻，当电费单出来时会有人弄清楚的。

不一会儿，叮一声，伴随一道绿光，大家都聚集到机器的"嘴"那里，在一个滑道上，"毛毛虫"把成品咳进一个铺着黑色泡沫的摇篮里。滑出来的是个不起眼的小东西，一个闪闪发光的金属小金字塔，两边大约各有一英寸，上面还有一个塑料环用来挂在手上。

佐伊问："这是什么？"

埃科耸耸肩，说："不知道。设备的原理图没有以任何我能读懂的方式标示出来，我选择了显示生产时间预计最短的那个。"

"它需要放在……你的身体里面吗？"

安德烈说："天啊，我希望不用。"

威尔说："这里有很多测试设备、组件、早期原型等。看起来像是掌上电脑。"

带着些醉意，安德烈说：“管他呢，我来试试。”

佐伊问道：“我们怎么知道它不是炸弹？”

“它有一个手环，你为什么要把炸弹绑在手上？”

威尔说：“不过，你还是应该到外面解决。我不想让你弄坏设备。”

他们从侧门走到院子里，院子里有一头死猪被吊在一个木架子上，这让佐伊想起了绞刑架。卡尔顿脱下一副橡胶手套，说：“恐怕这是最后一具猪的尸体了。”

佐伊问：“为什么我们这里会有猪的尸体？”

威尔说：“实际上，就测量武器的伤害性来说，猪是迄今为止最好的人体模拟物了。”

“这是一个可怕的养猪理由。”

安德烈说：“所有人都停止争论，站到后面去。”

他走在队伍的前面，把小玩意儿绑在自己的手掌上，然后将手伸向那只猪。每个人都屏住呼吸，静静地站着，在寒冷的十二月空气中瑟瑟发抖。佐伊还把手指堵在耳朵里，以防万一。

安德烈紧紧地闭上眼睛，按下一个按钮。

有一种低沉的嗡嗡声，比一个快要坏掉的荧光灯管发出的声音还要小。一时间，似乎什么事也没有发生——那头猪安然无恙，安德烈也没有在蓝色闪光中爆炸。

接着，传来一声愤怒的喵喵声，恶臭机器划过天空，飞向安德烈，撞在他的手掌上。安德烈惊慌失措，大叫一声，把猫甩开。

他盯着手里的小玩意儿，说："所以这是猫咪吸铁石？嘿！这是猫咪吸——"

"这是块普通的磁铁，"巴德打断他，"它吸住了猫项圈上的金属钉。我能感觉到它在拽我口袋里的钥匙。"

"你确定你不是因为见到我很高兴？"

"不管怎样，"威尔叹了口气，说，"这似乎不是特别有用。埃科，看看我们还有什么其他的东西。"

安德烈说："你不认为一块超强的磁铁会有用吗？如果你全身都裹着这些东西，你会成为一个可以操纵所有金属的超级英雄，可以叫自己万磁王。"

"是的，"巴德说，"然后把车吸过来压在自己身上。"

当他们回到舞厅时，佐伊说："现在的情况是，摩洛克已经有了一整套这样的装置，已经植入他和他的打手们的身体里，这些装置大概都运行得很好。与此同时，我们至少要花一个星期的时间来搞清楚我们的目录里有什么。所以我们到底想在这里找到什么呢？"

威尔说："我不知道，也许是一种可以保护一个人不受摩洛克所有武器伤害的装置。"

埃科说："你想要一种假想的防护装置来对付以十五马赫速度发射的轨道炮弹，一种产生足够的电流把一辆车变成路面上的一块黑斑的等离子通道装置，还有那些天知道他的玩具盒里还装了什么的东西？我甚至无法想象这样一种装置是什么样子的。”

威尔说：“好吧，如果问题是我们没有足够的关于敌人能力和战略的数据，那么我们就需要去收集更多的数据。”

佐伊说：“太好了，那我们要怎么收集呢？”

威尔说：“摩洛克的追随者一直都很忠诚，他的团队里没有人会变心——这更像是邪教。关于他们是如何进入他的团队的谣言非常……令人不安。但是，你不可能用一群笨蛋暴徒来建立一个总部，你需要专业人士。这意味着他不得不雇用承包商。你想要让谁叛变，你就从这些人中找一个——他们对于像摩洛克这样的自恋者来说，基本上是隐形的，他甚至不把他们当人看。所以，第一步是找出谁——”

“罗布·温克尔建筑公司，”巴德在威尔问之前说，“员工是从市外来的，住在离火宫和冰宫几个街区远的临时住处。”

“所以他们从不远离工作地点，”威尔说，“这意味着我们必须直接走到摩洛克的总部，在他的鼻子底下审问他的临时工。”

大家都沉默了一会儿，思考着。

安德烈看了佐伊很久，然后说：“你知道我们需要什么吗？按摩卡车。”

# 五十一

安德烈说可以在塔布拉拉萨的任何建筑工地附近看到按摩卡车缓缓驶过，在休息时间停下来接客户。他把他们带到那辆黑色的平板卡车前，对它的伪装进行编程——图形慢慢出现，是一个有着讽刺引号的“按摩”字样（莱斯特拉德小姐神奇的放松“按摩”），那是个粉色字母标志，后面是一个裸体女人的轮廓。当然，卖淫在这座城市是合法的，但卡车提供合法的按摩服务这一事实，让顾客在妻子或女友看见他们从车里爬出来时提供了可信的否认理由。不道德的行为是合法的，但是开眼让人们很难保守这些秘密。

安德烈说：“建筑工人每一次轮班都会从临时搭建的宿舍里走出来，我们只要在他们走去工地的路上赶上他们就行。”

佐伊说：“伙计们，这简直是美国最显眼的一辆车，它上面有一个裸露的屁股。”

威尔摇了摇头。“最难的部分是和其他卡车争夺空间，我们和其余的屁股车队没什么区别。”

“真的吗？很多人想在早上六点找流动妓女？”

安德烈说：“嗯，建筑宿舍是集体厕所，那儿没有隐私，如果你知道我在说什么。”她并不懂。

之后不久，他们都挤在卡车里，停在离烧焦的人行道约十英尺远的位置，那是昨天晚上直升机坠毁的地方，笼罩在摩洛克总部的阴影里——可能离那个转转手腕就能让他们瞬间蒸发的人不超过一百码的距离。威尔曾经十分确定地和她说，这实际上是摩洛克最不会想到去找的地方，但威尔善意的谎言总是最没有诚意的。

佐伊、埃科和威尔坐在一张红色的皮沙发上，这张皮沙发沿着卡车的一面墙一直延伸，对面是一排正在播放直播画面的显示器。威尔换上了一套新铺的路的颜色和质地的衣服。埃科穿着一件黑色的紧身衣，腰间有一串纵横交错的皮带（这是佐伊在做白日梦时都不敢穿的那种东西）。吴守在门口。巴德和安德烈靠在迷你吧台上，安德烈在吃他从吧台的小冰箱里找到的一块吃剩的猪排。他们在扫描路过工人的同时观看这些直播，并传回实时的面部识别资料。

巴德说："现在我们要找的是工头，一个叫斯凯尔尼克的家伙。他高、白、身形差，后脑壳没有头发。"

三分钟后，他们发现了他。斯凯尔尼克脸色苍白，一脸颓丧，步履沉重地走在人行道上，就像去参加自己的葬礼一样。佐伊想，在这一点上，谁也不会否认他所从事的工作的性质。埃科从侧门跳出来拦住他。她在那人耳边说了些什么，那人便径直朝卡车走来。

佐伊摇了摇头，说："我们都很幸运，她能把自己的能力用在好的方面。"

斯凯尔尼克爬上卡车，看了看车厢内部，当看到西装员工们时，他吓呆了。

佐伊说："如果可以的话，我们想旁观。"

埃科关上了门。

威尔说："你知道我是谁吗？"

斯凯尔尼克点了点头。"我没有你想要的东西，也不知道你想知道什么。如果他们发现我跟你说了这么多，就只有这么多，他们都会杀了我或者折磨我很多天。但你知道这些，不是吗？"

威尔毫不同情地说："这就是在选择错误雇主时所要承担的风险。"

佐伊说："你在为坏人工作——最坏的家伙。"

斯凯尔尼克发出嘲笑声，他扫视着卡车内部，和吴短暂地进行眼神交流。"不像你们，是吗？阿瑟·利文斯顿，伟大的慈善家。他的仓库被炸上天了，他可能那时正在为那里的孤儿煮粥，对吧？可饶了我吧，这座城市里没有英雄。"

佐伊举起双手，说："嘿，我不是本地人，一周前我在一家咖啡店工作，我只是个普通人。但是我告诉你，你拿的是脏钱。"

"咖啡店吗？这么说，你是个毒贩子。你以为人们支付十美元一杯的咖啡是因为他们喜欢它的味道吗？我看过关于种植咖啡豆的纪录片，有些工人年轻到可以叫你奶奶。我不管你是谁，把你的工资往回追溯，你会发现那都是脏钱。让我出去。”

威尔说：“好吧，把我想成是另一个雇主在竞标你的服务。至少听完我的条件。此外，如果你现在离开，看起来会很可疑——平均按摩时间是八分钟。”

佐伊说：“我们的工作提供的收入足够让你现在退休，雇一辆自己的按摩车，跟着你到任何地方。”

斯凯尔尼克一直盯着威尔。“你知道我怎样面试雇员吗，布莱克沃特先生？我会问他们一个问题。我说，‘让我看看你的刀。’如果他们没有，就不会被我雇用——因为刀是万能工具，即使是猿类也知道把锋利的石头放在触手可及的地方。如果他给我看了他的刀，我就在我的胳膊上刮一下，看看刀刃是否锋利，能否刮掉胳膊上的毛发。如果刀锋是钝的，我会说，‘滚开，你身上只有一件工具，它还没派上用场。’但我的刀呢？可以割掉苍蝇的包皮。”斯凯尔尼克伸手到他身后，突然拿出一把闪闪发光的刀。“你知道我一定要杀了你，对吧？”

威尔对此反应不大。过了一会儿，佐伊才注意到那人说了些什么。“等等，什么？”

吴侧身向前，威尔只是抿了一口酒，说：“你没有理由不先听我说。”

佐伊说：“嘿！不，没有人要杀任何人！”

斯凯尔尼克说：“我把这次会面的事告诉摩洛克，除非告诉他我割断了你的喉咙，否则他绝对会把我剁成肉泥。”

威尔说：“你曾经用刀杀过人吗？这比你想象的要难。采取这种行动，你成功的概率极小。”

“你把我骗到你的车里，让我陷入这样的困境。你这一步走错了。我打算给你威尔·布莱克沃特留下一些伤疤，这样每次你在女士面前脱衣服都要解释清楚。”

安德烈说：“如果摩洛克的人知道我们在这里，这辆卡车就已经是冒烟的残骸了。外面的人对这一切都没有任何怀疑，你只要听我们说完，然后迈着轻快的步子走出门去就可以了。”

“你有一分钟的时间说清楚。不过我会拒绝你，因为一个百万富翁死人仍然只是个死人。”

威尔打开沙发对面的视频——这是“裸体城市”的街景，他们前一天晚上就是在这里和安全联署的人见面对峙的。“你知道那个地方吧，斯凯尔尼克先生？”

“之前开车途经过。这是那些戴着绿帽子的家伙去的地方，他们有老婆，但仍然要为女人付钱。”

“你知道谁拥有这里吗？”

“不知道，不在乎。”

“摩洛克。这只是一个幌子。你在那里看到的建筑的可见部分并不是真正盈利的地方，真正的钱来自地下。你看，有传言说你在前门出示了一张特制的小卡片——据说是纯金做的——然后你就可以来到地下室，来到真正的俱乐部。”

巴德说：“我们从来没去过那里，但他们说，每下到一层地下室，女孩们就会更年轻一些。那里有……好几层，如果你明白我的意思。”

“你不需要说服我摩洛克是个变态——”

威尔说：“你看到大门前面的混凝土了吗？让我放大一些。你看到了吗？”

“我看到了混凝土，是的。”

“你看到裂缝了吗？整个中间？”

“看到了，那又怎么样？”

“你知道是什么导致了这些裂缝吗？”

“可能是犹他州的干燥空气。”

“是因为气体，从腐烂的尸体里释放出来的。拿个手提钻把混凝土敲碎，你就会发现骨头。至少有四十具尸体，包括建筑工人和他们的家人，主要来自一些移民的工人。你知道，摩洛克不能让他们知道那些秘密地下室后还可以在外面走动，散布关于他们目的的谣言。所以在工作的最后一天，他让每个人都排好队，然后一个接一个地给他们的后脑勺射上一个镂空的补偿金。在浇筑混凝土之前把他们埋在外面，就像一种仪式。他们说，这是因为他听说法老过去常常把奴隶埋在金字塔的阴影下，以求好运。想想吧，斯凯尔尼克先生。你说你什么都不知道，但他不会冒这个险。对于你工作场地的每个男人和女人来说，这都是他们的最后一份工作。”

斯凯尔尼克盯着屏幕，研究着墙上的裂缝，想象着里面大块的干枯骨头。佐伊非常确定那并不存在。

威尔说：“你能否定我说的逻辑吗？”

“你是说，不管怎样，我活下去的机会都很渺茫，只有听你们的，我才能赚更多的钱并且活下来。”

“不，”巴德插嘴说，“我们不仅可以把你救出来，还可以救出任何你想带走的人。我们有一个庞大的人口迁移网络——这是我们最擅长的。新的名字，新的开始。摩洛克不会找到你，还有你女儿。”

他们一直把女儿这个筹码留到了现在，佐伊想。她看到这个男人的右手手指仍然紧握着那把刀。吴的眼睛从未离开过那只手。

威尔说：“那开始吧，告诉我们任何你知道的信息，即使看上去没什么用。”

那人咬了咬嘴唇，然后说：“今年八月，来了一个工作。老板告诉我，那是一份以现金支付的工作，是为一个孩子工作。这个孩子买下了两个旧赌场，想要重建，建成他自己头的模样。”

安德烈说：“他的头？你的意思是，他真正的头？”

那人点了点头。“他想要两个赌场都用黑曜石来建造，一个雕刻得像他自己的脸——发怒的样子，另一个是一个巨大的中指，就像他在给整个城市竖中指。我觉得这听起来很可疑。说了这么多，我的意思是，让一座建筑变成你自己的脸是一回事，但当坚持要让那张脸愤怒时，就不是什么好事了。没人想住在前面有一张生气的黑曜石脸的旅馆里。”佐伊认为她完全可以待在那样的地方，但不想反驳他。“我们试图说服他不要使用真正的黑曜石，因为你拿不到那么多的黑曜石，也没法雕——”

埃科不耐烦地问：“它的内部通道是怎样的？”

“零，这就是我想说的。我想出一个用硬质聚氨酯泡沫来做建筑外观的方法，我们把它固定好位置，然后他们就用些远程控制的研磨器爬到前面，把人的脸雕刻好。然后我们涂一层黑色的釉，应该可以很好地隐藏背后这座建筑是个垃圾的事实。它是垃圾——因为我们不是在翻新内部，它是一个烧毁的残骸。所有的工作都是在外面完成的。这都是为了展示，为了作秀。”

威尔说：“好吧，我们需要你进去。带上摄像机。我们会告诉你你要找什么。当你找到的时候，我们会告诉你怎么做。如果你被抓住，就说你迷路了，或者说你在找管道胶带。装傻就可以了。”

“当然。也许我会像詹姆斯·邦德那样爬过通风管道，用激光手表从窗户里钻进去。我在你眼里是白痴吗？还是你觉得让我为你执行自杀任务不会给你带来任何损失？来，我们换下衣服，你去狮子的洞穴。你的一分钟到了。让我出去。”

埃科挡住了门。“多待一会儿，你的朋友们会对你的持久力印象深刻的。”

威尔说：“我们给你一条出路，这是你唯一的出路。”

“那我的其他员工呢？那里有二十多人，他们也有孩子。你能把他们都弄出来？”

“是的。”

“如果我进去帮你破坏摩洛克的行动？”

“是的。”

“如果不这么做，我们一完成工作，摩洛克就会把我和其他人一起扔进巨大的坟墓？”

“是的。”

那人盯着地板，又盯着视频看了看。

他还没来得及回答，佐伊就说：“不。”

佐伊现在感到威尔在盯着她看，不知怎的，她感到威尔咬紧了牙齿。

她说：“不管怎样，我们都会把你和你的人救出来。我们在请求你的帮助，一个帮忙。”

男人的表情变了——他显然是想弄清楚这是不是佐伊和威尔的好警察或坏警察骗局。接着他看了看威尔，威尔几乎抑制不住要勒死佐伊的冲动。不管他多么努力地想要扮演一个机器人，他的想法可能已经在他前额上以滚动的红色字母闪现出来了：你刚刚拿起我们的筹码，把它冲进了厕所。

斯凯尔尼克说：“我会考虑的，让我出去。”

埃科看着威尔，威尔无奈地点了点头。她从门边走开，斯凯尔尼克走了出去，走进早晨寒冷的空气中，仍然握着他的刀。其实还有另一个人在门外等着“按摩”，但一看到那把刀，他就后退了，大概是在想卡车里到底发生了什么事，他不想一大早就进行这么变态的性行为。

门一关，威尔一口喝光了酒，说："你真是太慷慨了。"他朝卡车前方瞥了一眼，说："带我们回家。"

当他们驶入车流时，佐伊说："他说他会考虑的。"

巴德说："从我的经历来看，这句话的意思是'不'，百分之百是这个意思。"

佐伊叹了口气，盯着墙上的视频画面。现在它就像一扇窗户，显示早晨经过的车辆。在过去的二十个小时里，佐伊只是在浴缸里断断续续地睡了一小会儿，很快她就筋疲力尽了。埃科斜倚在角落里，闭着眼睛，紧紧抓住旁边的一根栏杆，以免在下一次停车时摔倒。事实上，吴看起来就像他已经做好了接住她的姿势。佐伊向威尔转过身去，看见困倦也爬上了他的脸——只是他眼皮微微下垂，瞳孔一片空白，眼睛像快没电了的电池一样。剩下的时间不多了。

威尔发现她在看他，便坐直了身子，系紧了领结。领结是银色和黑色的，图案让佐伊想起了铠甲。他不敢为了舒适而松开，仿佛西装和领带是他所有力量的源泉……

这时她突然有了一个想法。

佐伊说："安德烈，你那位疯狂的设计师兄弟特雷，有没有可能知道摩洛克雇了谁做裁缝？"

一阵沉默，安德烈似乎在试图思考如何回答这个毫无意义的问题。"你的话听起来像是在开玩笑，但你的表情很严肃。"

"我是认真的。"

"佐伊，这家伙连衬衫都不穿，他为什么要请裁缝？"

"他的团队里没有这样的人。这是我的想法。但在过去几周内，甚至最后几个小时内，他不得不雇一个这样的人。"

"为什么？"

佐伊发出一种恼怒的声音："让他穿上超级反派的服装啊，不懂吗？"

安德烈和威尔都开了一个轻蔑的玩笑，然后又停住了。

佐伊继续说道："拜托，你认为他会穿着破洞牛仔裤，反方向戴着棒球帽，对世界发动华丽的恐怖袭击吗？不，他需要一套西装，我向你保证，那栋楼里没人能做出一套不像孩子做的衣服。我敢打赌，不管他雇了谁，他们都去过摩洛克的总部给他测量尺寸，甚至摩洛克昨晚还跟他们通过话。"

巴德摆弄着他的手机，埃科在角落里轻轻打鼾。最后他抬起头，说："是和西山那家弹道时装订的合同，就是看起来像飘浮在空中的那家。制作完成的服装应该会在今天早上送到。"

佐伊对威尔说："好吧，你得承认，尽管我有缺点，但我是地球上最聪明的人。"

威尔说："这次你让我来说。我进去的时候，你就待在卡车里吧。"

"不如，这次在我们开始对话之间，你先告诉我你的计划？"

"在对话开始之前，我们不知道会发生什么。你必须弄清楚这个人想要如何向世界展示自己，如何得到公众的关注。这个人不会因为同样金额的支票就答应我们的要求——她是一个需要寻宝的人。所以情况是，弹道时装是由一个名叫阿齐扎·理查兹的设计师经营的，她是个有个性的人，专门与那些想要定做能承受高度突击步枪子弹的穿西装的客户合作。我们要求她背叛客户的信任，一旦被发现，她就再也没有生意了。一旦她对这些人不再有价值，她就死定了。”

“这就是她想要向世界展示的形象？她不介意为新的希特勒做一套制服？”

“是的，事实上，她的全部生计都依赖于此。”

“那你怎么说服这样的人去做你想做的事呢？”

“这么说吧，我让你留在车里是有原因的。”

“什么？不，不，威尔，别这样。”

威尔没有回答。

佐伊说：“我要在去那儿的路上小睡一会儿，你介意我趴在你身上吗？”

“我可以忍受。”

# 五十二

当她醒来时，他们正穿过一排精品店和其他店铺，对于一个几乎一切都是崭新的城市来说，这些店面显得太破旧了。佐伊想知道它们是不是按照某种风格建造的，人为地做旧来模仿纽约艺术街区的感觉。弹道高级定制时装店看起来真的就像在飘浮一般——商店本身是橄榄绿的，看起来就像一个装甲军事总部。然而，第一层是一个环绕的LED屏幕，程序使它总是显示来自大楼另一侧的摄像机视角。佐伊可以看到人们在它后面的人行道上走过，就好像商店盘旋在离地面十英尺的地方。

不好的事情发生的第一个迹象是，当他们进去时，迎接他们的是除了塔布拉拉萨以外在每个城市都很常见的景象：警车。一辆有红色和蓝色警灯的警车，旁边停着一辆没有标记的小轿车，仪表板上亮着灯。站在轿车旁边，正在平板电脑上输入什么的是科瓦尔斯基。卡车驶近时，他抬头瞥了一眼，示意它掉头。车停了下来，他看到有人从车里出来，显得有点恼火，好像他的日子变得更艰难了。

有烟从商店的正门飘出来。

佐伊走了出来，立刻想到“Soare cu Dinti”这个词。这是多年前一位社会工作者教她的一个罗马尼亚短语，意思是当你透过窗户看出去的时候，这一天看起来明亮而诱人，但当你走出去的时候，外面的空气冷得足以让你的脸冻伤。短语的字面意思是“长着牙齿的太阳”，除非这个女人一直在对她撒谎。出于某种原因，当她走向警车时，这个词一直萦绕在她的脑海里。她看到两名穿着制服的警察在大楼入口处拉着犯罪现场的警戒胶带，那似乎是一扇没有墙壁支撑的独立门。她回头看了一眼卡车，注意到现在车外的伪装是尿布清洁服务。

科瓦尔斯基抬头看着走近的西装员工们，说：“这下好了。”

佐伊说：“那么，警察又回来了吗？”

科瓦尔斯基说：“只是保护那些付钱的人。阿齐扎·理查兹付了钱。所以我想至少我们得在现场工作。”

巴德问：“她现在在哪儿？”

“那得看你是否相信人类灵魂的存在了，巴德。也许她在天堂，为天使制作防弹外衣。但对我来说，我很确定她的一堆内脏溅在了她办公室的墙上。”

佐伊发出一声惊恐的喘息，威尔发出一声烦恼的叹息。

安德烈对佐伊说：“这仍然是个好主意。只是晚了几个小时，仅此而已。”

科瓦尔斯基说：“你们是来看我的，还是来看那堆内脏的？”

威尔说：“内脏。她在为摩洛克制作衣服，我猜他拿到了成品并决定和她……断绝关系。见鬼，也许他只是不想付钱。”

佐伊对科瓦尔斯基说：“好了，破案了。快去逮捕摩洛克。”

科瓦尔斯基耸耸肩，说：“对我来说，这感觉像是一个‘自我清理’的案件。”

威尔说：“我们要进去了。”

“威尔，这屋子里到处都是冒着烟的内脏，进去只会弄脏你的鞋，没有其他作用。”

“里面有电话吗？我想看看有没有和摩洛克的通信，有没有能给我们带来优势的东西。”

“哦，所以你还在和这个家伙斗争呢！明白了。明天我处理你的尸体时，有什么特别的要求吗？别要求我们不要取笑你的老二，因为我们对每具尸体都这么做，这就是我们的处理方式。”

威尔没有理会，已经朝前门走去。他转向佐伊，说：“你不会想看这个的，去卡车那儿待着。”当然，这意味着她必须进去。

看到烧焦的血淋淋的尸体，她并没有呕吐——她已经做好了准备。闻到里面的气味时，她也没有吐出来，虽然已经很接近了。没有人警告过她，当你引爆一个人的身体，所有的粪便都会流出来，没有人能准确地描述那是什么味道——当它们混合着烧焦的头发的气味。不，她一直忍住了，直到她看到那些照片。

第一个房间是接待区，有一张黑色的大理石桌子，后面是通向上面宽敞的生产层的入口。摩洛克或者他的手下接到命令后，在他们走出去的路上杀了所有人，包括前台的接待员。无法从剩下的物品中看出受害者的任何情况，但桌子上的照片说明了一切。一位中年妇女，看上去像个教师。她的丈夫看上去像位胖乎乎的会计师，他们有四个孩子——两个男孩，两个女孩。最大的看起来有十几岁，最小的像是在读幼儿园，还有一个收养的可爱的中国女孩。最大的一张照片是在商场里拍的那些摆好姿势的照片，每个人都穿着最好的衣服，站在一个普通的背景前。只是在她保留的那张照片上，每个人都不是常规的姿势——婴儿伸出手，把一根手指插进了姐姐的鼻子里，照片有些模糊，因为兄弟姐妹们笑得前仰后合。这是她选择保存在工作场所的照片，真的是非常棒的一张照片。佐伊在她呕吐之前跑到了前门外面。

但是，当吐完之后，她站了起来，又走了进去。她立刻遇到了威尔，威尔已经在走出来的路上了。

他说："他们故意毁掉了阿齐扎的手机，他们知道在这里要了结一些事情。我们走吧。"

佐伊没有走。她挤进生产车间，那是一间宽敞的房间，充斥着油漆和胶水的味道，墙上挂满了展示的成品服装，地板上挤满了穿着正在制作中的西装的人体模型——从防弹无尾晚礼服到造型精美的防暴盔甲。巴德和安德烈正看着后墙上一对碎裂的尸体。

佐伊环视房间，说："他们的电脑还完好无损，里面会有什么信息吗？"

在她身后的某个地方，埃科说："那些是设计工作的电脑，所以他们可以在花钱制造碳纤维之前先做模型。看起来不像客户记录，但无论如何这都挺令人惊讶的。这是一项只收现金的业务，客户大多不希望留下记录。"

"你认为摩洛克定做的衣服的模型会在里面吗？

巴德说："我想会在，不过这对我们有什么好处呢？"他并不是在反问，而是在真诚地问佐伊，希望她告诉他这样做有什么好处。

她转向安德烈。"如果我们有这身衣服的设计图，特雷可以给我们做一件复制品吗？"

"特雷可以制作任何衣服。你的计划是什么？"

"要是摩洛克花了几个星期的时间为他的亮相派对定做衣服，结果却有人穿着同样的衣服出现，他会不会不高兴呢？"

# 五十三

中午过后，舞厅里已经一片狼藉。房间里随机摆满了五颜六色的物件，其中一些可以看出来是什么（佐伊亲眼看到毛毛虫机器吐出时钟、铲子，还有看起来像性爱玩具的东西），其中一些很复杂，奇怪形状的工具或武器看起来像来自外太空的飞碟或者苏斯博士的漫画作品。许多物品都用胶带贴上了标签，上面用马克笔写着研究小组对这个小玩意儿用途的猜测（有一个黑色的喇叭形状的装置，上面简单地写着“死亡号角”，但她决定还是不去问了）。所有这些杂物都散落在一堆拐杖糖和槲寄生下的地板上，和古怪的可食用的地板摆设争夺着空间。佐伊开始称它为圣诞老人的工作室。

问题是，硬币驱动器上的许多小工具原来都是纯粹的垃圾——看上去是随机的物品，其实只是辛格扫描进来用于校准他的制造机器。由于驱动器上的文件系统是不可读的，他们不得不疯狂地制造列表上的所有内容，并祈祷他们偶然发现一些有用的东西。房间通向院子的门打开了，安德烈和威尔走了进来。安德烈把一个看起来像掌上聚光灯的设备扔到了一边。

佐伊说：“怎么样？”

“不，这不是放屁射线，佐伊。下一个也不会是。没有这样的东西。”

“该死的。”

埃科正忙着翻看毛毛虫机器的菜单，她说：“我们并没有比刚开始时更接近。离摩洛克的最后期限还有十五个小时，如果他守约的话。”

佐伊说：“离什么更接近？如果我们不只是在寻找一种更大、更凶狠的武器来消灭摩洛克的军队，那么我们到底在寻找什么呢？”

威尔说：“我想我在找……一枚戒指。”

佐伊说：“什么戒指？”

“第一枚戒指，就像《指环王》里的那枚戒指。”

“我想我在有线电视上看过一部分。是关于一个戴眼镜的英国小孩，他会魔法？”

“你是在认真地告诉我你没听说过——好吧，讲的是一名邪恶的巫师制造了二十枚魔法戒指，送给世界上各个部落的领袖。但这都是骗局，是为了夺取权力。巫师自己留了一枚戒指，其余的戒指都受它控制。”

佐伊说：“在这种情况下，阿瑟就是邪恶的巫师？”

“他必须知道他所做的事情可能会以这种方式结束。正如你说的，他确实知道。但他没有安装任何防护装置？这些东西落入坏人手里时，他的计划是什么呢？”

“但是阿瑟没有把这些东西送给别人，他们是从他这里偷走的。也许他只是没有预料到这种情况。”

"阿瑟预知了一切。"

"所以我再问一次，如果这台机器没有真的制造出一个神奇物体，我们的计划是什么？"

坎迪闪现出来，说："前门有客人，他看起来好像是波波咚踢踢——音频没找到，请联系系统管理员。"

一个声音说："嗨，我是特雷。打开门，我不希望任何人看到我在这里。你有奇怪的敌人，安德烈。"

# 五十四

凌晨三点，佐伊拖着沉重的脚步来到她的卧室，希望能在二十四小时内第一次平躺下来。他们一直在工作，她的大脑感觉就像被狗嚼过的一块生牛皮。

她倒在客房的床上，有点想回到那个大浴缸里，但没有力气起来放水。她蹬掉牛仔裤，蜷缩在被子里，等着恶臭机器在她的脸旁躺下来。然后，她抓起床头柜上的手机，拨通了妈妈的电话，毫不奇怪，妈妈立即接了电话。今晚没有人睡觉。

“佐伊！我的上帝！这太疯狂了，对吧？”她妈妈的每句话都要把最后一个音节拉得很长（对对对对吧？），“我从来没有被钉进过箱子里。”

“妈妈，你在哪儿？”

“我……让我来看看。我在一个小木屋里，在……呃，我想是某个度假胜地。外面有三位全副武装的警卫——或者四位，他们看起来都一样——不让我出去。巴德在吃饭的时候去拿食物，但他不告诉我发生了什么事，然后……”

她把“然然然然后”这个词拖得很长，直到她放弃了后面这句话。佐伊觉得她手里拿着一根电子烟。八个小时前，巴德被派去监督把摩洛克的建筑工人运出所在地的后勤工作，然后把梅琳达·阿什带到一个安全的地方，在那里，她将会——坦白地说——坐着，等着看有没有好人幸存下来。在电话背景音中，佐伊听到巴德问她要在比萨饼上加什么。佐伊的妈妈回答“小熊软糖”，然后咯咯地笑了。

佐伊说：“好吧，我很高兴你没事。整件事变得越来越疯狂，不过住在这里的人似乎已经习惯了。”

“亲爱的，你为什么不离开那里呢？”

（那那那那里）

“坏蛋也买得起飞机票，妈妈，所以你才会来到这儿……不知道是哪里的地方。我们必须坚持下去，这跟离开你那些前男友不一样，没有什么地方是我可以去而这些人不能跟着去的。”

“你是在说耶扎吗？你听说他的事了吗？”

“什么？不，你为什么要提他？”

“你知道你的肩膀被烤箱烫伤，是他的错吗？”

“是的，妈妈。我没有忘记这件事。”

“他在牢里自杀了，他们今天早上发现的。是不是很疯疯疯疯狂？”佐伊想要回答，但不明白这是什么意思。“好像所有的事情一下子都变得疯狂了。”

“妈妈，我想这一切差不多会在明天结束。如果出了问题，不是说会出问题，而是如果出了问题，巴德会带你去机场，不管你想去哪里，都会把你送上飞机。你来选想去的地方。你会继续使用他们给你的账户，这个账户应该是无法被追踪的，里面有用不完的钱。”

“什——么？我应该去哪里？”

“你想去哪儿？”

“你会在哪里？”

“别这样，你知道我在说什么，妈妈。”

“我不会把余生的所有时间都用来逃跑，佐伊。我有朋友，还有玛尼和她的孩子在这里……”

“如果你不去，他们会找到你的。这些人不是会忘记事情的那种人。”

“什么人？”

“答应我你会去的，答应我。”然后，佐伊哭了。

她的母亲叹了一口气，大概是透过一团烟雾，说：“一切都会好起来的，最后我们总会有办法的。”

有人在敲佐伊的门。

“我得挂了，妈妈。”

“好吧，亲爱的。”

“我爱你。”

“我也爱你。别忘了——”

“不，妈妈。如果这是我们最后一次谈话，我希望这是我们对彼此说的最后一句话。所以我想现在我们需要重新说一次。你一直是我最好的朋友，最好的妈妈。我爱你。”

“我也爱你，亲爱的。”

“再见。”

“再见。别忘了吃那些小红莓药片，否则你会再次患上尿路感染。”

“天哪，妈——”

她在对着一个挂了电话的手机说话。

沉重的客房门后传来一个声音：“我可以进来吗？”听起来像威尔。

“当然。我是说，我在哭，也没穿裤子，但现在谁在乎这个呢？”

短暂的停顿。

“你能穿上裤子吗？”

“不穿了，我在被窝里，你克服一下。”

威尔忐忑不安地走进来。“一切都准备好了，如果事情搞砸，平克顿会得到指示将你的猫转移到安全的地方。”

“你认为他真的会这么做吗？”

“他没有很认真地看待这份工作，直到他看到这份工作的报酬。在把猫的存活证明交给律师之前，他是拿不到另一半支票钱的，所以我觉得他会这么做。”

佐伊说：“我很累，这是一件好事，否则‘我可能新年的时候已经不在人世’这个事实会让我非常不适。”

“你不能只关注死亡或失败。不然，你就是在把美好的东西拱手让给那些愚蠢的人。”

“有一个时刻，我们都在工作，安德烈说了关于热狗的事，我们都笑了，突然我想起了阿尔曼多，而且感到内疚。他甚至没有葬礼，而我们已经在工作、欢笑、生活，就像他从来没有来过一样。他永远退出了家人和朋友们的生活。这太奇怪、太可怕了，没有你，这个世界没有丝毫变化。”

“现在你在想，如果没有你，这个世界会怎样，对吗？”

“我想是的。”

“这就是为什么人们对世界末日如此着迷。他们想让世界和自己一起灭亡。我们都是自私的，我们讨厌在离开的时候每个人的想法只是……继续生活。”

“嗯，我想让我妈妈继续生活。即使这意味着她完全忘记了我，我也不想让她痛苦。”

“阿尔曼多不希望你这样，他想让你干掉他之前想干掉的那个杂种，他希望你完成这项工作。”

“我不知道你是真的在跟我说这些，还是想给我灌输什么想法。就像你总是把我当作你可以拉动的杠杆之一，用来得到自己想要的东西。这让我讨厌和你说话。”

“不像你，你总是很诚实，从不别有用心。那个关于你在舞会时是如何孤独地待在家里的故事？在阿尔曼多面前讲这个故事，让他把拯救妇女作为自己的工作？‘哦，我真是个讨厌的怪人，没人会爱我。’把这样一颗种子种在他的脑海里？”

“好吧，好吧。我是阿瑟·利文斯顿的女儿，你打算要再说一遍吗？”

威尔只是耸了耸肩。

佐伊翻了个身，盯着天花板。“有个家伙，我妈妈的一个浑蛋男友，我肩膀上的伤疤就是拜他所赐。我妈妈刚才在电话里说他自杀了，在牢房里。”

“所以呢？他死得挺好。”

“事情是这样的——他们给我做衣服的时候，我把这个故事告诉了阿尔曼多。他会不会拿起电话，让别人做这样的事呢？”

“不会，阿尔曼多没有那种关系。这不是他的工作。”

“是的，我也觉得不会。”

“要是我就不会再想这件事了。这只是应该被忘掉的一个人。”

“我讲那个故事的时候你也在房间里，是不是？”

“你应该休息一会儿。你需要清醒些去应对明天要发生的事。”

“阿尔曼多不能拿起电话，让人在牢房里被勒死，然后假装自杀，但你可以这么做。”

“就像我说的，我觉得这只是一个浑蛋通过自我了断来帮这个世界一个忙，仅此而已。”

“你向我保证，事情就是这样的。如果你现在告诉我你没有杀他，我会相信你。”

“我想，”威尔停了一下，斟酌着措辞，“是他自己决定去死的。当他决定去碰阿瑟·利文斯顿的女儿时，他就已经做出了去死的决定。”

佐伊用毯子蒙住眼睛——这是她小时候的习惯。“哦，我的上帝。为什么？你为什么要这么做？”

“如果阿瑟在事情发生的时候就听说了这件事，耶扎·刘易斯就不会醒来看到下一个日出了。所以在我看来，我只是在收一张过期的账单。”

“你们生活在一个不同的星球上。我一直在提醒自己，生命对你来说毫无意义。”

威尔让沉默在房间里持续了一分钟，他交叉双臂，吐了一口气。“我的妻子，她……被杀死了。三年前，有组织的盗窃团伙抢劫了一家高档珠宝店，私人保安追捕他们。我的妻子只是位路人，经过一个十字路口，纯属巧合。追杀的队伍冲了过去，其中一辆车直接撞上了她。我甚至不知道撞到她的是好人还是坏人，我也从来没想过要知道。”

“我很抱歉。”

“这个城市……是这样的，人只是别人冒险的背景和道具。对他们来说，这就是我妻子存在的意义。她只是汽车挡泥板上的撞击声和凹痕，在别人激动人心的汽车追逐中被遗忘的时刻。事情就是这样，而且越来越糟糕。这种情况不能再继续下去了。”

“所以你才那么想要击败摩洛克？”

“有更大的愿望。你知道塔布拉拉萨是什么意思吧？这个词的意思？”

“干净的石板[1]，是吗？”

“我不是想讲历史来烦你。阿瑟和其他投资者抢购这片土地——他们需要逃离拉斯维加斯，因为……一些不道德的事情。所以他们的想法是，要建立自己的拉斯维加斯，像过去罪恶之城那样的拉斯维加斯，而不仅仅是老年人的迪士尼乐园。犹他州当时有一位疯狂的自由主义州长——无论如何，对他们来说，‘干净的石板’只是意味着‘没有规则’。但是朝鲜改变了阿瑟。‘干净的石板’这个词对他来说开始有了不同的意义。他希望这是一块对每个人来说都干净的石板，一个真正的城市。有工作，有清洁的空气，没有官僚主义……”

“听起来像小孩子才会有的想法。”

“阿瑟……有时很天真，他以自己的方式思考。但这太晚了——即使在早期，有组织的犯罪活动已经开始进入人们的生活，他们在第一家麦当劳、黑帮、黑市和人口贩子出现之前就已经开始行动了。”

“换句话说，他们在阿瑟·利文斯顿之前就开始行动了。”

“没错。所以我认为这一切，整个雷登计划和关于超力量的愚蠢追求，他想了很多像他这样的人也想过的事——足够的资金和科技可以抹平社会缺陷，就像熨平衬衫的褶皱，像漫画

---

1 Tabula Rasa意为“白板”，是一个认知论主题，原指一种洁白无瑕的状态。

里的超级英雄一样消灭犯罪，把这个地方变成一个乌托邦。但你知道事情没有按他想的那样发展。”

“没有，因为坏人想要保持现状。”

“也许有更多的原因。但也许我很天真，因为我无法摆脱全世界都在看着我们的想法。当他们在这里破土动工时，他们称之为未来之城，就像塔布拉拉萨，是世界未来的预览，每个人都在等着看它朝哪个方向发展。”

“太多的压力。”

“这是我们要去承担的，也是你要去承担的。”

“在我继承了所有财产的时候？”

“在你出生的时候。去睡一会儿吧。”

# 五十五

佐伊睡了四个小时。她醒来的时候是十二月二十一日，星期二的早上——最长夜晚之前最短的白天。她的马桶机器人在为她播放新闻，而每个直播都在从不同的方面报道同一个故事。从各种街头采访中可以清楚地看到，塔布拉拉萨的人对于恐怖威胁分成了三个阵营：

A. 正在撤离的人（足以堵塞通往城外的高速公路）；

B. 外出走动的人，准备好了摄像机，希望能捕捉到一些精彩的画面；

C. 照常生活的人，因为这座城市还是这座城市，外来暴力威胁并不意味着他们可以请假休息。

有一件事是肯定的：对于城市里的私人安全公司来说，这是黑色星期五。安全联署的人力被分散开来，因为每位顾客都要求额外保护。他们甚至丢弃了黑色领带和外套，换上了黑色的战斗装备（尽管佐伊认为他们在装备下面还是系了领带），每家银行、赌场和其他高收入目标都有几十名这样的护卫，但最能显示力量的是安全联署总部本身——成排的男人和可怕的黑色车辆，他们认为让自己的办公室被夷为平地肯定对他们的生意不利。

对佐伊来说，这看起来远远不够。

然而，最令人担忧的是两座教堂。数百名志愿者参加了这次活动，他们还集资雇用武装雇佣兵来提供帮助。这让佐伊觉得疯狂，不是因为她不信教，而是因为她知道，通过她在这座城市看到的那些科技手段，这些建筑可以在一周之内重新被建立起来。就让摩洛克把它们变成灰烬呗，谁在乎呢？如果有必要，上帝和安拉可以在旅馆里住上几个星期。但是，她想，这可能只是说起来容易。

她去穿衣服，发现自己又穿回了六天前穿的牛仔裤、漂亮的负鼠T恤和开襟羊毛衫，至少已经洗过了。她想象着验尸官在后半夜检查她的尸体，只注意到她死时穿着一条红色内裤，内裤正面写着“鲨鱼周”，屁股那面画着一只卡通大白鲨。

她经过时，卡尔顿已经在厨房里准备早餐了。她问他是不是整晚都在那里等着，但他说他让坎迪在有人起床时提醒他，以防他们需要什么。佐伊觉得这听起来像是一种奴役，但卡尔顿似乎为自己的想法感到自豪，还问她想要点什么。

“嗯，这可能是我的最后一餐了……你最拿手的是什么？阿瑟最喜欢吃什么？就做那个。”

卡尔顿开始忙了起来，他好像做了一个精致的汉堡包，同时把煮熟的鸡肉、蛋黄，以及各种其他恶心的材料放进一个搅拌机里，把它们变成一种看起来十分可怕的物质。恶臭机器扑了过来，表现出她从未见过的热情。显然，卡尔顿一定是自学了制作猫粮的食谱。这个汉堡原来是烤牛肉小馅饼，上面有洋葱酱、培根和花生酱，全都包在裹有薯片屑的炸面团上。佐伊觉得这是一个人被抓之后吃的东西，不过在早餐时吃这种可怕的食物肯定会让她今天晚些时候被拒绝进入天堂，所以也挺值得的。

佐伊朝舞厅走去，手里拿着浓缩咖啡，来到一个安静得可怕的房间，房间里弥漫着新油漆、饼干和烧焦的化学品的气味。此刻，圣诞老人的工作间只属于她一个人，巨大的毛毛虫正静静地睡在房间中央。佐伊抿了一口咖啡，走到全息显示屏前，上面显示着一长串名字难以辨认的物体。在佐伊看来，菜单上的文字像是俄文，有倒写的“R”之类的字母，出于某种原因，威尔实际上知道如何读俄文，但他告诉佐伊，菜单上的字大多是胡言乱语和杜撰的。

她轻轻滑动了一下菜单，里面有数百个项目，每个都代表一个小工具。她一直向下滑动，直到屏幕列表到了最下面。

在那张难以辨认的菜单上，最后一张简图旁边简单地写着：佐伊。

她的咖啡杯在嘴边停住了。

这是新出现的吗？它是整个列表中唯一的英文单词。埃科看见了吗？威尔呢？他们为什么没有提过？

吴在她身后说：“你来了。我们得排练一下逃跑计划。”

“逃跑计划？”

“如果都失败了，这是整个计划的最后一个分支——我们称之为Z计划——就是我让你坐上一辆车，把你尽可能送得远远的。”

“或者我们确保事情不会发展到那个地步怎么样？”

“我们不是神，不能控制宇宙，我们所能做的就是为带来的一切做好准备。跟我来。”

他们来到车库，一辆装甲车正对着车库大门。巴德买的蓝色宝马逃跑车现在停在一个角落里，被人遗忘了。可能是一辆价值十万美元的汽车，但他们已经决定不再需要，所以它就像廉价的玩具一样被丢弃了。这简直是疯了。

吴说：“上车。”

“我不知道我们需要在这里练习什么。如果失败了，你抓住我，然后我们一起上车不就可以了。”

“你不能设想我还活着，或者还能帮你逃跑，你需要知道如何启动车辆的紧急程序。我们不能假设你在当时能立刻弄清楚，因为我们知道那一刻整个地方会着火，在你周围倒塌。”

“天啊，吴。”

“佐伊，不管发生什么事都不要惊讶。像我和威尔这样有战争背景的人了解你不知道的世界。在那些混乱的时刻，你所依赖的一切都消失了，一切都颠倒了。英雄原来是懦夫，反之亦然。你最周密的计划失败了，最随意的即兴发挥却挽救了你的性命。朋友原来是敌人。最后，佐伊，你什么都不能相信。

你只能去准备另一个计划，一个接一个。进去吧。”

佐伊坐进驾驶座。仪表盘和挡风玻璃的显示器都亮了起来。

“好吧。是不是有语音指令，或者——”

门自动砰的一声关上了。

车库门开始向上滚动。

佐伊以为她说了什么或按了按钮。她把手从方向盘上移开，扫视了一下仪表盘。

“呃……取消，停止。停止你现在正在做的事，汽车。”

相反，汽车向前倾斜，轮胎发出刺耳的声音，朝还在开着的门飞驰过去。

“停！嘿！停！”

那扇门还没有腾出足够的空间让汽车通过，但那辆装甲小轿车不打算等了——它冲了过去，车顶刮擦着上升的门。第二扇门是完全关闭的，但没关系——装甲轿车猛冲过去，大块的碎片掉落在引擎盖上。

“嘿！停！车！停止驾驶！停车！刹车！关闭引擎！停——下！！！”

汽车没有回应。佐伊抓住方向盘，踩下刹车——这两种动作都应该能自动将汽车的控制权交还给她，但事实并不是这样。

这辆车驶入了车流中，穿梭于早班通勤者和来自富人区的专业人士之间，他们喝着茶，化着妆，正赶往市中心的办公室度过又一个普通的星期二。汽车进入郊区，飞快地驶过教堂、家庭餐馆和大麻药房。佐伊突然明白了他们要去哪里。

她开始恐慌起来。

她试图大声呼救，恳求另一名通勤者挡住这辆车的道路，或者让它驶离前进的方向。但如今的汽车都是隔音的，每个司机都像在一个封闭的泡泡里，他们听着音乐和轻声细语的公共广播节目，通勤者担心停车问题，还有办公室政治，努力回忆是否把垃圾拿到了路边。这些小小的担忧让我们忘记了大的事情。他们不知道距离只有两英尺远的一个年轻女人在拍打窗户，嘴里发出大声的哭喊，试图引起他们的注意。

汽车现在穿过郊区，向城里开去。佐伊不顾一切地用双脚踢着驾驶座的窗户。玻璃弹了一下，轻微震动着，但没有破损。这种玻璃是用来承受反坦克火箭的，所以即使她有电动工具，这也将是一个要持续一整天的任务。但她仍然努力着，因为这就是她生活的写照。她踢了一脚乘客那边的玻璃，踢了一下挡风玻璃。谁知道呢，或许一块玻璃在制造过程中出现了微小的缺陷，或者是一条看不见的裂缝，或许它会在自动驾驶中触发警报，导致汽车停止或偏离航线。

但它没有。

随着市中心的建筑物逐渐出现在眼前，她看到了地平线上不祥的黑色倒计时。她猛击仪表盘，砸碎了玻璃面板上的读数、地图和后视镜，希望能损坏一些关键部件，让汽车在离目的地不远的地方停下来，而不是在摩洛克翻修过的酒店门口。

尽管有了一些损坏，这辆装甲轿车还在平稳地行驶，就像按照设计者设计的那样。他们的工作做得很好——她小小的恐慌在费尔法克斯大街冷漠的汽车海洋中漂过。

两个车门立柱像长在挡风玻璃上一样，坚固无比。佐伊尖叫着，哭泣着，扯掉了驾驶室侧门上的塑料内板，发现里面只有坚固的金属。汽车放慢了速度，平静地驶进火宫，转向一个通往一扇沉重钢门的斜坡。当车靠近时，门开了——他们，当然，在等她。当车子停下来的时候，驾驶室的那面车窗上已经有了一片粉红色的血迹，那是佐伊拳头上的血。当门被猛地拉开时，佐伊正用手捂着脸，她的手指关节差不多碎了，因为她试图用拳头击碎车窗。

靠在门口的是摩洛克，他穿着一套可笑的超级反派服装，这套衣服很可能是他花了六位数的价钱设计的（一套黑色服装，被剪去了很多，露出了他的大部分躯干，点缀着钴蓝色的挑染和一块巨大的亮蓝色遮羞布），还有一个他称作布莱克·斯科特的副手。

摩洛克看起来有些怀疑。“我要受罚，他并没有撒谎。把她弄出来。”

斯科特把手伸进车里。佐伊把自己往后推，用脚踢着伸过来的手，把自己紧紧地贴在乘客座的门上。接着那扇门被猛地拉开，她摔了出来，跌在满是油渍的混凝土上。有人笑了起来。

一个穿着靴子的人把她推倒。她的胳膊被拉到身后，她感到有什么金属物体缠住了她的手腕。

摩洛克绕着车转了一圈，低头看着她，说："这就是你盲目信任别人的后果。你们这些利文斯顿的人，让叛徒继续在你们中间活动。看，组织就像人一样，是自然选择的结果。如果你的组织容易受到不忠的感染，它就会灭亡。"

佐伊在地板上哽咽着说出"谁"这个字。

"现在不重要了，是吧？"摩洛克对站在旁边的人说，"她做了植入手术吗？她体内有什么东西会攻击我们吗？"

那个在阿尔曼多死亡那天检查了他尸体的大胡子男人——摩洛克称他为"医生"——俯身看着佐伊。

他研究了一下手里的小玩意儿，说："不，她是干净的，没有被改造过。"

摩洛克摇了摇头。

"我不喜欢。"

斯科特说："看起来太简单了？"

"是的。我们的人在他们的庄园里偷偷改变了汽车路线……他们应该知道才对。"

斯科特说："妈的，如果真是这样的话，她真是个了不起的演员。"

佐伊翻了个身，想坐起来。她的手被某种铁丝捆着，但感觉很松。如果她能腾出一只手……

摩洛克说："不对，他们不会冒险让她来真的。"

"嗯……也许她身上有窃听器或追踪装置，我们无法发现？新的小东西？”

医生插话道：“如果有，它还得发回一个信号。这座建筑是个隔离区，我们把一切都屏蔽了。”

摩洛克问：“她的屁眼里没有一颗小炸弹吗？”

医生只是耸了耸肩，明确表示如果有的话，他早就会提到这件事了。

摩洛克说：“也许为了确认一下，我们应该用鱼钩钩进去，把她的内脏掏出来，再把她翻个底朝天。”

斯科特说：“伙计，该出发了，我们要准备好配合倒计时。现在只要把她的头踩进她的肚子就行了。”

“她可能知道些什么，即使她不知道自己知道这些。”

“那就把她关在笼子里，我们走后让医生来对付她，让他重新连接一些神经，把她的身体变成酷刑室。”

“好吧，就这么办。等等——不……”摩洛克又眯起眼睛，显然这是在转动脑子里的齿轮时显露的表情，“不，那是他们希望我做的。不管他们有什么计划，都是把她弄到我的总部，然后我们把她一个人留在这里。我打赌这就是重点。”

斯科特开始不耐烦了。“伙计，你可以坐在这里，一整天都在自己猜测。事实上，我打赌那才是他们最想要的。你在房间里踱来踱去，担心她的问题，而不是盯着你要去夺取的奖品。”

摩洛克点点头，说：“是的。去他的。带上她一起。”

佐伊坐起来，说：“可是你怎么知道那不是我们想要你做的呢？”

摩洛克俯身，一拳打在她的下巴上，血一下子涌进了她的嘴里。她扑通一声倒在地板上，感觉舌头上刺进一块像碎瓷片一样锋利的东西。她在油腻的水泥地上吐出三颗牙和一团黑色的血，然后滚到了一边，正好被一只靴子踢在了脸上。佐伊的鼻子随着肠胃蠕动的吱吱声塌了下来，在她因为疼痛昏迷之前，她还有足够的时间感觉到一只靴子砸进了她的胸腔，骨头像蛋壳一样裂开。

# 五十六

在佐伊的一生中，有四年时间她是不相信有恶魔存在的。那是从她六岁开始，她母亲告诉她电影里看到的可怕的外星人不是真的，直到十岁，她遇到了一个名叫贝拉、又大又胖又刻薄的女孩。

贝拉是班上的小霸王，有一次她把佐伊逼到保龄球馆后面，显然她完全是随机挑选的佐伊。她坐在佐伊的胸口上，用膝盖压住她的胳膊，她巨大的块头让佐伊很难呼吸。当呼吸变得越来越困难时，佐伊开始惊慌，当她惊慌时，贝拉微笑了起来。

这是佐伊第一次看到潜伏在人体内的那种黑暗的东西，一种以别人的痛苦和恐惧为食、在灵魂中蠕动的虫子。佐伊的恐惧和无助让这个人快乐到了极度兴奋的程度（在后来的几年里，佐伊会管这种感觉叫“贝拉高潮”）。在这种情况下，这样的表情会出现在一个人的脸上。这对小佐伊来说是一个令她感到震颤的启示，一个比她当年在学校学到的任何东西都要深刻的教训。就在那时，四年级的佐伊·阿什意识到，是的，恶魔是存在的——不是贝拉，而是贝拉体内的东西。

随你怎么叫它，可以把它认为是大脑中一个古老的进化缺陷，它会因为残忍而被唤醒。但是不要说那个恶魔不是真的——佐伊在贝拉的眼睛里看到的东西非常真实、骇人，几乎没有人性。那是一种黑暗的、无意识的对伤害的渴望，只是因为害怕某些更强大的力量——父母、老师、警察，一个更凶狠的恶棍——而被抑制住了。久而久之，佐伊·阿什看到这个丑陋的寄生物是如何潜伏在每件事、每个人的背后，就像那些油腻的旧公共住宅区里的蟑螂，在熄灯的时候就会从墙里面爬出来。事实上，历史书只不过是人类试图控制这个恶魔徒劳尝试的记录罢了。

多年来，佐伊一次又一次地遇到这个恶魔。她从耶扎的眼睛里看到了它，当他把她按在烤炉上的时候；她在灵魂收集者的脸上看到了它，即使他的眼睛藏在黑色的护目镜下；她在鬣狗身上看到了它，当他在第一天晚上来到卧室准备杀害她的时候。

但她在摩洛克的脸上看到的完全不同。

这么多年，佐伊发现，大多数人都知道自己身体里存在恶魔，而正派的人在感到它要出来时会害怕。当他们在打了孩子或对配偶进行残酷的侮辱，由此感到一阵罪恶的愉悦后，会立刻将其淹没在羞愧之中，花上数周的时间去做好事，把那个黑暗、扭曲的东西拉回到阴影中。另一些人会编造一些故事，假装他们已经控制住了恶魔。腐败的警察在小巷子里虐待嫌疑人，告诉自己他们在做正义的事情，或者醉酒的人打破女朋友的下巴后去指责酒精（拼命地忽略释放恶魔的快感是他们喝醉的主要原因这一事实）。中世纪的牧师从尖叫的少女身体里扯出内脏，假装他们胯部爆发的愉悦是执行上帝旨意而获得的精神奖赏。每个人都把他们的残忍伪装成别的东西，而不承认他们是恶魔的奴隶。

但摩洛克不是这样。

摩洛克了解这个怪物，他拥抱它——通过它的眼睛看世界。五天前，佐伊还以为只有荒谬可笑的人才会为自己取一个漫画书中超级恶棍的名字，比如“摩洛克”。但现在完全说得通了。在那肌肉发达的身体里，没有“切特·坎贝尔”，只有恶魔。

只有摩洛克。

摩洛克没有浪费力气欺骗自己它是什么，他知道它想要什么，也知道它能得到想要的。恶魔永远不会停止。

# 五十七

佐伊睁开了她的眼睛，看见她的手腕现在被带刺的铁丝捆在前面，铁丝上沾满已经干了的血，那是铁丝陷进皮肉的地方。她吸了一口气，感到一阵剧痛，一根肋骨碎片刺进了她的右肺。她的整张脸都肿了，头感觉就像一个篮球那么大。她无法用鼻子呼吸。她浑身冰凉，寒风吹在脸颊和耳朵上。

她看看绑着的手，发现自己正在移动，朝一条繁忙的街道前进，行人在她经过时停住脚步并盯着她。她试图坐起来，但当带刺的铁丝刺进脖子时，她畏缩了。她尽量把头转过去，发现自己被拴在摩洛克的一辆巨型卡车的引擎盖上，就像一只动物从狩猎活动中被拖了回来。她的衬衫湿了，深红色的血一直流到腹部。

卡车在市区奔驰，佐伊的脑子一片混乱，不知道他们要去哪里，也不知道这意味着什么。接着，她看到几个街区远的地方有一座气派的装饰艺术风格的雪花石膏建筑，佐伊觉得这座建筑的设计很大程度上借鉴了漫画《正义联盟》中总部的风格。前面停着至少二十辆威风凛凛的装甲车，挥舞着成串的枪管。身穿黑衣的武装警卫挤满了车子之间的空隙，安全联署的男男女女穿着用钱能买到的最好的军事装备，挥舞着为战场设计的盔甲和枪支。在卡车的引擎盖上，佐伊想象着自己在即将发生的交火中无助地被撕成碎片，但如果这意味着在这个过程中他们以某种方式干掉了摩洛克，那就这样吧。

她被绑在上面的那辆卡车在一个十字路口的正中央停了下来，离安全联署和它那林立的黑色武器圈有几个街区远。第二辆和第三辆卡车在两边停了下来，右边那辆车上有一个被盖住的东西，大小和形状跟雪人差不多。两个肌肉发达、光着膀子的男人从那辆车的驾驶室里出来——就佐伊看到的，他们都不是摩洛克——把防水布往后一甩。车上放着一个按比例放大的小消防栓，是摩洛克之前在公园派对里拿出来的，使几百码内的每一把枪都失灵的小消防栓。

佐伊所在的那辆卡车的车门在她身后咔嗒咔嗒地响了几声，摩洛克大步走进视野中，斯科特手里拿着一架看上去很专业的摄像机。考虑到人行道上有几十名旁观者在拍摄（如果能在这个过程中吸引大量的开眼观众数量，每个人都愿意冒着在交火中被撕成碎片的风险），这似乎是多余的，更不用说头顶上嗡嗡作响的无人机像蚊子一样多。但是佐伊想，摩洛克和其他表演者一样，希望尽可能地控制影片的内容和制作。

摩洛克看上去极度兴奋，就像一个刚从漫长而不公的监狱判决中释放的人。他用脚掌弹跳着，舔着嘴唇。他扫视聚集在人行道上的人群，沉浸在他们的敬畏之中。

他自言自语地嘟囔着："这些可怜的杂种甚至不知道他们是来看什么的。"

他看着佐伊，说："你拿把铲子直接向下挖，你知道你会发现什么吗？"

她想说点什么，最后却引发了一阵阵咳嗽，伴随一阵阵的疼痛传遍了她的全身。

摩洛克说："你会找到世界的尽头。我爸爸和我过去常常去房子后的地里挖十字弓的箭头。我们找到一个，他会说，你知道这是什么吗？这是世界末日的遗迹。对印第安人来说，白人是他们的审判日。把这一切烧得干干净净，然后造出更好的东西。和之前欧洲的黑死病一样。瘟疫消灭了两亿人，杀死了所有的农民，他们生活在老鼠和污秽之中。你知道之后发生了什么吗？他们称之为文艺复兴的小东西。这就是事情如何运行的——就像一堆火，清理掉所有枯死的灌木，这样新的植物才会生长。"

佐伊吞下嘴里的血，说："切特，听我说。这是你最后一次回头的机会。你认为今天会发生的事……是不会发生的。"

摩洛克笑了。"我知道你和你的西装员工们打算干点什么。我不知道具体是什么，但我知道这几天你像工蚁一样跑来跑去。我希望你已经给自己制造了一位超级英雄来和我对抗，也许我们还会在飞驰的火车上决一死战。我的意思是，有什么比两个得到强化的家伙在镜头前的战斗能更精彩地展示雷登产品呢？"

摩洛克转身，对斯科特说："让我们开始吧，婊子！"

摩洛克在卡车前摆好姿势，斯科特用摄像机给他找好角度，这样就可以把血迹斑斑的佐伊作为背景。摩洛克抬头瞥了一眼最近的一座建筑，上面显示直播的倒计时还剩下最后几秒。

五……四……三……二……

倒计时消失了，取而代之的是斯科特的镜头，镜头几乎延伸到了市区的每一栋建筑物。在每个人面前耸现的是摩洛克的画面，他站在那辆巨型卡车的金属罩前，背景里是佐伊，正试图从鼻孔里冒出来的血淋淋的泡沫中呼吸。

噢，我看上去糟透了。

“女士们，先生们，欢迎你们。我，就像你们知道的，是摩洛克。让我以结束千年的枪炮时代作为庆祝活动的开始吧！”

摩洛克向他右边那辆巨型卡车上的人做了个手势。他们对消火栓装置进行了一些操控。这台机器嗡嗡作响，发出呜呜声，然后旋转起来，启动了。接着，发出一声巨响和一阵脉冲，佐伊发誓，脉冲在空中激起了十分明显的涟漪。斯科特转过身，把摄像机对准了安全联署的总部，一小支部队就驻扎在前方。

佐伊的视线被摩洛克宽厚而突出的肩膀挡住了，但她听到了爆炸、尖叫和旁观者奔跑的声音。她仔细向上看着高楼上的直播画面。安全联署总部前面的装甲车正在喷出火焰和黑烟，储存的弹药从里面喷涌而出。困惑的枪手急忙躲开，紧紧抓住受伤的手。

摩洛克和他的手下漫不经心地爬上巨型卡车，没过多久，佐伊就发现自己滚进地狱般咆哮的火焰中，男人们痛苦地呻吟着，辛辣的黑烟灼伤了她的眼睛。她咳嗽着，每一次痉挛都使她感到胸口一阵剧痛。卡车打着滑停了下来，那股冲力狠狠地把佐伊扔向前去，她被带刺的枷锁紧紧勒住。摩洛克跳出来，大步走到剩下的安全联署警卫中间，斯科特从后面拍摄他。其中一个警卫拔出一把看起来很锋利的刀，扑向摩洛克。这家伙反应敏捷，技术娴熟，毫不畏惧。摩洛克做出一系列动作，动作快得看不见，把那人撕成了两半。

然后他大步走向最近的一辆装甲车，一缕黑烟从后面冒出来。摩洛克握紧拳头，即使从佐伊的位置，也能看到他的不锈钢关节上那明亮的电弧波纹。他向后抬起拳头，猛击坦克。这时传来金属断裂的巨大响声和能量的霹雳声——一道蓝色的闪光亮得足以在佐伊的眼睛里留下余影。坦克立刻裂为两半，破烂不堪，像被一个看不见的巨人踢了一脚似的，不停地旋转着。坦克里的四名武装人员被打翻在人行道上。

摩洛克尖叫且大声叫嚣着，他感受到了一个人变成了神的快感。然后他把手腕并在一起，产生了一道极其明亮的闪电，这次佐伊不得不闭紧眼睛。她听到了尖叫声，但她还是无法睁开眼睛。

可怕的声音持续了几分钟，最终平静下来，只留下旁观者的喘息声和哭声。佐伊大胆地看了看，只有烟雾、瓦砾和黑灰的污迹散落在通向安全联署富丽堂皇的总部的大理石楼梯上。在摩洛克的脚边，她看到了一具骨架的上半部分。

摩洛克踢着骨头走了进去，发现了似乎是唯一的幸存者，挣扎着站在同伴们焦黑的躯体中间。一个留着平头的老男人——是布莱克，他们在脱衣舞俱乐部地下室见过的首席执行官——他全副武装，和其他人一样，也在这支保卫安全联署的小部队中，和他的人肩并肩。

摩洛克站在他旁边，说："伙计，我得告诉你，这真令人失望。听说你手下有一百多人，我以为你会把每个人都召回到你的总部，这样我就能一下子把他们都干掉。"

布莱克往台阶上吐了一口血。"我唯一的遗憾是，我看不到你是怎么被干掉的。但你这么蠢，我得说你总会有那一天的。"

摩洛克笑了，然后拿出一个看上去像金属海星的小装置，那些尖尖的小触手自动伸缩着。他把布莱克翻了个身，把那个装置按在他的背上，布莱克发出一声刺耳的尖叫，装置扎进了他的身体。

摩洛克把他留在那里，大步走向第三辆怪物卡车，从里面拉出一个超大的装置，在佐伊看来就像一个卡通火箭筒。他把它对准大楼拱形的正门，再一次等着斯科特用摄像机找好角度。摩洛克扣动扳机，射出一枚炮弹，炮弹在离大楼几英尺远的半空中爆炸，射出一张巨大的黑色细线网，把大楼围了起来。

黑网在墙和柱子上越拉越紧，越拉越紧，直到数百条裂缝里喷出阵阵尘土。黑网不断地挤压，柱子和建筑四角在压力下弯曲。突然，建筑物内部爆炸了，像一个爆了的气球一样把自己吸了进去，黑网越拉越紧，直到参差不齐的大块石头、混凝土和玻璃被压成一团。不一会儿，只剩下一堆被压实的碎石和一些细电缆交织在一起，矗立在此时空无一人的地基中央，几根断了的水管在向空中喷水。灰尘散去后，佐伊看见黑网把那些混凝土、大理石和钢铁捏成了一只三十英尺高、伸出中指的手。

接着，摩洛克把一根电缆套在这根巨大的中指上，然后把布莱克拖上了台阶。他把电缆系在那个不停扭动、尖叫的男人身上，把他吊起来，让他在几分钟前曾是他的指挥部的废墟上方摇晃。然后，摩洛克爬过悬空的男人，站在伸出的手指上。斯科特拿着摄像机移动到“手”的底部，拍了一张低角度的照片，让摩洛克的轮廓映衬着灰色的天空，真正捕捉到了这庄严的场景。摩洛克抬头瞥了一眼最近的大楼，花了一点时间沉浸在他自己的雄伟形象中，这个场景正在通过所有大楼上的屏幕直播，并通过开眼传遍世界。

“我尊重那些为荣誉而战的人，就像我的朋友布莱克一样。剩下的你们这些城市里的安全联署的人，在装在你们老板身上的装置慢慢地把他的内脏烧毁之前，你们有五分钟的时间去救他。我要前往下一个目的地了。我要做一些城市改造，我想你们会喜欢的。”

他们挤进卡车，没过多久佐伊又开始移动了。在他们身后，黑色卡车很快就挤满了曾是安全联署总部的中指纪念碑，人们纷纷出来帮助他们的老板。

她隐约听到摩洛克说：“好吧，我们去斯库特维尔擅自占用地吧。”

# 五十八

佐伊认为，作为一个目标，擅自占用地毫无意义。这是一栋摇摇欲坠的塔楼，里面全是瑟瑟发抖的穷人——把这里夷为平地证明不了什么事情，因为这个地方看上去可以被两个拿着大锤的家伙在一个周末铲平，但恶魔不是这么想的吧？她认识的那些霸凌者不会去对付其他霸凌者，他们更能从轻易的取胜中获得愉悦。佐伊尽量不去想，当目标是一只装满了两千名男人、女人和孩子的摇摇欲坠的水泥盒子时，一场“轻松取胜”会是什么样子。

她听到轮胎在碎玻璃上滚动的噼里啪啦声，伸头看向四周。他们正在穿过利文斯顿大厦废墟堆的阴影。街对面的所有建筑都用胶合板和防水油布盖住了原来较低的窗户，每扇窗户都受到了倒塌的摩天大楼碎片的连续冲击。佐伊不得不承认：她的到来对塔布拉拉萨来说是灾难性的。

接着，擅自占用地耸现在眼前，里面飘出的卷须状烟雾飘进了十二月阴沉的天空。在任何缓慢发展的灾难——飓风、洪水或战争——成为新闻之后，佐伊总是听到人们对受害者说这样一件令人愤怒的事情：“为什么那些人在知道将要发生什么的时候不离开那里？他们为什么这么固执？”当然，这让人恼火，因为他们轻率地认为，每个人实际上都有自己的去处。如果你是这样一个人，即使是一家廉价的酒店，对你来说都是不可想象的奢侈，而你所有的朋友都已经有一大家子人睡满了客厅的地板，你所能做的就是蹲下身来，希望风暴在最后一秒改变方向。你别无选择。这就是贫穷的感觉——选择是你坐下来梦想拥有的东西，是你在有钱之后拥有的东西。因此，佐伊看到擅自占用地仍被完全占据时并不感到惊讶，尽管摩洛克的消息肯定在一微秒内传遍了开眼。如果居民们在恐慌中逃离大楼，并且设法避免在大街上被摩洛克接下来拿出的任何外来武器杀死，他们能去哪里？他们只能任由那些恰好关心他们的人摆布。一如既往。

佐伊从她所在的地方可以看到，那座正在分解的建筑物前杂草丛生的停车场里，停着一辆浑蛋联盟的面包车。他们接受了她提供的工作，或者他们是来把想象中的海盗金币从地下挖出来的。不管怎样，结局都不会太好。

摩洛克的车队停了下来，几乎就在五天前佐伊与威尔·布莱克沃特和其他人举行露天会议的地方。佐伊看到的第一个站在一楼空地上的人是李，还有他的红色莫霍克发型男人。其他五名队员分散在他的两边。在他们身后是一群人——下楼来看发生了什么事的擅自占用地的居民。或者更确切地说，是想知道他们会发生什么事的人。他们中的一些人带着武器——小刀、长长的烟斗——但他们或者那帮乌合之众都没有拿枪。由于摩洛克的小玩意儿，他们之前拥有的枪支大概都成了碎片——佐伊认为方圆几英里内没有完好无损的枪。头顶上有很多无人机，到处都像是嗡嗡的蜂箱声。偶尔会有几架小飞机相撞，摔成碎片，从天空中坠落。

摩洛克跳下卡车去见医生，专心地看着视频里医生给他看的画面。布莱克·斯科特走到佐伊面前，瞥了她一眼，似乎心不在焉地想确认一下她是否还固定在引擎盖上，然后摆弄起他的摄像机。

佐伊试图清下嗓子，同时吞下了血水。她用沙哑的声音说："这太蠢了。"

"闭嘴，没有人喜欢吵闹的引擎盖装饰品。"

"你试图证明这些小玩意儿可以对付军队，但如果你杀害了两千名手无寸铁的妇女和儿童，这又能证明什么呢？"

"实际上，我们为这款设备找的客户需要知道它能做一件特别的事，他们只是要看看这个过程的效率。安静点，不然我就把你的整张脸都封起来。"

"你看到谁住在里面了吗？这些是你的人。"

"我的人？是啊，跟我说说种族歧视吧，百万富翁的白人女孩。你爸爸像牲口一样买卖婊子。与其从这个城市的垃圾中赚钱，我们还不如把它清理干净。用烟熏死所有的害虫。这里的，全世界的。刮掉藤壶，这艘船才能顺利航行。"

"我敢肯定，在摩洛克眼里，我们都是害虫，包括你。他告诉过你什么？他要把雷登产品卖给出价最高的人，然后和你平分现金？睁开你的眼睛吧。"

“哦，我的眼睛睁得很大。不是把雷登产品卖给出价最高的人，引擎盖装饰，那是住在拖车房的人的想法。不，这是决定谁能得到雷登产品，谁不能。这就是我们将要塑造世界的方式。”

摩洛克走了过来，看上去有些激动得发狂。

斯科特说：“救命！你的人质在跟我玩心理游戏。”

“哈哈！她可能只是想在你的那玩意儿上独奏。”他对佐伊说：“他很了不起，不是吗？看着他。你们差点就搞砸了这件事。但是，当白人在培养奴隶时，也在他们身上培养男子气概，培养最好的工人、勇士和控球后卫。所以感谢奴隶制，它保存了人类的男子气概，难道不是吗？”

斯科特说：“呃，我只是想说明，摩洛克表达的观点不一定是他组织中其他成员的观点。”

摩洛克告诉斯科特，他想要的镜头是他站在摇摇欲坠的大楼前，看到一排排惊恐的面孔。斯科特给这个场景找好了角度，画面又一次出现在高楼群的屏幕上。

摩洛克说：“一亿两千万收看世界末日开始的人，欢迎你们。在下一部分开始之前，我想提醒你们，如果有孩子在身边，就让他们留在那里，因为他们将会学到一些关于这个世界的重要知识。我身后是一座满是白蚁的建筑。哦，他们看起来像人，但别被骗了——他们所到之处，周围的建筑都开始倒塌。这里本应该是豪华公寓，看看现在，我们的全部文明，就像这样，这里就像一个世界的缩影，它的墙上有太多该死的白蚁。不怕，我有办法。这里，我来做个展示。不过，在这之前，让我们先把画面切换到安全联署的朋友那里。”

高楼上的画面切换到前安全联署总部手指形状的废墟上，那里现在挤满了黑衣警卫，他们可能希望手里拿着还能使用的枪，包围着他们的老板。有人把他从碎石堆里救了出来，他们挤在他背上的星状装置旁，想办法把它取出来。

摩洛克说：“三，二，一……”

一道闪光，噼啪一声，血肉飞溅。当一切结束时，一群骷髅聚集在安全联署总部的台阶上。

佐伊紧紧地闭上眼睛。周围都是尖叫声。除了摩洛克，摩洛克在笑。不是邪恶的笑声——她并不认为人们在现实生活中会这样做。那是发自内心的、不由自主的捧腹大笑，一个蹒跚学步的孩子看到一个胖子摔倒时笑的样子。

摩洛克说：“把肉从骨头上炸下来，就像用炖锅炖排骨一样。有效半径五十码。”他举起左手，又一次，他的机械手指变形了，发出咔嗒咔嗒的声音，旋转着，变成一个模糊的打蛋器的形状。“这个范围是一百码。”

他们面前那座摇摇欲坠的建筑里的人慢慢走到周围的街道上，其中一些人终于开始逃命。其余的只是……等待着。他们知道自己没有希望逃脱摩洛克的魔掌。

佐伊吐了一口血，喘着粗气说：“不要，这证明不了什么。不要这样做。”

摩洛克笑了。他用枪炮形状的手指着她。斯科特拿着摄像机走过来，想把他们俩都拍进镜头。

摩洛克说："跟你做个交易。你可以牺牲自己，我让这些人活下去。你愿意吗？我向你保证，我们正在全世界面前说这件事。这是你成为英雄的机会。一条命换两千条命。"

佐伊说："无论如何，你会把我们都杀了。"

"所以答案是'不'咯。那这样呢：我会救所有人，不过用你的猫来换，你愿意吗？你愿意牺牲一只猫来拯救这两千条性命吗？他们一半是孩子哦。"

"我不会玩你的游戏。"

"你明明知道你的选择是什么，像你这样的人每天都在做这样的选择。你并不比我更关心这些人。市中心的其他建筑都有军队把守，就像下一个我们要去的教堂，他们找来了一千名志愿者，把他们变成人体盾牌去保护它。这些人有谁？没有人。但你知道谁拥有这栋楼吗？你。而你派来的唯一保护就是一辆货车里的六个白痴。"

摩洛克转过身，大步朝着浑蛋联盟走去，他们六个人现在背靠在一起，武器——弩和剑——都准备好了，佐伊怀疑他们根本不知道怎么用。

摩洛克等着斯科特把他们都拍下来，然后说："接下来会发生的事情是，我要把我面前的每个人都烤焦。所以你们这群穿着道具服装、拿着玩具的人，可以英勇但是毫无意义地在爆炸后死去，或者可以现在走开，承认你们根本不在乎这群人，这是完全合理的——考虑到其中任何一个人都会因为一半的机会得到购买冰毒的钱而割了你们的喉咙。我给你们五秒钟时间决定，五……”

他们不需要五秒钟。

李尖叫道：“还没结束呢，摩洛克！”然后他从腰带上抓起一枚烟幕弹扔到地上。爆炸产生了一团红色烟雾，这并没有掩盖六个人疯狂地奔向他们的货车的画面。当摩洛克倒计时结束时，这辆印着“浑蛋联盟”的黑色货车尖叫着逃离了停车场。

现在只剩下摩洛克、破败的塔楼和试图在一座几乎没有墙壁的楼里找到藏身之处的人群。

佐伊说：“求你了，都是女人和孩子，看看他们！求你了！斯科特，告诉他！这证明不了什么！”

摩洛克背对着大楼。斯科特找好镜头，这样就能看到他身后里面人群的恐惧。

摩洛克向佐伊和全世界发表演说：“‘妇女和儿童’，这就是他们在船下沉的时候说的话，是吧？‘妇女和儿童优先’？我以为你们想要平等呢。如果男人不重要，那就没人重要了。别跟我说什么拯救小孩子的废话。蛆虫变成苍蝇，这就是我在这里看到的情况——这里的人们不能自己吃饭、穿衣，只能像谷仓里的老鼠一样蹲下来避难。我怎么能让我身后的这些垃圾把基因库变得恶臭呢？饶了我吧。我是在找瘾君子和妓女抚养未来的瘾君子和妓女。够了。所有人都看好了，睁大你们的眼睛，记住在这里看到的一切。这就是将要发生的。你以为你所知道的关于权力的一切都将成为——哦！这他妈的——”

一架三英尺长的玉米卷形状的无人机撞在了摩洛克的脸上。

# 五十九

摩洛克抓起无人机，在人行道上砸得粉碎，半打硬壳玉米卷在他的脚边散落开来。

当他把飞机残骸扔到一边时，另一架玉米卷无人机撞了过来，这架无人机是白色的，上面装饰着一个卡通墨西哥辣椒的标志。在它后面是三架无人机，印有紫色和黄色铃铛的标志。摩洛克全力挥舞拳头和双腿屠杀着墨西哥食物，两亿五千万极度困惑的开眼用户在观看这一切。

无人机仍然不断地飞过来，每一架在空中的墨西哥食品送餐无人机，它们的导航系统都被黑了，并被命令尽可能快速地飞到摩洛克所在的确切位置。这一部分是佐伊的主意，即便这会让摩洛克狂怒地跑过去捏碎她的脑壳，她也不会介意这是她最后看到的场景。

摩洛克把无人机一架接一架地击毁，对着完全困惑的手下们发出语无伦次的命令，直到他以胜利者的姿态站在三十多架以墨西哥食品为主题的四旋翼飞机的残骸里，大口喘着气，试图抑制自己的愤怒。他紧握的机械拳头上沾满了棕色和白色的豆泥和酸奶油。

他看了看残骸，说：“那是什么鬼东西？”

斯科特看了一眼人行道上食物的污迹，说："有人点了这么多墨西哥食物吗？"

"把摄影机对准我。"斯科特照做了，然后摩洛克说，"好吧，我不知道是谁要的这个小花招，但我正要——"

摩洛克的脸突然从高楼群的直播上消失了。

市区建筑物墙上的视频乱成一团像素块，最后组成了一个新的画面。出现在画面里的是戴面具的安德烈·诺克斯的脸。安德烈发出了漫画书中大反派般的邪恶笑声。

"傻瓜们！你们都上当了！我要感谢我的初级合伙人摩洛克，是他为我安排了这一切。这个男孩真的很喜欢墨西哥卷饼。"

镜头拉近后，安德烈出现在镜头中，他穿着超级反派的全套行头——和摩洛克的服装一模一样，只是遮羞布是红色的。此外，安德烈还戴了一个相当艳丽的红色多米诺面具，以及一顶镶有红色羽毛的大边黑色帽子。他正在抚摸一只黑猫。

摩洛克目瞪口呆地望着那个从最近的建筑物上俯视着他的身影。

"这他妈是谁……到底他妈的发生了什么？"

安德烈继续用轰鸣般的声音说："正如我的助手和下属摩洛克所说的，我们是一个叫作火与冰的恐怖组织。塔布拉拉萨以及整个世界将感受到我们共同的激情和狂怒。"

摩洛克看看斯科特，又看看佐伊，然后视线回到这栋楼上。

斯科特在摆弄摄像机。"他们阻止了我们的直播，一定有架无人机在干扰信号。”

“如你们所知，”安德烈继续说道，“在过去的几个月里，我们在这座城市的中心秘密建造了一个巢穴，也就是我直播的地方。那里坚不可摧，无论地面袭击还是空袭——正如你看到的，军队靠近会从墙壁上弹回去，就像沙鼠撞到推土机上弹回来一样。现在，看好了！”

画面切换到以前的火宫与冰宫的外部航拍画面，这是一架无人机在街道上空盘旋拍摄的，街道上挤满了逃难的市民和目瞪口呆地看热闹的人。与此同时，两座塔上的黑色防水布像舞会之夜的礼服一样纷纷脱落，静静地落在下面的街道上。

在每座建筑上，摩洛克都得到了他的火山玻璃蚀刻画，生动地勾勒出橘红色的轮廓，仿佛是从依然炙热的岩浆中切割出来的。斯凯尔尼克的员工们做得很好，这看起来确实像是黑曜石。但是，蚀刻画并不是摩洛克在工作说明书中所描述的那样。因为十二个小时前，一幅全新的效果图被上传到雕刻机上，雕刻机被设置成在每座塔的外墙上雕刻浮雕。在巴德把他和他的员工弄出去之前，这是他们唯一能让斯凯尔尼克同意去做的一件事。

在曾经是冰宫的高塔上，现在出现了安德烈的细节满满的画像，他戴着帽子和面具。只戴了帽子和面具。佐伊从来没有见过真正的安德烈全裸，也不相信她会看到他全裸，但是安德烈在这座建筑上的雕刻画是非常、非常慷慨的——考虑到他被赋予的身体上的天赋。

街对面的火宫里，没有摩洛克订购并支付的那张愤怒的巨幅画像，而是另一幅全裸画像。这幅雕刻画描绘的是摩洛克和他全身上下仅有的机器人手臂。佐伊从未见过摩洛克的裸体，她祈祷自己永远不会看到。在描绘摩洛克的生殖器时，这座建筑的人体雕刻图非常、非常吝啬。开眼的计算程序通过跟踪摄像头的移动和成千上万围观者镜头的缩放，瞬间就决定了人体雕刻上那个小小的特别部分是最值得注意的。

佐伊想，如果她不是在一个能毫不费力就把附近的人都蒸发掉的人的脸上看到这个表情，那么这个表情会很滑稽——他看起来就像一名棋手，在意识到他的国王已经被将死的时候，发现他喝的啤酒实际上是小便。这就是计划的第一阶段，他们简单地称之为“困惑”。就算没发生什么其他的事，摩洛克看上去确实已经很困惑了。佐伊咳嗽了一声，鲜血溅落在巨型卡车引擎盖的金属蓝色油漆上。她仍然不觉得自己这一边会胜利。

斯科特说：“那是……你想要的设计吗？”摩洛克没有回答。他看上去像是要大发雷霆。斯科特说：“我喜欢。有点希腊雕像的感觉。”

摩洛克发出一声嘶吼，然后冲向佐伊被绑在卡车上的地方，一把掐住她的脖子。

“是你的主意吗？这是你们的人干的？他是怎么进到塔里的？告诉我！”

佐伊确实想出了一个聪明的回答，但是因为破碎的牙齿和嘴里凝结的血块，现在她的下颚都肿起来了。她的反驳只是一连串湿漉漉的呻吟和咕哝声。

他转向斯科特，吼叫道："上车！我们去火宫。"

斯科特说："伙计，想想！难道你不明白这就是他们想让你做的吗？我建议我们继续下一个目标，按计划来。不管他们在火宫做了什么恶作剧，现在都不重要了。仔细想想——什么更重要，是控制整个世界，还是让数亿人认为你有个小的生殖器？"

摩洛克停了下来，仔细考虑着。

# 六十

他们在离火宫和冰宫一个街区远的地方停了下来。佐伊在某一时刻再次失去知觉，但当卡车突然停下来时，她被惊醒了，她感到带刺的铁丝冰冷地撕咬着她的手腕。摩洛克走了出来，人群一见他就大叫起来。他对建筑上极其损毁自己形象的人体雕刻画嗤之以鼻。在佐伊提出改变效果图的想法后，埃科花了四个小时来设计。她没有把图拿给任何人看，而且在她工作的整个过程中，她从来没有笑过。

摩洛克跺着脚随意走向一辆车——一辆里面有人的车——抓住车头，开始像掷铁饼一样甩起圈来。他让车飞着撞向人造黑曜石，在他自己雕刻画的脸上留下一个巨大的伤疤。

斯科特站在卡车旁，叹了口气。

佐伊松了松肿胀的下巴，问道："这个人体画正确吧？我们不得不猜测。"

斯科特看都没看她一眼就说："你知道他为什么还让你活着吗？这样他以后就可以慢慢折磨你了。你知道摩洛克业余时间做什么吗？他研究酷刑技巧——从几千年前到现在的，他是这方面活的百科全书。如果你知道在你身上会发生什么，你早就该尖叫了。"

安德烈出现在高楼的直播画面上，咆哮着发出卡通反派的笑声。“正如你所看到的，我卑微的仆人摩洛克来到奢华的总部与我会合！他似乎在耍脾气，可能是因为吃了太多墨西哥食品。”

摩洛克走到地基前猛地一击，从拳头里释放出了等离子体的全部力量。墙爆炸了，留下一个洞，就像一辆自卸卡车撞穿的一样。一群光着上身的男人从大楼里爬出来，摩洛克的手下们试图在老板耍脾气摧毁大楼之前从中逃离。

高楼上的直播画面切换到离现场一个街区远的记者那里。她在一片混乱中大喊：“现在可以看到，我身后出现了一个人，据说是摩洛克本人，他正在摧毁这座高楼。没错，他正在将自己的总部撕成碎片，但他好像已经改变了主意，可能是出现了良心危机。我们将试着采访他，这个关于救赎的有感染力的故事就在我们眼前上——”

塔楼倒塌的噪音充斥着整个世界，此时佐伊已经是三天内第二次看着一座摩天大楼倒塌了。之后，当摩洛克大步走到对面，对冰宫做同样的事时，她又看到了一次。旁观者发出的恐怖的尖叫声和欢呼声交织在一起。灰泥像浓雾一样悬浮在空中。

摩洛克跺着脚朝斯科特和佐伊走去，说：“我希望这是值得的，婊子。那些建筑都是垃圾，安德烈·诺克斯现在被压成一块薄饼了。”他对斯科特说：“伙计，给我一些好消息。”

“这个消息怎么样——差不多塔布拉拉萨所有剩下的枪支

都集中到这里了。”这消息被传得好像的确是好消息一样。几乎就在这个时候，佐伊听到了直升机逼近的微弱声音。

摩洛克咧嘴一笑，露出牙齿。“布莱克·斯科特，没人能像我们一样感受这样的兴奋汁液。从现在开始，是上帝模式。”

高楼上的直播画面从冰宫和火宫的废墟切换到来自四面八方破败的军队。然后，突然直播屏幕一黑，出现了正在大笑的安德烈的脸。

摩洛克深深地吸了一口气，闭上眼睛。“你这该死的东西。”

安德烈吼道：“啊哈！我看你是被我那小小的把戏骗到了！我并不在你以为是我的总部的空壳赌场里，而是在城市的另一边，在曾经辉煌的公园景公寓倒塌的废墟里。但是你不敢靠近！因为现在我要揭开我们整个计划的核心部分！塔布拉拉萨，看好我身后是什么，然后颤抖吧！我们有一枚一千万吨级的等离子核聚变弹头，这种武器的威力足以把整座城市变成一片巨大的熔砂荒原！”

佐伊听到聚集在人行道上的旁观者的尖叫声和喘息声，以及至少一个摩洛克手下的尖叫声和喘息声。屏幕上的安德烈走到一边，展示着炸弹——一个橄榄绿的圆锥体，顶端是黄色的，大约三英尺宽，十英尺长。

“我们将引爆这个装置，让方圆五十英里内的一切化为乌有，除非我们的要求在六十分钟内得到满足。什么要求？请继续关注这个直播，一切即将揭晓！”

楼群直播画面切换到一张静态图片，这是一张伪造的照片，上面显示盛装打扮的安德烈和摩洛克背对背站着，对着摄像机竖起大拇指。在他们脚下是显眼的动画字体“火和冰”。

摩洛克冲过去抓住佐伊的脸。

“嘿，醒醒！你去过火宫吗，杂种？你知道全身三度烧伤是什么感觉吗？你知道当你被烧伤后，在堆满自己粪便的肮脏混凝土地板上躺上几个月是什么感觉吗？你知道我的医生在那种情况下能让你活多久吗？我只问你一次。核弹是真的吗？”

佐伊把血从嘴里吐了出来，这样她就可以结结巴巴地说出“是的”这个词。

“你这个说谎的贱货。你为什么有真的核弹？”

“为什么我们会有假的？我们买了一台机器来制造阿瑟的设计。这就是我们制造出来的东西。”

“那你的计划是什么，炸毁整个城市？为了什么？”

“为了阻止你得到它！”

斯科特说：“所有的雇佣枪手都转向了公园景公寓。看来城里所有的开眼摄像头也都要去那里了。怎么办？我们去吗？”

摩洛克在转动脑袋里的零件。他试图读懂佐伊的脸。

“是的。不！该死，这就是他们想要的，不是吗？”

他再次抓住佐伊，用金属手指掐住她的喉咙。立刻，她就无法呼吸了。

“告诉我你的计划。你以为你知道我会做什么。我保证，你不知道。”

他把手松开足够长的时间让她尖叫："我不知道！"这是事实，她几乎完全忘记了计划里的这一点。"你如果想知道，就去问威尔！"

"嘿，好主意。他现在在哪里？"

"庄园里，他在那里操控着一切！"

摩洛克又仔细看了看佐伊那张血淋淋的脸。

斯科特说出了摩洛克在想的事情："这看起来像是一个埋伏，老板。"

"他们能用什么来伏击我呢，斯科特？不管它是什么，我都想看看。去他妈的。我们走。"

# 六十一

佐伊昏过去了，她不知道昏迷了多久。

当她再次感到卡车减速停下来，她勉强睁开肿胀的眼睛，有种回到原点的感觉：她看到阿瑟·利文斯顿房产的铁大门——不，她的房产——对所有不受欢迎的访客紧闭着，两根石刻龙柱警惕地站在两边。她期待坎迪的全息影像出现，告诉他们大门已经锁上了，或者一组疯狂的安全设备突然启动，把他们都切成碎片。

相反，大门轻易地打开了。

当然会打开。毕竟，里面有摩洛克的眼线。

摩洛克没有在蜿蜒的小路上绕来绕去，而是穿过所有的雕像、装饰品和西伯利亚虎的围栏，把引擎盖指向前门，加速开了过去。卡车撞毁一对骑士雕像，在圣诞彩灯下的灌木丛中隆隆作响；撞穿老虎围栏周围的栅栏，昏昏欲睡的老虎懒洋洋地看着它经过。

他们来到巨大的铜门前。摩洛克走过来，扯掉了把佐伊绑在卡车引擎盖上的铁丝。她摔倒在鹅卵石地上，几乎摔碎了膝盖和手肘。一只粗糙的手——斯科特的手——钩住她的手臂，猛地把她拉了起来。

她本能地想要抽开手，自己走——她不想再被那只可怕的胳膊抓着、拖着、拽着，讨厌被当作货物。然而，她在他强壮的手中软弱无力，实际还是被拖着。

前门慢慢吱吱嘎嘎地自动打开了。

摩洛克对她说："对了，你想知道出卖你的是谁吗？想知道是谁和你同住一个屋檐下，却在向我透露消息吗？想知道是谁告诉我阿尔曼多那天会在我的屋顶上溜达吗？"他转身对着敞开的门说："出来，来打个招呼。"

一个人影从门厅的阴影中出现，自信地大步走进大家的视野，挑衅地站在午后的阳光下。

那人说："总是一个你最不会怀疑的人，是不是，佐伊？总是那个被你低估的人。我受你父亲的虐待太久了。今天，我终于报仇了。"

佐伊透过红肿的眼睛凝视着她的叛徒。黝黑的肤色，卷曲的头发，山羊胡。牙签从他的嘴角伸出来。

佐伊说："你究竟是谁？"

"你知道我是谁。"

"我……真的不记得，我以前从未见过你。"

"你每天都能看到我！"那人愤怒地吐了一口唾沫，"在院子里修剪灌木？修理院子里的装饰品？两天前，我在那棵树上修灯！你从我身边走过！"

"你是……园林工人？"

"我是加里！加里·奥布赖恩！园丁！我为你父亲工作了

二十五年，我们一起打高尔夫球！我睡在一间客房里！我知道你想说什么。‘我们不需要担心加里。加里太笨了，不会想出我们这样的计划。’现在你对加里有了全新的认识，对吗？”

“我……对不起。我只是不记得你了。”

“我要听你说！听你说你低估了我！”

摩洛克说：“冷静点，园艺大师。她说布莱克沃特在里面，是真的吗？”

“是的。上楼，左边有个客厅。他们只是坐在那里等待着，没有埋伏，什么都没有。他们甚至没有注意到场地的保安系统已经关闭了。这都是因为他们做梦也想不到小加里能够——”

“你就知道这些吗？你没有其他的消息要告诉我吗？”

“没有，伙计。他们就在上面，去杀了他们。”

“很好。看来我们之间的合作已经结束了。”

说着，摩洛克走上前去，一拳打在那人身上。

有一种潮湿的声音，像是一桶油漆溅到墙上。转眼间，加里膝盖以上的一切都蒸发了。粉红色、白色和黄色的碎片从敞开的铜门上飞了过去，洒落在门厅的大理石瓷砖上。一团红色的薄雾飘浮在空中，然后消失了。佐伊想要尖叫，或者试图尖叫。这时只有咯咯的笑声。摩洛克欢呼起来，像是他为一场湿T恤比赛加油时发出的声音。

他说：“天啊，我永远不会厌倦这种感觉。”

他们走了进去，摩洛克环视大厅。

“这是个好地方。所有的事结束之后，我可以在这里做生意。我们走。”

他们绕过园丁加里的血迹，经过那棵巨大的圣诞树，朝大楼梯走去——摩洛克领头，斯科特像拎着一袋垃圾一样拽着佐伊上楼。医生和其他的手下留在后面，也许是为了确保没有人偷他们的卡车——摩洛克显然不担心寡不敌众。在他们下面，佐伊看见卡尔顿拿着拖把走进大厅。

他们来到了挂着水牛头标本的房间，摩洛克示意佐伊打开门，大概是准备好迎接任何埋伏着的陷阱。斯科特把她扔向那个方向，她摔倒在地板上。她伸出手，跪着推开了门。

壁炉里的火在燃烧。轻柔的古典音乐响起。墙上的屏幕中可以看到一支军队向公园景的废墟建筑蜂拥而去。房间对面有两把皮制扶手椅，威尔·布莱克沃特坐在其中的一把上，看上去平静得有些无聊，他手里摇晃着一杯威士忌。好像他一直在观看整个事件的发展，发现它很无趣。

坐在他旁边的椅子上的是阿瑟·利文斯顿。

# 六十二

阿瑟对着摩洛克笑了笑，说："嘡——嘡嘡嘡！"

在一段长时间的沉默后，摩洛克说："狗屁。"

阿瑟转身对威尔说："他比你说的晚到了九分钟，你欠我五十美元。"

威尔耸了耸肩。"交通比我预想的还要糟糕，很多人试图逃离这个城市，因为我们有小小的炸弹威胁。不得不承认，我对民众的期望要高一些。这是塔布拉拉萨，我们什么时候逃跑过？"

摩洛克说："我已经杀了你。不，我不仅杀了你，而且你的身体也蒸发了……"

阿瑟说："你对我的胸腔、肺、隔膜和各种我从未听说过的内脏都造成了巨大的伤害，需要十五个小时的手术和两千针来修复。所以，不，我不会从这把椅子上跳起来为你跳吉格舞——我的躯干看起来就像弗兰肯斯坦。但我是个坚强的老浑蛋，能在仓库爆炸前爬到地下室。和计划的一样。"

摩洛克愣住了，感到脚下的地面在旋转。佐伊觉得他是在试图弄清阿瑟说的话背后的逻辑，结果大脑却一片空白。

当他终于开口说话时，他能说的只是重复一遍："狗屁。"

威尔说："你想喝点什么吗？为什么不喝一杯呢？我们会像成年人一样讨论这个问题，这就是我们想要的。我的意思是，看看我们，我们不得不挟持整个城市，只是为了让你回到谈判桌前。"

摩洛克转向布莱克·斯科特，似乎在寻找一个认同这一切都不可能真实的人。

斯科特说："伙计，别看我。我现在什么都不明白。"

威尔说："在我们开始之前，让我们先设定一些参数，这样大家就都能明白了。这处房产位于安德烈目前用来威胁这座城市的核炸弹的半径内。如果我死了，它就会爆炸。你什么也听不到，什么也看不见——你只是……不会存在了。"

摩洛克说："不，你没有那么疯狂。"

阿瑟说："你没给我们留下选择的余地。当我公开宣示对这个地方的主权时，这里到处都是泥土和灌木，坦率地说，我现在仍然觉得这是我的城市，你不能拥有它；在我允许这样的事发生之前，我会把一切都变回沙漠。世界上的其他地方，我不在乎，但塔布拉拉萨不在讨论之列。谈判就从这里开始。你熟悉《魔戒》吗？"

摩洛克又犹豫了，他意识到自己在玩别人的游戏，却不知道还能做什么。

他说："那部老的恐怖片，讲的是一个幽灵女孩从电视机里爬出来的故事？"

"不，是有巫师和精灵，以矮人在火山中打斗结束的那部。这并不重要。重要的是，标题中的戒指是魔法戒指，赋予拥有者绝对的力量。有点像雷登设备，你说呢？在故事中，戒指来自一位名叫索隆的魔君。他做了这些戒指，把它们交给了这片土地的各个统治者，他知道人们的贪婪会战胜常识，如果他们听从了他的告诫，这一切就太美好了，不可能是真的。所以我猜他会像我和辛格一样，完善雷登设备，然后卖给出价最高的人。但是你看，这里有个转折——原来索隆在玩一个把戏。这些戒指并不是万能的，他留给自己一枚，毫无想象力地称之为“至尊魔戒”，支配着其他所有的戒指。统治者应该预料到这一切，应该知道像索隆这样狡猾的人不会轻易放弃这样的战利品。但是，这些统治者在对权力的贪欲中，把自己变成了奴隶。就像你做的那样。”

摩洛克眯起眼睛。这听起来很像一个谎言，但是最后两分钟发生的事情使一切都变得可能了。

威尔说：“我们有一台机器，一个开关，可以远程使雷登设备超载。你，摩洛克，是枚行走的炸弹，但我们拿着引爆器。”

“狗屁。”

“想清楚了，”阿瑟说，“我怎么可能忘记这一点呢？当我们有了一个工作装置的时候，我让工程团队秘密地建造了索隆的安全装置。”

威尔在椅子之间的咖啡桌上放了一个简单的黑色方盒，上面有一个过大的红色按钮。

阿瑟说："它是在仓库里被毁的，所以我们需要一点时间来制造一个新的——实际上，我们建立了一家全新的工厂来制造，它的工作原理很简单——如果我按下这个按钮，你会死，你附近的每个植入了雷登设备的人都会死。但我不想那样，不仅因为我不想让你们燃烧的躯体弄脏我的会客厅，还因为我现在有一个女儿，我的目标是让她不必承受一些愚蠢的循环报复。所以，我想和你做个交易。我要你做的就是离开这里。塔布拉拉萨是我的城市，是我的宝贝。你带着全部的摩洛克行动去印度、中国或者月球做你的表演，我不在乎。你去赚你的钱，别来烦我。也别再想踏进这座城市，否则我就按下结束你生命的按钮，仅此而已。你已经玩得很开心了，你可以对这座城市的人说任何你想说的话来挽回面子，但是之后你需要离开。这就是你要做的。世界的其他地方都是你的。"

摩洛克什么也没说，佐伊不知道他是否在考虑离开。接下来的几分钟就是一切。佐伊坐在地板上仔细看着他的脸，竭力不去想自己那伤痕累累的身体。她的每一次呼吸都像有刀子戳进肋骨，吞下的血使她感到恶心……

威尔对摩洛克说："没什么好考虑的。在这个交易中，你离开这里……就是全部你要做的。"

一声猫叫，佐伊转身看到恶臭机器小跑着进来迎接它的主人，仿佛想问她为什么未经允许就离开了家。她伸手去抚摸它，然后它突然僵住了，盯着坐在房间另一边扶手椅上的男人。它好像看到了它的旧日对手。

愤怒和恐惧充满了恶臭机器的眼睛。这个旧日对手一次又一次地折磨它，萦绕在它的梦中。接着，一只动物下了钢铁般的决心，决定它受够了，要表明自己的立场。

随着一声意思毫无疑问是“现在结束了！”的猫叫声，恶臭机器猛冲过地板。

佐伊对着猫尖叫。它没有听从她的命令，因为它是一只猫。

恶臭机器在两秒钟内通过了这段距离。有一刻，威尔看到了正在发生的事情，并开始采取行动阻止，但为时已晚。

恶臭机器扑向阿瑟·利文斯顿，他没有反应。那只猫穿过他的躯干——穿过全息影像。它从空的皮椅靠背上弹了起来，扑通一声落在地板上。

摩洛克瞪大了眼睛。

“没错！我就知道！”

威尔试图补救。“现在……这改变不了什么，摩洛克，死亡开关是——”

摩洛克飞快地穿过房间。他掐住威尔的喉咙，踢开椅子，把威尔猛撞在墙上，墙上的木头被撞得粉碎。

佐伊看着引爆开关。她实际上并不确定自己的腿有多大的力气——她一直跟斯科特在一起，任他拖着，但她没有真正测试过自己的四肢。而这次，在这里，只有一次尝试的机会。

她拱起身子，跳了起来，穿过房间，朝“死亡开关”扑去。她听见斯科特在后面追过来——她有片刻的时间想象着斯科特看到他的俘虏精力那么充沛，脸上会露出的惊讶神色。但她的手离按钮还差得很远，下巴撞到了地板上。她又一次疯狂地伸手去够那个按钮，这一次她成功了。

摩洛克和斯科特并没有爆炸——当然，这个按钮并不是一个死亡开关（如果毛毛虫机器能制造出这么一个按钮，大家就不用这么麻烦了），但它也不是一只空盒子。

发生了一声爆炸和闪光，佐伊的内脏都感受到了震动——响亮和明亮得令人难以置信。她所有的感官都停止了工作，她的视觉混乱了，耳朵里充满了可撕裂脑子的哨声。威尔说过，这是一种防暴装置，它确实能让一个人失去战斗能力。

尽管如此，她在某种程度上已经为此做好了准备，这使得她比房间里的任何人都更早恢复过来，大约是早两秒钟。她挣扎着站了起来——作为奖赏，她那刀片一样断了的肋骨戳进肋部——抓住威尔的衣领。他们一起跌跌撞撞地穿过房间，走向壁炉，听见身后传来摩洛克和斯科特的叫喊和脚步声。佐伊一把抓起恶臭机器的颈背，他们一起跳进了火里。

# 六十三

壁炉里的火焰不是真的，而是藏着一扇齐腰高的门，那是房间通向外部的逃生通道。威尔向她展示过这座房子，到处都是这样的通道，最后都通向车库。例如，阿瑟的赛车床有一个按钮，可以把你扔进一个滑槽，然后直接带你下去。一天晚上，阿瑟在睡梦中按下了它，结果全身赤裸地被困在车库里，直到卡尔顿来救他。阿瑟从不想离逃跑的车超过三十秒的路程。

佐伊滑到一条狭窄走廊的瓷砖地板上，吴站在她旁边。大家的脚刚一离开壁炉，吴就按下墙上的一个按钮，一扇金属门砰的一声关上了。他冲上前，抱起佐伊，瞥见她那张肿起的脸。

“天啊，你还好吗？”

威尔嘴里流着血，可能还受了几处严重的内伤，他爬起来吼道：“走！”

他们跌跌撞撞地走到尽头，这里似乎是一个死胡同。威尔轻轻敲了敲墙上的一个地方，一扇门出现了，里面是楼梯井。他们跨了过去，那堵墙又在他们身后合拢了。当他们跑下两段楼梯时，他们听到经过机械强化的摩洛克击碎水牛屋墙壁的声音。

佐伊问："我们去哪儿？"

吴说："下去。这是Z计划，我们送你上车。手动驾驶的，我来开。"

佐伊说："哦，不是吧！我们不会成功的。摩洛克的一个机械人在我们离开地面之前会把车子撕成两半！"

吴说："阿什女士，我是一名很有造诣的司机。"

头顶上又传来一声巨响，摩洛克撞穿了墙壁，试图弄清他的俘虏朝哪个方向跑了。

威尔说："有个不同的计划——吴，你去弄辆车，像一只受伤的老鼠一样离开这里。你不用带着佐伊，但你绝对要让摩洛克的暴徒认为你带了。选一辆带有色车窗的车，逃生过程要发出足够的噪音，这样你才能引起他们的注意。"

佐伊抱怨道："哦，上帝。我们要转移视线，但现在这可关乎我的小命。"

吴看起来有些疑惑。他对佐伊说："我是为你工作，不是为他。这是你的指示吗？"

她点了点头。"把他们引开，比你留在这里用武士刀和他们战斗五秒钟，然后让他们把你蒸发掉，对保护我更有帮助。"

"我欣赏你对我能力的坦率。威尔，把她带到安全地方的任务就交给你了。你要我把猫带走吗？"

佐伊想了想，说："不用，它会担心我的。"

吴快速离开了。头顶上传来撞击声，另一堵砖墙被砸得粉碎。威尔领着佐伊走到一排三个门的房间——中间的一扇门里是部有一天从图书馆带他们下来的电梯，另外两扇门是连接房子其他地方的楼梯口，无数条逃生路线的会合点。

“该死！威尔，你到底为什么认为阿瑟的全息影像会有用？”

“当然有用。在你的生活中，有多少次谈话让你觉得有必要去接触对方，以确保他们是真实的？我们只是没有预料到那只猫。关于死亡开关的谎言听起来也有道理——”

他还没说完最后几句话，佐伊的脑子里闪过一个主意。她觉得自己太笨了，就像她花了半个小时在房间里找车钥匙，结果却发现钥匙在口袋里一样。由于害怕被自己的车从家里掳走，她忘记了自己已经知道的事情。

她说：“等等！停！我们能从这里去圣诞老人工作间吗？呃，舞厅？”

“为什么？”

“那不是谎言！我们编造的愚蠢故事是真的！我们得到毛毛虫那儿去！”

# 六十四

威尔把她带到最右边的楼梯间。走上一段楼梯，再向下走到一段没有窗户的狭窄走廊，他们两个每走一步都会发出痛苦的哼声，因为每一步至少会加重一处内出血。最后，威尔推开一扇木门，里面的架子上摆满了食物——他们在厨房的储藏室里，而在上一层，摩洛克的打手们为了寻找失踪的人质正在进行世界上最具破坏性的搜寻。威尔急匆匆地向外走，想要拉着佐伊一起，但她感觉自己的身体就像被切开，然后在里面塞满了破碎的玻璃。威尔跑到房间的一扇大窗户前。

“我们抄近路穿过院子。往后站。”

他抓起一把高脚凳，打碎玻璃，然后跳上窗台——如果有危机带来的刺激，那人就像猫一样敏捷。另一方面，威尔费了好大劲才把近乎残废的佐伊拉上来，让她翻过去。当佐伊的肋骨碎片刺入肺部时，威尔不得不用手捂住她的嘴，阻止她发出尖叫声。他们出现在被冰雪覆盖的寒冷院子里，佐伊停下来哭了五秒钟，才又能动弹起来。她打了个喷嚏，血溅满了她的鞋子。

但很快她就像一具僵尸一样吃力又笨拙地走着，他们两个沿着一条对角线缓慢地朝舞厅走去——佐伊可以看到那天晚上被平板卡车压扁了的灌木丛。她的每一次喘息都十分艰难。

他们身后发生了爆炸，二楼的一排窗户被炸得粉碎。

佐伊说："加里到底是谁？或者……曾经是谁？你为什么不知道他？"

"你有没有遇到过问新同事的名字，他却告诉你已经在那里工作了五年的情况？加里就是这么一个人，一个很无趣、容易被人遗忘的人，他从来没有出现在你的雷达上。好像那就是他的超能力，一个隐形人。我们从来没有机会去认识他。"

他们走进圣诞老人的工作间，佐伊拖着身子走到毛毛虫机器的控制台。

"拿着，帮我照看下恶臭机器！"

她把猫塞进威尔怀里，威尔立刻把它放在地上。如果他的西装上粘了猫毛，他可能会像被撒盐的蜗牛一样收缩身子，干瘪地死去。佐伊开始滑动菜单。

"你们怎么操控这个东西？怎么让它把列表上的东西制造出来？"

"什么东西？"

"阿瑟的确创造了'那枚戒指'。它在这里，我之前看到过。"

"佐伊，甚至没有人知道这些——"

"不，听着，阿瑟把那枚戒指留给了我。这就是他给我留下那枚硬币的原因。你看着。"

她不停地往下滚动，直到找到列表的最后一项，写着她名字的那项。

“看到了吗？这是这里唯一一件清楚地用英语写的东西，因为他认为我们不会蠢到不立刻浏览整个列表。”

威尔看着列表，微微皱了皱眉头，快速思考着。

佐伊说：“快！怎么让它开始工作？”

“你点击那个看起来像着火的猫头鹰的符号。可是佐伊，我们甚至不知道——”

她几乎是捅了下猫头鹰。一排数字突然出现，开始倒计时。

她问：“这是什么意思？”

“这是制作时间，需要十五分钟。”

她嘟囔着，踢了一脚机器。

“我们没有十五分钟。”房子没有那么大，而且他们在身后留下了一条明显的痕迹，包括一扇破窗户和一排清晰的雪地脚印。

但威尔已经在操作手机，调出房子里所有的监控画面，找到了一个可以看到房子后面的摄像头画面。他们一起看着一辆底盘超低的黑色跑车呼啸着冲进车道，飞过几个小时前被佐伊撞坏的车库大门。

威尔说：“那个浑蛋开了布加迪。”

“是啊，你让他发出噪音的。”

过了一会儿，两辆摩洛克的巨型卡车轰隆隆地跟在吴后面。他们一直看着，但另一辆卡车始终没有加入追逐的行列。

佐伊诅咒了一句。

“好吧，”威尔说，“这就是你的计划得有不同层面的原因。我们还有一张王牌来对付摩洛克，也就是安德烈的炸弹威胁。我们要做的就是——”

他被一个电话打断了——埃科的全息影像突然出现在眼前，她立刻说道：“威尔！我们这边一切都要完蛋了！”

# 六十五

佐伊说：“哦，真的吗？这边都在我们的控制之中。我们在休息，吃午餐。”

“他们来这儿了。切换到浑蛋联盟的画面。”

威尔打开直播画面。浑蛋联盟的成员挤在他们的货车里，朝安德烈所在的公园景公寓飞奔过去。他们似乎是在为自己放弃斯库特维尔擅自占用地赎罪，不顾一切地冲向这个携带着可以摧毁包括斯库特维尔在内的整个城市的大规模杀伤性武器的男人。嘿，所以他们不叫天才联盟。

威尔说：“现在去阻止他们已经太晚了，你能移走炸弹吗？”

“在他们来之前不能。”

“那好吧，离开那里。”

埃科那边传来安德烈提高嗓门的声音：“你要我们想办法拖延他们吗？”

“做你们能做的，但别让自己送命。”

他们看着浑蛋联盟的成员从他们的车里冲出来，从侧面低矮的窗户爬了进去，背上绑着弓和剑，开始沿着垂直的走廊攀爬。李在前面，很快就从侧门爬了上来。他发现前面有一个陡峭的斜坡——如果是水平的，这将是一个大型的会议室，用于聚会或者会议。把它竖起来，它就变成了一个垂直向下三十英尺的陡坡，一直延伸到现在作为窄小地板的墙壁上。

站在核弹旁边的是安德烈。许许多多的猫在他的脚边徘徊。

李的镜头从门的上方掠过，他笨拙地试图爬进房间，希望不要摔下来摔断脖子。他想要用他的十字弓来对付安德烈——但这似乎很难。

他说："解除炸弹！现在！否则我们会……把你变成……一个仙人掌！"

佐伊认为，这个人一旦发现有超过五亿人听他说这句话，他就会后悔没有准备更好的台词。在地板或墙壁上，安德烈双手叉腰。

"你们这些蠢货！这个装置装有一个震动感应定时器！如果你们中的任何一个人轻轻触碰地板，你们和整个城市都会瞬间蒸发！"

李举起十字弓，说："解除它！现在！"

安德烈发出他超级反派的笑声。"全世界都在看着你，摩洛克！让我们测试一下你愿意做什么来阻止我！"

安德烈按下腰带上的一个按钮。随着一声号叫，一只猫从地板上飞了起来，粘在安德烈的大腿上，它的金属项圈在与安德烈的盔甲接触时叮当作响。另一只猫在房间里扭来扭去，不受控制，然后撞在了他的胸口上。接着又一个，再一个。几秒钟之内，安德烈的脖子以下全是扭动着、喵喵叫的猫科动物。

“哈哈！”安德烈大声笑道，“动手吧！在你的粉丝们的注视下，用十字弓串起一只可爱的小猫吧！现在你知道他们为什么叫我猫咪——”

突然，直播视野直线下降，落向墙壁——李跳了下去，或者更大概率是掉了下去。他扑通一声倒在地板上，墙上的灰泥裂开了，接着镜头转来转去，那人在地上滚动着并努力地想要用他的十字弓瞄准安德烈。

“别动！放下……那些猫！”

但安德烈已经跑开了，从他身后的侧门一跃而过。李追了过去，并小心翼翼地与核武器保持距离。视线转回到上方的入口，雌狐正顺着垂直的墙滑下来。

李从侧门跑了过去，发现安德烈已经从一个门一样大小的洞里消失了，这个洞连接着天花板，让他可以进入到建筑的下一个垂直楼层。李跟着穿了过去，发现安德烈正沿着走廊奔跑，跳过门口。李举起十字弓，试图瞄准。但在这个过程中，想要避免可怕地刺穿一只可爱的小猫似乎是不可能的。这会完全破坏他希望在下一个世纪被一遍又一遍播放的英雄时刻，没有人会想要重放在恐怖分子逃跑的时候一只猫咪被射穿的视频。

所以，当一只猫咪蹦蹦跳跳地出现在安德烈跑去的阴暗的走廊上时，李只能无助地看着。

威尔摇摇头，问道：“这是你的主意，还是安德烈的？”

“我甚至不知道这个主意，那时候我们睡眠不足。”

李转身加入了他的队伍，他们已经聚集在炸弹周围。他们讨论了这个问题，并决定尝试与拆弹专家取得联系，希望拍到他们在最后一刻切断红线从而拯救这座城市的精彩视频。但是，当他们正在检查核武器，试图找到安德烈威胁他们的触发机制时，李的脸上露出了疑惑的表情。他伸出手，轻轻地推了一下炸弹，看着它倒下了。这并不难，因为整个东西是一个中空的塑料壳。

威尔叹了口气。

就在那时，一个新闻提示出现在了直播上。一个滚动的标题悬停在屏幕上方：

利文斯顿的女儿死了

威尔切换到一个巨大火球的视频，在火球底部隐约可以看到一辆扭曲变形的黑色汽车。

佐伊立刻知道是怎么回事了。“哦，天啊！那是吴……他在里面吗？”

威尔发现了灾难发生前汽车追逐的视频——黑色布加迪奇龙咆哮着穿过一个工业园区，紧跟着的是一辆巨型卡车，后方上空有无数的无人机在嗡嗡作响，好像他们捣毁了一个巨大的蜂巢，现在正在被蜂群追赶。汽车驶离公路，撞穿了一道铁链栅栏，横冲直撞地穿过田野，留下一股尘土和一条轨迹。汽车像一枚导弹一样直冲向一排白色的球形油箱，显然，油箱里装满了某种惊人的可燃气体。巨大的橙色和黑色烟雾升到空中，吞噬了一半的无人机。不幸的是，这辆巨型卡车没有进入爆炸范围。

佐伊说："他是故意的。他开车撞上去了。他……牺牲自己？为了我？那是神风特攻队干的事吗？"

威尔说："嗯，他来自加利福尼亚，父母是华裔美国人，所以神风特攻队肯定是他们文化遗产中珍贵的一部分。你应该躲起来。摩洛克的手下会打电话来报告事情的经过，如果我能让摩洛克相信你在车上，你要做的就是离我远点，至少能活下去。"

她摇了摇头。"我没有能力逃跑。我呼吸困难，肺可能也被刺破了，我走出那扇门两步，它就会像气球一样在院子里爆开。不，那枚戒指是真的，毛毛虫机器会把它吐出来的。我们只需要撑到那个时候。"

"我们并不确定。这是一个比你更了解阿瑟的人说的。它没有写'死亡开关''那枚戒指''万能钥匙'或其他字词，只写了'佐伊'，它可能只是一个有点像佐伊·阿什的动作玩偶，也可能是一块纪念牌，告诉你他有多么爱你。如果我们这么做，我们就没有后备计划了。"

"不，如果你想走就走吧，但我再也不会这么做了，不会再去逃离像他这样的人。无论输赢，我都不会那么做了。"

他们看着毛毛虫制造机上的倒计时，进度条缩短的速度慢到佐伊认为它在变长。

佐伊问："你知道吗？"

"知道什么？"

"你知道我最后会去摩洛克的总部吗？你知道加里是叛徒吗？他要操纵汽车之类的事，那都是你计划的一部分？"

"不。"

"如果是，我想知道。不要有更多的谎言了。我知道这是你的工作，你的专长，但这一次，我想知道。"

"不，我不会那么做。"

"因为那样会把一切都置于危险之中，对吗？我可能会崩溃，然后告诉他一切。"

"不，我不会那么做的。我不会那样对你——"

圣诞老人工作室通往院子的门被炸开了。

# 六十六

是布莱克·斯科特先发现他们的。他大步走进房间，看了一眼威尔和佐伊，然后又看了一眼机器吐出的一系列随机的物品。他心不在焉地拿起一截窄窄的烟斗看了看。威尔走到旁边的一张桌子边，给自己倒了一杯酒。

“来一杯吗？”

斯科特说：“伙计，你有酗酒的问题。你知道你们院子里有颗活着的人头吗？那东西在外面雪地上啃食空气。我一定会做噩梦的。”

佐伊说：“真是奇怪的一周。”

斯科特对着某个看不见的通信设备说：“他们在舞厅这里。”然后他看着威尔，摇了摇头。“一枚假炸弹？什么东西，你是用纸糊的吗？你们似乎在这个计划上花了很长时间。我得说，我完全不知道它能起什么作用。”

威尔耸了耸肩。“设计图上看起来要好很多。”威尔假装看了看表，“说到这儿，我们该去别的地方了。越早越好。比如，在接下来的六分钟内。”

斯科特说：“我感觉你在等我问你六分钟后会发生什么，所以……”

"一场大爆炸。当然，核弹是假的，制造机器没有能力制造毁灭城市的装置。但是让阿瑟的仓库化为乌有的爆炸，我们都同意那是真的吧？"

斯科特说："是吧。"

"那是因为，在它的记忆里，制造者确实有能力制造一个自毁装置——一个威力大到足以把一座城市的街区变成弹坑的装置。摩洛克闯入他的仓库后，阿瑟让他的机器做了这样一个装置。大约十分钟前，我们让这台机器做了同样的事情。"

佐伊仔细看着斯科特，他脸上各种不同情感的变化很有趣。一方面，他知道威尔·布莱克沃特是个世界级的骗子。毫无疑问，他的老板曾告诉他，不管威尔说了什么，只管当作谎话或其他花招，不用理睬。所以他脸上的第一个表情是轻微的笑意，是你对孩子笨拙谎言的反应。

但事情是这样的——如果识破谎言就像无视说谎者一样简单的话，撒谎在几千年前就已经毫无用处了。真正善于撒谎的人就像化学家一样，他们酿造的配方中大部分都是真实的，混合物中检测不到毒素。因此，就在三秒钟内，佐伊看着斯科特的表情从娱乐变成了担忧，他开始衡量威尔说的是不是真话——毕竟，他说的事情是完全可能的，甚至合乎逻辑。这可以防止豪宅和里面的贵重物品或秘密落入摩洛克的手中，并能迫使斯科特打电话决定如何处理他的人质。这完全是威尔·布莱克沃特会做的事情。

为了让他完全相信，威尔说："我不会让摩洛克搬进来睡在阿瑟的床上。再过五分钟，这里就会变成一个弹坑，不管我们怎么做。所以不要犯傻了。让我们离开这里，堵住耳朵。我很喜欢阿瑟，但我不想像他那样死去。但我会的，如果你坚持——就像你自己说的那样，另一种死亡选择是被你愚蠢的老板折磨几个月后死去。而瞬间死亡让我什么都感觉不到。在这一点上，这几乎是我的最佳方案。那么我们中谁会有损失呢？”

斯科特笑着摇了摇头。“我是说真的。大家说摩洛克很坏，但你布莱克沃特比他坏十倍。我们可能会在地狱里燃烧，但魔鬼会像老朋友一样欢迎你。”

威尔抿了一口酒。“你是个聪明人，斯科特，我尊重你。在其他情况下，你可能为我们工作。所以我说，忘了摩洛克吧。让我们来达成一项协议——”

斯科特抡起烟斗，砸向威尔·布莱克沃特的脑袋。

鲜血溅在旁边的一个棉花糖雪人上，威尔·布莱克沃特轰隆一声倒在了地板上。

他没有动。

佐伊尖叫起来。

# 六十七

她以自己能达到的最快速度朝着毛毛虫制造机跑去。斯科特一把抓住她的衬衫背部，把她拽了起来，扔回房间的另一头。她撞上一个薄荷色的小精灵，破碎的肋骨像在她的躯干里喷射火焰一般。她咯出了血。

斯科特说："你为什么不坐着等一会儿呢？我们要等摩洛克过来，大概就在……"斯科特把一根手指举在空中，"现在。"

他们身后的墙爆炸了。大块的灰泥雨点般地落在斯科特和佐伊身上，一阵冷风从院子里吹了进来。摩洛克大步穿过尘雾，掸去超级英雄服装上的石膏碎片。至少有五名手下跟在他身后，他们都显得很高兴。

摩洛克低头看了一眼威尔躺着的地方，然后又看了看斯科特。

"什么，你不等我就开始了？"

"我能说什么呢？兴奋汁液从不等待。"

"是啊，它的确不会等待。"

摩洛克逼近佐伊。她试图后退，屁股往后挪动，但无处可去。摩洛克恼怒又轻蔑地看着她。

“告诉我，小杂种，你现在还在给自己讲什么故事呢？你以为你生活在什么世界里？你不明白我这辈子都在为这件事做准备吗？你准备了什么？不用麻烦了——其实我知道这个问题的答案，而你不知道。看，一只羚羊会出去吃草，因为这样可以喂饱自己。但并不是。它在喂饱狮子。它把自己养肥，成为食物。它不知道，但它生来就是猎物——这是它存在的唯一目的。那么，你认为在一个真正男人的世界里，一个没有自尊和大奶子的愚蠢拖车房废物有什么用呢？说到真正的男人，也许我该让我的人给你展示一下。也许我会让他们一起给你展示一下。”

佐伊说：“这就像你得了强奸威胁图雷特氏综合征。”

“我最喜欢的部分就是反抗变成恐惧的那一刻。也就是从现在起大约十五秒后。”

佐伊背靠着墙站立起来，用尽全身力气踢向他的裆部，但看起来那块遮羞布不只是用来装饰的。摩洛克一动没动。

“好吧，”他说，“因为这一脚……”

摩洛克抬起一只靴子，踩了下来，毫不费力地折断了佐伊右腿膝盖以下的部分。两根骨头都碎了，从皮肤里伸了出来。佐伊无法尖叫，她的声带撕裂得太厉害了。她只能躺在那里，使劲地闭着眼睛，试图把疼痛阻挡在外面。把一切都阻挡在外面。

在房间的另一边，毛毛虫发出沉闷的嘶嘶声，慢慢地停了下来。一声嘟嘟声宣告它的作品“佐伊”完成了。她想，对于现在来说，稍微晚了点。

佐伊强迫自己往下看，第一次看到了自己身体内部的东西，白色的骨头从她下腿撕烂的肌肉和脂肪周围伸出来，鲜血浸透了她的破洞牛仔裤。当听到一声轻轻的喵喵声时，她觉得自己快要晕过去了。恶臭机器来了，它第二次找到受伤的主人，想尽其所能提供帮助，但没有什么用。

佐伊抱着它。摩洛克说："天骨，把那只该死的猫杀掉。"

佐伊的抗议声几乎微弱到听不见，她无法阻止。那个叫天骨的人伸手去抓恶臭机器，但猫从他手里溜了出去，从摩洛克砸开的墙上的洞里跑掉了。

天骨看着它走掉，咯咯地笑了起来，但是摩洛克说："去抓到它，我要你当着她的面把它撕成两半。"

佐伊说："求求你不要这样做，求……求你了。"

"去抓猫。"

天骨接受了命令，咯咯地笑着跑进院子。

摩洛克对斯科特说："你拿到摄像机了吗？好，把我拍进去。这将成为佐伊秀。"

斯科特打开摄像机，他们安排了这个场景，让摩洛克在前景里，破碎的佐伊在背景里。他们不得不停下来把桌子移开。然后，摩洛克坚持要让直播在对面的墙上同步，这样他就可以不时地检查一下，看看自己的表现怎么样。

终于，他们把事情安排得令摩洛克满意了，然后他对着镜头说："好了，各位，我们的节目有点跑题了，但现在都好了。我很高兴发生这样的事，真的。我希望事情变得更紧密一些，如果你们明白我的意思的话。”

天骨又出现在墙上那个破洞里。“老大，外面有一片树林，那只猫不见——”

这时传来一声咆哮，一片模糊的白色，突然所有人都叫了起来。

天骨仰面躺着，一只白色的西伯利亚虎趴在他身上，撕咬着他的喉咙。

在一片混乱中，佐伊翻了个身，尝试着移动。无数的黑点在她眼前跳动。疼痛使她的大脑短路，她甚至无法判断自己是否还有感觉。她用胳膊肘支撑着身子，朝毛毛虫挪了过去。她的一根碎裂的腿骨钩到了椅子腿，她晕了过去。

她不知道自己昏迷了多久，也许是几秒钟。当她再次醒来时，听到的是尖叫声、老虎的咆哮声和重重的、肉乎乎的拳头声。她又挣扎着向制造机，向滑道的尽头爬去。除了胳膊以外，她身上什么也不起作用——全身麻木，痛得睁不开眼。她拖着自己在黑白棋盘格的地砖上移动，爬得很慢，这是她在这次磨难中第二次感到自己身处一场噩梦之中，跑啊跑，永远也到不了大厅的尽头，身后潜伏着某种令人恐惧的东西。

佐伊爬到滑道边，停下来喘了口气，努力使视线集中。在她身后，她听到一个男人杀死一只野兽的可怕声音。她回头一看，看见摩洛克站在那儿笑，他的金属拳头上沾满了血。她没有多少时间。她没有时间。他们会注意到她，他们一秒钟就会找到她。

佐伊用双手撑起身子，但并不能站起来。她只能把自己撑起来，把手伸进毛毛虫制造机吐出物品的篮子里。她看不见，胡乱并急切地想要抓到那个叫“佐伊”的东西。

那是一个橄榄球头盔。

佐伊想着，原来是这个浑蛋，然后昏过去了。

# 六十八

她强迫自己睁开眼睛。又一次，她不知道过了多长时间。她回头一看，发现威尔·布莱克沃特倒在地上，四肢歪斜，脑袋渗着血。不远处，白虎躺在地上，死了，旁边还有两个光着膀子的人。尽管如此，摩洛克的人数还在不断增加——大约有十名手下加入了这个派对。但摩洛克并不需要他们的帮助。

佐伊坐起来，背对着毛毛虫，腿上放着那顶愚蠢的橄榄球头盔。它甚至看起来都不像一顶真正的头盔，就像一个孩子的玩具。她想哭，但没有眼泪。

摩洛克注意到了她的动作，大步走向她，紧握着他那血淋淋的机器人般的拳头。斯科特正在用摄像机追踪他。

“我想感谢你和你养老虎的父亲送给我这辈子最精彩的一段视频。我可能是一万年来第一个把老虎打死的人。现在，我希望你能原谅，当你不在的时候，我让我的粉丝们投票决定我要对你做什么。想知道绝大多数人投了什么票吗？这是以十比一的优势赢得的选项。”

几个手下笑了。佐伊低头看着自己那断掉的腿，她被露出来的黏糊糊的粉色骨髓惊呆了。她的视野里一片血红，每一次心跳都像爆炸一样。

斯科特说："高楼群上的直播画面也是我们了。我们现在无处不在，所有的直播都是我们。观众有十亿，十亿。"

佐伊试着去思考，但这些思考只是在痛苦的浓雾中隐约可见的影子。她什么也想不起来，除了最初的那个计划。那个到目前为止还没有取得成功的计划。

她吞下大概一品脱的血，说："我们有……一个死亡开关。"

"杂种，如果有的话，你早就按了。现在，我有一个来自粉丝的奇怪的特殊要求。我需要你翻过身去。"

"等等！"佐伊把愚蠢的橄榄球头盔塞在头上。头盔刚从机器里出来，还是热的。"呃，这是魔法头盔！你不能伤害任何戴着它的人！"

摩洛克伸出他的金属手。"别这样，这太悲哀了。"

他俯下身，抓住她那件被鲜血浸透的衬衫，仿佛要把它撕开。

"不！停！停下！"

佐伊紧紧地闭上眼睛，等待着。

等待着。

等待着从未到来的那一刻。

十秒钟后，她睁开红肿的眼睛，摩洛克站在那里，完全僵住了，全身都如此。除了脸，在愤怒和困惑中扭曲着，拳头仍然抓着她的衬衫。

斯科特觉察到他的老板处境艰难，冲了过去。

佐伊转向他，说："站住！"他，同样，也停住了。

她用胳膊肘支撑着身子，把衬衫从摩洛克僵住的手指中抽出来。

"哦，哇！天啊，它成功了。头盔……天啊，我们愚蠢的谎言是真的。它真的是。好吧。它是声控的。嗯……每个人都不要动。"

十几名手下都僵住了，几乎都很滑稽。一个人在跑到一半时被冻住了，样子就像一个孩子会在卧室墙上贴的体育海报一样，立刻就摔倒了。另一个人的手被冻在了他的胯部，就像他正在挠痒一样。

他们的嘴还能动。那个胯部男眯着眼睛，说："只有我现在瘫痪了吗？我需要重新启动，还是做些什么……"

佐伊说："好吧。嗯……每个人都开始打自己的屁股。"

这个命令没有得到回应，显然没有被编入系统。佐伊对阿瑟深感失望，但她意识到需要把目光放在全局上。

摩洛克对她说："不如让植入物失效，把它完全关掉。我会用我自己的身体、自己的大脑来对付你能用你爸爸的钱雇用到的任何人。把那些小玩意儿拿走，我会让你知道谁是更强的人。"

佐伊说："斯科特，把摄像机扔了。"

他没有这么做。显然，这是另一个他的身体不明白的命令。

"呃……把你的左臂向前伸，张开手。"

起作用了。他把摄像机从佐伊身边扔了过去，撞在了毛毛虫制造机上。墙上的直播画面乱成一团，变成了黑色。开眼立刻切换到第二受欢迎的直播——令人难以置信的是，那是浑蛋联盟的直播画面，此刻他们正轰隆隆地朝院子里开过来。这些白痴就是不放弃。

货车在凉亭附近停了下来，这群人手里拿着中世纪的武器，跌跌撞撞地从货车侧门爬了出来。佐伊第一次看到他们在追赶的两个人——安德烈和埃科，安德烈还穿着他那套愚蠢的服装。他们要么是无意，要么是故意把这群人带回庄园，把逃跑用的摩托车扔在了栅栏外面。佐伊注意到，安德烈的背上还吸着一只猫。

佐伊对摩洛克说："如果你是我，你现在会怎么做？命令你的机械手撕开自己的喉咙？把你的头扯下来？也许慢慢来，把自己的内脏从肚子里掏出来？把这个视频传播到各个地方，这样大家就知道不要惹我了？"

摩洛克什么也没说。他的肌肉在收缩，血管几乎要爆裂，试图移动他关节里的冷冻机器。但是他最多只能微微摆动一下肩膀。

佐伊继续说道："然后你的某个同伴，某个正在沙发上擦枪的暴徒的蠢蛋脑袋，看到了那个视频后想来复仇。然后一切又重新开始。永远，永远，流血加上流血，直到有人最后深深地吸了口气，然后决定……让它过去吧。"

当安德烈跌跌撞撞地穿过墙上的洞时，摩洛克身后传来一阵骚动。安德烈睁大了眼睛，想弄明白佐伊和一群光着膀子威胁她的男人之间奇怪且静止的对峙。埃科很快就出现了，但她并没有感到困惑。她看到受伤的佐伊，朝她飞奔过来，她在跑了最后几步后滑到瓷砖地板上，最后优雅地跪在佐伊旁边。这个婊子想抢她的风头。

埃科说：“我们得在这上面弄个夹板——”

佐伊挥手叫她走开。“好吧，”佐伊对僵住了的摩洛克说，“在观众回来之前，我们有一个短暂的隐私空间。接下来会发生这些。车里的那些笨蛋随时都会从墙上的洞里钻出来。在那种情况下，你可以投降和道歉，或者威胁他们，然后被箭射死。但这是你的决定，你们每个人。投降，活下来，或者带着超级恶棍的荣耀离开。不管怎样，我都不在乎。我现在快晕过去了。”

佐伊躺了回去，不知道有谁一直在关注着这场磨难。她的妈妈吗？凯莱布？贝拉？卡拉·杜波依斯，那个在她八年级时偷了她男友的荡妇？恶臭机器慢悠悠地走过来，嗅了嗅她残缺不全的腿，然后蜷起身子，在她的屁股旁边躺了下来。

佐伊渐渐失去了知觉，她听到微弱的警告声、愤怒的威胁声和原始的武器刺进肉里的声音。她最后听到的是布莱克·斯科特说：“不会吧，伙计，我甚至不知道这些蠢货是谁。”

# 六十九

他们说，佐伊腿上的石膏一直在轻轻地震动，有点像是用超声波刺激骨组织生长。除非你把手放在石膏上，否则很难注意到，但效果仍然出奇的好。这条腿需要做六个小时的手术，肋骨需要做另一次六个小时的手术。而她的脸和牙齿需要三倍的工作量——脖子以上的部位都是绷带或紫色瘀伤。但至少她的脸不需要六个星期的物理治疗，而她被告知她的腿需要。

她正在佐伊之家休养。他们把其中一间客房改成了病房，里面有可调节的床、监控设备，还有一位帅气的名叫亚伯的二十四小时护士。这并不像听起来的那么性感——考虑到他每天要帮助她上六次厕所。

在其他方面，佐伊保持着新年连续观看九个小时篮球比赛的传统。这是三连冠球队首场比赛的第三节，佐伊的丹佛掘金队客场挑战芝加哥公牛队。安德烈坐在她旁边的椅子上，双脚支在床上。他正在吃卡尔顿为他做的汉堡，那个汉堡的圆面包块是由两块扁平的油炸通心粉和奶酪做成的。佐伊刚做完两轮口腔手术，正在吃流食，结果不知怎么重了三磅。现在，她喝的流食是安德烈带来的俄罗斯进口啤酒。

安德烈朝他左边的墙壁点点头，说道："应该把它装裱起来。"

他指的是一张六英尺宽的白色牛皮纸，被钉在墙上，上面满是佐伊的涂鸦和笔记。大部分字迹难以辨认，一个角落被干涸的咖啡污渍遮住了。但在居中的潦草标题"Z日行动"下，有一份清晰的任务清单。几乎没有任何解释，除了旁边的简笔画草图，清单如下：

•玉米卷风暴？

•~~假外星人入侵？~~核弹？

•埃科入侵网络和/或诱惑

•破坏冰宫和火宫的外观

•猫咪猫咪猫咪

•让摩洛克回到这儿来（死亡射线？）

•威尔施展魔法（就像在《指环王》中一样）

这是她在冬至前一晚长达数小时的计划会议上的最初笔记，佐伊坐在舞厅的地板上，在膝盖上写下了这些笔记。

她嘟囔了一声："应该有人把那支记号笔从我这儿拿走。"

"你在说什么呢？你那部分做得很好，直到威尔那部分才出了问题。尽管大家都认为我伪装阿瑟·利文斯顿的声音本身是完美的。"

"我们可能会害死所有人，没有哪个部分在像我想象的那样发展。这就像我们试图把一只疯癫的狼赶进一个托儿所。有太多地方可能会出错。”

安德烈耸了耸肩。“嗯，这太正常了。这是我们经历过的最顺利的行动之一。”

他们坐着看了一会儿篮球，佐伊在慢慢地理解着这句话。

她喝了一口酒，说：“刚开始的时候，威尔问我摩洛克有什么弱点，我能想到的就这些。他是个歌剧女主角，他不能忍受失败，甚至不能容忍在众人面前表现出失败的样子。我觉得一个女主角宁愿死也不愿被抢镜。”

“所以就像我说的，那张牛皮纸应该裱起来留给后代。”安德烈斜视着屏幕，“我不明白，为什么在球道上站三秒钟就是犯规？”

“你真的对篮球一无所知吗？”

“我知道大概的规则。他们把球投进篮筐就得分，对吧？”

“别惹我，安德烈，我可是在吃止痛药。”

“那通常是惹别人生气的最佳时机。不管怎样，我更喜欢打曲棍球。我是说，犯规没有任何意义。两个家伙撞在一起，一半的时候他们吹带球方，另一半的时间他们吹防守方，没有任何规律或理由。”

“是的，我承认这有点随机。”

有人敲门，吴进来了，手里拿着一束“快快康复”百合花，插在一只看上去像古董的花瓶里。

佐伊说：“哦，那些花是谁送的？”

吴说："是我送的。花是祝你早日康复，花瓶是为我对你的车所做之事的道歉。其实我并不知道它那么昂贵，我选择了一辆似乎速度最快的车。回想起来，这次爆炸很可能是过度操作了，更多的是出于自我而非实用性。我确实不时地为这戏剧性的场面而陶醉。我相信你的人对我产生了影响。"

佐伊说："其实，它看起来棒极了，我觉得非常值得。所以我从来没有问过，你是在最后一秒跳出来的，还是怎么做到的？"

"嗯，没有。如果你不想把自己安置在轮椅上，这是不可能的。在追踪的初期，我们遇到交通堵塞，我从车里钻了出来，在附近的一家咖啡馆里继续远程操控。这就是为什么会出现这样激烈的结局——我想推迟他们意识到汽车内部只有棉花糖的时间。"

"只有什么？"

"哦，是这样的。我得在副驾驶座位上放点东西，这样如果我们被摄像机拍到，可以表明你跟我在一起。当然，我没有时间构建精确的身体模型，所以我找到了一个存放在车库里的棉花糖雪人，给它穿上了你的牛仔夹克。"

佐伊盯着安德烈，说："不要说出你现在想的事情。"

"你看上去不像棉花糖做的，佐伊。"

"没错，你被继续雇用了。"她看了看吴的礼物，"这个花瓶真漂亮。"

房间里摆满了鲜花。出于礼貌，佐伊试图想出让这些花存在于房间里，然后被清理掉的最短时间——她讨厌那种气味，这让她想起了葬礼。但吴的花瓶很酷——看上去像古时候的绿松石，上面布满了金线。

吴说："它叫金木。罐子被打碎之后用混有黄金的树脂小心翼翼地重新组装起来。它象征着我们需要将创伤融入自身当中，而不是试图修复并忘记。"

"哇！真的很漂亮。要记住所有碎片的来源，这看起来很麻烦。"

"这不会容易。"

这时又有人敲门，威尔·布莱克沃特提着一个小纸袋走了进来。好像有什么通知发了出去，要大家都到佐伊的房间里集合。

威尔对安德烈说："你知道佐伊因为她的下巴而不得不靠蛋白奶昔过日子吧？你让她看着你吃汉堡？"

"她说没关系！"

"没错。所以，你只离过四次婚？"

卡尔顿出现在威尔身后，显然是冲到一群客人中间，这些客人可能都需要吃点东西或喝点什么。房间里突然挤满了人，所有这些人都在逼近佐伊。本来想看一场篮球赛，突然房间变成了中央车站。有人的电话响了。

吴感觉到了她的不适，放下花瓶，主动去大厅工作去了。他向卡尔顿说明一切都好，然后把他引开了。

发出声音的是安德烈的手机，佐伊注意到悬浮的显示屏上写着“梅琳达”。

安德烈站了起来。“我……呃，得接这个电话。这是一位客户。”

“是我妈妈，我能在显示屏上看到。我不想谈论这个。去做你想做的事吧，反正你也被剥夺和我一起看球赛的权利了。”

他走了出去，经过威尔身边，只留下他们两个人。

佐伊如释重负地嘟囔了一声：“人太多了。很多人挤在我周围，我觉得——”

“不能呼吸？”

“嗯，完全正确。我收到了埃科的信息，她说给我的礼物是在我康复期间她不会来打扰我。这是我收到过的最体贴的礼物了。”

威尔的帽子下面可以看到他的绷带，也能看出他的头是哪一边被剃光了。

她问：“你是什么时候出来的？难道他们没有在你的头上安装金属板吗？”

“这并不像听起来的那么糟糕。”

“可是，你做了颅骨手术，一个星期后他们就让你出院了？”

“我自己出院的。如果我可以出去完成工作，那么躺在那儿吃止痛药毫无意义。说到这儿，你可以把你的食物和酒混合着一起喝吗？”

“管他呢，爸爸。”

“如果我是你爸爸，我就让你和我分享了。昨天收到律师的回复，保险公司会在塔楼倒塌的问题上和你辩论。他们说这不属于恐怖主义条款，并且称之为破坏行为。哦，明天浑蛋联盟将在白宫接受他们的庆祝仪式，在那里，他们会被授予荣耀——凭一己之力拯救了这座城市。”

电视上，身高七英尺五英寸的丹佛掘金队中锋在半场结束时出人意料地投中一个三分球，干净利落。威尔叹了一口气。

佐伊说：“什么，你是公牛队的球迷吗？”

“不，我买了掘金队获胜。但是麦克拉伦命中三分的时候我就害怕，因为——”

“因为他将会投五个这样的球，之后一个也不进。”

“对，他会被自己那个球骗了，以为他能投进这样的球。”

佐伊说：“该死的，请坐。你现在是我看篮球比赛的搭档了。”

“真的不行，我有工作要做——”

“你为我工作，我给你的任务是和我一起看新年篮球赛。我本来想让安德烈做这个工作，但他失败了，然后被降职去和我妈妈发生性关系。”

威尔停顿了很长时间，想找个借口，但没找到。最后他终于答应，坐到了安德烈的座位上。

佐伊说：“我想我们现在已经处于军事管制状态，就像政府会派军队来让我们规规矩矩。”

“政府非常乐于掩盖一个事实，就是他们的武器系统在面对你可以从街上买到的武器时已经毫无用处。现在世界上有四支不同的叛乱军，他们都非常乐意知道这件事。”

“我想我问的是……塔布拉拉萨还能这样多久？政府不会让这里的事情永远疯狂下去。”

“其实，这座城市有成千上万名富有的政治捐助者告诉他们不要多管闲事——最新的数据显示，塔布拉拉萨有一百二十位亿万富翁。但是，对，他们不会让这里永远无法无天。一个充斥着繁荣黑市的城市意味着有大量的税没有被征收。很好的防守，拉杰。”

“他没拿到球时就会噘嘴。”佐伊朝威尔的棕色纸袋点点头，“袋子里是什么？酒吗？”

“哦，对了。”他把袋子里的东西都倒在手里——一只绿色的橡胶老鼠，“这是一个旧的猫玩具——我妻子以前养过一只猫——里面有猫薄荷。我不再养猫了，但你养了一只。”

佐伊接了过去。这只老鼠闻起来像新橡胶，很明显是刚从货架上拿下来的。所以威尔买下它，把它从包裹里拿出来，放在另一个袋子里，然后声称他刚刚找到，这样她就不会知道他特地为她的猫买了一个玩具。佐伊认为她能给威尔最好的礼物就是多年的心理治疗。

佐伊把老鼠扔在床上躺着的恶臭机器旁边。

“好吧，我们马上就知道了。如果它用爪子把玩具赶走——是的，就像那样。它讨厌它。哦，不过它喜欢这个袋子。然后……现在，它的头被卡在里面了。真是场灾难。不管怎样，你真是太好了。送礼物的情谊更重要。”

“我甚至想象不出一个世界，在那里，这句话是正确的。”

威尔看了看表。

佐伊叹了口气。“你为什么要假装你不想待在这里？你可以打电话告诉我有关保险的事，或者干脆不告诉我，因为我显然不在乎。相反，你一路来到这里。没关系。你可以这样说，‘我想看看你过得怎么样，佐伊，因为我是人，不是机器人。’”

这句话引起了一阵尴尬的沉默。最后威尔打破了沉默，说：“所以你还好吗？”

“我很焦躁，因为你觉得假装坐下来和我一起看篮球赛是和清理下水道一样乏味无聊的工作。”

沉默。他们看了一会儿比赛。麦克拉伦投了一个三分球，但完全没沾到篮筐。

威尔说：“现在怎么办？我是说在你痊愈之后？”

“我想去度假。”

“然后呢？”

“我不知道，威尔。”

“你没有想过留下来吗？在发生了这一切之后？”

“你不想让我留下来吗？”

“你不想留下来吗？”

“我不知道。我越来越喜欢和我的马桶说话了。你认为会有更多的超级反派发起攻击吗？”

“即使不会，我想你也不知道自己会遇到些什么。你过着这样的生活，到目前为止，你已经需要花费一生的时间来让你的金融小木筏漂浮在水面上。修补漏洞，排水。但一旦你坐上一艘有马达的好船，还有一群乘客，就会有这样可怕的时刻，你看着周围的海洋，说，‘好吧，现在我到底要去哪里？’这是一个大多数人都无法回答的问题。他们只是……不能胜任。”

“等等，你是在对我做心理测试吗？”

“也许我想让你认为我是。”

佐伊想把这个问题弄清楚，然后说：“我跟你打个赌。如果主队赢了下一场比赛，我就把公司的全部控制权交给你和其他成员。我要离开这座城市，我会永远离开你。”

“如果他们输了呢？”

“我可以拿一支黑色魔术记号笔，在你脸上画上我想要画的任何面部毛发，三十天内不许洗掉、遮盖。你可以控制一个十亿美元的帝国，但你必须冒一个月看起来很愚蠢的风险。哦，在那个月的最后一天中午，你必须把记号笔塞进屁股中间，必须去火车站，在地板上写‘佐伊是我们的女王’。用你的屁股。”

威尔摇摇头，叹了口气。“你真是阿瑟·利文斯顿的女儿。”

“哦，就因为这句话，你还得永久地把你的名字改成马屁·敲击人。”

“这场比赛快结束了，是吗？”

“是的。接下来是老鹰对凯尔特人。你还有六个小时的篮球赛要看，放轻松，这就是你现在的生活。”

“好吧，给我一杯啤酒。”

“你自己去拿，在下面的小冰箱里。自从卧床以来，我一直在想一件事，我不知道你是否注意到了。在我看来，摩洛克真的没有那么聪明。”

“是的，的确有一些微妙的线索导致了这种感觉。”

“那么……我在想，你说的那些魔术，怎么误导他们？摩洛克有可能是别人用来误导我们的吗？有没有人……在幕后操控这一切？”

威尔面无表情地说：“我不知道这里是不是有人在玩一个更大的游戏。”

佐伊说：“好吧，现在我得留下来了。哦，瞧！猫咪在玩它的老鼠。”

威尔拿着一瓶啤酒坐了下来，说：“好的，就是这样。任务完成。”

# 后记

如果你想从写这部小说的人——我——那里了解更多，可以看看我的恐怖冒险小说《最后约翰死了》及其续集。《最后约翰死了》一书被拍成了电影，以你们那个时代的电影形式呈现出来（我不知道你们什么时候读到这篇文章，或者你们现在在做什么）。

如果你想了解我即将出版的书籍和其他值得关注的事情的最新消息，假设互联网仍然存在，你可以在这个网站上找到我：Johndiesattheend.com。

特别感谢我的妻子、我的朋友和我在Cracked.com的同事。当我煞费苦心地写出这部二十五万字的小说时，他们所有人都被忽视了好几个月。我要感谢麦克花了一年的时间研究新几内亚的原始部落，包括在他们中间生活六个月来学习他们奇怪的习俗。抱歉，那些内容都被删了。

在这个故事中，没有一个人物是以真实的原型创作的，尽管佐伊的部分性格是基于我曾经共事过的一个女人，她和主人公一样，也间接地导致几座大型建筑被摧毁。

我的下一部小说将是《最后约翰死了》系列的第三卷，事实上可能已经存在了，这仍然取决于你什么时候读到这部小说。在那之后，我会回到佐伊和塔布拉拉萨的西装员工的故事。或者也许下周我们都会死。我不知道未来。我只是一个普通人。

贾森·帕金

2015年1月